妃锦 —— 著

锦衣玉令 下

重慶出版集團 重慶出版社

目录

第三十三章　无情之毒 /001

第三十四章　清白 /010

第三十五章　攻心之策 /020

第三十六章　烽火狼烟 /030

第三十七章　凶手就在营里 /041

第三十八章　画像 /050

第三十九章　锦衣春灯 /060

第四十章　神医 /071

第四十一章　奸细 /082

第四十二章　夜袭 /091

第四十三章　中计 /102

第四十四章　口是心非 /111

第四十五章　赵胤心坎上的人 /121

第四十六章　医者父母心 /132

第四十七章　心上人 /143

第四十八章　轻薄 /153

第四十九章　大黑失踪 /164

第五十章　长公主到 /175

第五十一章　万般皆是红尘 /185

第五十二章　千秋功过，一点浮云 /195

番外　大都督和小侍卫 /206

第三十三章 无情之毒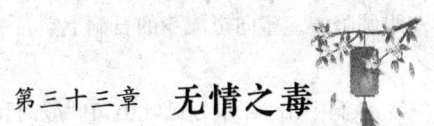

赵胤神色阴沉地看向石洞中的黑袍人。他一直维持着那个动作，黑袍人也是一样，彼此隔着一个面具，对视着，目光似近又远。时雍看不到那人的表情，而赵胤又一贯没有什么明显的喜怒。此时，只有滴滴答答的血液，淌在那雪白的褥子上，平静，安宁，没有半分濒临死亡的痛苦、绝望。

"终是来了。来了。"黑袍人喃喃自语，声音似乎还夹着一丝与死亡相悖的亢奋，像烈火烧灼肉体，淡淡的戾气里，有贪、欲，却听不出恶意与仇恨，"我，我死后可得永生，你们……都会被毁灭。"

疼痛主宰了他的意志，黑袍人嘴唇开始颤抖，忽然阴森森一笑，视线一转，看向赵胤身边的时雍："你为何自寻死路？跟着赵胤，必遭大劫，你，也会被毁灭。"

时雍冷哼："毁灭前，让我看看你长什么样子。"

一只胳膊横过来，挡住了她。赵胤的声音低沉而冷厉："别动！"

时雍抿着嘴，仰头望向他，再次疑惑。

赵胤又道："退出去。"

时雍眉梢轻扬："为什么？他已经对我们造不成伤害。"黑袍人伤得很重，绣春刀从他背部贯入胸膛，肯定是没得活了。

赵胤视线扫了过来，目光冷冷，看上去有些凶："你是女子。"

时雍觉得好笑。这古板的直男是不愿她上前看到那令人脸红心跳的污秽画面吗？

"呵呵呵呵呵呵！"黑袍人笑了起来，阴森森地冷笑。笑着笑着，他开始咳嗽，鲜血从身上滴落，留下一摊血迹，"赵胤，你……这是动情了？呵呵呵……"笑声戛然而止。

赵胤一把掀开他的面具，并在将他从那女子身上拎起来丢到身边时，扯过被子盖住他的私密处。室内女子疯癫般惊窜，浓重的血腥味覆盖了那古怪的靡丽幽香。

失去面具的黑袍人，双眼是可怕的赤红，他瘫软在那里，已然没有挣扎的力气，头颅却仰起来，直勾勾看着赵胤，短促地喘息着："我死了，永生，永生了。灵魂，不灭。"

时雍看着他，她先前以为邪君控制他人这一套说辞只是为了洗脑，不敢相信连他自己都当真相信自己死后会得永生。太荒谬了。

赵胤面无表情地盯着他："这就是毁灭。你结束了。"

"不——"黑袍人倔强地看着赵胤，脑门上微微鼓起的青筋似乎都在跳动，"我不会毁灭。这肮脏的世间，肮脏的你们，才应当被毁灭。"

赵胤："死到临头，还在自欺欺人。你背后的主使之人，是谁？"

黑袍人盯住他，目光渐渐涣散："我已剥除肮脏的肉体，净化了罪恶的灵魂。我没死，我不会死,我彻底脱离苦海了……"他仿佛听不到赵胤在讲什么话,沉浸在自己即将羽化成仙的幻觉中,通红的双眼迸发出血色的光芒,在众人注视的目光中,突然伸展双臂,双眼圆瞪着,望向黑漆漆的石洞上空,一脸嘲讽、阴冷的笑,然后死去。

从洞中出来,东方已吐出鱼肚般的亮色。天光透入密林,照在赵胤一身染血的甲胄上,仿佛为他浑身铺了一层肃杀的冷光:"点齐人马。烧!"

洞外侍卫兵丁们整整齐齐应答:"领命。"

邪君一死,为免那些有毒的"灵蛇"出洞为祸,锦衣卫将人全部撤出山洞,往洞中浇上桐油,一把火焚了山洞。里面有易燃的火药和火器,让这火烧了足足一个多时辰。为恐毒蛇有残余,在焚烧之后,赵胤派魏州领兵入洞,又搜索了一遍,将侥幸存活的"灵蛇"全部斩杀。

时雍坐在一块石头上,一边慵懒地抚摸大黑的狗头,一边眯起眼打量赵胤,心里在想:他到底要何时才能想到自己是一个中了蛇毒的病人。

不知是不是她的目光太过炙热,赵胤感觉到了。他看过来,与时雍对视一眼,按刀走近:"你如何打算?"

时雍道:"兵荒马乱,没有打算。"

赵胤不动声色,居高临下地看着她:"我派人送你回京。"

时雍疑惑地扬了扬眉梢:"大人不用我治伤?"

赵胤很认真地想了想,回答得很严肃:"蛇毒这么久没有发作,想来应是无碍。"

时雍扫向他的膝盖:"那你腿疾怎办?"

赵胤道:"营中没有女子,你去多有不便。且军中有医官,可以处理。"

时雍点点头,掸了掸袖子,站起来:"那我走了。"

她叫上大黑就走,赵胤脸色微沉,正要说话,背后的朱九突然大喊起来:"谢放!"

许煜的大嗓门也吼了起来:"放哥这是怎么了?"

"爷!"白执大声喊道,"谢放不对劲儿。"

时雍来不及细想,随着声音回头,只见洞口一群人朝谢放围了过去,目光穿过人群的缝隙。她看到谢放一张突然涨红的脸,在众人惊恐的叫喊声里,额头浮着虚汗,在赵胤看过去的一刹,他突然拔刀往自己的大腿狠狠扎下,一双原本锐利的眸子仿佛染了浓雾,嘴唇颤抖般粗重地喘息着:"快……把我,绑起来。"

"谢放。"

"放哥!"

看到他鲜血淋漓的腿伤,这些长期与他相处的兄弟哪里忍心?朱九赶紧夺下他手上的利刃,白执和许煜则是迅速制止住了他的胳膊,不让他再做出自残的举动。而受制后的谢放,短暂的清醒一过,整个人便呈现出一种濒临疯狂的躁动,且力大无穷。

白执没有想到他会有这么疯狂的举动,一个不慎被他挣脱开,未及反应就被他扑在身下。像是饿极了的野兽,他双眸赤红,不管不顾地啃向白执。

"啊——"白执大叫一声,震惊得几乎忘了反应。一群人好不容易在山洞里捡回一条命,再发生这样的意外,都有一种措手不及的恐惧。对谢放,不能杀不能打,众人一时间竟不知如何是好,只能手忙脚乱地将他从白执身上拉开。他们长期受训,无惧死亡,无惧邪君,可……这种未知却让人打心眼里害怕,无所适从;因为,他们连对手是谁都不知道。

人心惶惶中,一个娇小的身影挤入一群大汉中间。"给我把他摁住。"时雍低沉的嗓音十分平静,让慌乱的众人心里生起了希望。

"兄弟,他这是怎么了?"这时,除了赵胤的几个近卫,其他人都认不出时雍是谁。但看他少年打扮,年岁不大,以为也是大都督从洞里解救出来的修炼人,与大都督投缘罢了。

"中毒。"时雍扣住谢放的手,将他不停挣扎的胳膊牢牢压住,直接用匕首刺破他的中指。黑血从指间涌出,滴入草丛。众人大惊失色地看着。

时雍也不解释,为谢放放了血,又当场剥了他的衣服,让人将他的身子翻转过来,连刺他背部督俞、膈俞、肝俞、胆俞、脾俞、胃俞几处大穴,又将他翻转仰躺,径直解开他裤腰,针灸阴交、气海、石门、关元等穴……

四周静悄悄的。赵胤手按绣春刀,站在风口,眼睛缓缓眯起,安静地看她。

山风很凉,时雍在治疗过程中却没有感觉到寒冷,反倒出了一身的汗。晨曦中的她,面无表情,却有一种圣洁的光。她比这群汉子的肌肤都白,脸孔光洁不见毛孔,在天光下,白瓷般的莹亮,单薄的身子,深幽如墨的双瞳,分明只有十几岁的年纪,却沉稳异常。朱九、许煜几个认识她的侍卫都看愣了。她这般女子,实在让汉子们大开眼界。

"好了,暂时止住毒发。"时雍吁口气,站起来时撑了下膝盖,侧头望向赵胤,"得尽快让他服用清毒汤剂,还得针灸几回方能彻底解去毒素。还有——"她拖长嗓子,望向赵胤深邃的眼眸,"我和大人也须治疗。"

众人面面相觑,看着他俩,不明所以。山洞里杀死邪君的过程,赵胤一句带过去,没有人知道他们看到了什么。没有人问,时雍也没有多说,赵胤看她一眼,眼神微微飘开:"下山。"

赵胤留下魏州善后,和几个侍卫抬了谢放,于浓浓雾气中穿过深山密林,骑马上了官道,径直返回卢龙县。在这之前,时雍写了一个解毒的方子,让朱九先行快马回卢龙,抓了药,送到"来福客栈"。

战争阴影下,来福客栈旅客不多。春秀在客栈里坐立不安地等着时雍,没有想到会等来一群人。认出人群里的赵胤,她瞪大眼,有些惊喜:"将军?"说罢,再看时雍,"夫……少爷,你怎么了?"

春秀是个敏感的孩子,时雍身上的血腥味儿没有让她惧怕,反而是时雍眼睛里赤红的光芒和脸上阴霾,让她感觉到了一丝恐惧。她飞快跑过来扶住时雍。

"我没事。"时雍下了马,提一口气,脊背挺直,"吩咐小二,送两桶热水到我房里。"

春秀连连点头。时雍咬牙："要热！要快！"

赵胤望过去，看到她嘴唇已被咬得乌紫，脸色苍白一片，很难想象这一路她是怎么支撑着骑马回来的。春秀握紧她的手："少爷，我扶你，你靠着我……"

她小小的个子，如何靠得住？时雍摇摇头，还没说话，人已被赵胤抱了起来。

春秀瞪大眼睛，发现手上的夫人不见了。眼前只有赵胤的背影和匆匆而去的脚步，赵胤出口的声音已是冷厉异常："哪个房间？"

春秀赶紧跟上去："秋字一号。"

赵胤一言不发，抱住时雍上楼寻到房间，一脚踹开房门，将时雍安置在榻上，握紧她的手："如何？"

时雍吸气困难："不好。"

"能撑住吗？"

时雍看着他："你别在我面前，应该能。"

赵胤脸色一变，低头，拭去她唇角她自己咬出的血迹："你能为自己行针吗？"

"不能。"时雍沙哑的声音，如若轻喃，"你出去……"

她这样神志不清的模样，春秀还是个孩子，赵胤怎肯放她一人？赵胤不说话，控制住她胡乱动弹的手臂，回头喊春秀："去催热水！快一点。"

"哦哦，我马上去。"

春秀有些慌乱。她从来没有见过时雍这样子。在她印象中，夫人总是笑吟吟的，对什么事都浑不在意，胸有成竹，气势不输男子，跟在她身边就能被保护。这样不能控制自己的时雍，吓到她了。

春秀的脚步远去，时雍皱起眉头，看赵胤的目光越发柔软："我中毒了。"

"我知。"

"我会乱来。"

"我知。"

"你不怕？"

"我是男人。"

"……是男人，还不快走？"

中毒的她，可不像谢放那么不挑性别。时雍眯起眼看他，挣扎不停。赵胤面无表情，由她发怒，霸道地摁住她，不时探向她滚烫的额头，偶尔皱眉。这种不讲理的侵略性是时雍很讨厌的，可大概是他眼里的担忧太过明显，让她有那么一瞬间的失神，意识混乱间，仿佛自己变成了山林里一只柔弱的鸟儿，而眼前这人是强大的雄兽，她须得依附于他，方能得到救赎。

胳膊在他的掌控中，肌肤滚烫而敏感。时雍吸口气，不得不找些话说，以免二人的姿势太过暧昧，诱她毒发："那洞中的香，可催……催……情。"她呼吸微重，说得不畅。

赵胤看她一眼，缓缓皱眉："我知。"

"那你为什么没事？"又来了。她眼里的疑惑澄澈得让人生恨。

赵胤冷着脸："我该有事？"

"我很是奇怪……"时雍想了想，突然生出一种遗憾。若毒发的人不是谢放，而是眼中这位大人，那当如何？这位大人把持不住会做出什么举动，那以他的身手和武艺，若是发狂，谁能挡得住？时雍脑子昏昏沉沉地想着，神思游离，竟比较起来。这一想，她发现赵胤身边尽出美男，个个都长得不错，眉清目秀有白执、气宇轩昂有谢放、高大威猛有许煜、英气勃勃有朱九……不能想。时雍越想越躁动，呼吸起伏，双眼赤红如愤怒的小兽。

赵胤一言不发地看着她，坚持将她制在身下，近距离的接触，让时雍变得难受异常，每一次呼吸好像都有他身上的气息，烧得她连嗓子都哑了起来："你松开我。"

赵胤沉眉："水马上来。"

时雍呼吸不畅，双颊绯红："你再压着我，我就着火了。不等水来，我都烧死了。"

看她六神无主地瘫在那里大口喘气，赵胤定定看她许久，方用沙哑的嗓音说出四个字："此毒甚烈。"

这人脑子长歪了吗？时雍于混沌中恶狠狠地想着，很想撕碎他。

她已经暗示得这般明显，让他不要再接触自己。没有男人在身边或许还好些，她不至于连春秀都不放过，如今一张英俊的脸就在她的面前晃动，彼此呼吸可闻，不是要人命又是什么？"大人……"时雍的视线好不容易凝聚在他的脸上，"我受不了了。你饶了我吧。"

赵胤皱眉，低头注视她的双眼，掌心再次探探她的额头："不饶。"他声音低哑。在时雍万万没有料想到的情况下，突然将掌心缓缓挪下去，盖住她的眼睛，"我留下来，可以帮你。"

他要怎么帮？时雍本就发烫的脸，红得像滴血一般，可是眼睛被他蒙住，眼前一片黑暗，他的手十分冰冷，倒是让她舒服了些，无奈地听天由命。

"水，来了没……"

"快了。"赵胤再次望向门口。

"唔……"时雍脑子几近晕厥，可或许是她有身为女子的矜持，明显比谢放的自制力更强，还能保持一丝清醒，"大人——"

"嗯？"赵胤看她呼吸不过来，头低下，凑近她的脸，"你想说什么？"

脸上绒毛被他的呼吸拂过，时雍战栗一下："大人没有毒发，或许是因为……被毒蛇咬过。"

赵胤想了想，低头睨视她："蛇都杀死了，没办法再抓一条咬你。"

时雍很想当场去世。

重重喘口气后，她瘫了下去。什么都看不见，身子着了火一般，她仿佛被人投入一口烧沸的油锅，烈焰灼烧般难受，浑身上下又动弹不得，如同被蛛丝缠住……"大人，我无法呼吸……"她大口大口喘着气，意识渐渐涣散，突然，嘴里伸入一根手指。

赵胤的声音低低传来："咬。"

005

时雍开始喘息，模糊中咬他一口，当是泄愤。然后，挣扎得更是厉害，如同搏命，赵胤不能伤她，有些无力，渐渐制不住她了。

"要我帮你吗？"

时雍没有反应。

"要我帮你吗？"赵胤低下头，靠近她的耳朵再问。

温热的呼吸痒痒地撩着时雍的发丝，从他嘴里吐出的每一个字，都如同恶魔的召唤。时雍四肢被压制无法动弹，但血液里的躁动因子却被点燃，在双眼被蒙住的黑暗里，她灵魂都似飘离了躯体，正冷冷浮在天际看着垂死挣扎的她。算了！散去最后一丝理智，时雍狠狠道："要！"

赵胤没有说话，一只手绕过她的脖子，掌心在她的头发上撩了撩，将她散乱的发丝拂开，冰凉的手指在她后颈上的大椎穴按了按，又缓缓移动，带着一种轻柔的安抚。这细微的触感为时雍带来的是更多的情动。看不见，感官几乎燃烧："你行不行……快些……"

不料，赵胤手臂突然用力，将时雍脖子歪过来，在后颈一击。时雍的声音戛然而止，脑袋一歪，晕了过去。

原来赵胤所谓的"可以帮她"，就是将她打晕。待时雍醒过来想明白这事，再想想自己产生的误会，很想一针扎死他。好在，赵胤也没有打晕她就直接抛尸，而是将她泡入热水，让春秀照料着，又将煎好的汤药灌入她喉中，再请来济世堂的大夫为她诊治。至少她醒来时，躺在客栈温暖的被窝里，而不是某个荒山野岭的乱葬岗。

"春秀！"时雍虚弱地喊一声，喉头干哑得不像她自己的声音。

一颗黑漆漆的狗脑袋抬起来，大黑双眼湿漉漉地看着她，吐着舌头，狗脸似乎在微笑。

"春秀呢？"大黑冲她摇摇尾巴，歪了歪头，噔噔噔跑出去。待它再撞门进来，后面跟了一个端着汤药的春秀："夫人，你醒了？"春秀惊喜地看着她，走近放好了药碗，一把抓住时雍的手，激动得几乎要落泪，"我以为你死了……"

孩子，你太直接了。时雍瞄她一眼："扶我坐起来。"春秀嗯声，点点头，挽住她的后颈就要扶她起来，可是时雍身上无力，春秀个子又小，扶了好几次都没能拉动她，吸吸鼻子，差点落泪："夫人，您躺着，我去叫人……"

"别叫我夫人。"时雍眨了眨眼，"叫少爷。"

"少爷。"春秀话未落，大黑突然跃到床上，脑袋一下下地拱她的后背。春秀会意，赶紧搭一把手，时雍看着两个小东西，哭笑不得地撑住床。于是，在一人一狗费力的帮助下，时雍被扶了起来，大黑还趁机叼了个枕头放在她的后背。

"好儿子。"时雍摸摸大黑的头。大黑吐着舌头微笑脸跳下床，把下巴搁在床沿，一眨不眨地看着她。想来是她昏迷时候的样子极是可怖了，给两个孩子吓成了这样，一个比一个乖顺，都怕她死。

时雍笑了笑，转头问春秀："将军呢？"

春秀垂下眼眸："少爷睡了一日，将军等不及，已带人回营了。不过，将军留下了白侍卫和许侍卫保护少爷，谢侍卫也还在客栈。将军说，若是少爷醒来方便，再帮他看看，有没有彻底祛毒。"

呵！行的。连一个被打得躺尸的女子都要利用。时雍平静地问："他没有治疗？"

春秀摇摇头，又点了点头："为夫人煎好的药，谢侍卫喝了，将军自己也喝了。"

"腿上的伤呢？"

春秀睁大眼睛，一副疑惑不解的样子："春秀不知情。"看来这小丫头是压根就不知道赵胤受伤。

也是，赵胤这样的男人，大战当前，又怎会让人知道他受伤？抚北大将军肩膀上担负的责任，不仅是作战指挥，还有军心的稳定。一旦赵胤受伤，哪怕只是轻伤，被人谣传出去再夸大其词，对大晏军来说都会起到负面影响。时雍默默喝药。屋子里安静一片。

春秀等她喝完，接过药碗放到桌上，方才回过头对她道："将军走前交代，等少爷好起来，马上回京。"顿了顿，春秀又压低声音，像掌握了什么天机大事一样，小声告诉时雍，"卢龙要打仗了，很是不宁。外面好多人都在往南边跑……"

时雍舔了舔嘴角苦涩的药味，凉凉地笑："怎能这样走？"

春秀不解："少爷还有什么事要做吗？"时雍注视着她不说话，春秀又自告奋勇，"将军走前都交代我了，要好好照顾少爷。少爷要做什么，只需吩咐春秀，春秀可以帮少爷做。春秀要是做不了，白侍卫可以……"

孩子，你的话多了好多！吵！时雍听到"将军"两个字就想到赵胤木然的那张冷脸。所以，在她昏迷前，那些所谓温柔的安抚和担忧的眼神，全是她中了毒后自个儿意淫出来的吧？时雍脑子隐隐作疼，记忆如同一只恶魔的手将她被药物控制时对赵胤产生的那些幻想毫不留情地翻出来，一帧帧在脑子里回放，搅得她气血上浮，如同猫爪子在挠一样。荒唐！丢人！赵胤过分！时雍只要一想到赵胤无视她毒发的狼狈，无视她长得还不错的脸——可能还有点看不上甚至嘲笑，淡定地打晕她再走人这件事，就心浮气躁，情绪怎么都压不下去。

春秀看着她有点吓人："少爷，你怎么了？可是哪里不舒服，我去叫白侍卫……"

"不用。"时雍冷脸阻止她，"我大概是，余毒未清。"时雍懒洋洋地说着，一种莫名的斗志被隐隐地激发了出来。她想：世上应当没有任何一个女子能接受投怀送抱被无情拒绝，对方不仅不感兴趣还差点把她打死吧？

连绵数百里的大青山，曾经被当地人当成福山宝地。不知从何时起，由于野兽吃人的传闻，人们开始避而远之，不再轻易进山，纵是那些以狩猎为生的人也只是在外围行动，不敢进山冲撞了"兽灵"和"邪君"。

那一日，锦衣卫指挥使、抚北大将军赵胤带兵围剿了大青山，将作恶多端的"邪君"斩于绣春刀下，并从山中解救出被困的数百个修炼人，抓捕执事者和小头目数十人。

消息传到民间，引来百姓交口称赞。

强者为尊，"邪君"既然被大都督一刀毙命，再邪也都不邪了，他神化的光环被赵胤一刀打破，再没有人信他。而困惑永平府百姓许久的"野兽吃人拔舌"和"和亲使臣被杀"的案子，也终是水落石出。

没有半妖半仙的"邪君"，也没有专吃人舌的野兽，一切皆是人为。"邪君"一事，很快被人们放下。或许说，相比"邪君"拔舌，灵蛇害人，更让人害怕的是战争阴影已笼罩在永平府上空。

"邪君"害人，是个人，是小我。战争是江山社稷，是家国安危，是大我。

在邪君被剿灭在大青山的次日，抚北军总兵魏骁龙领十万大军在孤山迎头痛击巴图大军。结果不出所料，匆忙于永平聚集的大晏军不敌筹谋数年野心勃勃的兀良汗骑兵。

首战告负。

魏骁龙一日连发三封急报，请求援兵支援。

可是，地方军屯卫所的老爷们数十年来拿着朝廷饷银过惯了养尊处优的生活，得令后往永平府聚集的速度极慢。

赵胤一怒之下，为正军法，于卢龙塞"大晏阵亡将士墓碑"前以人头祭旗，挥刀斩石洪兴、钱名贵等叛逆以及两个无视军令拖延去孤山支援导致贻误战机的将领。

人头祭旗，威慑六军，以儆效尤。

事毕，赵胤再派人递送奏报到京师，告知皇帝。先斩后奏，没有丝毫拖泥带水。一时间，提到赵胤，六军无不惊悚，尚在观望的附近几个军屯卫所连夜加速行军赶往卢龙。

次日，乌日苏的手书和匕首送入兀良汗大营。其上还附有一封赵胤致函："先汗王在世时，年年进贡，岁岁来朝。大晏亦是肝胆相照，每每遣使漠北，带入茶盐丝绸，金银制器。两国交好数十年，恪守兄弟之谊，从无越矩。如今，先汗王尸骨未寒，尔竟领兵南下，大行匪寇之事。是可忍，孰不可忍。为正国本，特此正告：以三日之期为限，兀良汗若不退回松亭关外，贵国大皇子乌日苏的人头将悬于卢龙城楼，祭奠天下苍生。"

接到信，巴图在营中大发雷霆，当即拍了桌子："混账！赵胤小儿竟敢威胁于我？"

巴图自小跟着父汗阿木古郎习武学文，也从姑姑阿木尔的嘴里，熟知了大晏人文历史和风土人情，但他从未踏足大晏一步。年幼时，每有使节去大晏朝贺，他都心生向往，却被阿木古郎严厉制止。

越是得不到的东西，便越是想要。从记事时起，巴图就有一个梦，执吴钩，踏江南赏小桥流水；纵马蹄，醉秦淮闻旧曲新词。赏大晏江山，写豪情万丈。熬到三十有三，老汗王阿木古郎薨逝，终于再无人阻止他的野心，他也不用再凭栏相望，自是要纵马长歌，西问长安。

"逐鹿中原方显男儿本色。怎可因私情而断国运？"巴图将赵胤来函在火烛上点燃，投入火盆，再转身，看到那把匕首，终是慢慢拿起，拔刀出鞘，凝望那刺目的锋芒片刻，又重重推了回去，"连你也来要挟为父！"

二皇子来桑观察了巴图许久，小意地端起酒壶递给巴图："父汗，若不退兵，他们当真杀了大王兄可怎生是好？"

"那也是他的命！"巴图低哼一声，他说话向来冰冷严肃，这一刻不知想到什么，脸上却多了一些温情，喃喃般自语道，"我父汗和阿姑生在金陵，长在金陵，可至死，也没能再回去看一眼。阿姑离世前说，好想再看一眼金陵城，看一眼晋王府，看一眼……阿姑看不到的金陵，我要替她去看。"

说着说着，巴图眼圈一红，竟是小声地哼起了曲儿：

"越关山，是家乡，风流子弟曾少年，多少老死江湖前。

"越关山，是家乡，跋山涉水到金陵，唯愿他能得安康……"

这曲子来桑听过，在姑奶奶过世前那段日子，她总是反复哼唱。来桑听人说，姑奶奶阿木尔才是父汗的亲娘，先汗王阿木古郎其实没有孩子，巴图是抱养自阿木古郎名下的，当然，这是兀良汗秘辛，无人证实。

来桑还听说，阿木尔自幼流落大晏金陵，被尚书家抚养长大，是大晏有名的才女，差一点嫁了当时的晋王也就是后来的永禄大帝。此为她终生之憾，临死不肯瞑目。有时候，来桑甚至认为，父汗一心南下，就是为了姑奶奶的临终遗愿。

巴图端起酒壶，一口仰下，再哼时，声音越发低沉难辨，似乎神伤。

来桑不知父汗的伤心是为了姑奶奶，还是为了被他亲手放弃的大王兄。但他知道，父汗不会退兵了。

"越关山，是家乡……"小曲在汗帐中久久回荡，不散。

卢龙驿馆位于崇山峻岭间的险峻官道边上。夜沉星隐，月亮躲入了云层，山风很大，四周漆黑一片。乌日苏王子的住处，一盏孤灯下，棋盘上杀得正酣。

自从兀良汗开战那天起，那群迎亲的兀良汗使者就被关到了卢龙县衙的大牢，驿站那几个被他们收买的驿丞和小吏，也全被赵胤处置，该换的换，该杀的杀，如今，乌日苏身边没有二皇子来桑的人监视，可他并不得自由。身处异国，又在两国交战时期，身为外邦王子，他步履维艰。

"大都督来找小王，不是为了下棋这么简单吧？"

灯火影影绰绰，赵胤坐得极为端正，他似乎没有听清乌日苏的话，眼睛冷冷盯着棋局，淡淡道："王子的大龙，在劫难逃了。"

赵胤执黑子，乌日苏执白子。盘中局势，确实如他所说，在劫难逃。乌日苏心不在焉，闻言苦笑，慢慢收回手："大都督好一着妙手，就下到这儿吧，小王认输。"

赵胤看他一眼，平静的面孔平添几分森冷："大龙气长，我若绞杀，也得费一番工夫，王子何不着眼于长远之处，徐徐图之？轻言放弃，非丈夫之举。"

乌日苏摇头道："失了先招，处处受制。我已回天乏术，何必再苦苦挣扎？罢了。"

夜凉如水。

棋盘上尚有残局，谁也没有动。灯火灼灼，轻爆一下，惊醒沉思人。沉默许久后，乌日苏终是开口："小王事先应下的话，自当践约。大都督准备何时取我性命？"他脸上冷冷淡淡，带一丝苦笑，无奈又彷徨。正如他下棋时放弃中盘挣扎直接投降一样，在得知他的父汗放弃他的性命后，他也向命运认了输。

其实，从父汗派他出使大晏开始，乌日苏就已经猜测到了今日。只是他一直不肯承认，自己是被亲生父亲放弃的棋子。

在乌日苏出使大晏前，巴图已在筹谋南下。为麻痹大晏，他派出自己的大儿子，把儿子交到大晏手上，又假意要迎娶怀宁公主，逼大晏步步退让。直到青山镇使臣被杀，公主失踪，他刚好准备妥当，这个出兵借口再合适不过。天赐良机，他领兵南下，夜袭松亭关，取宽城，逼向永平，打了大晏一个措手不及。

不知情的民间百姓会认为这场战争是巴图盛怒之下的举动，甚至有人会怪罪大晏对使臣和公主保护不周，这才引发了战争。

如此一来，巴图是情也占了，理也占了，可谓老谋深算。

但身为巴图的儿子，乌日苏清醒地看到了一切，也清醒地知道，比起父汗的皇图霸业，他的性命不值一提。或者说，在更为久远的过去，他就已经知道，父汗不喜欢他。

兀良汗人以勇猛为荣，重骑射功夫，巴图却以乌日苏体弱多病为由，不让人教他骑射武艺，只学一些诗词歌赋、风花雪月的东西。

二皇子来桑才是父汗属意的继承人。来桑的母亲是兀良汗大妃，而他的母亲是一个来历不明、去向不明的女子。祖父阿木古郎尚在人世时，父汗怕被责骂，也为了避免落下一个薄情寡恩的骂名，对他还算不错。如今祖父去了，谁还管他？

乌日苏眼圈潮湿，慢慢起身走到赵胤面前，深深行礼："两国开战，乌日苏既为阶下囚，自当由大都督发落。大都督勿存善念，请按原先约定，取乌日苏首级挂于卢龙城楼，以儆兀良汗大军。"

赵胤抿着唇看他，看不懂他是什么想法。好半响，他从棋筒里拈起一颗黑子，皱眉沉思，轻轻落下："我可以饶你一步，助你脱困。"乌日苏微惊，抬头，"大都督这是何意？"

赵胤道："我下棋从来不为赢棋，只看盘中大局。"

乌日苏愣愣看他："大都督……"

赵胤扭头，叫来朱九道："去告诉霍副将，本座今夜要与乌日苏王子通宵手谈。营中诸事，可由他自行定夺，不必来告。"这就是相当于告诉晏军诸位将领，明早的卢龙城楼，不会出现乌日苏王子的首级了。

朱九拱手："是。"

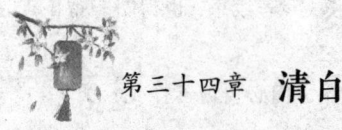

第三十四章　清白

战时的晏军大营，分外紧张。从大营门口到将军营帐，几道关口，几道口令。朱九匆匆进去找到抚北军副将霍九剑，转达了赵胤的意思。

霍九剑身高足足九尺有余，满脸虬髯，是个火炮的性子，闻言，一双眼睛瞪得比铜铃还大："不杀了，俺刀都磨好了，就不杀了？"

朱九心里有点好笑。一开始，他就知道大都督不会杀乌日苏。大概也只有霍副将这样的莽将军真的相信大都督会把乌日苏的人头挂在卢龙城楼上吧。朱九垂目道："霍将军，大都督是这么吩咐的。"

霍九剑蹙起眉头看看他，摆手："晓得了晓得了。去吧去吧。不杀就不杀，哼！"在朱九转身时，霍九剑又道，"谢放和白执回来了，在找什么人，问俺俺也不知，你快去看看。"

朱九一愣，拱手："多谢霍将军。"

在晏军大营，锦衣卫有一处专门的营房，赵胤和一群亲卫就住在这里。今日秦洛当值，朱九走过去，这厮就朝他挤眉弄眼。朱九一脸不解地问："何事？"

秦洛歪了歪嘴，小声道："谢放和白执在里面。"

在里面很奇怪吗？朱九看他挤眉弄眼的暧昧表情，皱起眉头，一拳砸过去："你他娘的咋不变个娘们儿？是非精。"

朱九推门进去，被谢放看到了。

"朱九！"谢放沉着眉头，一脸苍白，"阿拾可有寻到大营来？"

一听这话，朱九怔住了："没有啊，她不是跟你们在一起？"

说罢，他又转头看向白执："爷临走前，不是交代你看住她？怎么了？"

白执懒洋洋地将一张纸递给他："留了封信，消失了。我们猜她不会回京，寻思是不是找到大营来了。"

严格来说，那不是一封信。因为朱九从没见过谁写信是用字配画的。行首：画了一只驴，配上字：大驴。内容：一个女子带着一个小女孩，一匹老马一条狗，正在走路。

朱九看得愣了愣，嘴里"啧啧"有声，然后塞给谢放，板着脸道：

"看不懂画的什么。你们说，这阿拾不会是和咱爷假扮了一回夫妻，就心生妄想，真把自己当夫人了吧？"

谢放和白执没理他。

朱九又摇了摇头："入戏太深。若是她此生打定主意非爷不嫁，那可就惨了！爷不可能娶她，摊上这事可怎生是好？要不，我英勇一点，为爷排忧解难，把阿拾娶了？"他一脸大义，说得摩拳擦掌，"阿拾古怪是古怪了一点，长得还是不错。如此一来，她有了依靠，爷也去了心头大患。更何况，我娶了她后，她不得凡事听我的？为爷针灸，哪里还敢推三阻四？"他跃跃欲试。

谢放和白执齐齐看他，好像在看一个傻子。谢放内敛，没有吭声；白执忍不了，鄙夷道："想死，你不妨试试。"

朱九哼声，笑着看白执："收起你的眼神，我死不死你别费心，管好自己吧。爷让你看住阿拾，你让人跑了，你想好怎么交代了吗？杨斐一走，爷已经很久没罚过人了，说不准你还能开开荤。"

白执似乎也想到了这一层。他叹口气，在椅子上坐下来："阿拾原本是个老实巴

011

交的人，好打发得很。近来也不知是中什么邪，狡猾得跟狐狸似的。我和许煜就在客栈，我俩压根不知她怎么走的，还把她的老马都牵走了。"

"说得是。如今的阿拾，确实不简单。"朱九也觉得邪门，他说着，掀掀嘴唇去瞧谢放，"放哥那日中了毒，在大青山耍威风，阿拾可是直接把你摁住，两三下解了盔甲，啧……"

"这个责任，由我来担。"谢放闷声说完，打水来洗了把脸，扬长而去。

朱九追出去："喂，放哥，你身子不要了？爷都说让你歇着了。"

谢放头也不回："我没事。"

唉！朱九叹息着，牵了马，跟着他出营往驿站去。

驿站灯火通明。一盘棋局厮杀许久未终。乌日苏低着头，冥思苦想破局之策。眼看茶盏里的水干了，他头也没抬，喊了一声："续水。"

不一会儿，房里传来细微的脚步声。来的是个清瘦的小厮，他把茶壶放在桌上，把灯芯挑亮了些，这才慢慢走近，将桌上的茶盖揭开，缓缓注水。水流声缓慢而富有节奏，续水之人极有耐心。可是，茶盏里的水溢出来了，小厮也没有察觉。

哗啦啦！水从茶盏漫出来，流到桌面，又流向了赵胤。乌日苏还在看棋局，浑然不觉。赵胤冷冷抬头，皱眉看他。

"哎唷！"那小厮失声惊叫，似乎刚刚看到水溢出来了似的，连忙讨饶，"看二位爷下棋看得太入神，水溢出来了也没有注意。该死该死，小的这就给爷擦擦！"他说着，掏出怀里的巾子往赵胤身上去擦。

赵胤扫他一眼，淡淡道："不必。"

"这么冷的天，衣服湿了会冻着的，怎能不必呢？"小厮赔笑着，认认真真地拿起赵胤的袖子擦拭，然后又伸向他的胸腹，"这里也湿了呢。给爷擦擦。"

赵胤一把捏住他的手腕，突然看向乌日苏："大皇子，这局赵某认输。改日再下，先行告退。"

乌日苏皱了皱眉头。他觉得这个小厮无礼，但罪不至死。可小厮是大晏派来照顾他的，这个驿馆里全是大晏安排的人，他没有说话的立场，只能眼睁睁看着，弱弱地劝了一句："大都督宽宏大量，不必与小卒计较。"

小厮手腕吃痛，"呀"了一声，回头朝乌日苏一笑："大皇子好脾气，当真是个大好人。大皇子救命呀……"

大好人又如何？乌日苏长叹一声，拂袖入屋，就着书案，提笔写字。

赵胤冷着脸把小厮拽出来，正好碰到来驿馆负荆请罪的谢放和朱九。看到他满脸冰冷的怒气，谢放咯噔一声，心知这顿军棍可能免不了了。

"爷！发生何事了？"他上前拱手，没有去注意赵胤身边的小厮，"爷是不是都知道了？"

赵胤面无表情："何事？"

谢放道:"阿拾走了。"说着,谢放将那一张阿拾留下的书信双手呈上,一副认罚的样子,"是属下办事不力,爷要罚,就罚我一个吧。此事与白执和许煜没有关系。"

赵胤甩了甩书信,待看清上面画的内容后,嘴角微微抽搐,面孔更冷了几分:"不关你们的事,此女狡诈。"

谢放松了口气,觉得大都督终于认识到这一点太不容易了。危险解除,他抬起头,这才发现赵胤身边这个小厮有点奇怪。他一直垂着头,不声不响不看人,但也看不出对他们有几分恭敬;更奇怪的是,爷为何要与一个驿馆小厮拉拉扯扯。

谢放心有疑惑,不敢仔细盘问,只道:

"爷是准备回营,还是……"

"我出去一趟。"赵胤打断他,"你们不必跟来。"说着他大步离去,又转头喝向那小厮,"还不跟上?"

小厮双手缩在身前,肩膀也紧紧缩着,一副很害怕的样子,低垂着头,从谢放和朱九面前快步走过去,没有看他们一眼。

朱九感慨:"完了,这位仁兄不知哪里惹到爷了,小小年纪,可怜的。"

谢放一言不发。看那人背影,他觉得有些熟悉。他跟赵胤时间最久,在他的印象里,能把赵胤气成这样的人,似乎不多。

驿馆马厩的小卒正在给赵胤的乌骓马喂水,一声唿哨,那马儿突然嘶叫一声,水也不喝了,扬蹄就跑。小卒吓了一跳,纳闷地跟上去。马儿撒开蹄子跑得极快,赵胤看到乌骓马奔到面前,奖赏地摸了摸它的头,牵缰绳,翻身上马。看那小厮还站在马下不动,他冷喝:"上马。"

小厮仰头问:"上前面,还是上后面?"

赵胤脸颊一抽,冷冷道:"随你。"

小厮打量了高大的乌骓马:"我上不去。"

赵胤的脸色越发难看。他将大氅往后一拨,袖袍微微一摆,朝他伸出手。

小厮脸上的愁容一扫而空,哼笑着将小手递到他的掌心。赵胤用力一握,想将他拉到前面打横坐起,不料小厮却就势一跃,坐到他的身后,双手圈住他的腰:"走吧,大驴,驾。"

马儿疾驰而去,追马出来的小卒看得瞪大了双眼,几乎不敢置信:"老天爷!我看到了什么?"大都督将一个眉清目秀的小厮带走了,"伤风败俗,伤风败俗啊!"

赵胤的怒意从翻飞的大氅中传来。紧贴在他后背的时雍,能察觉到他绷得紧紧的身子,心知他在生气,可他没有说话,时雍也只是当做不知。既然决定回来找回场子,她自然要占据主动,哪能由着他掌控节奏?

"驾!"赵胤一收马腹,纵马狂奔。乌骓马很有几分脚力,时雍没坐过这么快的马。她偏过头,迎着风问:"大人,你带我去哪里呀?"

赵胤不发一言。时雍故作惊愕："大人上次没有把我打死，是不是心有不甘，准备杀人灭口，再抛尸荒野？"

还是没有回答。耳边只有呼呼掠过的风声。时下季节，卢龙很冷。不过，时雍聪明地躲在赵胤的背后，将头靠在他宽厚的后背，风刮不到脸，倒也惬意。"欺负女子的男人，那可不叫男人。大人不要叫人唾弃才好。"时雍话说得软软的。她想好了，世上男人都喜温柔小意那一套，她又不是不会？撒个娇卖个傻就能搞定的事情，何须浪费才华？尤其赵胤这人，对她的才华和美貌显然都看不上，那她不妨换个思路。

卢龙驿站建在大青山的峻岭边，附近本就荒凉，适逢大战更是渺无人烟，一路策马行来，一个人都没有看到。又走了一段，时雍看出来了，赵胤策马而去的方向是卢龙县城。很明显，他不会带她回营，而是准备再次把她丢到县城客栈去。

"停！"赵胤充耳不闻，马骑得更快。时雍突然松开圈在他腰上的手："你再不停下，我跳马了。"

冷风呼呼刮过赵胤冷峻的面孔，他眉头紧锁，怕她当真从马上跳下去。"吁！"一声低喝，赵胤猛地紧拉马缰绳，飞奔的乌骓得到命令，却没办法突然停下，蹄子撒开往前俯冲一小段路，嘶叫一声，不满地高高扬起前蹄。

"啊！"时雍措手不及，差点滑下去，赵胤反手捞住她的腰，颠簸一下，时雍不得不再次束紧他的腰。马儿停下了，打着响鼻，还有些不满。时雍一副怕极的样子，埋怨道："大人，摔下去人就没了，你知不知道？"

赵胤侧头看她一眼，跳下马："下来。"

时雍傲娇脸，皱眉装无辜："一会儿叫我上，一会儿叫我下。大人是有意捉弄我吗？"

赵胤理了一下凌乱的衣襟，安静地看着她，目光悠远："阿拾，你到底要做什么？"

时雍想了想，跳下马去，一脸老实地站在他的面前："我在驿馆当差，混几个饷银养狗吃饭而已，是大人活生生把我拖出来的。我没有问大人想干什么，大人倒是反过来问我。这是什么道理？"

狡辩！赵胤冷声："你如何在驿馆当差的？"

除了耍不光彩的手段，她能有什么办法？时雍看出他话里的潜台词，也不解释，而是委屈咬住下唇，低下了头："这世道兵荒马乱，我一个女子想要生存，能做什么？无非赚点银子养我的狗，还有养春秀那丫头。驿馆不要女子，我不得不乔装成男子……我还花了五两银子给管事的才领了这个差事呢，现在被大人搞砸了，鸡飞蛋打，我靠什么营生？"

赵胤冷着脸，"谁让你做事了？"

时雍勾唇："我不做事，你养我么？"

"养！"说罢，他惊讶，气糊涂了，说的什么话，赵胤冷冷道，"你是我的婢女，养家糊口不用你操心。回到京师，也自有你的差事可做。"

婢女？时雍牙齿都快咬断了。不过，看他显然已经忘记上次给了她几千两的事情，时雍斜他一眼，也不提醒，只是道："大人这么说，阿拾心里就踏实了。可大人远在卢龙，我回了京，谁来管我？遇到有人欺我，又有谁来为我做主？"

赵胤道："回家不比在外面好？"

"大人！我不想回家。"时雍低低说着，朝赵胤悠悠望一眼，她不想顺从赵胤，可这个人，还非得先顺着，才能徐徐图之，说话前，时雍再三提醒自己，一定要说得小意、委屈，对这位大直男的态度，也要恭敬、坦诚一些，最好让他觉得，不靠着他，她就活不下去了才好，"我家里的情况，大人你是知道的。后娘有了弟弟和妹妹，我在家里就是个多余的人，婚事没有着落，人嫌狗不爱。父亲纵然心有不忍，但家里凡事都听后娘安排，眼看我已十八，名声不好，又与大人多有纠缠……"

说到"多有纠缠"时，她咬着下唇，目光楚楚地抬头看赵胤。

赵胤偏开头。时雍暗笑，说得越发委屈："我知大人看不上我。可我说句不恰当的话，我和大人扮过夫妻，与大人朝夕相处了那么久的日子，有谁会相信我还是清白之身？我名声本就不好，又得罪过广武侯家、楚王府、定国公府……若是大人不肯收留我，我除了死路一条，还有什么活路？"她说得太恳切，太认真，这与她平常满不在乎那一副淡漠慵懒的样子天差地别，仿佛换了一个人。任谁看，这就是一个无辜委屈还坚强的女子。

赵胤许久才道："这个时候，你不该留下来。"

时雍恨不能原地去世。他俩说的是一回事吗？难道他不该忏悔自己言行不慎，害她毁了闺誉，再主动说愿意承担责任吗？她想笑，内心又隐隐有一丝说不清道不明的喜欢："我不留下来又能去哪里？灰溜溜回京，旁人若问起，我如何说？照实说我是被大人抛弃了打发回来的么？那岂不是什么脏水都往我头上泼来了？那些看不起我的人，我得罪过的人，还有宋家胡同那些捧高踩低的亲眷，怕不是个个都要凑上来吐口口水，踩我几脚了。"

这话不算谎话。

赵胤这个人，从小到大跟谁都不亲近，但不代表他不懂人情世故，相比于时雍，他更懂得京里那些人的势利眼。眼神凝聚在时雍脸上，他眉梢微动，将肩上大氅解下，上前一步披在时雍身上，又默不做声为她系好，修长的身子挡住旷野的风，这才沉声道："卢龙一战，死生未定。你何苦涉险？"

时雍双手揪住他的大氅，委屈巴巴，久久没有说话。

赵胤看她老实了，叹息一声："女子名声哪里有命重要？回去吧。我让人护着你。"

女子名声哪里有命重要？时雍从未想过，大都督心里并不那么看重女子的名声。她内心莫名涌起的欢喜，连自己都没有察觉，只是语气明显轻快了几分："有大人这句话，阿拾就心满意足了。大人放心，我留在卢龙，不会拖累大人。我生我死，皆是我命，我也不会埋怨大人。"

赵胤没有料到她会这么固执，他这一生很少与女子打交道，根本就没有对付女子的经验，尤其对付时雍这种狡猾的女人，一时间，也不知该说什么："那你做何打算？"

时雍见热打铁："我都想好了，与其回京被人说三道四，不如留在驿馆，做个杂役。"

留在驿站？赵胤皱眉："不行。"

"为何？"

"驿馆人多嘴杂，你一个女子……"

"女子如何？"时雍抬眼看他，一双原本清淡的眼在夜下隐隐泛出几分自信的幽光，"大人认为，我比男子差吗？"

她是不差，甚至比大多男子更强。可终究是女子。赵胤瞧着时雍，良久，叹声："驿馆万万不可留，乌日苏王子住在那里，极不安全。"

时雍见缝插针："那大人带我回营吧？我跟在大人身边，最是安全了。"

赵胤无言。

时雍抿了抿嘴："我做小卒打扮，没有人会知道我是女子。我既能为大人针灸治腿，又能帮大人做些杂事。最关键的是，我十分忠诚，不让大人为难。大人用我，保证不亏。"

"不行！"营中多危险，赵胤断然拒绝。

时雍听罢，低头拿袖子擦眼睛："大人若不肯带我去，就不用再管我，任我自生自灭好了……"

赵胤张了张嘴，被这女子说得有些词穷了。山风吹过来，他的头隐隐作痛，正不知如何是好，后面就传来放缓的马蹄声和人声："爷上哪里去了？"

"那小卒说是往这边来的。往卢龙县城，就这一条道。"

"爷去县城做甚？"

"不会真把那小厮宰了吧？"

是谢放和朱九的声音。赵胤转身，正要出声，时雍突然抓住他的手腕，再一把抓住马缰绳，小声道："大人，我们还是避一避好，若是被他们看到，大晚上的，孤男寡女偷偷出来，说不定会生出什么误会，影响大人的名誉……"她狡黠地说完，不等赵胤开口，也不给他犹豫的时间，顺势将他和马儿带入了路边的玉米地。

钻了玉米地，没事也有事了。他不顾她名声，那都不要了吧！

玉米地里黝黑一片，成熟的玉米棒子早已成熟被农人扒走，只剩一片高高的玉米秆立在地里，二人一马走进去，有些费力。

"头！"时雍埋怨地看着赵胤，嫌弃他个子高，顺手按了一下他的头。

赵胤眉头皱了起来。这辈子他都没有躲藏过，莫名其妙被她拉入玉米地，这时才反应过来，他为什么要躲？没有做亏心事，怕什么鬼敲门？可是，官道上的马蹄声越来越近，如果他们不继续躲下去，这时再从玉米地里钻出去更不合适，跳到黄河都洗不清。他侧睇看向时雍，有一种被坑了的感觉。

"阿……"

"嘘！"时雍截断他的话，不给他任何说话的机会，那只手仍然死死按住他的肩膀，"噤声。"

赵胤抿住嘴巴，拉着脸。她靠得太近，他不得已身子往后退一步。

"呜——"几只在玉米地里做窝的鸟雀被打扰,突然吓得扑腾着翅膀,冲天而起,嘴里发出惊惧的鸣叫,让官道上的谢放和朱九立马停下了马步。

"谁?"谢放沉声,"谁在里面?"

这一下,赵胤是真的不能动了。总不能让两个下属呵斥着走出去吧?赵胤冷峻的面孔沉了下来,半隐在黑暗里,极是难看。时雍偷偷打量他一眼,内心暗笑,嘴上却老实巴交,一副很紧张、很害怕、很无助的样子,一只小手死死掐住他的胳膊。不是调情地掐,是很重地掐:"怎么办?会不会被发现?"

赵胤看她一眼,沉默。

这时,官道上的朱九说话了:"哪里有人?"

谢放道:"我听到玉米地里有动静。"

朱九嗤声:"可能有什么畜生在野地里干仗,或是捡玉米籽吃……走了走了。"

畜生?时雍差点儿笑出声来。她看赵胤一眼,见他脸黑得锅底一样,暗爽。

那几只被打扰的鸟雀在天空盘旋不走。玉米地鸟窝里的稚鸟听到亲娘呼吸,突然探出头来,叽叽地哀鸣了几声。时雍仿佛吓住了,惊恐地呀一声,往后一退,掉转头,脑袋重重撞在赵胤的肩膀上,正中鼻子。好痛!时雍嘶一声,痛得眼泪都出来了。

这次不是装的。赵胤怔了下,低头来看:"活该!"

时雍摸着鼻子,嗔他一眼,做口形:"不要说话。"

赵胤看她嘴巴一张一合,轻哼。

这时,外面那个冥顽不灵的谢放又说话了:"不对劲儿。"他无视朱九的催促,手执缰绳在原地打着转儿,四处察看,"我分明听到有人的声音。"

朱九:"你中毒把耳朵烧坏了吧?"

一提中毒,根本无法做兄弟。谢放瞪他一眼,突然跃下马来。一条白色的手巾掉落在官道边上,极为醒目,暗沉的夜色下,有几根玉米秆倒下去了,分明有踩踏的痕迹。谢放是个细心谨慎的人。他下马,拉过朱九,对他咬耳朵:"玉米地有人。"

朱九轻轻啊一声。

"嘘——"谢放示意他噤声,目光炯炯地扫视着夜下的玉米地,低低道,"恐怕大都督遭到了不测。"

朱九吓死了:"什么?不可能。"

谢放瞪他,示意他小声,再看了看被乌骓踏过的玉米秆,慢慢走近,蹲下身,将一片玉米叶子捡起来,仔细观察。

"你看这是什么?"

"蹄印!"朱九大惊失色。

乌骓是赵胤的坐骑,赵胤没事不可能去钻玉米地,那乌骓从玉米地里进去,只有一种可能:如谢放所说,大都督遭遇了不测。

二人对视一眼,不用多说,心下已有决定。寂静中,只有风声掠过。

朱九突然站了起来,若无其事地说:"走了走了,你哪这么麻烦?这里紧挨大青山,林子里什么畜生没有？看把你吓的。"他奚落着谢放。

谢放这次没有反驳："走吧。"

二人再次翻身上马，蹄声嘚嘚远去，再也听不见了。天地里寂静一片，冷风送来一抹甜丝丝的幽香。

赵胤皱眉，侧过头，对上时雍的脸："走。"

"好的，大人……"时雍慢慢站起来，突然重重咬了咬下唇，用自己听了都有些受不得的声音轻唤一下"大人，我头晕"，然后脚下一晃，朝赵胤栽倒下去。她刚才被撞了鼻子，痛得眼泪汪汪，这会儿又咬了一口自己，更是吃痛，眼泪唰唰地掉下来。

赵胤伸手扶住她的腰，在时雍的算计下，这一搂简直是标准的偶像剧男神操作姿势，看得时雍脸热心跳，心神一荡，忘了装，就那么看着他。明明是撩人，反被撩。她有点呆。

于是，赵胤看到的就是一张迷蒙无助又楚楚可怜的泪眼。他皱眉，把她拉直站立："头为何会痛？"

时雍双脚稳稳踩在地上，真想……跺一脚，再骂他个狗血淋头啊。她慢慢咬唇，一只手撑着太阳穴："可能是我，余毒未清。"

眼看，身子又往下倒。两人中间就半个身子的距离，赵胤见状眉头皱得更紧，胳膊一抬就圈住了她的腰："手伸出来。"

"嗯？"时雍一怔，没明白。

赵胤冷着脸，一言不发地拉过她的手，手指抚向她的脉搏，静下心来，一动不动。

有鬼么？赵胤居然会把脉？

"大人，你会？"

"简单会一点。"赵胤沉声说着，丝毫没有怀疑是她在骗他，皱着眉头，片刻又松开她的手，"道行浅，看不出有何不妥。去县城，找济世堂的大夫。"

时雍看着男人绷得严肃的冷脸，忽然笑了起来："大人，你是装傻，还是真傻呢？"

赵胤不防她有此一问，面无表情地看着她，一副"愿闻其详"的样子，脸上当真没有半点旖旎。这叫时雍更是抓狂。一男一女在黑暗狭窄的玉米地里，他当真不觉得有什么不对劲儿吗？一点点暧昧的感觉都不会感受到吗？这不是古板冰块，就是感官失调了。时雍不信自己这么没有女人味儿，和男人单独相处，对方居然一点波澜都没有。她急了。跷起脚尖，眼对眼看他："大人，你再看看我。"

她贴得太近，赵胤的鼻子里不期然就钻入了一些带着甜香的味儿。他分辨不出那是什么味道，反正和营中的莽汉们洗澡用的皂荚味不同，清香馥郁，却不会令他不适。

"看出什么了吗？"暗夜下的女子肌肤莹白如瓷，与夜色形成鲜明对冲，于是那笑容便有了一种姣好又狡黠的味道。

赵胤微微沉眸，头皮一阵发紧，他探了探时雍的额头，然后双手扼住时雍的肩膀："果然余毒未清，不能再耽误，速走。"

他把她的反应当成中毒了？时雍有点后悔刚才说"余毒未清"了。眼看赵胤牵了乌骓就要出去，时雍甩开他的手："站住！"

赵胤下意识回头，皱眉看着她。

"大人，我不绕弯子了，我直说了吧。"

"说！"

时雍道："我在这世道无依无靠，我想跟你走。你要是不肯带我回营，我就自己找到大营，告诉所有人，我的清白被你毁了，你却不肯对我负责，让我很难做人。"

赵胤瞳孔微缩，这细微的小表情，时雍看不见，只一副慵懒、漫不经心的样子，再问他："你说，这样会不会动摇军心？"

二人相对，任山风吹过。鸟雀在天上飞来飞去，稚鸟还在等它的父母归巢。赵胤忽然竟觉得可笑，他为何要受一个小女子要挟？

"早就警告过你，别在本座面前耍花样，看来你是忘了？"在时雍一系列的骚操作里，他方才有点失神，可他是赵胤，风浪见多了，又怎会栽在一个女子手上，任人拿捏命脉？他低头，看着时雍，目光坚定而冰冷，"你我清清白白，我何惧人言？"

"清白吗？"时雍扬起一个笑脸，斜眼妖娆又姣美，"我能说出大人身上的所有特征，这里、这里，还有这里，你身上有几个疤，你……长什么样子我都一清二楚。你说，人家信不信？"

赵胤推开她的手："你为我疗伤，知道这些又有何难？"他冷冰冰看着时雍，眸底有一丝居高临下的审视以及不愿意被女子束缚和左右的挣扎，"我劝你老实点，外间传闻我心狠手辣，不只是传闻而已。"

"大人的话，我听明白了。"时雍望着他，点点头，露出一丝无奈的叹息，赵胤见状，以为她已经想通，正准备放缓语气，再安慰她几句，却见她突然露出微笑，一双胳膊蔓藤似的缠上来，直接抱住了他的脖子，"照大人的意思，我们只要不再清白了，大人就怕了我，对不对？"她玩笑一般，说得轻松，说完双眼眯起，像看猎物一般看着赵胤，莞尔一笑，"大人，那我们今日就不要清白好了。"

赵胤没有想到这个女人会如此大胆，被她紧紧抱住，一时间神色不定。

"阿拾。"他沉声喝止，却对上一张笑脸，有些无措，他反应慢了半拍，慢慢扼住她手腕，想将她拉开，"我不能——"

话音未落，时雍突然呀一声，娇娇地撞入他的怀里，声音慌乱得像做了什么错事被人撞见的样子："大人，你别这样，有人来了。"赵胤目光一沉，转过头，就看到举着钢刀默默潜过来却不小心抓到大都督"现行"的谢放和朱九。

四人对视，很是尴尬。谢放慢慢把刀放下："爷。属下告退。"朱九想到自己说过的"畜生"，更是灰溜溜地跑了。

"站住！"赵胤喝一声，等他们站定，想要解释一句什么，可是看看怀里"无力"的女子，又觉得说什么都困难，忽然有些好笑。

"有你的。"这话是对时雍说的。可是，时雍只当没有听到。朱九却问："爷，什么有我的？"

赵胤沉声："滚！"

两人飞快地离开了玉米地，带来一阵暧昧又尴尬的窸窣声。时雍见状，舒了一口恶气。目的达成一半。她慢慢将双手从赵胤身上解下，看他一眼，转身就走："大人，告辞！"

赵胤一口气提不上来："站住！"

时雍回头，眨眨眼："你不是叫我滚？"

赵胤喉头卡住。时雍又笑："大人放心，我不是死缠烂打的女子。既然投怀送抱都遭到大人嫌弃，我就不打扰了。天涯何处无芳草，下一朵花会更好……啊！喂！"

她话未说完，身子就被赵胤一把托起来，重重丢到了乌骓马的身上。

不用再被玉米秆子刺挠，时雍是乐意的。可是转头，看到赵胤黑沉冰冷的脸，如暴风雨般可怕，又不免有点心虚。这一次，真的把他惹毛了？

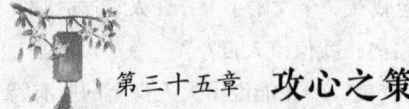

第三十五章　攻心之策

官道上空无一人。还是那片夜色，还是那个荒郊，却无端温柔起来，连风里似乎都荡着涟漪。

时雍被赵胤丢下去是侧坐马上的，上了官道，他翻身上马，自然而然坐在后面，将她半搂在怀里。明知这是他不得已的将就，也没有别的选择，时雍还是故意害羞地"撩"他一眼："大人，风好大。"

这个时节的夜晚是有些冷的，时雍坐在前面刚好是顶着风口，风吹入脖子，刀子刮一样难受。她还是想换到后面去坐，有劲腰可抱，又有人挡风，还能享受策马奔腾的快感，何乐不为？这匹乌骓马脚程快，彪悍、强壮，她爱了。可是，马的主人很可恨。

赵胤睨她一眼，执缰跨马，一身冷气，不为所动。

"大人，我冷。"时雍缩肩膀，做小可怜状。

赵胤目光凌厉，一言不发地将她身上那件大氅往上拎了拎，用力将她从头盖下去。

时雍想，若是此时有人看到她，一定会觉得这人好像一具尸体啊。

马儿颠得够呛，赵胤想是气极了，无论时雍说什么，他都不肯再理会。纵是她有三寸不烂之舌，遇上一个闷驴似的对手，也无处发挥才干。

时雍服了。颠着颠着有点困，她打个呵欠，干脆靠在赵胤胸前打瞌睡。来日方长，急什么呢？再生气，他总也不会当真宰了她吧！时雍放松心情，闭着眼睛靠着他，还真就睡了过去。

等赵胤发现身前的女子没有反应的时候，拉开大氅看到一张熟睡的脸，脑门嗡一下，气得喉头发紧。

他原以为这女子捉弄了他，坑害了他，再被他气汹汹抓上马多少会有些怕。毕竟他恶名在外，杀人如麻，确非说说而已。可她，竟是睡着了？一颗脑袋慵懒地歪在他的胸口，青丝微垂，一只手环住他的腰，一只手揪着大氅，长长的睫毛在风中轻颤，嘴微微噘着，不知梦到什么，还有一丝微笑。这睡姿安稳平静，哪有半分害怕的样子？不仅不怕，她分明胆大得根本没有把他放在眼里。

赵胤修炼二十几年的自制力，几乎瓦解。此女狡诈、大胆、欠收拾！他气得心潮起伏，可一身郁气又无处发泄。只得……放缓马步，走得慢了些。这么缓慢而行，到永平营地已是深夜。

径直将乌骓马骑入营房马厩，赵胤抬起手想要恶狠狠拍醒这个人，可他手刚扬起，时雍就恰好睁开了眼睛。一看高高扬起的巴掌，她震惊地问："大人要打我？"

这巴掌是落下去，还是不落下去？赵胤冷着脸，跳下马去："到了。"

时雍整个人是靠在他身上的，又刚从睡梦中醒来。他一声不响地跳下马去，她在马上就坐不稳了，大惊失色地看着这个钢铁直男，身子歪了几下抓不住马鬃，腾地往下倒。

"大人——"惊叫声戛然而止。赵胤一只手稳稳托住她，眼神有些嫌弃："你何时这般娇弱了？"

时雍嘴角微扯，心里忖道：大人，你可总算是发现疑点了么？"大人。"时雍站稳看看四周，打个呵欠，"你不生我的气啦？"

赵胤默默注视她片刻，杀了她的心都有，可这小女人双眼无辜澄澈，一副没有睡醒的困样，想来骂她几句也是听不懂。他冷冷道："约法三章。"

时雍既来之则安之，乖顺地点头："大人，你说。"

赵胤："第一，不可暴露女子身份。"

时雍微笑："不必大人叮嘱，我自会注意。"

赵胤看她这会儿老实巴交的样子，哼声："第二，不可胡说八道。"

时雍大为不解："何谓胡说八道？"

赵胤皱眉盯着她，看她凝眉不语，冷冷道："不许将你我之事，道与人知。"

时雍内心暗笑，脸上却摆出一副委屈的样子，咬了咬嘴唇，嗫嚅道："你跟我，有什么事？"

赵胤安静地看着她，不再跟着她的节奏回答。

"第三，不可擅作主张，凡事从我、听我，令行禁止。"

"哦。"时雍故作怯意地看他，"我知道了，就是不能让人知道我是女子，不许告诉别人我们之间有事，不能擅自主张离开大人，要时时刻刻跟着大人，我这么理解，对不对？"

赵胤实在听不下去了，只怕再说几句，又被她歪缠出什么有的没的。他冷着脸，一本正经地吩咐："犯一条，我就送你回京。"

时雍问："犯三条呢？"

赵胤回头看她，久久没动，那口卡在喉咙的气几乎冲体而出："犯三条。我宰了你。"

看他冷冷说完，背转身就走，显然是气得不轻又拿她没有办法。时雍扬了扬眉梢，"大人。"她站在马厩不动，一副不知所措的样子。

赵胤停步，仰头望天，长长一叹，头也不回地道："跟上！"

"是，大人。"

在进入锦衣卫营房前，时雍是得意的，哪知，这人坏水都憋在肚子里，心眼子比她还多。让朱九出来为她安排了隔壁的小间住下，又叫来热水沐浴，泡脚，末了，叫来时雍："要跟着我，那爷便成全了你。"

时雍万万没想到，这人毫无怜悯之心，丝毫不顾已是深夜，让她针灸治腿，按摩松骨，而他舒舒服服地合着眼躺在那里，好不惬意。她突然恍悟，这笔买卖，到底是赚了，还是赔了？为了一点儿不服气，自跳火坑，给人做奴婢？时雍冷着脸，面色紧绷，看不出半丝得逞的喜色了。

带着懊恼卷起赵胤的裤腿，她皱眉惊讶。毒蛇咬中的伤口已经结痂了，就在膝盖往下三寸处，靠近足三里穴，牙印变成了几个小黑疤。他的膝盖还是有些硬实红肿，可毒蛇的毒似乎没有对他造成丝毫的作用。时雍说不出的惊疑。要知道，张芸儿就是被那种蛇咬死的呀。这人百毒不侵吗？

赵胤半睁眼："还愣着干什么？"一阵针刺的疼感袭来，他猝不及防，差点没忍住出声，"你——"

看他眉头紧皱，一脸愠怒，时雍嘶了一声："痛吗？"

赵胤平静地看着她，又合上了眼："不痛。"

时雍："许久没扎了，有点手生，大人忍着些。"

赵胤面无表情，仿佛睡过去了。

等时雍针灸完回屋睡的时候，累得精疲力竭，回去倒头就想睡。

谢放一直冷眼旁观，虽说赵胤吩咐将阿拾当近卫看待，可他哪里真敢这般待她？她一回房，谢放当即让朱九抬了热水进去供她洗沐。

若说朱九之前还没有开窍，从玉米地回来，对此是毫无异议了。阿拾和爷两人，玉米地都滚了，关系哪还是单纯的主子和近卫？朱九再不懂事，也明白谢放的一片苦心。从玉米地回来，爷还没找他算账，可这一顿军棍说不准哪天就真的落下来了，他可不想继承杨斐的专用军棍。为了曲线救国，他决定把主子的女人伺候好，将功补过。

于是，时雍发现这些人变了。

以前她也常出入无乩馆，可这些人对她就是"兄弟情"，很自在从容，这天晚上开始，不仅朱九，就连白执、许煜、秦洛等人也是一样，对外说她是赵胤的侍卫；对内，处处照顾她，把她当半个主子。

赵胤把她带回营地，本就是小厮打扮，倒没有引起什么人的注意。除了几个侍卫，旁人不知她是谁。何况，大战在即，也没有人在这个节骨眼上注意到赵胤身边多了或是少一个侍卫。整个晏军大营的注意力，全在孤山。

孤山一战，兀良汗正面迎战晏军大胜。巴图士气高涨，急欲一鼓作气南下。他烧了赵胤的信函，将来使痛打一顿送回，复信一封："天收吾子，为国尽忠，死得其所。"十二个大字道尽了他对乌日苏的父子情分。一个儿子性命，比起他的宏图大志，分量远远不足。

不仅如此,他不顾儿子乌日苏的安危也就罢了,甚至利用了乌日苏的事情,当夜在帅帐大醉一场,又唱又怒地吼叫一番。次日校场点名,大诉悲情,生生要将一支骄兵,打造成哀兵:

"兀良汗的勇士们!我儿乌日苏身陷敌营,危在旦夕,仍却不顾性命,以死明志,盼兀良汗铁骑踏平卢龙,为他复仇……赵胤以我儿乌日苏性命要挟我退兵,无耻之极,无耻之极。阵前丧子,于我巴图,是奇耻大辱。王子之血,不能白流,我巴图的儿子,不能白死。大晏逼我如斯,这一仗,不得不打。"

巴图突然手执佩刀,直指天际,大声喝道,

"兀良汗的勇士们,为了阿木古郎大汗的威严,为了兀良汗人屈居漠北数十载苦寒的屈辱,为了让大家赏尽大晏春天的百花、夏天的果木,我,巴图,将承继父汗阿木古郎遗志,重振漠北草原,踏平大晏山河!"

校场兵士手执弓弩刀枪,齐齐大喝,声势震天:

"重振漠北草原,踏平大晏山河!"

"冲出孤山,剑指卢龙!"

"让我兀良汗的铁骑,踏平顺天府,活捉大晏皇帝!"

巴图看着校场上整齐的骑兵,雄心万丈,志在必得。骑马高踞人前的二皇子来桑,内心却满是疑惑:三日已过,卢龙城楼,没有悬挂乌日苏的人头,也没有人知道乌日苏的近况。赵胤,到底在打什么主意?

孤山晏军大营,魏骁龙在啃窝窝头。

两军胶着三日了。首战告败后,魏骁龙屡要援兵不得,却收到一封赵胤的密令:不得与兀良汗正面交锋。

得令后,魏骁龙率残部退至孤山以南十里,不安营扎寨,而是在通往卢龙的必经之路两侧,以百户为作战单位,分散、游走,机动作战,灵活利用小股作战的方式生生拖住巴图南下的脚步。

"敌停我打,敌战我退。"这是赵胤下的命令。

魏骁龙本是一员虎将,是个铁血汉子,最喜欢的就是大军对冲,在正面战场上真刀真枪地跟对手一决生死,并以饮血沙场、马革裹尸为最高荣耀。起初,他对这个指令颇有些不屑。是骡子是马面对面干就是了。难道大都督以为他怕死不成?在他看来,这就跟女子打架扯头发一个道理,没得劲头,有点猥琐。可他万万没有想到,就是这种猥琐的打法,竟然十分好使,一天下来,把巴图惹得直跳脚,愣是过不了孤山。

如此一来,魏骁龙也得趣了。他致函赵胤:"此计甚妙,大都督英明睿智,末将拜服。"

赵胤回信:"援军还要不要?"

魏骁龙复函:"要。"

赵胤:"没有。孤山险地,易守难攻,本座要你顶住七日。少一日,提头来见。"

没有援军,那你问个屁啊!但他不敢这么对统帅说话,只能长叹一声,言词恳切地复函:

"末将必坚守孤山,纵使以我之血祭山河,也在所不惜。然则,望大都督明鉴,提头来见末将万万做不到,顶多变成厉鬼入梦,向大人辞别。"

赵胤:"准了。"

孤山战事胶着,对一心速战速决的巴图来说,是沉重的打击,对大晏而言却有百利。先前仓促应战导致的诸多问题,在这几日里,赵胤都得以腾手完善。武器、粮草等军需也全部到位,兴州、开平、建昌、东胜等地调来的援军也陆续抵达。如此,再进行整兵应敌,就变得游刃有余了。

巴图以骑兵压境,突然袭击,在人数上和准备上,都力压晏军;可是,孤山数日,马蹄却始终破不了孤山,兀良汗士气渐渐低迷、浮躁。

这几十年来,巴图随阿木古郎在草原上与各个游牧部落间多有交战,百战百胜,对行军打仗多有心得。但那些都是面对面地激战,拼的是悍勇,他虽也修习兵法,却从未见过这样的打法。

晏军不仅游而不战,那魏骁龙甚至越发来劲。他带领的一千晏军,就像山中的兔子似的,一打就跑,就像头上虱子,怎么都抓不着,不仅如此,晏军每每还会留给他们一些字条。譬如:

"漠北草原那么美,你却惦念我娇媚!"

"寒风乍起,汝娘盼归!"

"天下风光千千万,一生哪能看得尽?"

"毡帐冷,无余被,回首漠北离人醉!"

"大晏河山虽是好,不如家乡儿娘笑。"

"北风切,情难绝,问君多少离别泪!"

"古今战事,不论荣辱,入侵必亡!"

……

一开始兀良汗兵看了字条,嘲笑晏军只会做娘们儿样子,只通风月,不会打仗。可是,随着战事在孤山胶着,兀良汗兵没有了刚开始那种势如破竹的优势,再看这些小字条,许多人便生出了惆怅:要入冬了。入冬后的漠北草原极为寒冷。毡帐够不够暖?被子够不够厚?炭火够不够御寒?老娘、娇妻和孩子,有没有吃,会不会冻着?

孤山越是打不下,兀良汗军队里的丧气就越重;反之,晏军得到支援,士气高涨,好几次小股作战,也敢短兵相接地肉搏,还有赢面。

巴图大骇,不再像刚入松亭关那样一路推进,也不再强行进军孤山。他痛定思痛,反思复盘,发现中了晏军诡计。一令下,兀良汗退后十里,驻扎在孤山以北,休整军队,以图后计。这是一个野心勃勃的枭雄,有勇,且有谋,不会意气用事。

但是战事不妙,让脾气本就暴躁的巴图,更是狠戾了几分。为了不让大军产生退意,他下令斩首了几个在营中鼓吹退回去过冬的将士。二皇子来桑见此情形，临夜敲开帅帐："父汗，儿有一计。"

巴图正在气头上，闻言皱起眉头："说说看。"

来桑心知父汗看不上他那点军事才能，但不要紧，他会证明给他看。来桑低头道："兀良汗长于骑兵，但火器也是一绝，父汗何故不用？"

巴图一听变了脸色。他看着来桑，神色莫辨："火器已被先汗王毁去大半，为父也在先汗王面前发过毒誓……"

来桑一笑："父汗太重情义。毒誓若能应验，这世上还有人在？"

烽火狼烟里，暂时的安静并不会让人彻底放松。反之，突然的安静，反倒催生了紧张，让人们血脉贲张，亢奋又惊惧，激情又后怕。

炙热的战火席卷永平府，铺天盖地全是与战争有关的消息。巴图还没有打进来，卢龙这座城池却已被点燃，能远走避祸的百姓早已拖家带口离开，没处可去的人们纷纷关门闭户，就连前几日热闹的茶楼酒肆，都歇业了大半。

时雍入住大晏军营，赵胤对她管得极严，不许她去营中闲逛，除了为他端茶倒水、针灸推拿，根本无事可做，直到她旁听了几次战局，为赵胤献出"游击之战"和"攻心之策"，这种悲催的"奴隶生活"终于到头。

赵胤讶异于她的足智多谋，更震惊于小小女子，竟有孙子之才……

来自于他的疑惑目光，时雍自是感受得到。她其实受之有愧，但又不好告诉赵胤，这些东西只是"借用"，并不是她真的会排兵布阵，不仅没有孙子之才，连老子的见识都没有。当然，能让赵胤佩服自然是好。

孤山传来捷报的第二日，春秀和大黑就被朱九接入了营里。这本是好事，可渐渐开始有人怀疑了。

春秀年纪还小，做小子打扮，分不出雌雄；大都督打仗带一条狗也无可非议；就是大都督营中新来的近侍，肤色太白了，个子太小了，声音太娇了，没一处像个能打仗杀敌的爷们儿，还日日跟在大都督身边，甚为可疑。

营中传言四起，没有人敢当面非议赵胤的私事，但私底下不乏怀疑的言词。赵胤被道常批命的事情少有人知，但几乎所有人都知道大都督不娶妻、不纳妾，身边连个暖床的女子都没有，侍卫倒是个顶个的英俊挺拔。

"大都督恐好男风。"第一个说的人是猜测。传来传去，"恐"字没了，渐渐变成了"大都督好男风"。战争的硝烟味，也吹不散这股子香艳的传言。

不过，时雍一无所知。这是她第一次亲历战争，在营中的新鲜感过去后，每一天都比想象的漫长；尤其，在赵胤严令她不许外出之后，更是度日如年。

晌午时，朱九传消息来，让她收拾收拾了，说是明日大军要开拔，前往孤山，这次大都督会亲自领兵。

要上前线了。

吃过饭,大黑就趴在时雍的脚下,就像听懂了朱九的话一样,焦灼不安,稍有一点动静,它立马抬头去看,两只耳朵竖起来,一脸警觉。

"你别怕。"时雍慵懒地躺在赵胤营中的椅子上,百无聊赖地抚摸大黑光滑的背毛,漫不经心地叮嘱,"你得学聪明点,有危险就开溜。你是狗,没有人会注意你。开战了,你就找个地方躲起来,等结束再来找我,知道吗?可别再逞能了,狗祖宗。"

大黑摆了摆脑袋,抖抖被她揉乱的毛,却没有不悦,而是伸出爪子刨了刨时雍的鞋,又伸出舌头慢慢舔舐,很温柔。

"我知道你不怕,你想陪我。但狗命要紧,你的安危对我来说,很重要,你知不知道?"时雍其实从来不知道大黑是不是真能听懂她的话,只是常常觉得,大黑什么都懂。懂她的心情,懂得照顾她,就像一个亲密的伙伴,有时候比伙伴更亲密,比儿子更可靠。因为大黑对她,绝对忠诚,就算世人都背叛了她,大黑也不会。

"傻狗。"时雍低笑一声,敲敲大黑的脑门,原本慵懒趴在地上的大黑突然警觉地抬起头,扭转身子往外看。在时雍听到重重的脚步声前,大黑已经站了起来,守到了门口。

"大都督!"霍九剑的嗓门大得洪钟一般,人在门外,就叫了起来。

大黑嘴里低鸣,跃跃欲试。时雍见状制止:"大黑回来!"大黑得到指令,摇了摇尾巴,舔着嘴巴回来又乖乖趴回到时雍的脚边。

霍九剑是抚北军副将,在这个营里是仅次于赵胤的存在。因此,对于外面那些不堪入耳的传言,他认为自己职责所在,有必要来提醒一下大都督。哪料,走进来就看到时雍和狗一个瘫着,一个趴着,要多懒有多懒。时雍坐的椅子,还是大都督的位置,没上没下,没尊没卑。

霍九剑一看脑门就突突开了。难道传言果然是真的?赵胤身边的谢放、朱九等人,霍九剑都见过,一个比一个守规矩,哪有这个小侍卫那般?不仅受到赵胤亲卫的优待照顾,还能大摇大摆在赵胤营房里当大爷。啐!伤风败俗的东西,勾引大都督。

霍九剑很是不屑这种靠脸吃饭的小白脸,按剑上前,横眉冷对地看着时雍,喝道:"谁许你坐这里?"

这位壮硕的将军看到她的第一眼就充满了鄙视,时雍自然看见了。霍九剑那身高,一个顶她俩,时雍可不敢轻敌:"霍将军,大都督不在,您有事吗?"

见她不正面回答,霍九剑更气了。此小儿竟不把他放在眼里?"你给俺站起来。站好!"

霍九剑面目刚毅,刀锋似的浓眉竖起来,像训小兵似的,那模样有点像时雍以前看过的张飞,极为扎眼。

她暗自好笑。脸上却满满的怯意:"小的看到霍将军威风凛凛的样子,脚软,站,站不起来了。"

霍九剑一怔。小儿就是小儿。唬一唬就吓成这样。霍九剑重重哼声:"那你便坐着说。"

时雍差点笑出声来,这家伙能做将军,大概是全凭了他那高大的身板和武力吧?时雍身子半坐不坐："多谢霍将军体恤。"

霍九剑常年在军中摸爬滚打，对这种斯斯文文的小儿看不上，也很少打交道。人家若是跟他对骂，他能打得人满地找牙，可碰上一个客客气气的，拳头打在棉花上，他反倒不好意思那么凶了："小儿，俺来问你。你可知你犯了何罪？"

这……都犯罪了？时雍一脸吓得不轻的表情："霍将军，小的不知。"

"哼！"霍九剑哼声，一板一眼地教训，"大都督治军严谨，一向洁身自好，若非受你勾引，何至于做出这等伤风败俗的事情？"

时雍讶异："大都督做了何事？"

霍九剑看着这个唇红齿白的小儿，嘴里吭哧两声，不好意思把那些大老爷嘴里的污言秽语说出口，只厉色道："你但凡还有廉耻之心，就赶紧地离开大都督，不要坏了他的名声。两军交战，阵前统帅的威名，不容玷污。"

他横眉怒目的样子极有气势。换个别的小姑娘，恐怕会被这铁塔似的大汉吓死。时雍却摇头，断然拒绝："大都督说了，不许我离开他。"

什么？这种话大都督都说得出口？不可能！一定是受了这小儿蛊惑。霍九剑看她不为所动，拉下脸来："你不要敬酒不吃吃罚酒，逼俺做出得罪大都督的事情来！"

看他手按腰刀，面有薄怒，时雍微怔："霍将军要怎的？"

霍九剑手指着她："俺要亲自禀明大都督，把你逐出大营。"

"好吧。"时雍觉得有点好笑，嘴上却说得正经，"那我就要多谢霍将军成全了。刚好，这营里我也待烦了，无聊得很。"

霍九剑眼珠瞪起："你说话算话？"

"自然。大都督整日把我闷在营中，这个不许做，那个不许动，我还必须按他的要求每日写字帖，活像那笼中之鸟，不得自由，比坐牢也好不了多少，何趣之有？"

时雍说得缓慢而淡然，待说完转头，这才发现门口多了两个人：赵胤领着谢放，就站在那里。他眸色深浓，面无表情，看不出喜怒；而他后面的谢放，低垂着头，却很紧张。

霍九剑看到赵胤来，微有尴色。但他是个汉子，有什么话就直白地讲："大都督，末将前来，有一事相请。"

赵胤平静地看着他："霍将军直言无妨。"

霍九剑二话不说地指着时雍："烦请大都督将这个小儿赶出大营，以免流言泛滥，影响大都督威信，动摇军心。"

赵胤凝视着时雍，一动不动。倘若不是时雍对他的禀性有些了解，非得被这冰冷的眼神杀死不可。她直觉赵胤在生气，但她猜测，是因为霍九剑说的那些话——营中流言四起，让他很是恼怒。闻言，她瞄赵胤一眼："我觉得霍将军说的极有道理。只要我一走，流言不攻自破——"

"霍将军。"赵胤冷声打断，"本座行事向来赏罚分明，岂会因区区流言，就撵走功臣？"

霍九剑蒙了："功臣？"说那小儿吗？就那弱鸡似的身板，除了伺候大都督那点事，哪来的功劳？"

赵胤不看时雍，冷声道："不瞒霍将军，孤山对敌之策，正是出自此子。"

"啥？"霍九剑脸僵住，看他不像开玩笑，又望向时雍，啧了声，"年纪小小，何处习得兵法？"

他眼里充满狐疑，根本不相信。事实上，以时雍的年纪和阅历，确实没有人相信她有这等惊世骇俗的兵法谋略。

时雍无奈，叹息一声："我爹教的。"

霍九剑只是一愣，随即哼声："俺不信。"

这是一个认死理的人，要让他心服口服并不容易。迫不得已，时雍厚着脸皮将一些熟知的军事谋略说与他听。对时下的人来说，首次得闻很是新鲜，不由得惊为天人。

霍九剑再对她说话，已是谦虚很多："宋小哥恕罪，俺是个粗人，莽撞了。等战事了，俺一定要去拜访令尊，结识结识这等隐世高人。嘿嘿，还望小哥宽宏大量，原谅俺今日之举，为俺这粗人引荐引荐。"说罢，他又朝赵胤拱手行礼，"大都督，今日之事，多有得罪。俺这脸这会子臊得很，英明一世，竟误听人言，对大都督惜才之举，心生猜疑。"

赵胤面色凝重，一言不发。

霍九剑又嘿嘿笑道："能得宋小哥这等谋士，莫说让他住在自家营房里，便是每日为他脱鞋洗脚，俺也甘愿。"

"洗脚就不必了。"赵胤安静地看着他，就好像这误会不曾存在一样，"本座说过，赏罚分明。往后营中，凡有说三道四者，一律交由霍将军处置。"

霍九剑听得脊背冒汗。嘴上说不罚他，却把最难的差事给了他，这与"拿他是问"有何区别？"末将领命！"霍九剑气势汹汹地来，蔫头蔫脑地走了。

时雍听进去了那句"赏罚分明"，她还没有得过赏呢，转过头就准备开口要，突然发现赵胤脸色有些不对。

太平静了。平静得莫名诡异。

三个人僵持在房里，除了大黑谁也没动。

赵胤脸上的凌厉，时雍许久没有见过了。她斜眼看过去，见谢放脑袋低得恨不能塞到肚子里去，于是，默默退后两步，看一眼大黑，转身就跑。脚还没有迈出门，后脑勺一阵冷风袭来。赵胤身形快如鬼魅，抢步在前，时雍冲上去就撞到他坚硬的铠甲上。

这人个子太高了，她侧过身，想绕开，不料胳膊被赵胤抓住，一把拎起来拽回房里。大黑见状，"汪"的一声扑上来。赵胤转身，大氅拂动，大黑刚好扑在里面。

"大黑！"时雍叫了一声，发现赵胤脸色阴沉，整个人冷硬得犹如一块石头做的棺材板。若大黑真的咬到他，他俩还能活命吗？

"大黑快跑！你不要命了。"时雍就势拖住赵胤，冷喝一声。发现赵胤的脸更黑了几分，而大黑一击不中，并不肯退，不服气地咆哮。

"大人！"时雍厉色制止了大黑，朝赵胤淡淡一笑，"大人何必动怒？若是不想赏我，便不赏罢了。我又不是多在意此事的人。"

"你在意什么？"赵胤冷着脸看她，抬手一摆。谢放见到手势，看一眼他们，默默退下去。门合上了。二人相对而视。

"宋阿拾，"暗黄的灯火下，赵胤双眉微拢，英俊的容颜浮上一层逼人的冷色，轻易握紧时雍的下巴，抬高，低头逼视她，"本座对你太好了吗？"

嗯？叫她全名，自称本座，恩情不在，这是要往开虐的剧情走了吗？时雍微微一笑，懒得挣扎，顺势靠上去双手环住赵胤的腰，声音委屈慵懒："凶巴巴的，你哪里对我好了？"

赵胤料不到她会如此，身子倏地僵硬。他太缺少对付女子的经验了，第一次就碰上这么个狡猾的女子，明明满腔怒气，被她身子软绵绵一靠，委委屈屈地质问，这画风一转就变得好像他错了一样。赵胤半晌才将她身子拉开，定定看她："你胆子太大了，无事生非。"

时雍扬起一张笑脸问："我何曾无事生非？"

赵胤冷声："死活要跟来的是你，在霍将军面前编派我的，也是你。宋阿拾，你到底要我如何？"

叫爹！时雍心里想着，微微噘起唇角，迎上他淡薄的眸子。他脸上依旧看不出情绪，但刚才拦下她时的戾气和怒火，明显散了许多。

没那么生气了？时雍咬了咬下唇，说得可怜："要不是大人惯着，阿拾哪敢如此大胆？不都是你惯的？再说了，我也是为了大人的声誉着想，我留下来坏了你名声，于心不忍……"

哼！赵胤看她一眼，说得淡然："那不是正如你愿？"

时雍猛地抬头。呆头驴也不呆嘛，连这都能猜到？她吸鼻子，更委屈了："大人平白指责，枉我一番苦心……"掉转头，她揉了揉眼睛，"大黑我们走。"她皮肤养白了，十八的年纪处处稚嫩，这一用力揉搓，眼圈瞬间一片通红，仿佛被人欺负了的样子。

大黑也是个狗精。它大概懂得了什么，趾高气扬的小脾气收起来，尾巴放下来，脑袋低下来，跟在时雍身边，夹着尾巴，垂头丧气的样子，再配上一双无辜可怜的眼睛，就好像……被人遗弃的路边犬。

赵胤怔立，忽然掀唇："有你的。"

大黑斜过来一个委屈的眼神。

赵胤冷冷剜它："还有你。"说罢，他负着手大步走出去，"养不熟的东西。"

这是骂大黑，还是骂她？时雍看他被气走了，怔了片刻，弓下腰来抱着大黑笑得喘不过气。刚出门的赵胤闻声顿步，脊背僵硬片刻，甩袖，很快没影了。

对于大黑冲上去咬他一事，这位爷似乎耿耿于怀，尽管走的时候脸色没有那么难看了，但是吃夜饭的时候，时雍还是没有见到他的人。往常，他都会过来，让时雍在旁边布菜，再陪他吃。时雍倒也不是很在意，他不来，就叫了春秀陪她一起吃。

春秀不知道发生了什么事，可小孩子十分敏感，去门口张望一回，又回来问时雍："少爷，将军是不是不来了？"

时雍拉着眼皮："不来不是更好？你坐下来吃。"

春秀不敢:"少爷先吃,春秀等会儿再吃。"

时雍瞄她一眼:"坐。"

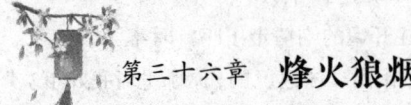

第三十六章　烽火狼烟

抚北军议事厅里,灯火通明。

议事结束,众将校陆续退下去准备明日的行程,只留下赵胤几名近卫站在外面值守,谢放则是陪侍在侧,不时往他茶盏里续水。

赵胤是个性子内敛的人,谢放也是。所以即便他看出主子为什么不高兴,也不发一言,只是默默陪着。这正是谢放能做赵胤第一侍卫的原因。

主仆二人安静地待了许久,赵胤终于站起身:"吃饭去。别让人久等。"

谢放低头,默默将他的披氅拿过来。赵胤接过,自己动手系好,又回头拿过桌上的一封密函。这是京中递送来的太子赵云圳的手书:"本宫已平安到达。阿胤叔好好打仗。"

就两句正事说完,接下去的内容,全是对阿拾的埋怨:怨她趁着他入睡偷偷将他送上马车,并愤怒地表示,阿拾已成功地惹怒了他。远在京中的太子爷恨不得剥她的皮,抽她的筋,待她回京,一定要好好收拾云云。末了,语气一转:"很想阿拾。阿胤叔要让她知,我很想她。阿胤叔,帮我照看好阿拾。少一根汗毛,我就烧了你的无乩馆。"

议事厅的事情,时雍浑然不觉,想着明日要赴孤山。她怕营中伙食不好,今夜就吃得有点饱。等赵胤赶到的时候,春秀连盘子都收走了,哪里还有饭菜?

谢放同赵胤一同走进来,看到这情形,再看看赵胤面无表情的脸,讶然:"你们都吃了?"

时雍打量他的神情:"吃了呀。怎么?"

谢放看一眼赵胤,默不做声。

时雍反应过来:"大人没吃吗?这可怎生是好?春秀,可还有剩饭?"

春秀看到赵胤那张冷脸,吓得腿都迈不动了:"没,没有了,少爷。"

赵胤眉头微微皱起:"本座不饿。"

时雍"哦"一声:"刚想下厨给大人做两个菜,既然大人不饿,那便罢了。春秀,走了,早些睡,明日早起。"

大军开拔孤山,为免扰民,天不亮就得出发。时雍回去把大黑喂饱,将东西收拾收拾,洗了把脸就躺下了。

次日寅时,营中号角声起。抚北大将军赵胤轻甲锃亮,手执虎符站在点将台上,宣读决战檄文,以示驱逐兀良汗的必胜之心。为鼓士气定军心,他歃血起誓:"不破骑寇,有如此碗。"

酒碗自点将台摔下,粉身碎骨。士兵们受到鼓舞,喊杀声震天如雷,许久未歇。

时雍是被这声音吵醒的。睁开眼一看,天还没有亮开。

此次前往孤山,兵分三路。先行军已经在时雍出来前,开拔了。时雍带着春秀走出营房,发现校场上有一辆马车。行军在外,不能投宿客栈,风餐露宿的日子里有一辆马车,对女子而言实在是太友好了。时雍感动地看了赵胤一眼,走近行礼:"多谢大人。"

赵胤不发一言,却在她叫春秀准备上车时,一把拉住她的手腕。时雍不明就里地回头,赵胤面无表情地将乌骓的缰绳交到她的手上,"照看好本座的马。"说罢,他慢条斯理地上了马车,帘子留一丝缝,"大黑!"

时雍抓着马缰绳,眼睁睁看着自己那条不争气的狗子,一跃而上,坐在马车边上冲她吐舌头。

可以啊。收买狗心!时雍淡淡睨春秀一眼:"你上去照顾大人。"

春秀有点不敢,看赵胤没有反对,这才慢吞吞上了马车。时雍哼声,跨上乌骓马,"驾"的一声,走在前面。

大军浩浩荡荡地走在路上,旌旗飘飞,如同一条移动的长龙,乍一眼看去,威风八面,令人热血激昂。马车边上,二十几名亲卫,分成几行,挎刀而行,将赵胤保护得密不透风。

时雍骑着马走在前,四平八稳。

不知何时,谢放骑马走到时雍的身侧:"爷昨夜腿疾复发,一夜未眠。"

时雍转头看一眼:"坐马车正是合适。"

谢放看她说得坦然,并没有因为没坐上马车就不高兴的样子,莫名觉得自己错看她了。原以为阿拾有一颗七巧玲珑心,看得透,不成想比他家主子也好不了多少:"你若是累了,去告诉爷一声,上去休息。"

只要她开口服软,赵胤哪有不让之理。

谢放委婉地想做个和事佬,不料,时雍颇为惊讶:"别别别。"说着她痛快地拍了拍乌骓的马脖子,得意地说,"不瞒你说,谢大哥,这乌骓马,我肖想许久了。刚得机会,我开心还来不及呢,岂会累?"

正主都不着急,他急什么?谢放一个旁观者,能做的只有这么多了。他放慢马步,走到赵胤车边。不料,却听到马车里的人淡淡说:"让阿拾上来。本座的马,受不得累。"

等谢放再骑马走到前面去传达赵胤的命令时,时雍都快乐死了。她也是个细皮嫩肉的大姑娘,行军这么累,谁爱骑马呀?算计大都督的感觉真是愉快。时雍抿着唇,假装不情愿的样子:"谢大哥,你是不是对大人说什么了?"

谢放摇了摇头。他已经快被憋疯了,能保持平静,已是不容易,能说什么?

"那好吧。"时雍不情不愿地把马缰绳挂好,默默上了车。

大黑看到主子进来,摇头摆尾地凑近,趴在她脚边。

时雍:"去去去!势利狗。"

大黑委屈地呜呜两声,望着她,眼睛水汪汪的。时雍又不忍心了。威风凛凛的黑煞可不爱服软,时雍拍拍狗头,哼声:"看你认了错,我就原谅你了。"她拍拍大腿,大黑就将脑袋靠了上去。

赵胤看着她若无其事地和大黑说话，皱了皱眉头，突然出声唤她："阿拾。"

时雍慢慢转头，一脸委屈地皱眉："干吗？"

赵胤道："坐过来。"

上车的时候，时雍坐到了春秀的身边，而春秀从开始到现在就挤在一个角落里，一声不敢吭。

时雍皱眉看着他，似乎在审读他话里的意思："大人不是讨厌我吗？我想坐车，偏让我去骑马吹冷风；我刚喜欢上骑马，又逼我来坐车。反正大人是不想让我舒服就是了。"

赵胤神色微凝，淡淡道："给你个教训。"

时雍平静地问他："那大人教训完了吗？气出完了吗？"

赵胤长身斜靠软垫，凉凉看她："叫你坐过来。"

行啊！时雍不纠缠细节，慢吞吞坐到他的旁边，撩开车帘子往外望，就是不理会他。

赵胤道："依你看，这仗还要打几天？"

几天？时雍以为他是要对她发难，哪知道是说正事？闻言她敛住表情，认真想了想："大人会不会太乐观了？"

赵胤道："说说看法。"

时雍道："巴图一直野心勃勃，早已不甘于屈居漠北，这次是有备而来。即使在孤山受阻，也只会让他对晏军有所忌惮，准备下一波更猛烈的攻击。恕我直言，孤山困不住巴图。"

赵胤安静地看着她，脸上没有多余的表情，可一双冷眼此刻却深邃得可怕。

看他这一副要吃了自己的眼神，时雍清了清嗓子，继续道："我们定的孤山之计，只可一时，不能长久。一开始巴图摸不清我们的路数，才会中了招，被魏将军耍得团团转。可几日过去，他必定能想出对付魏将军的办法。据说巴图骁勇能战，被漠北草原称为战神。依我看，此人能忍一时屈辱，有勇亦有谋，绝非池中物。而兀良汗军队，战马快，骑兵也悍勇，让他这么打下去，孤山要吃大亏。莫说几日，几个月能把巴图撑出去，算是幸运。"说到这里，时雍抿了抿嘴，"恕我直言，这仗要是打不好，几年也是可能的。"

赵胤淡淡地道："说得极是。"

难得听他一本正经赞同，时雍注视他片刻，悠悠地道："大人叫我坐过来，就是为了听我说这个？"

赵胤道："嗯。"

时雍眨了眨眼睛，脸上忽地浮起一抹诡谲而俏皮的笑意："没别的了？"

赵胤垂下眼眸："我腿痛。"

腿痛就想起她了？

时雍低低哼了一声，眉梢儿一挑："马车行走途中，我可无法为大人施针。"

"施针不必。"一听这话，时雍心里掠过一抹不祥的预感，果然，转瞬听得赵胤道，"为本座捏拿即可。"

此时车上除了春秀没有旁人，时雍也不怕丢人，看他眼皮半阖似乎很疲惫，想了想，蹲下身撩开他的袍角，隔着裤子在他腿上轻揉起来："为了抚北军打胜仗，早日凯旋，我受点委屈没什么。"

赵胤低头，抿着嘴阖上眼不吭声。时雍姿态慵懒，半靠着他，柔软的手指在他腿上有节奏地按压，轻松出声的话，带了些几不可察的谑笑："听谢放说，你昨夜未睡？"

赵胤道："嗯。"

时雍道："你是准备学那邪君，要修炼成仙吧？"

赵胤垂着眼睫，看她一眼没说话。

提起邪君，时雍又想到山洞那日的春宫，还有客栈里的糗事，手上的力度不由得重了起来。赵胤由着他捏揉，好半响没有说话。时雍以为他睡着了，刚好手酸，偷偷放下他袍角，正准备坐下来，就听到他说："三月内，可班师回朝。"

嗯？时雍以为自己幻听了："大人你说什么？"

赵胤又阖上眼："我已向陛下立下军令状。三月不驱贼寇，以死谢罪。"

好家伙！狂妄至极啊！时雍坐在他的旁边，看着他沉静的冷脸，寻思这位爷哪里来的自信，要在三个月内打赢巴图？是一心寻死，还是已有对策？憋着这股子好奇，时雍百无聊赖地坐在马车上，等天渐渐亮开时，打了帘子往外一看，惊觉不对：不是说大军开拔去孤山决战吗？赵胤为何来了卢龙塞？

下了马车，时雍跟着赵胤走进去，更惊讶地发现，兀良汗王子乌日苏也在卢龙塞。接他来这里的人，正是数日不见的东厂督主白马扶舟。

浓浓战火早已将孤山围得水泄不通，夜未尽时，巴图就收到了来自永平的密报："赵胤大军开拔，即将赶赴孤山，与我军决一死战。"

巴图一脸喜色，重重捶在桌上："来得好。"

情报上的时间差，让巴图无法得知同一时间晏军的动向，但在孤山绕了这些日子，他就等着与赵胤面对面冲锋的那一天。魏骁龙那野人，他已经受够了。

情报的到来如同一颗投在水面的石子，沸腾了巴图的血液，很快将硝烟弥漫到兀良汗军中。巴图早就想会会赵胤了，赵胤既然亲自披甲上阵，巴图自然也要"以礼相待"，他当即校场整兵："孤承继先汗遗志，南下松亭关，平宽城，占孤山，进攻南晏，为天下大治是也。现赵胤小儿亲自披甲前来，孤痛失爱子之仇，必得相报。望诸位勇士与我一起，共创兀良汗不朽功勋，生擒赵胤，血祭汗旗！"

"生擒赵胤，血祭汗旗！"

"生擒赵胤，血祭汗旗！"

……

孤山晏军营地。

王参将急匆匆冲入帅帐："魏将军，大事不妙。"

魏骁龙正在看赵胤密函，闻言从容地将信件移到火烛上烧毁，丢入火盆，这才转头虎着脸问:"慌什么慌?有话慢慢说。"

王参将抹了抹脑门上的汗水:"兀良汗大军突然朝我多个据点发起攻击,潮水一般锐不可当。我特来请示将军,当如何是好?"

魏骁龙目光一闪:"打!誓死不退!"

王参将一愣,拱手道:"巴图来势汹汹,兀良汗大军又是我数倍之多。末将以为,当撤出孤山,待大都督领兵前来会师,再图后计。"

"人多势众怕什么?老子挡得住他七日,就挡得住他十日。"魏骁龙哼了声,回身拿起令箭,突然咧嘴一笑,目光带点莽汉的狡黠,"传令!集结队伍,连夜撤出孤山,锅碗瓢盆全他娘的不要带,轻装撤退,保命要紧,听到没有?"

"啊!"王参将显然没有回过神。

魏骁龙冷哼一声:"老子去会会巴图这狗日的。传令千户雷宏,率部随我出征。凡有阵前退缩者,杀无赦!"

卢龙塞道,循滦河河谷出塞,是一个重要的交通要道。卢龙塞的晏军营地依山而建,防御体系十分坚固,有天险为屏,如同一把斩断兀良汗骑兵南下的大砍刀。此时赵胤的大军,已然将卢龙塞道变成了一个开着壳子的瓮,只等兀良汗那只大鳖进来,一收网,就可以炖了。

国泰民安的这几十年,大晏民生极好,便是偏僻的卢龙塞道外,附近的农家种养殖业也极为丰富。大战在即,害怕的人都跑了,无处可去的仍是留了下来,继续劳作,只是人烟凋零,车队行过,竟只有几人来围观。

晏军到达塞里营房,稍事休整,暴雨就下来了。寒风过山峦,混合着雨声,发出沉闷的呼啸,天气十分恶劣,但暴雨一过,空气却十分清新。时雍推窗一看,空山新雨后,山麓连绵起伏,看上去如同一幅精致的画,冷风吹面虽然冷,却极是怡人。

走了这一路,终于安静下来,时雍便带着春秀在营地里转。赵胤和白马扶舟有事相商,早就走了。临行前,他叮嘱了一句:"你可自便。"

四个字挺简单的,时雍却知道,她对霍九剑说的那些埋怨话他听进去了,这才好心把她的禁锢解除。既然可以在营里"自便",她也就有拒绝写字的"自便"吧?时雍喜欢看写得漂亮的毛笔字,比如赵胤的书法就是一绝,但是,让她自己用毛笔写字,不如杀了她。

前些日子,天天被逼练字都快疯了,这次重获自由,她极是惬意,对营里的一切都很好奇。一路走去,营房面积极大,极宽敞。辎重、粮草、马房、兵器库……一切井井有条,什么都不缺。这卢龙塞好像一个隐于山中的小国,还易守难攻,真是天赐福地。

营里士兵看到她来,好奇心全都塞回了肚子里,一个比一个和气。大家都叫她宋侍卫,具体名字没有人提及,也没有人问,不论她与赵胤是什么关系,她都是赵胤身边的人,哪怕什么头衔都没有,只是一个平平无奇的小侍卫,那也不是普通人能得罪的。

时雍带着春秀走到大伙房的院子,听到一阵猪的惨叫声。"在杀猪吗?"时雍往里张望了一眼。

门口一个系着围裙的老兵抬头看到她，似是有些困惑。待旁边人提醒，他才知道这是大都督的新宠，不，新来的侍卫。他立马换了一副尴尬又恭顺的微笑："安营扎寨，将军说今晚加餐，里面在宰猪呢，血腥味儿重，小哥还是别往里进了。"

时雍淡淡一笑，问春秀："你见过杀猪吗？"

春秀点头："以前在村里见过。"

时雍问："怕吗？"

春秀摇头。

果然是个胆大的孩子。时雍再次问那老兵："我们可以进去看看吗？"

老兵看了春秀一眼，大概觉得小孩子不合适看杀猪的场面，有些犹豫。

时雍笑了笑："她不怕的。我想进去挑两个猪蹄，亲手给大都督炖个汤。"

老兵哑然。这个伙房是供将士们用的大伙房。大都督和几个高级将领的伙食都由小厨房来做，何苦劳驾他的近卫？他们猜测，是这侍卫不知礼数，想来耀武扬威，以示荣宠。

时雍看他们不做声，微微一笑："天气冷，喝个猪蹄汤，好入睡。"

这话若是大都督身边的女子说起，不会让人奇怪。时雍男子打扮，娇娇弱弱的样子，秀丽清俊，就难免让人产生暧昧的遐想。几个火头兵对视一眼，将她让了进去。

抚北军这么多人，大营要加餐吃肉，那可是个大数目。时雍进去就看到一群猪被圈在里面，四处乱拱，却不得其门而出。院里一个石砌的土灶上烧着滚烫的热水，一头猪正被放在石台上泼水刮毛，已经处理好的猪肉被分成一块一块放在地上的木桶里，一些猪下水和猪头则被单独放开，而案板下的一个木桶好像放了一些明显品级更好的猪肉。

时雍看一眼就明白了。怪不得伙房的人不愿意她进来。行军在外，伙食自然有水分，能将就一口就是一口，但是再苦再难，也难不倒火头兵。弄来这么多生猪，伙房的厨子们，再怎么也得留点油水给自己人。有人的地方就有江湖，这么大的营地，自是不缺人情世故。

时雍只当没有看见，在厨房里看了看，找到了一些山药，又拿了一副猪蹄，指着伙房里面的柴锅问春秀："会吗？山药炖猪蹄。"

春秀犹豫一下，点点头："会。"

时雍："好，你来。"

伙房里个个惊诧。都以为这个侍卫是为了讨好大都督才要"亲手做羹汤"，可转眼就把差事交给了一个几岁的孩子。小白脸，恃宠而骄！众人有些愤愤。

一个大厨模样的火头兵笑着道：

"这么点儿的孩子会什么？不就是山药炖猪蹄吗？一会儿我炖好了，让人端到大都督跟前去。你们去外面吧，这里乱……"

时雍笑了笑："不劳烦了，大哥。我这小兄弟可会做饭了，他做出来的饭菜，格外香。"

这是大实话。营房里的饭都不好吃，春秀偶尔开个小灶，是真有一双巧手。

闻言，春秀得到了鼓励，挺起胸膛说："大叔，我会。我来做。"

众人再不好多说什么了。有人帮春秀洗好了锅，就由着她小小的个子在那里折腾，再回头看时雍，找了个凳子坐下来，像个大老爷似的，一动不动。众人打心眼儿里瞧不上她，又敢怒不敢言。而时雍对这样的眼神浑不在意，坦然地由着人观看。

大黑就是这时闯进来的。众人一个不察，大黑就冲了进去，看到猪肉就像饿狼见到鸡似的，一双黑瞳亮得惊人，叼起一块猪肉躲入柴堆里，狼吞虎咽起来。这些日子大黑过得艰难，许久不曾这么大口吃肉了。

时雍听到它稀里呼噜的咀嚼声，拍了拍脑门："完了完了，这狗！抱歉各位大哥，狗吃掉的，得多少银子？我赔。"

众人瞠目结舌。这狗和人都是跟在大都督身边的，吃块肉，谁敢让她赔？只是看她坦然的样子，众人心里极是不悦，少不得说道几句："小哥，这伙房里的东西都是有定数的，这狗吃了，人就不够了……"

"吃都吃了，那可咋办？"时雍从怀里掏出银子，塞到他手上，"我不为难你，我赔双倍。"

那人看着银子，一脸无辜。

时雍等大黑吃完，这才起了身，叫上春秀，又对那大厨道："猪蹄汤得炖得久一些才够入味。炖好了送到大都督营里就行。"她带着一人一狗扬长而去。

众人面面相觑。

晚上加餐，赵胤的桌上多了一道猪蹄汤。他注视着时雍："听说这是你的孝心？"

孝心？时雍觉得说反了。她轻笑一下，顺口道："这是宠爱。"

赵胤拿勺子的手僵住，蹙眉看她。房里的气氛有些颇为微妙。时雍本来想说的是"来自爹的宠爱"，说完才觉得不妥，而赵胤也显然不会这么认为。他向来洞悉人心，可是盯着时雍看了许久，也看不透这女子心思。

"大人，怎么了？喝呀。"时雍一脸是笑，"凉了就不好喝了。"

赵胤望着她黑白分明的双眼，眉尖一蹙，慢慢放下勺子，掐了掐自己眉心，无奈地道："老实交代吧，又干了什么？"

"大人这话不对，说得好似我是犯了事来讨好大人的一样。"

赵胤眉梢几不可察地扬了扬，仿佛在说"难道不是"？

时雍注视着他，考虑半晌，忽然笑开："你不是对外说大黑是你的狗吗？可是你的狗如今连肉都吃不上了，我不得想办法呀？大黑食量大，吃得多，我又不好借你的威风去让伙房特供给狗吃肉，那多动摇军心啊。"

赵胤抿唇不语，看着她。

时雍睫毛微微一颤，无辜地道："我不得已，只能把大黑偷肉吃的黑锅背了下来。不过偷吃也偷吃了，是我犯的错，钱我也赔了，横竖辱不了大人的威名就是。"说罢，飞起一眼，她哼声，"我这是为了谁呀，还不是为了大人着想……"

赵胤喉结微滚，再次拿勺子盛了一碗汤，递到她面前："拿着。"

时雍莞尔，接过低头慢慢地喝。

赵胤看着少女火光下的小脸这几日尖了不少，淡淡道："本座的狗，岂能没有肉吃？我回头让伙房每日供些生肉给大黑。"

啊？这……时雍看着他眼睑下方那一抹淡淡的疲色，脸色微凝："不好吧？我们把大黑当兄弟，可在旁人眼里，它也只是一只狗。若是狗都能天天吃肉，士兵却没得吃，那容易造成不好的影响……"时雍越说眉头皱得越紧，"不可不可，今日给它开开荤就成，明日放它出去，自己上山打猎……"

在她拒绝的时候，赵胤的视线一直注视着她。意外，又有一点淡淡的欣慰。安静片刻，他隔着桌子伸过手，在时雍的嘴角上轻轻一拭："好。"

时雍愕然抬头，尴尬地舔了舔嘴唇："我嘴上有东西吗？"

赵胤眼底情绪复杂，但很快敛住："嗯。"

时雍笑笑："我吃相没你那么斯文……"

"没关系。"

这音调凉薄如常，时雍却听得额际微跳，心窝像被什么东西撞了一下。她抬头，朝他莞尔一笑，又垂下眼皮安静喝汤。心里忖道：好像今晚什么都搞反了？往常都是她盛汤布菜，为他准备洗漱水和擦嘴的。今儿为何他心甘情愿帮她盛汤了呢？时雍不时抬头瞄赵胤，他安静地吃着东西，一点声音都没有，他坐得挺拔又端正，若非亲眼看到，怕是任谁也想象不到，杀伐果断的锦衣卫指挥使，会这么斯文俊美吧！

此时已是深夜。天又下雨了，窗外有呼啸的风声。吃饱喝足的大黑趴在桌子底下，似乎睡着了。火光摇曳间，碗筷偶尔碰撞，清脆，悦耳。房里没有一丝大战前夕的烦闷和压抑，却像是某个寻常人家的小夫妻，围炉夜膳，岁月静好。

咚咚咚！沉重的响门声，将静谧打破。时雍从臆想中抬头，俏颊微红。赵胤皱眉，扭头望向门外："何事？"

外面传来魏州的声音，带点焦急："大都督，伙房那边死了个人。"

白日里时雍才来过营中的大伙房，熟门熟路，可是赵胤选择的住处是卢龙塞比较偏远的营房，从这边走过去，还是得费些工夫。夜风很大，时雍撑着伞，还是抵不住飘过来的雨丝，打在脸上凉丝丝的。

"走这边。"赵胤拉了她一把。

时雍一怔，人已经被他拉到了右边。雨是从左边飘过来的，湿了赵胤半边袖子。可时雍换了个方向跟着他，由于身高的缘故，冷风和细雨都吹不到脸上了。

伙房还是白日里的样子，杀过猪的血迹还没有处理干净，随处可见。一走进去，时雍就皱起了眉头。血腥味极重，分辨不出是猪的，还是人的。赵胤沉下了眉头："人呢？"

"里间。"

大伙房很宽敞，里面还有一个小厨房，营中有些将校会来开小灶。时雍白日里就观察过，在那个厨房的旁边，还依傍着建了一个茅房，方便处理污水，也为营中将士方便。

走进去，地上湿洼洼的，有水渍，也有血迹。灶台很宽，上面横躺着一具尸体。乍一看，时雍还以为是个女子。他一头长发披散落下,头对着门,身上穿着一件鲜艳的红肚兜,双手和双脚被粗绳捆绑着,下身没有一丝衣物遮体。

　　大地已然沉睡,四周寂静无声,冷风从门口吹进来,灯芯晃晃悠悠。听到消息,又有几个将校匆匆赶来,小厨房里的人越来越多,全站在门口,没有一个人说话,像一具具人形木偶。杀人现场阴森恐怖,触目惊心!

　　"是谁杀了他?"良久,一个人的声音打破了沉寂。

　　时雍望过去,正是白日里不让她进伙房的那个老兵:"你认识?他是谁?"

　　老兵看看赵胤的脸色,又看看时雍,一张苍白的老脸无措而惊恐,声音说得低低的:"他是火头兵马横。我晚上去睡那会儿,他还躺在我边上说荤话……"

　　火头兵都是睡大通铺,挤一块暖和。这个老兵姓牛,大家都叫他老牛。马横刚到伙房当差就跟着他,两人较为熟悉。据老兵交代,他刚躺下不久,马横说伙房里什么东西没有收拾好,就掌了灯起来看。晚上营中加餐,他们带了菜带了酒,偷偷喝了点,大家都有些犯困,没洗就倒头睡下了,谁也没有管他。

　　老牛睡了一觉起来方便发现马横没有回来睡,这才奇怪地过来查看,一眼就看到马横的尸体摆在灶台上,还穿着一件女子的红肚兜,衣裳也不知去向。

　　在魏州的示意下,两个士兵已经把马横的尸体从灶台抬了下来,平放在地上,还在他的身上盖了一件衣袍。

　　众人七嘴八舌讨论,也没有结果。

　　魏州看一眼,叹了口气:"抬走吧。"

　　"慢着!"

　　"慢着!"

　　时雍和赵胤异口同声。言罢,二人互望一眼。赵胤目光深邃,时雍勾唇一笑:"大人,我去看看。"

　　马横的尸体是几近赤裸的,赵胤皱了皱眉,看向她一身的男装,没有拦她,在旁观众人不明就里的情况下,点了头。

　　时雍蹲身,低下头查看。马横的伤口在后背,一刀致命。时雍让人在伙房里外寻找,没有看到凶器。又让老牛去点了一下信房的刀,果然少了一把剔骨刀:"那把剔骨刀,应该就是凶器。这件肚兜是死后被人换上去的。"

　　时雍此刻的样子是个清俊的少年郎,在众人眼里是绣花枕头,不中用的小白脸。看她平静地翻看尸体又指挥老牛做事,一群汉子闷头不吭声,但目光已有异色,心头已有怀疑。

　　"你怎么知道?"

　　听到有人问,时雍没有抬头:"当你在凝视尸体的时候,尸体也在凝视你。"

　　众人惊悚。

　　时雍却说得平静:"一、刀伤很符合剔骨刀的形状,如果不是,那剔骨刀哪里去了?二、仔细看肚兜上面沾染的血迹,看分布,看血点浸入的痕迹。若是不信,你可以做个尝试。"

穿在身上被人杀死和死后再穿上去血点分布是截然不同的。

时雍不多解释，继续在马横的尸体和小厨房里观察起来。

马横个子偏瘦，但个头不矮，大抵只比赵胤矮半个头的样子。这样的一个壮汉要被人杀死后平放到灶台上，作案人肯定会留下大量的痕迹。然而，现场被人处理得很干净，除了尸首和地上的血迹，看不出任何有用的证物。而尸体的脸上惊惧、意外，双眼睁大，除了死不瞑目，也看不出旁的。

"你们看这个？"时雍从灶台留下的血迹里捡起一个铜板。是一个普通的铜板。刚才它就压在马横的尸体下面，没有引起任何人的注意。

"是马横身上掉下来的吗？"魏州问。

时雍拿起铜板看了看，问老牛："马横身上有钱吗？"

"这个……我就不知了。"老牛想了想，摇头道，"这小子吝啬得很，发了饷，都攒着叫人捎回老家，平常兄弟们打个牙祭他都舍不得掏一个铜板……"

"不是他的。"赵胤突然道，时雍不解地看他，赵胤声音喑哑，脸色极冷，"这是洪泰朝时朝廷的制钱。自永禄朝始，军中发饷通用是永禄制钱。"

魏州不解地道："这个钱在市面上仍有流通，马横为何就不会有？"

时雍道："因为老牛刚才说了，马横平常发饷都捎回家里去。就算他口袋里尚有余钱，也只会是军中刚发的永禄制钱。"

魏州想了想，若有所悟地点点头，又不解地问："这铜板是凶手无心落下的吗？"

赵胤道："不是。"

时雍赞许地看他一眼，迎上众人不解的目光，代他解释："凶手杀人后把现场都布置过了，扒掉死者衣物，缚住死者手脚，甚至为他穿上了女子的肚兜，又怎会落下一个铜板？"

魏州惊道："那他故意留下来，是为了什么？"

房里突然安静。这个杀人现场有太多的为什么……好端端一个爷们儿，为什么死去被人穿上女子使用的肚兜？凶手又刻意留下一个铜板，这么做的动机是什么？静了片刻，时雍突然道："金钱之俗，女子之弱，束缚之辱。"

众人好奇地看过来，惊讶地看着她："何解？"

时雍没有回答，在厨房里转来转去，好像在寻找什么，眉头揪得越来越紧。赵胤眼睛始终盯着时雍，一脸凝重。少顷，时雍再回头仔细看了看马横的尸体，仿佛是突然意识到什么似的，猛地抬头看向赵胤："营里恐怕不止一个死者。"

一阵紧张的吸气声后四周突然安静，鸦雀无声。众人意外她的判断。赵胤也用了很慢的语速问道："此言何解？"

时雍慢慢站起身，朝他摊了摊手，赵胤示意谢放去打水给她洗手。时雍松了一口气，然后回头看了一眼马横的尸体："凶手明显不是针对马横，而是针对晏军。"

赵胤安静地看着她。时雍分析："一、给士兵穿肚兜赏铜板——侮辱。二、在伙房杀人——挑衅。三、最深层次的目的——动摇军心。"

赵胤注视着她白皙的小脸，沉吟片刻："还有吗？"

时雍眉尖儿一蹙："伙房里没有找到凶器，死者的衣物也不见踪迹。我猜，他可能不会满足杀一个就消停，带走凶器可能就是为了另寻目标……"顿了顿，她盯住赵胤，目光变冷，"凶手就在营里。"

众人更是不解："为何这么说？"

时雍闻言，忽而笑了，转头看着他们道："如今的抚北军守卫森严，风雨不透。若是陌生人能随便混进来杀人放火，那咱们就别打兀良汗了，赶紧回家种地去。"

大家看她刚才分析得头头是道，以为她能说出谁是凶手，没有想到竟会是这样的说法。细想是这个道理，大家都不吭声了。房里突然阴沉下来，气氛压抑。有凶手摸入营房杀人和凶手就在身边，是完全不一样的感受。片刻，魏州开口："那如何查出谁是凶手？抚北军单是这一个营地，就是数万之众。"

这么多人，要找出凶手，谈何容易？时雍掀了掀眼皮，环视周围这一群晏军将校和士兵，摊了摊手："那我就不知道了。"刚才对她心生佩服的有些人，闻言脸上都露出了失望。原来也只是一个夸夸其谈的小儿，说的这些话无非是信口胡诌罢了。

时雍看出这些人脸上的疑惑，就像是窥破了他们的心思似的，淡淡一笑："我建议大都督赶紧派人去找。去得早，说不准还能多救几个人性命；去晚了，怕就只能收尸了。"

找？营房这么大，没有确定目标，谈何容易？况且，只因为她一个人的推测，大半夜去将入睡的大军吵醒，大肆搜查，影响何其之大？范围再扩大一些，几十万抚北军都有可能被惊动。那才是真正动摇了军心。

几个将领当即阻止："大都督，不可！"

赵胤微微蹙眉，看神色显然也不愿把事情闹大。对一支临战的军队来说，死一个人不是大事，若是因为蹊跷的杀人手法闹得人心惶惶，军心难以安抚，那才是大事。

时雍看懂了他的犹豫，注视着他，用一种似是而非的语气道："恶魔已经苏醒，不容大人平静了。"

这话别人听不懂，赵胤的眼瞳却渐渐暗下："明白。"

旁人看看他俩，一头雾水。魏州问："大都督，你们说的是暗语吗？"

赵胤沉着脸仿佛在思索什么，没有回应。时雍转头看着众人道："如果不想惊动更多的人引起恐慌，那我建议诸位，除了管住自己的嘴巴外，不如找个借口，就说是大都督的狗丢了，临夜派人寻找。"

深更半夜惊动大军找狗？会让人诟病赵胤品行吧？魏州一惊："这么做，恐会有损大都督声名。"

时雍轻轻一笑，望向赵胤，但笑不语。那眼里的话仿佛在说："大都督名声早就坏透了，不差这一桩。"赵胤淡淡看她一眼，命令下去："管好嘴，搜查！"

众人面面相觑，困惑道："查什么？咱们总得有个目标吧！"

时雍冷静地道："神色有异者、说不清行踪者、身上有伤者或者其他任何异常，一律清查、上报。"

这小儿还命令起他们来了？大家神色微敛，都看着赵胤。赵胤摆手："听她的。"

众人拱手施礼，齐声应喝："领命！"众人各自散去办差。

时雍的脸色沉下来，走近赵胤，用只有他能听到的声音道："大人，你随我来。"

第三十七章　凶手就在营里

此时的夜雨下得更大，啪啪打在瓦上，天际沉沉压下如一块幽暗的幕布，将卢龙塞笼罩其间如同困兽。夜灯冷冷散落其间，星星点点，暗夜之光，照不透这黑幕，徒增惊悚。赵胤将伞往时雍的头上移了移，目光冷冷地盯着她沉静的面容，若有所思。时雍急匆匆地走路，鞋在青砖石的地面上踩出极大的声响。一般女子不会这样走路，幸得她着男装，无人起疑。

时雍久久没有听到赵胤的声音，侧头看一眼："大人为何不问我要带你去哪里？"

赵胤将她覆盖在自己的阴影里，也将风雨挡在外面，声音平静无波："就看看你搞什么名堂好了。"

时雍眉梢儿一扬，绷紧的心弦松了些："大人不是已经看出异常了吗？"

赵胤面色冷肃如常："那个人又出现了。"

在时雍说"在厨房杀人是为挑衅"时，看赵胤表情没有半分意外，她就猜到，他和她应当是想到了一处。可是，刚才伙房人多嘴杂，若是把邪君和青山镇的案子扯进来，恐怕会引起恐慌，她便没有解释。"大人英明。"时雍望着夜雨狂风逼迫下的卢龙塞，语气有丝丝的不安，"上次你在山洞中杀死的那个邪君，我特地检查了他的尸体。他右手确有伤痕，和我们在归园田居遇袭那次看到的那个黑衣人，看上去是同一个人。"顿了顿，她抬起眼看望赵胤，"但到底是不是邪君，我想，没有人能够回答。"

赵胤道："邪君或许不是一个人。"

时雍点头："对，或许只是一个称谓、一个绰号，为了控制修炼人和执事者而存在。邪君可以是路人甲，也可以是路人乙，一个人穿上黑衣黑袍戴上黑色鹰隼面具，那他就是邪君。换言之，邪君是谁不重要，邪君执行的是谁的命令才是关键。"说到此，她笑了笑，目光里闪出几分诡谲，"大人早知真相，只是为了避免事态扩大影响战事，这才睁一只眼闭一只眼，以假作真，安抚军心民意吧！"

赵胤沉默着，冷眸深如潭渊。两军交战在即，他的心思全放到了与兀良汗的战事上。既然"邪君"愿意找个替死鬼来交代，他便顺势了结这个案子，不让人再猜忌恐慌，影响战事，也可麻痹那个邪君或是他背后的人，让他大意。此事他不曾对任何人说过，更没有想到一个小小的女子竟会看穿这一切，一针见血地分析了出来。两人安静了片刻，谁也没有说话。谢放、朱九两个侍卫，默默跟在后面。

"停！"时雍突然开口。她说完，便朝那个方向跑了过去，走得匆忙，脚步踉跄一下，踢到一块路中的石头,身子前倾,差点摔倒。

赵胤面色一沉,身形极快地掠过去,伸手扶住她稳稳一托。这一托,时雍毫无准备,直直撞了上去,前胸刚好撞在他坚硬的手臂上,痛得她嘶了声,尴尬地回头。赵胤眉梢一动,露出疑惑,在打量到她的神色时,这才反应过来,像烫了手似的,飞快缩回胳膊,左右四顾:"为何带我来此?"

转移注意力?时雍望他一眼,见他那只手已悄然缩回了袖袍中,脸上还是一副从容无波的样子,可是那双眼分明就无处可安放。她唇角悄然弯起,一本正经地回答:"大人上去看看。"

这是卢龙塞地势较高的一个地方,主要是安置将领们的居所。从一排整齐的石阶上去,有一个用高墙围着的院子。院里左右两侧是厢房,墙外有一左一右两个哨塔。再往哨塔向下的地方,就是悬崖峭壁了。这两个哨塔居险而建,可以俯瞰卢龙塞,将整个大营尽收眼底。院门口,有两个带刀的侍卫在值守。看到赵胤领着几个人突然从台阶上冒雨而来,两个侍卫愣了片刻,连忙上前拱手:"参见大都督。"

赵胤不说话,摆摆手,默默往里走。时雍紧跟在他的后面,进入院子。各将领居住的厢房门口,还有侍卫在当差。站在院子里,一抬头,就能看到站在哨塔上的哨兵。赵胤回头望了时雍一眼,时雍见状,笑盈盈地上前,问几个侍卫:"今夜这儿还太平吧?"

几个侍卫面面相觑,显然不知她是什么意思,但仍是点头:"太平。"

时雍问:"可曾听到什么动静?"

侍卫道:"不曾。"

时雍眯了眯眼,扭头问赵胤:"若是为了找狗,把将军们吵醒了。会不会太过分?"赵胤看着时雍的眼睛。二人相视着,时雍朝他点了点头。

让士兵们借着找狗的由头去翻查各个营房,纵使那些士兵心生不悦,但最多在私底下骂赵胤几句骄矜无道,不至于闹出什么大风浪;可是居住在这里的不是普通人,全是抚北军高级将领,就连前来监军的东厂厂督白马扶舟也住在这里。若是"找狗"的事情闹大,这些人是会上折子去皇帝面前参赵胤一本的。将领居住的地方,算是个人隐私,为示尊重,一般是不搜的。

几个伫立的侍卫万万没想到,赵胤暴雨前来是为找狗,此话听入耳中着实可笑。再看时雍纤弱娇软的样子,他们对大都督身边这个小白脸的观感更差了几分。一个侍卫上前拱手道:"回禀大都督,属下自亥初时分就守在门口,不曾见到有狗进来。"

时雍看赵胤不作声,稍稍有些焦急:"大都督的狗可不是普通的狗,最会钻空子,说不准趁人不备就溜进来了。各位,还是找狗吧。"

这些侍卫都来自各营,是将领们的亲卫,闻言都有些羞辱之感,一言不发地看着赵胤,看他什么反应。不料,赵胤未加思索就道:"找!"

整个抚北军,就他最大,他说要找狗,谁能不找?将校大院里的侍卫们,不管是当值的,还是不当值的,全被叫了出来,帮着大都督找狗。不仅他们的住处,就连将领们的居室也需要打开检查。手执火把的士兵将厢房照得灯火通明。

动静太大，一些入睡的将军匆匆起来。一个姓王的将军可能睡得正蒙，听到动静整装佩刀，呼呼喘着大气跑到赵胤身前："兀良汗打过来了吗？大都督，末将愿领军出征。"

赵胤道："王将军不必惊慌，本座是来找狗的。"王将军虎眼一瞪，被噎得说不出话。

"本督的居所也要搜吗？"左侧厢房突然亮起火光。白马扶舟站在门口，身后跟着两个侍候的小太监。只见他轻袍缓带，长发披散，背后洞开的房门里亮着灯，一眼可以看到屋内升着袅袅轻烟，一个大浴桶放在那里，氤氲的水雾缭绕桶侧，似乎还有一阵幽香传出。

对于这个东厂厂督，将校们都不甚了解。但这么年轻就能坐上这个位置，除了得皇帝信任外，很明显，他在长公主殿下的心目中，属实是顶顶重要的人，说心腹都太浅。其中的利害关系，让抚北军将领对他颇有忌惮。不过，白马扶舟脸上带笑，似乎没有生气："本督这屋子里，恐怕藏不了大都督的狗吧？"

赵胤一言不发，慢慢走近，站在他的面前："厂公在沐浴？"

白马扶舟轻笑一声，眼波微荡，却暗藏凉意："为营救大都督，本督千里奔波，偶感风寒，正准备泡个热水澡睡觉。大都督不怕过病气，就进去搜好了。"

赵胤道："厂公难道不是在大青山感染的风寒？"

一提大青山，白马扶舟脸色微变，不好看了，压低声音："拆台来的？"

"不拆。"赵胤径直走进去，"只好奇厂公这身细皮嫩肉是用什么香胰子养起来的。"

"你——"白马扶舟眉目染上怒色，可是山洞里被人捆绑迷昏的事就是他的死穴，就像被赵胤揪住了小辫子似的，众目睽睽下，尽管他极为气愤赵胤把他当女子来比喻，还是压下了这口气。转而，将目光看向时雍，以让赵胤生气的方式，温声细语地道："姑姑要不要也进来看看？"

时雍并不想在这些将领面前要骄横，给他们参奏赵胤的把柄，这会儿正像个小侍卫一般低着头，哪料会被白马扶舟挑出来。一声"姑姑"，震惊四座。众人都大惑不解地看着白马扶舟，不知他为何这么叫。

这个混蛋！时雍眼睫轻颤，见赵胤转过头，眸色冷厉，暗自一咬牙，似笑非笑地道："小的绰号，竟入了厂公的耳？实在是……汗颜。"在说汗颜两个字的时候，她死死盯着白马扶舟。那眼里的冰凉像利刃的光，活生生刺过来要把人捅死。

白马扶舟挑了挑眉，盯着她的脸看了一会儿，眼尾微微上挑，带出几分高深莫辨的笑意，懒散地点点头："姑姑这个绰号，如此喜感，怎会不记得？"

赵胤哼声，扫他一眼，从屋中迈出："打扰！厂公洗洗，早些歇着。"白马扶舟冷笑不语。众人一看这阵势，还有什么可说？就连厂公大人都被搜了屋子，他们有资格反抗？

他们不配！

各个厢房里的灯火逐次亮起。这时，右侧厢房的角落里有人惊叫了一声："大都督，这里，这里……向，向参将叫不醒了。"那是厢房在最右边的一个角落里，离哨塔最近，却是两个哨塔观测范围的一个死角。

卢龙塞营地里的修筑都有些年代了，这间厢房也颇为老旧，一桌一椅都还残留着永

043

禄朝时的痕迹。这里住的是一个叫向忠财的参将。他三十来岁的年纪，与入驻卢龙塞的将领们不同，他不是从别的军屯卫所调来的，而是多年来一直驻守卢龙塞。在赵胤率大军到来前，为了给将校们腾房屋，他主动搬到了最偏最小的一个厢房，把原来的房间让了出来。

火把围拢过去，照亮了厢房的门。那个侍卫颤颤巍巍地说着情况。他是去叫醒向忠财，发现他一直没有反应，这才推开门的。门没有上闩，一推就开。时雍跟在赵胤身边走进去。火光忽闪，赵胤回头看她一眼："靠后。"时雍会意，默默放慢脚步，一声不吭。

卧房的架子床上，一个人静静地侧卧着，面向墙壁，背对着门，身上盖着一床厚厚的被子，安静得仿佛睡着了一般。铮！赵胤突然拔刀。众人见状，都警觉起来，拔出武器望向四周。赵胤寒着脸，手握绣春刀默默上前，用刀尖挑开向忠财身上的厚被子。

嘶！房里顿时传来一阵倒抽气声。虎背熊腰的向参将浑身不着一缕，手脚被绳子缚着，腰上和脖子上系了两条红布带，待把他身子翻过来一看，竟然是穿了一个红肚兜。这画面太刺激眼球。在场的人，大多愣愣，无法回神。向参将居然这样死了？大家住处这么近，为何没有听到半分动静？

赵胤在向忠财的脖颈上探了探，回头朝时雍摇头。"死了？"时雍轻声问着，走近两步，弯下腰来，翻了翻向忠财的眼皮，又探了探他身体的温度，再抓过他的手，仔细观看，"来晚一步。"

赵胤道："此话怎讲？"

时雍小声道："刚死。死亡时间在那个火头兵之后。"

赵胤皱了皱眉，望着向忠财身上染血的被子，淡淡道："为何这个盖了被子？"相对于伙房那个死者，向忠财显然得到了凶手更多"尊重"，虽然这不值一提，但事出有异，就必有原因。

时雍想了想："有两个可能——一是凶手和向参将早就认识，有渊源。如果是这样，那就可能是……杀人灭口；二是凶手不愿意向参将的死那么快被人发现，影响他去别处杀人。"说到这里，时雍忽而一笑，"大人，我说过了，恶魔不想让您平静。"死一个火头兵可以掩盖，死一个参将呢？营中还有没有别的什么人死亡？事情蹊跷得令人心生恐惧。

朱九左右看了看："潜入将领们的居处杀人，那家伙也太过猖狂了吧！"

时雍道："不一定是潜入。"

朱九一怔："这是何意？"说罢，他环视四周。这会儿，向参将的房门口围满了人。朱九皱眉猜测道："难不成凶手就在这些人里？"一听这话，众人脸色都变了，你看我，我看你，一个个眼睛里充满了疑惑和恐慌。只不知是害怕被杀，还是害怕被赵胤怀疑。

"宋侍卫，你说这话，可有凭证？"

听到语气不善的质问，时雍回头笑了一下，没有说话，而是专心在向参将的身上检查起来。她神情太过专注，浑然忘我，注意力仿佛全被尸体吸引过去。而众人的视线，则在她和赵胤身上来回巡视。他们又惊又疑，不明白大都督为何宠着这小子，由着他乱来。

色令智昏？这绝非赵胤为人。难不成，这乳臭未干的小子当真有几分本事？

安静的时间格外漫长。好半晌，时雍才直起身来，看着赵胤道："不用找了，他就是凶手。为何无人听到动静？因为他是自尽的。"

众人受到惊吓，齐齐抽气。在卢龙塞的将校士兵没有人不认识向忠财。在士兵们的嘴里，这是一个温和的老好人，对部众极好，便是士兵犯了错，也只是责问几句，指点敲打一番就过去了。别说打人，连训人都很少。而将校们今夜刚与他把酒言欢，没从他脸上看出异样，怎会杀人，再自杀？没有人相信这样的人，会是凶手。因此，时雍的话顿时引来众怒。一个受人尊敬的参将刚刚逝去，凶手未知，还被人污蔑为凶手；况且，若是向忠财自尽，那他身上这件碍眼的红肚兜，难道是他自己穿上去的吗？

众人难以接受，纷纷向时雍发难：

"宋侍卫红口白牙污损向参将名声，可有证据？"

"小儿莫要信口雌黄！"

"此事关系向参将荣辱，不可乱说。"

"请宋侍卫拿出证据！"

向忠财房里挤满了将校，这些人对向忠财的印象都非常好。人这样去了，都为他不平，哪会忍心让人说他是个喜欢扮女子的变态，还是杀人凶手？反对的声音如潮水一般涌来，若非碍于赵胤的颜面，这些人恐怕会当场把时雍撕了。

这一屋子的嘈杂声，没有扰乱时雍的心神，反倒让她在这一刻变得无比平静，大脑也有一种前所未有的空明，很多事情都想通了。对于众人的愤怒、质问、不怀好意和窥探，她置若罔闻，只是仰着脸，目光盈盈地看着赵胤："大人信我吗？"

赵胤不经意地扫过在场众人愤怒的脸，声音平静而冷冽："说说理由。"这分明已是维护之意。众人的指责声弱了、停了。无数双目光直直地盯着时雍，想看她能说出什么花样来。

时雍慢慢转过头，将勘验过的男尸往外翻转，以便众人可以清楚地看到他腰腹部的刀口。这一扯动，被刀剖开的地方，又渗出大量的血水来，触目惊心。时雍却面无表情地捡起掉落地上的剔骨刀，用刀柄翻动伤口给大家看："尸体上除了致命伤外，没有任何明显的外伤。从伤口的切割和伤口断层面来看，不难看出锐器的力度和入口方向。"她就着那把剔骨刀再比画一下，严丝合缝。

众人窃窃私语。有人问："这如何能证明他是自杀，而非他杀？"

时雍淡淡道："没有别的外伤和瘀痕，说明死者生前没有与人发生过搏斗。那么，若当真有一个凶手，想一刀杀死向参将这样的高手，除非偷袭。可是，从伤口的方向看不难判定是正面入刀，而且刀伤上有不平整、不规则的切割痕迹，明显是死者几次试探后再用力刺入的，而非一刀致命。"

有人不解地问："向参将若是自尽，死后如何自己盖被子？"

时雍将那条厚被子猛地掀开，从里面翻出来面对众人，然后指着上面的血点道："他是在被子里自尽的，而非死后再盖的被子。"

"有何证据?"

"诸位看看被子上的喷溅血迹。"

"喷溅血迹?"

时雍指着被子上的几处血痕:"这种就是喷溅血迹,这种则是流淌血迹。我的父亲告诉我,从血迹形成的动力角度为参照,可知死者死前的状态。类似这种呈圆滴状的喷溅血迹形成,说明凶者当时处于静止状态。"

众人听得云里雾里,不明就里,但觉得她很厉害,很会编。

时雍不管别人的看法,直起身来,指了指架子床的四周:"诸位再看看现场。若非蒙在被子里自尽,床边的其他物件上肯定也会有这种喷溅血迹形成,而非只有被子里才有。一般来说,现场遗留的血迹短时间很难清理干净,从向参将死亡的时间推断,凶手也不具备打扫现场的机会。"她肌肤白皙干净,一身少年郎的打扮显得俊美如玉,脸比普通男子要小一圈,看着柔弱纤瘦,目光却暗藏锋芒,一番话说得头头是道。

房里突然安静下来。少顷,一个将领模样的中年壮汉摸着下巴,极有兴趣地托着下巴问她:"捆绑双手如何自尽?如何用力?宋侍卫可有说道?"

时雍朝他略略一笑,唇角微挑,晶亮的眼里带着若有似无的讥嘲:"这位将军问得好,你若感兴趣,等下小的可以帮你尝试一下怎么用力。"说罢,她面向人群,正色道,"诸位可以上前看看,捆绑向参将双手的绳子,看着牢实,其实是可以拉动的活结。再看这一截绳头,上面还有未干的唾沫和他咬过的痕迹。"

四周鸦雀无声。这小儿看得也太仔细了。她不提,别人不注意。大家一看,果然如此。那个将军放下支手的下巴,也不调侃了。

时雍往后走两步,缓缓转头望向赵胤:"大人以为,我说得可对?"这一回眸,莞尔一笑,那风情,让看到的男人们目光一直,心里暗自惊叹,妩媚感出现在男子身上居然也不违和,还平添了一些灼人的英姿,怪不得赵胤会宠他入骨。这般风情,是男是女重要么?

赵胤眉头皱了皱,没有回答时雍的话,而是转头望向在场那些质疑的人:"诸位对宋侍卫的说法可还满意?"这不是询问,是当头挥过来的大棒。纵使还有疑惑,谁又敢问?

"大都督,是末将以小人之心度君子之腹,误会宋侍卫的用心了。"

"标下有罪。"

一个比一个快地抢着道歉。

不等赵胤开口,时雍已是恢复了脸上的笑颜,朝众人一一拱手,然后双手一垂,低眉顺目地向赵胤行礼:"多谢大人主持公道。若不然,这污损向参将的恶名,小的今日就洗不清了。"

赵胤眉梢一扬。此女当然狡诈又滑头。分明是她自己证明了她是对的,还要把功劳硬塞到他的头上,而她永远是最无辜的那一个……赵胤低头问道:"又是你爹教的?"

时雍抬头莞尔:"大人英明。"美人一笑,如雾破云开,极是好看。

"哼!"赵胤负手向前,对众人道,"来人,搜查向参将的住处。"既然证明向忠财是杀害火头兵的凶手,那肯定得弄清他为什么要这么做,为何要制造这么蹊跷恐慌的死法，又为何要自杀？如果没有交代，哪怕这些将校当面不说，私底下肯定是不服气的。

"搜！""搜！"众人退到门外。一群佩刀侍卫冲进去，四处翻找。屋子里幽暗憋闷，时雍趁这个工夫慢慢走到门外的檐下。

雨声滴答，对面厢房门口，白马扶舟正好走出来。隔着一个夜雨淋漓的院子，他扬眉浅笑，给了时雍一个清雅俊美的顾长剪影。时雍看他一眼，走到屋檐角落。这里灯光照不到，漆黑一片，可以望到哨塔。最主要的是不用与那些窃窃私语的将校在一处，也不用再站在灯火中让白马扶舟恣意打量。

"在这做甚？"耳边传来赵胤的声音。

时雍看到他跟过来，眼睛微微眯起："这营中，真不安生。"

赵胤平静地道："向忠财不是那个人。"

时雍蹙了蹙眉头，望向他冷峻的面孔，点头："向忠财可能只是一个执行命令的人。可是我想不通，堂堂一个参将为何要受制于人？为何又在杀人后甘心自尽，还死得这么难堪？"

赵胤慵懒地捏了捏眉心："等答案。"

时雍没有吭声，身子懒洋洋地倚在檐下的柱子上，把今晚发生的事情又理了一遍："营中可能还有同伙。"

"嗯？"赵胤偏头看她。

"营中还有向忠财的同伙。是别人吩咐向忠财执行邪君的命令，交代他如何杀人，制造恐慌。接下去，说不定还会有命案发生。"

他们在明处，人家在暗处，一个大营几万人，整个晏军更是几十万之众。要抓出潜藏在暗处的人，谈何容易？时雍低下头思考片刻，突地仰起脸，看着赵胤道："我有个主意。"

赵胤眉梢微动，将黑眸里的惊讶压下去："你说。"

时雍淡淡道："大战在即，若是大人在营里大肆搜查凶手，反倒中了对方的奸计，造成不好的影响。我们不一定能马上抓住这个人，但为了防范对方再作恶，却可以采取一些非常手段。"

何谓非常手段？不待赵胤询问，时雍懒洋洋一笑："几十万大军，不论大人派谁去监视都很难做到具体、到位、深入。但是，防不胜防的时候，可以让他们互相监视，互相防备。"

赵胤打量着她，沉默不语。

时雍继续道："大人的名声已经坏了，那就再加一条吧。大人可以颁布一条命令，就说为免泄露军机，凡营中将士，每三人一组，任何人不得单独行动。行必有人跟随，言必道出同伴行踪，吃喝拉撒都必须结伴。若有违令者，按军法处置。"

赵胤道："为何是三人一组？"

时雍诡谲一笑，眼底有淡淡的涟漪："二人行，容易勾搭成奸。三人行，必生猜忌。"她眉目带笑，神色笃定自信，有一种飞扬爽朗的肆意。

赵胤深深看她一眼，绕过木柱，走到她的面前，衣摆一晃，负手而立："阿拾有大丈夫之才。"这个角落里的光线太过暗淡，时雍看不清赵胤的微表情，只是被这一声"大丈夫"噎住了。

"大都督！大都督！"朱九急吼吼地站在门口喊人。他没有看到角落里的两人，直到赵胤和时雍一齐从阴暗处走出来，他才恍然觉得自己是不是打扰到了什么，再一转头，看向谢放木然的脸，心生懊悔。

"何事？"赵胤看他垂头丧气，皱眉问道。

朱九低头呈上一封书信："在向参将房里找到的。"

那是一封书信。可抽出信纸一看，里面全是怪异的符号。朱九刚看过了，瘪嘴道："不知是什么东西，像字又不是字，谁也识不得。"

时雍问："这是什么文字？"

赵胤目光微凉："谢放，去请乌日苏王子。"

"是。"谢放连忙拱手，转头按刀走人。

时雍和赵胤返回室内，几个侍卫还在搜查。向参将的居所布置得十分简单，除了桌、椅、衣架、脸盆架等物，墙角还有一个书架和一个箱子。那封书信就是从箱底翻出来的。箱子里已经空了，一堆衣物被翻出来，随意地丢在地上。时雍走近翻了翻，从中拎起一件蓝色镶黑边的直裰，看了赵胤一眼："这种蓝袍，是儒生常用？"

赵胤看了一眼："向参将是个儒将，好文章，不喜舞刀弄枪。"

"那为何参军？"

"他是袭的父职。"

时雍点头："难怪。"

不一会儿，乌日苏就被谢放请过来了。因为走得急，他头发和衣袍都沾上了雨雾，袖子半湿也浑然不觉，看到赵胤就长长作了一揖："大都督深夜召见小王，所为何事？"

自打白马扶舟把他带到卢龙塞，他就一直被安置在半山腰的厢房里，周围有重兵把守，赵胤没有见过他，白马扶舟也没有向他透露此行目的。他整日困于屋中，神情憔悴，思虑过重，大半夜又被叫到此处，一眼可见脸上的慌乱。赵胤瞥了朱九一眼，眼神深幽："这里有封书信，想请王子过目。"

朱九将书信呈上。

这封信宛若有千斤之重，乌日苏慎重地接过，打开的速度也极慢，可是只看一眼，他就抬起头来，神色有略微的变化："是来桑的笔迹。"

兀良汗有自己的语言和特殊文字，但是大多数人都不识得字，更别说会写这种奇怪的文字了。乌日苏身在高位，与来桑又是兄弟，自是认得他的字迹。这封信的内容，主要是命令向忠财在军中杀人，制造恐慌，和兀良汗里应外合，助一臂之力。乌日苏有些困惑："向将军为何识得这种文字？他又是如何结识来桑的？"

赵胤淡淡看他一眼："这就要问贵国的二皇子了。"

乌日苏的脸有微微的涨红，长叹一声："如此无耻的手段，实是令人羞愧。"说罢，他低头拱手，"大都督，小王人微言轻，阻止不了来桑作恶多端。但身为兀良汗王子，还是要代兀良汗向你致歉、忏悔。"

赵胤把信交给朱九，看向乌日苏："大王子可有做好准备？"

乌日苏苦笑："小王一个阶下囚，但凭大都督处置便是，还有何准备的？"

赵胤目光深幽："准备面见你的父汗。"

乌日苏一怔，抬头看着他许久不语。赵胤不多解释，神色冷淡："谢放，送乌日苏王子回去就寝。"

待乌日苏离开，旁听的朱九忍不住走近时雍，小声问道："这封信上来桑没有吩咐向忠财自杀，他为何自杀了？"

时雍看他一眼："他们不是说向参将为人忠厚老实，对人极好吗？可能他不忍心杀更多的人，只能让自己变成了最后一具尸体。"

朱九满腹疑惑，这回答显然不能让他满意："那他又为何要做出他杀的样子？"

"找不到凶手，才能引来恐慌，不算辱了使命。"时雍看他一眼，笑道，"若我们不确定他是自杀，你说，此刻营中当是如何？"

朱九若有所悟，点点头："这么一说，我就有点明白了。既然如此，他又为何要留下这封信？何不干脆毁去？"

时雍静默不语。向忠财为什么懂得兀良汗的特殊文字，时雍倒是想通了。赵胤说他是一个儒将，好文章，喜舞文弄墨。那么，常年驻守卢龙塞，必会有大量的闲时，会接触学习这种文字并不奇怪。但为什么留下信，她也没有想通："有可能是来不及、忘了，也或者是……心底存善，在不得不死之前，有意留下线索。皆有可能，就像……张捕快一样。"

朱九"啊"一声，愕然看她。时雍微微蹙眉，转头将问题抛给赵胤："大人觉得，二皇子来桑是邪君吗？"

赵胤眉头挑了挑，淡淡道："不好断言。"从大晏和亲队伍到青山镇出事开始，"邪君"做出的一系列事情，确实很像是兀良汗那方指使。

"兀良汗和亲使者，死的全是乌日苏的人。和亲使者被杀，兀良汗刚好有借口起兵南下。早早在卢龙县布局，收买县令钱名贵、永平卫指挥使石洪兴等人。若是不毁了他们的计划，一旦战事开始，这群人里应外合，打开卢龙塞，定能打大晏一个措手不及。借邪君之名，迷惑百姓。裴将军突然回乡省亲，他们威吓不成，在青山镇大开杀戒。两军交战，在晏军营地制造恐怖，挑起事端，动摇军心。"时雍一条一条地分析完，微微眯起了眼，冷冷道，"这一切事件的背后，受益者正是兀良汗。而来桑与乌日苏早已不和，为了在巴图面前争宠，做这些事情的可能性极大。"

赵胤不语。朱九抢着说："那邪君肯定就是这个来桑……不，来桑就是真正的邪君了。"

赵胤从善如流地点点头，看了时雍一眼："回去歇了。"

这夜，经历了整件事情的将领和士兵们全部被赵胤封了口，火头兵和向参将的遗体被换上了干净的衣服，抬出营房，送往卢龙塞殓房。

事后有人交代，昨日下午，向忠财曾去伙房询问伙食的问题，被马横顶撞了几句，而向忠财也曾到过辎重和粮库，和守卫聊了许久，离开时，又在门外徘徊良久。

他是怎么想的，已经没人知道，但士兵们把整个大营翻了个遍，没有再发现有别的死者，只是在一个茅坑里发现了马横被丢弃的衣物。这说明向忠财在接到杀人指令后，除了杀死了与他有矛盾的马横，没有再杀旁人。这样的人，不算是彻底的坏人，怎会受制于兀良汗的来桑？

此事，悄无声息地被压了下去。没人知道马横和向参将的真正死因，倒是大晚上惊动大营为赵胤找狗的事情，闹得沸沸扬扬。

魏州照时雍的要求找出来的异常人不少，不过，连夜审讯发现，这些人除了小偷小摸或是干点损人不利己的坏事，与向忠财和马横都没有来往。于是整件事下来，除了锦衣卫指挥使赵胤残暴不仁、心狠手辣后，再添一桩骄矜无度的恶名外，在大晏军营没有掀起多大的风浪。

很显然，主使者的目的没有达到。赵胤怕对方卷土重来，当即按时雍的建议颁布了"三人行"的命令，再收获了一批骂声。

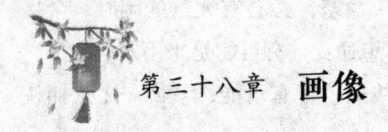

第三十八章　画像

次日，魏骁龙兵败的消息传来。在大部队撤离后，魏骁龙率一个千户所的将士奋力抵抗，只一日，就被兀良汗大军以势如破竹的气势攻占了孤山。

众所周知，一个千户所仅有一千多人。一开始，兀良汗情报有误，以为赵胤准备大军压境，打得极是小心。生生被魏骁龙拖了一天后，巴图连赵胤的影子都没有看到，这才接到探子情报，得知晏军主力已撤往卢龙塞，不由得勃然大怒。受魏骁龙愚弄这些日子，巴图气极、恨极，当即下令："取魏骁龙项上人头者，赏黄金百两，封兀良汗第一勇士。"

时雍睡到日上三竿才起来，春秀把早点热了热，她将就吃了一口便去营中找赵胤，想知晓昨夜之事的后续。

今日天气不错，阳光从支摘窗渗进来，带着山间的微风，清新怡人。

时雍走进去却发现气氛不对。谢放低着头在为赵胤斟茶，神色不安，表情怏怏，眼神似乎还有点悲伤。一个做校尉打扮的男子站在赵胤案前，将赵胤的脸挡住。时雍看不到他，只觉得房里的几个人极是消沉。"参见大人！"时雍站在屋中，拱手行礼。

在她进门的时候，赵胤就注意到了。闻声摆摆手："下去吧。"

"是。"那个校尉转过头，看了时雍一眼，声音沙哑地对赵胤道，"魏将军忠义可留青史，望朝廷勿以胜负论英雄。"

赵胤慢慢抬起头道:"本座自有主张。"

"标下替魏将军谢过大都督。"那人慎重地拱手行礼,退下去了。

时雍转头看了看他的背影,不解地走到案前,随意地坐下:"魏将军怎么了?"能坐不站是时雍的习惯,可是她的举动落在谢放眼里,却实被惊了惊,这才默默退到旁边。

赵胤沉默片刻:"孤山战败,下落不明。"

闻言,时雍吸了口气,随即又道:"下落不明不算坏消息。以魏将军的胆色和骁勇,必能化险为夷。"

赵胤语气低沉:"骁龙不会做俘虏。"

时雍皱皱眉,没有吭声。不肯做俘虏的人,一般只有一个下场。时雍想到魏骁龙憨直爽朗的笑容,坚定地摇头,安抚赵胤:"大人不必悲观,魏将军不会有事的。但我以为,刚才那个大人说得对,魏将军以十万之众,在孤山拖住兀良汗数十万大军,又成功掩护大部队撤退,将伤亡人数减到最低,纵使一战未胜,也当青史留名,大人应当为他向朝廷请功。当然,最紧要的是派人接应、寻找。魏将军此刻危急,或许需要大人的帮助。"

"接应的人,早已出发。"

"没有接到人?"

"尚在找寻。"赵胤叹息一声,看时雍的目光忽而转暗,"阿拾,你若是男子,也可青史留名。"

时雍又是一噎,惊问:"大人希望我是男子吗?"

赵胤对上她明亮的双眸,嘴角一勾:"是男子,这不世之材必受重用,自是好事。"

从昨天的"大丈夫"到今天的"不世之材",赵胤当真希望他是个男的?时雍强忍着翻白眼的冲动,老老实实地垂下眼皮,略咬了下唇:"大人这是嫌弃我是个女子了?那我自请离去好了。"

赵胤立马捕捉到了她话里的委屈,一向冷峻淡然的脸有短暂的愕然。性子之狡,以此女为甚。赵胤喉头一滞,浑然不觉出口的声音已然柔软:"好端端的为何说这话?"

时雍腹中冷笑一声,朝他剜了一眼:"大人自称赏罚分明。营中将士尚且有功得赏,可我倒好,这两日为大人解决了这么多的事情,大人不仅没有赏我一个功劳,反倒说风凉话奚落我是女儿身!"

赵胤讶然,一件小事能说出这么多花样?他嘴巴张了张,想解释却没有说出口。对付时雍这样的女子,他实在头痛:"你要我赏你什么?"

时雍眼风斜过去:"那得看大人的心意了。"

赵胤唇角抿紧,好半晌皱眉道:"你缺什么?"

看他问得正经,时雍无言以对了。自从她和赵胤认识以来,这个人其实就从未合过她的心意。这一路从京师走到卢龙,赵胤一直没有变过,人设不倒,又冷又直,但凭良心说,他对她,算是比较纵容了。杨斐曾经挨过的军棍,被撵走的妩衣,时雍都还记在心上。但不论她怎么顶撞赵胤,他嘴上说"宰了她"倒是有好几次,实际上一根手指头都没有动过她。时雍眼神复杂地看着他:"我缺什么,你都给我吗?"

赵胤的眉头蹙得越发紧:"你刚又骂我了。"

"……何曾?"

"心里头。"

心里头骂也算?好在他不知她想给他做爹!

时雍微微一笑:"大人说什么笑话,小的命都攥在大人手上,怎敢偷偷骂大人?我刚才是在想,问大人要什么赏赐好。"

赵胤淡淡看过来,似乎松了口气:"那就好。"

这话一说,时雍便无语了。这个人到底会不会说话,到底知不知道女子心思?时雍脑子里转了转,突然想到心里那个大疙瘩,忍了这么久未曾对他言明,不如趁此机会试探一下好了。"大人。"时雍直勾勾地盯着他,一直盯着他,"上次我见小丙那个玉佩极是漂亮,大人可不可以也赏我一个?"

赵胤握住茶盏的手微微一紧,垂下眼睑,淡淡地问道:"为何想要这个?"

他脸上的变化没有逃过时雍的眼神,她一笑,换了位置,直接走到赵胤的身边去,站着看他片刻,又蹲下身来,双手抚在他的膝盖上,像往常为他按摩那般,轻轻揉捏着,小脸微微仰起,眉尖儿蹙起,赌气般道:"我不都说了吗?因为漂亮呀。没想到大人这般吝啬,我为你做牛做马这么久,连一块玉佩都舍不得。"

赵胤被她这一道娇气的嗓音酥得脊背上汗毛都竖了起来。可她倒是老实,说完就垂下头去,安安静静为他按捏,只是委屈。心里头的怀疑落下去,赵胤喟叹一声:"那不是玉佩,是玉令。"

时雍抬头,双眼无辜地眨了眨:"是吗?为何是令,不是佩?"

赵胤认真给她解释:"上面有一个令字。"

时雍委屈地咬了咬下唇:"我不识得。"

赵胤哼声:"让你写字,你不肯写,如何识得?"

时雍扯了扯他的衣袍,眼里晃出一丝笑:"大人若肯亲自教我写,说不准,我就写了。"

亲自教?赵胤看着她,时雍轻笑:"手把手。"

赵胤神色微微一僵,哭笑不得道:"你是小孩子吗?"这话有斥责,却不严肃,还有一丝说不出的宠溺味道,像在训孩子。

时雍脸热了一下:"不管是玉令还是玉佩了,我喜欢那个,大人能赏我一块吗?"

"不能。"

时雍手一顿,从他膝盖上滑下来,身子也直了起来,转瞬从温柔小猫咪变成了吃人母老虎,不仅脸色变了,神情也冷淡了下来:"既如此,大人又何必问我想要什么?"

赵胤叹息:"胡搅蛮缠的女子。过来!"他朝她伸出手,那表情似乎是在哄她。

时雍微怔,在二人的相处中,这态度可不常见。她双手背到身后,往后退了两步,气鼓鼓地问:"干吗?"

赵胤脸色微变。他素来被人称作冷血无情,又高高在上惯了,在他面前从无哪个女子这般恃宠而骄,对他大呼小叫,不悦的冷色几乎是瞬间浮上了俊脸,手也垂下来,重新端起了茶盏。

时雍一看情形不对,觉得这剂药可能下得太猛,抢在他发狠话前,嘴一瘪,哑着嗓子道:"反正我是个胡搅蛮缠的女子,在大人这里定了性了。不论我做什么,大人也都这样想我,我还过来干什么?既然大人不喜欢我,不如放我自去!"

她这番话底气已有不足,却是以退为进的杀着。一句"放我自去"让赵胤原本的恼怒消去了大半,面色微霁。这个深藏不露的锦衣卫指挥使,脸上再次出现了无奈:"玉令不是玩耍用的,是执行命令用的令牌。你这女子,我为何就跟你讲不通?"

令牌?时雍心里一凉,抿着嘴,仍是那般看着他,不说话。赵胤也看着她沉默。时间缓慢得仿佛是一场安静的较量。良久,时雍听到一个低低的声音:"你要什么玉,要多少玉,我都可赏你,唯独这玉令不行。"

"这玉令有何稀奇之处?"时雍故作不知,一副困惑的样子。她从来不是小女人,却在赵胤面前不停打破底线做小女人,装了一遍又一遍,兴趣渐浓。若她此刻能照镜子,肯定能被这模样吓得半死。

赵胤向她伸出手:"你过来。"时雍低头不语。赵胤拍拍自己的膝盖:"痛。"

虽然不是拍腿让她过去坐,但时雍知道对这头闷驴来说,这已经是给她的台阶了。她迅速走过去,站在他的面前,蹲身、仰头:"不捏,大人告诉我再说。"

赵胤唇角冷冷抿起,自上而下地看着她。良久,传来他低沉温和的声音:"阿拾。"时雍"嗯"一声。赵胤温厚的大手在她头顶上拍了拍,"我来问你,你老实回答我。不许欺瞒。"

时雍突然被他当成了大黑,不由得蹙了蹙眉头:"问吧。"

赵胤表情严肃:"你若欺瞒,如何?"

时雍一怔,淡然笑道:"哪有还没有问问题就要人说结果的?"

"回答。"

时雍想了想,道:"我若欺骗大人,天打五雷轰。"

赵胤脸色微变:"没让你发毒誓。"

时雍才不信什么毒誓:"大人可以问了。"

赵胤皱眉,低下头盯住她,语气迟疑:"你为何对玉令如此在意?"

时雍刚想张嘴,突然觉得不对:分明是她在问赵胤玉令的秘密,怎么反过来成了赵胤在问她?"又到了交换问题的时候了,是吗?"时雍双手无意识地在他腿上揉捏起来,"行,我惯着你,先回答你的问题。我有个好友,死在玉令的主人手里,却不知凶手是谁。我见小丙、庚一都有玉令,这才想请教大人的。"半真半假,不算欺骗吧!说罢,她抢在赵胤面前,道,"换我问了。这个玉令的主人是谁?玉令是做什么用的?哪些人手上有玉令?"

赵胤道:"这个玉令的主人不是我。"

混蛋!回答了等于没有回答。这个玉令的主人不是他?另外的玉令呢?时雍道:"你没说完。"

"一个问题换一个。"

"我那就是一个问题。"

"三个。"

时雍斜眼看去："那行，我惯着你。换你问我。"

赵胤冷哼："我没有什么想问的了。"

时雍气极无语。等她回过神，发现自己的手长出了肌肉记忆，正在不知疲惫地给这混蛋按摩膝盖，更是气得不行，手一撒，腾地站起来："不公平，无赖！"

赵胤微抿的嘴角几不可察地弯了弯，也跟着站了起来，慢悠悠地冷声道："你这女子，心思狡诈，诡计多端，不得不防。"

时雍看他说得认真，脑子里顿时转过千百个猜测。她没有在赵胤的眼睛里看到生气的迹象，又松了口气："行！大人赢了，我再也不问了。"丧丧的语气，听上去怪可怜的。

赵胤看她片刻，手负身后，走在前面："跟上！陪本座出去走走。"看着他的背影，时雍不情不愿地跟了上去。

卢龙塞依山而建，巍峨险峻。主城墙如入云端，高五丈，宽三丈，长约一百丈，从里到外码堆而成。女墙、望楼、箭楼等交织成了一道密集的防御网，辅墙外靠山峦，往更远的山上延伸。

卢龙塞不仅占地险要，是兵家必争之地，对大晏而言，还有更为深刻的政治影响。自洪泰、建章、永禄三朝以来，国人始终深信一件事，卢龙是天险，能攻克卢龙，就能把京师收入囊中。几十年前，永禄爷更是在此立下过不世的战功，以卢龙一战改变了整个战场局面。因此，若卢龙这般坚固的要塞都失手，恐怕再没有人相信还有哪个城池能抵挡兀良汗人的马蹄。

两人自下而上，沿着石阶往上走，没有说话，猎猎山风吹得赵胤身上厚实的大氅哗哗有声。时雍是侍卫，在着装上不能逾越；一路上都是守卫，赵胤又不可能把衣服脱给她，冷得她心里直骂人。赵胤脚下一停，突然回头看来。时雍怔住，不会又知道她在骂他吧？赵胤看着她白皙的脸，突然道："你想为她报仇？"

"她？"

"时雍。"

时雍心底一跳："报仇倒也不必，总得知道她是为什么死的。"在她面前的是一个心狠手辣的老狐狸，他绝不会全然相信一个人。因此，每一句话都有可能改变他俩之间的关系。时雍有点后悔，今天问得太多。不料，赵胤却不深究，而是点到为止："你倒是有情有义。"

时雍漫不经心地笑："那是。"

赵胤沉默片刻："若有一天，我死了，你会查找真相吗？"

时雍想也没有想道："不会。"

赵胤脸色暗下，目光有明显的不悦，却听时雍一本正经地道："大人文成武德，千秋万代,哪里会死?"

"呵!"赵胤目光里的柔软和变化,肉眼可见,俊脸却板了起来,"不许胡说。皇帝只得万岁,本座怎可千秋万代?"

时雍嘴角压抑不住地疯狂上扬。交锋几手,终于赢了一局。原来大都督也喜欢听人家说好听的话?

越往上越冷,不过,除了值守的士兵,明显没那么多人了;而且,一路爬上来,时雍一身的热汗,也就没有那么冷了。再站在女墙的高处往外望,重峦叠嶂,绵延无尽,竟有一种饱览江山的豪迈感。赵胤走到最高处,往外远眺。时雍站在阶下看他片刻,慢慢上去。山野的冷风铺天盖地扑过来,她抱紧双臂,走到赵胤身边。他在沉默。时雍顺着他的视线往外望,似笑非笑地叹息一声:"登高望远,千里江山。大人心里头,真就没有想过千秋万代吗?"

赵胤没有回头,淡淡道:"千锤百炼即为王,不如四海度余生。"

时雍一笑:"大人想得开。江山万般皆好,却难得逍遥快活。"说着,她抱着双臂,润了润被冷风灌得干涩的嘴唇,玩笑道,"这个时季,若是能安安生生烤个火,煮个锅子,再喝点儿小酒,比千秋万代实在多了。"

赵胤听见她声音里的凉意,回头看了看,突然扬起手臂:"来。"他身上披着一件宽大厚实的氅子,手臂一扬,腋下就出现了一个空旷挡风的温暖所在。可是,时雍若站过去,那不就等于被他抱在怀里了吗?

她犹豫一瞬,僵硬地站到他的身边。赵胤低哼一声,手臂盖过来,将她挡在氅下,像护佑着受冻的小猫小狗小羊,动作自然,从容有礼,没有猥亵之意,脸上也没有多余的表情:"看那是什么?"

时雍定睛一看:"大黑?"

早上狗子被放出去了,时雍不能总让它占将士们的口粮,更不能让士兵啃窝窝头,而狗子吃肉。这样不仅对赵胤名声有损,她自己心里确实也过不去。大黑入了山,就像鸟儿投了林。从垛墙上看去,一个黑漆漆的小点,在山林间奔跑。八月底,草枯叶落,那个黑点,一会儿在这儿,一会儿在那儿,看上去很是快活。狗子快活,时雍也开心:"我说大黑是狼的后代,大人信吗?"

"狼王也信。"

时雍看着他正经的样子,扬唇笑了起来:"希望大黑吃饱点,过几日打仗,怕就没那么方便了。"

"用不了几日。"赵胤突然道。

时雍惊讶地看着他:"巴图还没这么快到卢龙吧?"

赵胤嗯声:"今日得报,已到青山口。"

时雍道:"大人不想据守卢龙?"

赵胤道:"巴图远道而来,本座总得去接一接。"

时雍若有所悟地点点头。卢龙易守难攻,巴图肯定认为赵胤会据卢龙天险,将他拒于城下，不会想到赵胤会半路伏击，这倒是好计："会不会太冒险？"

"自古战争，哪个不险？"

倒也是。时雍又发出灵魂三问："大人准备带多少人？何时启程？要我同去吗？"

赵胤低下头，看着她干净白皙的脸："天黑就走。行军在外，女子多有不便，你在卢龙等我。"

对"女子多有不便"这话，时雍先前没有太大的感受，这阵子倒是深有体会，不论是洗漱还是生理问题的解决，都很不方便。若不是赵胤和几个侍卫处处照顾她，除非她毫不在意与男子同睡同住、同吃同拉，要不然，在营里是当真过不下去的。即使有赵胤照顾，她这些日子也比在京里邋遢了许多。"好。"时雍想到这里，皱了皱眉，"我这几日，也确实不太方便随大人同行。"

她揉着眼睛打了个哈欠，眼神转向外面："那我就在卢龙，盼大人凯旋了。"

朱九急匆匆上来找人，被一个当值的士兵拉住："别上去！"

"怎么了？"他不解地问。

那士兵脸上露出尴尬的表情，士兵身边的两个同伴也是挤眉弄眼、若有所指地笑："别上去坏了大都督的好事。"

朱九很是奇怪："什么好事？"那三个士兵面面相觑，笑得暧昧。少顷，其中一个憋不住了："大都督和那个新来的小侍卫，正在……嘿嘿嘿嘿搂搂抱抱。"

"喊。"朱九不满地瞪他一眼，伸手揽了揽他，拍拍肩膀，"大惊小怪。"

说着，他推开那人就往上走，心里忖道：阿拾说得不完全对，三个人也可能勾搭成奸。朱九脚步很快，刚踏上高处的垛墙，脚还没有站稳，眼前一花，差点被风卷下台阶。老天爷，他看到了什么？大都督居然搂着阿拾？两个人卿卿我我在说话？这……看着这相依偎的背影，哪里是寻常两人该有的样子？怪不得那三个家伙说得那般不正经。这属实很难不让人产生怀疑呀。朱九后悔了，就应该让谢放上来传信。现在他的脚在这里，是上去，还是下去？

其实朱九想多了。时雍其实也看出赵胤没把她当女子，坦然地"借"了半副大氅给她御寒，也就坦荡荡地接受了，只觉得两人现在就像是兄弟，根本就没有朱九脑补的那些暧昧。赵胤一转头，她也跟着转过去，看朱九涨红脸的样子，她还有点奇怪。这个朱九是跑得太快了吗？热成这样。

朱九拱手行礼，头都不敢抬："大都督，青山镇符婆婆求见。"

符婆婆？时雍一怔，看向赵胤。赵胤眉头一蹙："何事？"

朱九道："符婆婆没有说，看样子有些着急。说一定要面见裴将军。"

离开青山镇的时候，赵胤把裴赋的旧宅托付给了符婆婆照顾，说是要去卢龙打仗了。符婆婆似乎并不知道他的真实身份，或者知道了，也只是把他当成青山镇的那个裴赋，因有旧识，也就不见外。赵胤思考片刻，想起什么似的，慢腾腾收回护着时雍的那只手，平静地道："下去看看。"

暖源一离开，冷风肆虐而至。时雍冷得打了个喷嚏，在寒风中抖了抖，一脸不可置信地瞪着赵胤的背影。这个混蛋，抛下她离去，冻死人了。

符婆婆牵着一头驴，脸上被冷风吹得冻得起了皴皮，如鱼鳞一般。在大营的门口的校场上，她焦急地等待。谢放请她进屋暖和暖和，她坚决不肯，说自己身上邋遢，不能脏了将军的屋子。谢放无奈，只好陪她在校场等，直到赵胤过来。

"老人家，屋里坐。"对待上了岁数的人，赵胤很客气。

可是，符婆婆朝赵胤恭恭敬敬行了个礼，仍是不肯："大将军，老婆子是来求助的，哪里进得恩人的屋，坐得恩人的凳？于礼不合，于礼不合！我就站着说吧，不耽误将军多少工夫。"

赵胤道："老人家，你不得坐，我也不得坐。"

谢放见状，赶紧上前帮符婆婆拉驴："婆婆屋里请吧，我把你的驴牵去喂点草料。你要和将军说的话，也不方便外人听不是？"

再三邀请，符婆婆同意了。她从来没到过军营，一路走过去，东看看，西看看，很是好奇。等到了营中，喝了一口春秀捧上来的热茶，符婆婆脸上的神色缓了些，从怀里掏出一个用布包好的东西，让春秀递给赵胤："将军，这是我侄子的……"

那是一个铜质的带钩（古人束腰革带上的钩），蛇头形状，头部昂起，颈子狭窄，张口露齿，看上去很是凶猛。时下玉质、铜质乃至金银铁等材质的带钩都很常见，这个带钩除了那个蛇头形状有些奇巧，别的看不出什么。赵胤看了看，将带钩放在茶几上，示意春秀交还给符婆婆，淡然问："老人家有话直说无妨。"他为人素来冷淡，自带的气场高华疏远，看得出来符婆婆有些怕他。

听了这话，符婆婆紧张地压着嗓子，一句话说得阴森森的："不瞒将军，老婆子是做了两宿噩梦才决意来找将军的。那日我侄儿来看我，是全须全尾离开青山镇的。可那日老婆子在清理官府送来的杂物里，却看到他的东西……老婆子记得，他走那日，这带钩就系在腰上的。"

青山镇的大坟场已经动工了，符婆婆拿了官府的银子，除了备纸钱香烛祭祀外，也帮着官府处理一些杂物。这些杂物就包括那些无人认领的尸体上留下的遗物。当然，值钱的东西早已被人搜走，轮不到她。符婆婆却很仔细。人死了，只留下些物什，她想尽一份心，把这些人遗留的杂物都理顺。哪知，她会从一堆杂物的东西里找出侄儿身上的带钩。束腰的东西不会轻易遗弃，这让她很是不安："老婆子疑心，我那侄儿，是不是不在人世了？想托大人帮我问问。"

时雍那日在青山镇，倒是听说符婆婆的侄子来看她了，却没有见过那侄子长什么样子。得闻这事，时雍微微错愕："婆婆的侄子叫什么名字？长什么样子？"

符婆婆愣了愣："叫什么名字啊？他爹娘叫他符二，我娘家的村里都叫他符二郎，他大名叫啥，却是不知了。"说着，符婆婆又从随身的褡裢里取出一个纸质的卷筒，"这是二郎儿时的画像。我与这侄儿多年未见，那日他来看我，便是带了这个画像，我才认出他来咧。"

儿时的画像，如何能认得？时雍心里忖度，符婆婆却已把画像展开，让春秀拿到赵胤面前："大将军帮老婆子问问，可有人见到我家二郎？"

画像破旧发黄，一看就有些年月了，尤其时下之人的画风并不写实，时雍探头看了一眼，完全看不出这人是谁。不料，赵胤目光一沉，脸色冷了下来。画上小儿不过八九岁的样子，面部特征却很模糊，时雍不信赵胤能认出这个人是谁，除非他本来就认识。符婆婆也注意到赵胤的表情变化，那只一直在抠椅子的手突然收缩："大将军可是见过老婆子的侄子？"

赵胤不答，抬头示意朱九："笔墨伺候。"

这间屋子本就是赵胤办事之用，笔墨纸砚书案一应俱全。朱九很快备好，小心走到赵胤身边："爷。好了。"

赵胤站起来，朝符婆婆含蓄地点头示意："稍候。"

符婆婆跟着站起来，点头哈腰："大将军自便，自便。"他给符婆婆带来的威压感太强了。

时雍看一眼那冷漠的背影，心里忖度：大概像她这般无惧生死，敢在老虎头上拔毛的人不多吧！发现符婆婆仍是紧张，时雍笑着和她聊了起来。青山镇对时雍而言，是一个特殊所在。

说起青山镇，符婆婆脸上有了生动的神态，时雍也听得感慨不已。符婆婆说，有一些远走的青山人回来了，有些又走了。如今，除了官府派来善后和修大坟场的人，镇子还是冷冷清清，没什么活人气。"会好起来。会好起来的。"符婆婆重复了很多遍这样的话，安慰自己。

时雍也安慰她。不一会儿，赵胤过来了，朱九跟在他身后，手上捧着一幅墨汁未干的人物小像，走到符婆婆的面前："婆婆，你看看这个可是你侄子？"

时雍扭头看一眼，随意的眼神变成了惊讶。这个小像就有真实感了，只看一眼，她就认了出来。不就是山洞里被赵胤绣春刀一刀毙命的"邪君"吗？

"是我侄子，是我侄子。可得我一番好找。"符婆婆声音激动起来，眼巴巴地看着赵胤，"大将军，我家符二郎，他如今在哪儿？"

房里突然安静下来。赵胤不说话，时雍也紧紧抿住了嘴。老人活了一辈子，很是敏感，见状似乎意识到什么，嘴唇战栗着，嗫嚅道："可是我家二郎，遭遇不测了？"

赵胤打量她片刻："朱九，去把房里的木匣子拿来。"

朱九看他一眼："是。"

他退下去后，赵胤拿起茶盏，轻轻抿了抿，淡声问："老人家和符二郎是什么渊源？"

符婆婆看他表情，神色惶惶不安："二郎是我娘家弟弟的小儿子。我算是他的大姑。"

"娘家在哪儿？"

"娘家在抚宁府平安寨。"

"抚宁府？"赵胤若有所思，"远。"

"可不就是远么？"说到这里，符婆婆有些不好意思，"我当年是跟着一个村子的货郎走的。货郎给了我爹五两银子，就把我带到了青山镇。我孩儿他爹又给了十两银子把我买回来……"

赵胤："和娘家没有来往？"

符婆婆叹气，絮絮叨叨地说了："山高水远骡马费，出嫁几十年，就我爹过世那年回去了一趟。我记得就是那年见到二郎的，二郎那时就画上那么大，长得乖乖巧巧，一口一个姑喊得人心里甜。"

赵胤指着那幅旧画："这幅画吗？"

符婆婆点头："要不是二郎拿了这画来寻，老婆子能一眼就认出他吗？"

赵胤问："他为何来寻你？"

符婆婆一听，眼眶红了："我那弟弟去了，弟媳妇哭瞎了眼，不多久也跟着去了。二郎顶头上原本还有一个哥哥，不大点就被拐子顺走了，家里就这一根独苗。爹娘去了，二郎说是来投奔我，可青山镇遭遇变故，他来了，什么也做不了，就说去别处看看。我也留不住他，只得由着他去了。"抹了抹眼睛，符婆婆眼里的焦急又浮了上来，"大将军，二郎……究竟怎么了？"

这会儿，朱九从内室出来，手上捧着一个盒子，得到赵胤示意，把它放到了符婆婆的面前："老人家，打开看看。"这是他们从大青山洞里搜罗的与邪君相关的物什，因为案情的原因，赵胤带走了，没有交到卢龙官府。

符婆婆打开一看，眼睛瞪大："这都是啥？"

里面有几本书册，上面的字符婆婆不认识，还有一些零零碎碎的杂物和一个鹰隼的面具。朱九问："这是符二郎的东西吗？"

符婆婆一件件拿起来看看，又摇头放下去。"我没在二郎手上见过。"符婆婆拿起那个带钩，示意给赵胤看，"这个才是二郎的。大将军，你是在哪里见到我家二郎的？"

赵胤垂下眼睑，沉声道："朱九，让人带符婆婆去卢龙殓房吧。"

一听去殓房，符婆婆整个人都软了下来，那双满是皲口的手颤歪歪地捏着带钩："我家二郎是，是没了吗？"

"婆婆——"春秀看到她泪水包不住了，扑过去抱住她，"你还有我。等我长大，会孝敬你。"

符婆婆悲从中来，突然掩脸痛哭起来："我的命，好苦啊！"一家老小在青山镇祸事中丧生，娘家人也死绝了。好不容易来了个投奔她的大侄子，又突然得闻丧号，一时间，符婆婆哭得天昏地暗，听者恸动。

赵胤让春秀把符婆婆送出门。临走时，时雍给春秀塞了个银袋子，让她交给符婆婆，表达一份心意。春秀讶然："将军已经给了呀，"她说着献宝似的把银袋给时雍看，"比少爷给的还要多呢。"

时雍将钱袋一并塞到符婆婆怀里："都带上吧，婆婆年岁大了，不方便做营生，日子总得过下去。"

符婆婆抹抹眼泪，看着男儿装的时雍："姑娘，大将军为何让我看那盒子里的东西，那些都是什么？"

时雍想了想，道："可能他以为是你家二郎的东西，想还给你。既然不是，只能等待下一个失主找来了。"

符婆婆恍悟般点点头，回头看一眼肃穆庄重的营房，低头小声道："老婆子再多句嘴，我家二郎是不是犯下什么事？这才……"

"没有。"时雍安慰她，"也是被邪君所害。"

"唉！命啊！都是命！"

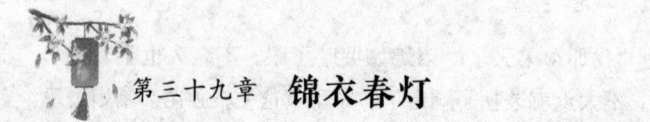

第三十九章　锦衣春灯

春秀陪符婆婆去牵驴了，时雍目送她们远去，调转回到营房。桌上摆放的东西还没有收回去，那个鹰隼面具泛着幽冷的光芒，放在木匣上。时雍走近拿起一看："此事大人怎么看？"

赵胤轻拧眉头："何事？"

时雍道："符婆婆认识符二郎的东西，却不认识邪君的私人物件。"

赵胤没有开口，朱九却道："符二郎扮成邪君的时候，身上所带的物什儿和他做符婆婆侄子的时候，定然不同。符婆婆不认识也就不奇怪了。"

时雍淡淡点头，拿起鹰隼面具往脸上一戴："大人，看我。像邪君吗？"

赵胤神色一厉："放下！"

时雍慢慢放下面具，扫了赵胤一眼，显然对他的厉喝十分不悦。她不吭声，又从那个匣子里翻出一本书来。时雍不喜欢写书，但喜欢看书，荤素不忌，涉猎古今，什么都能看。可是她没有想到翻开的第一本就是邪书。封面上写着《锦衣春灯》，她以为是什么武功秘籍，没有料到里面的内容极是"燃爆"，是以锦衣卫为背景创作的话本画册，有图有文字。故事的主人翁当然不是缉拿案犯、罗织罪状，而是罗织美人，享尽齐人之福。"好书！"抢在赵胤说"放下"之前，时雍将书往怀里一塞，起身朝赵胤拱手告辞，走得比大黑还快。

朱九甚觉诡异。他看了看木箱子，再看赵胤："爷，阿拾好像拿走了什么东西？"

赵胤看到了时雍鬼鬼祟祟的动作，却没有看清她拿了什么，待朱九把木匣子整理好交到他手上，这才发现少了一本书。这个箱子里的画册，有好几本不正经的，但那个《锦衣春灯》的名字自是给赵胤留下了深刻的印象，它的消失，马上引起了赵胤的注意。"爷？"朱九看赵胤没动，迟疑道，"要收起来吗？"

赵胤将盖子合上，轻嗯一声，摆摆手。

大黑就是这时冲进来的。狗子身上被山间雾露弄得湿漉漉的，沾满了苍耳和鬼针草的刺，嘴上还叼了一只肥肥的野兔，耀武扬威地进来，没有看到时雍，走到赵胤身边停下，歪头看他片刻，甩了赵胤一身的水，调头就走。

"大黑！"赵胤喊住它。

"站住！"

对于站住这个指令，大黑是知道的。它闻声回头，嘴上还叼着那只野兔不放，晶亮的眼睛里充满了疑惑。

赵胤拂了拂身上的水，淡定地道："来，我把你身子擦干。"大黑不疑有他，想了想回到他面前坐下。赵胤极有耐心，将大黑毛发里夹裹的苍耳和鬼针草一个个拔去，再让朱九打了水拿了大巾子，在它身上洗洗擦擦，弄得清清爽爽，也顺便把大黑叼回来的野兔哄走了。

春秀送了符婆婆回来，闷闷不乐了许久，但还是听话地按赵胤的吩咐把野兔做成了一锅红烧兔，为将军和夫人加餐。时雍看画册看得正津津有味，春秀来叫她吃饭了："将军特地吩咐，为夫人做了红烧兔。"春秀的大眼睛水汪汪的，"将军待夫人真是好。"

"少爷！"时雍纠正春秀，并没有疑心别的。她将画册小心翼翼地压在枕头底下，这才出去。

今日赵胤来得倒是极快，已经在饭桌上坐好等她。大黑也眼巴巴坐在他旁边，看着桌子舔嘴巴。看到时雍，大黑蹭过来邀功，一边吐舌头，一边往时雍腿上扑。擦洗了一番的大黑，身上香喷喷的，时雍不适地皱皱鼻子："边上玩去，没你的了。"

大黑仰着头，歪了歪脖子，看着时雍："汪汪！"

时雍好笑地看着它："食不言，嘘———会儿大人敲打你。"

大黑"嗷呜"一声，委屈地将两只前腿趴下去，在地上打了两个滚，不肯起来。

"这是怎么了？"时雍小声问了一句，大黑更赖皮了，前腿着地，一点一点爬过来抱住她的小腿，像个委屈的孩子。时雍哭笑不得，将桌上的兔肉挑起一块，吃掉肉，把骨头丢给大黑："没吃饱是不是？来吃个骨头。"大黑一眼都不去看那骨头，一直撒娇。

时雍撸了撸它的大脑袋，正要说话，碗里多了一块兔肉，她讶然地抬头，就看到赵胤淡然的脸，那双眼睛叫人看不透："画册好看吗？"

时雍低头啃兔肉，眼观鼻，鼻观心，假装不知道那是什么画册，回答得不慌不忙："故事尚可，画功有待加强，若是大人亲自来画，想必那才叫原汁原味。"锦衣卫指挥使来画《锦衣春灯》？时雍光是想想，就有点小兴奋。

"唔！"赵胤瞄她一眼，薄唇微动，没说什么，"多吃点。"

时雍故作感激地看他："多谢大人，出征在即，还能想着给我加餐。"

赵胤吃得很慢，英俊的面孔沉沉如水，黑眸深邃幽暗，看不分明。时雍注意到他不怎么去碰那碗兔肉，略有些疑惑，正待要问，这位大人已经放下筷子："既是好故事，阿拾不妨和我共同阅赏一番。"

啊！？时雍咬着兔肉猛地抬头，看他一脸正经，似乎没有探索过书里的内容，遂放下心来，平静地应付道："等我看完，再交还大人。"

赵胤看她一眼，没有多说："慢吃。"

他起身走了，时雍咬筷子看着他挺拔的背影，松口气："春秀，坐下来吃。"

春秀站边上，不敢动弹："这是将军特地为夫人准备的……"

"少爷！"时雍忍不住又纠正了一句。

春秀瘪了瘪嘴："将军的心意，春秀不敢受用。"

好吧好吧，不敢受就不敢受。时雍独自吃了起来，只是桌下的大黑今儿意见似乎很大，脑袋不停在她腿边拱来拱去。时雍叹息："做熟的你又不爱吃。早知让春秀给你留半边好了。"大黑嘴里呜呜有声，舔着舌头，眼睛水汪汪地看她，有点委屈。

时雍不知道这狗子怎么回事，拍拍它的脑袋，快速把饭吃完，回房把门带上，准备继续她《锦衣春灯》的故事。斜躺榻上，她把手伸向枕头下方，掏出书来。一看，不对，怎么变成了《诗词集》？

卢龙塞的书房摆设简单，一排大书架，上面有历代驻军指挥官没有带走的书。赵胤日常在此处理公务，案头上堆放的全是公文。光线不好，大白天也掌了灯，火烛轻摇着，映着赵胤端正冷肃的脸。面前的纸上，一行行字遒劲有力，如苍松挺拔，看着赏心悦目。时雍走进去看到的就是这番情景。

"大人。"她站在案头前，将《诗词集》轻轻放上，"我的书呢？"赵胤抬头，冷眉微紧："什么书？"

时雍抿了抿唇："《锦衣春灯》。"

赵胤不解地问她："那是什么书？怎来问我？"

好家伙，还挺会装蒜！时雍看着他不动声色的冷峻面孔，哼声："我的书塞在枕头底下，被人换成了这本。除了大人，旁人不敢去我房里拿书。"

赵胤看着《诗词集》，淡淡道："阿拾如何证明你枕下的书，不是这本？"

这如何证明？那种书当然是偷偷一个人看呀，又不能和人分享，找谁来证明？时雍拉下脸，见赵胤面不改色地胡说八道，总觉得这厮今天有些不可理喻。不就是小画册吗？这人为了抢看，竟无所不用其极。

"大人不肯承认，那罢了。大人留着看吧。"时雍说着转头要出门，朱九进来了，脸色凝重，看她一眼，错身而过走到案前禀报："爷，带符婆婆去卢龙殓房的人回来了。"

赵胤的脸也暗淡下来："怎么说？"

朱九招了招手，让那个侍卫进来。那是个干瘦的男子，名叫蒋锟，也是锦衣卫的人，只是没有谢放和朱九这些亲卫和赵胤关系近。赵胤为人行事极为谨慎，这些人平常只能在外围值守，不得召唤，不能近前。

这个人走进来，时雍看一眼就开始怀疑赵胤挑选亲卫是看脸。长得稍次的人，都做不了近卫。时雍看赵胤的眼神深邃了些，脚步也停了下来，没走。赵胤只当没有看到她，抬手让那个人讲。

蒋锟行了礼，低头禀报道："死在大青山山洞里的邪君，确是符婆婆的侄子符二郎。符婆婆认了尸，差点晕过去。属下按九哥的吩咐，没敢说符二郎的死因，只说是被邪君所害……"

赵胤嗯一声，听蒋锟详细说了些卢龙殓房的事情，就摆手让他出去了。

"朱九。"

朱九侍立在侧，闻言走到他面前，拱手道："属下在。"

赵胤道："派人前往抚宁太平寨，调查符二郎。"

朱九："是！"

朱九转身，赵胤抬起的眼，转向时雍："此事，阿拾怎么看？"

时雍还在为《锦衣春灯》被盗一事生气，连带看他的眼神不太好，闻言懒洋洋地哼了一声："大人自有决断，何须问我？"

赵胤神情不变，只是握在茶盏的手指微微一紧，几不可察地皱了下眉，浅浅一叹："一个人想要掩埋真相，无非自欺再欺人。"

时雍抬了抬眼，对这句话感兴趣了："还请大人明言。"

赵胤道："比如兔子是大黑叼回来的，我让人抢了大黑的东西，做了来给你。我欺它不能说话。这是欺人，再混淆真相。"

这是欺人吗？这是欺狗。我可怜的狗子，怪不得气得在地上打滚，还没法让我知道。

赵胤袖袍微抬，将案头公文下的那本《锦衣春灯》抽出来，摆在案上，看着时雍又淡淡道："再如这本书，你一个人看过，就算知晓内容真相又如何？你没有办法证实你看的是它而不是《诗词集》，又因书中内容难以启齿，你甚至连与我争执都开不了口，只能含恨离去。"

时雍有些惊讶。她以为赵胤拿了狗子的东西，做这番姿态是为了取悦于她，至少是一种示好。她还以为赵胤拿了她的《锦衣春灯》，又死不承认，除了不想让她一个女子观看那种邪书外，就是他想看又不好意思开口，是闷骚的体现。结果都不是！他只是为邪君一案做了个小实验。无关情爱，更无关情绪，只是严肃得不能再严肃地讨论话题。

惊讶之后，时雍暗骂自己一句蠢货，再看赵胤虽然也没有什么好脸色，但话题也回到了案件上来："大人的意思是说，符二郎之死，是李代桃僵？"

"不止。"赵胤眉头微微蹙了起来，"李代桃僵，符二郎怎肯心甘情愿赴死？"

时雍若有所悟地点头："若能讲出真话，大黑怎肯让你拿走它的功劳！同样的道理，符二郎或者是有苦衷，或者是被控制意识。"说到被控制意识，时雍毛孔微缩，头皮发紧。

赵胤看着她眸底的诡谲之色，皱了皱眉："正是。"

"还有一点。"时雍也跟着分析，"为什么须得是符二郎不可？在邪君的麾下，想必有不少人曾与邪君有过接触。即使那些人看不到他的脸，单论声音或动作、身形……要是换了人，必定会感受到差别。"

赵胤点头："不错。"

时雍走到旁边椅子上坐下，手撑着额头，苦思片刻，抬头看他："有没有这种可能？符二郎就是傀儡邪君，是为邪君替死而准备的一个傀儡。他可能与真正的邪君在说话、身高、姿态等方面极为类似。还有一点，他为什么恰好在这时去青山镇看望符婆婆？

会不会是他知道自己就要死了？这一点，可能在他死前去找女人来佐证，这也是一种临死前的疯狂吧？"

赵胤再次肯定了她的看法："没错。"

时雍与他相对，眼里突然生出一抹光芒："我明白大人的意思了。"

赵胤嗯一声，眸底有询问。

时雍笑道："如此一来，比照符二郎的身高、胖瘦、行事和说话方式去找，不就能找到邪君了吗？"

赵胤道："天下之大，相似之人何其多？"

时雍笑了一声："相似之人虽多，可不是每个相似之人都会出来作恶呀。此人一计不成，定然还会有后手，只要他出现，就可以锁定他了。"

赵胤没有开口，而是将那本《锦衣春灯》翻开："你来看。"

看什么？难道真的要共同赏阅？这和山洞里被迫观望可是完全不一样的状态。时雍狐疑地走过去，绕过书案，看了一眼赵胤严肃的侧脸："大人有何发现？"

"这里。"赵胤指着书上一幅配图。时雍有点儿没脸看。一个人看邪书和两个人一起看，观感完全不同。她心脏跳得很快，总觉得今日的大人特别不正经。"可有发现？"赵胤侧过头，发现她脸颊通红，眼神游离，皱起眉头，"阿拾？"

"啊？"脑子清明过来，她敛住心神，再顺着赵胤手指的方向仔细看了好半晌，摇了摇头，"这有何异常？"

赵胤指着画上的环境："再看。"

时雍看书的细节好像和赵胤截然不同，她只看图中的男女主，没有注意到环境，更没有注意到这一幅画。在赵胤的引导下，时雍这才发现这幅配图的位置，与发现"邪君"的那个山洞极为相似。画中几个女子神色怪异，癫狂而淫靡，而男子衣袍不整，右手边的角落里有一个屏风，正是他们那日躲藏的位置。只是整幅画太抽象，不容易分辨清楚。

"是那个山洞！"时雍真心佩服赵胤了，怪不得先前可以一眼看出符二郎，这人的脑细胞和旁人长得不同吧，"大人观察仔细，心思缜密，我当真没有看出来。"

赵胤睨她一眼："你看什么去了？"

不敢接这句敏感的话，时雍把问题抛回给他："既是他们画来自娱的邪淫之物，为何画中男子多是锦衣卫？又为何给书命名为《锦衣春灯》？"

时雍的问题，无人能够回答。这些画册出自何人之手，画作有何意图？是为了给修炼之人解闷，无意使用了洞中的环境，再恶劣地取锦衣之名来羞辱赵胤，还是另有机缘？除了书画者自己，谁人能知？时雍又顺手翻了翻其他内容，没有发现异常，赵胤就把画册收起来了。一男一女看这个本就不便，再讨论下去就更奇怪了。好在，二人都很淡定，就如同那只是寻常的书册一般。

赵胤很快叫来朱九，让他去把谢放、白执、许煜几个近卫和魏州一起叫了进来。然而，令时雍没有想到的是，大都督竟然淡定地将几本小画册，一并发到了几个人手上，大有集思广益的意思。这可苦了几个血气方刚的年轻男子。一开始他们还以为是大人发布的新案令，待拿到画册翻开一看……几个人面面相觑，脸色古怪。

时雍慢条斯理地坐在一侧，等了半晌，以为自己也能分到一本。哪料赵胤完全忽略了她，而她当着这么多人的面，也没脸去要，只做旁观。

"爷……"朱九面红耳赤，"这个看了要做什么？"

赵胤斜倚在椅子上，闻言看他一眼："邪君之物，你们都看看，可会有发现？"

这东西能发现什么？朱九咽了咽唾沫，不怀好意地看谢放和白执："这个，大概放哥和白执能看出点啥？我嘛……"他翻翻画册，嫌弃地说，"画中女子不合我心意。"

当着赵胤的面内涵谢放和白执，朱九很是胆大，可是那两个侍卫头都没有抬，更没有理会他，好似专注在画册里了。再看许煜和魏州也是如此，朱九很纳闷："你们可有看出什么？"

众人摇头，不理他。安静的翻书声，很是诡异。好半晌，几个人收起画册，态度认真地道："大都督，没有发现。"

"爷，看这是要参悟什么？"

他们心知赵胤为人，不会心血来潮就突然给他们每人发一个小画册。既然是赵胤让他们看这种男男女女的东西，肯定有他的用意。奈何，赵胤不解释，见他们一脸困惑，淡定地摆了摆手："不用急着给出答案，你们拿回去慢慢参详，可以互相传阅，但不可外泄！"

就这样的东西，还传阅？一群侍卫成日混在军中，都是光棍一条，没机会沾染女子，再看这种东西哪里能受得了？时雍怀疑赵胤是敌军派来动摇军心的。可是，那几个侍卫没有一个反对，更没有露出半点邪意，一本正经地将那些小画册揣走了，害得她……无书可看。

出了书房，几个侍卫回头看一眼，互相交换个眼神，走到檐下纷纷掏出自己怀里的画册：

"你们的是什么书？我来看看。"

互相沟通了一下劲爆的内容后，几个人面面相觑，好半晌，白执低眉："你们说，爷会不会是……"

朱九哼声接过："色令智昏？"

白执点头："动了情。"

许煜翻着书："我看情况不对。"

魏州道："阿拾这女子，当真不简单。"

然后众人看着闷不做声的谢放："你成日跟着爷，就没有发现什么可疑之处？"

谢放蹙眉道："爷既有交代，定有他的用意。你我只需仔细参详便是，不可胡乱猜忌。"

"玩笑罢了！"朱九懒洋洋将书塞到怀里，打趣道，"兄弟们，这差事不好办呐，比杀人放火可难太多了。我怕哥子们还没有参详出爷的用意，就把自己给参虚了，走不动路。"

白执一听便笑了,"你当我们是你?"

朱九瘪嘴:"我又不是没见识的人,比这更好的画册我都见过。京师览书阁的画本子,就比这个精致太多,就这?拙劣之作罢了……"

谢放抬眼:"当真?"

一看他就没有看过这种画册的样子,朱九得意起来:"那可不是真的么?就这画册的水平,哄哄你们这种初出茅庐的臭小子还成。像我这种览尽春色的壮汉,毫无观感……"

壮汉?白执给了他一拳。谢放低头认真翻阅:"如此说来,这书就不是书局采用刊印,而是邪君找人画写出来的……"

朱九看他严肃的样子,又左右看了看。……当真只有谢放一个人在研究:"放哥,你别参详!一参详,你今晚就别睡了,惹火。"

许煜将画册卷起:"确实没看头。"

朱九点点头,突生奇想:"你们说,会不会是爷怕我们几个寂寞,发来解闷的?"

谢放道:"爷没那么闲。"

许煜在旁边叹气。魏州抱臂摇头:"没见识的小屁孩子。"

许煜侧目,半开玩笑半认真地道:"还是魏哥见多识广,那京师的花街柳巷就没有魏哥不了解的吧?等回了京,有空带兄弟们去长长见识?"

魏州嗤笑:"谁耍那玩意儿?"

许煜来了兴致:"那魏哥要什么?"

谢放也好奇地抬起了头,却见魏州的脸,有一层几不可察的红:"回了京,我就该成家了。我娘给我说了房媳妇……若不是离京打仗,怕此刻,你们已喝着我的喜酒了。"说到底,还是被战事耽误了呀。

一听他叹息,白执也不打朱九了,走回来和众人一起,齐齐朝魏州道贺。

谢放他们这一群侍卫,常年跟在赵胤身边,因为赵胤素得可以做和尚,他们平常也近不到女色。无乩馆规矩多,管束严,不正经的女子更不准去碰。如此一来,这一群人也就嘴上过过干瘾,真没半点见识。魏州是他们中间唯一有职务的,平常在北镇抚司办公,与外面的人接触更多。见他这就要娶媳妇了,几个人都艳羡不已:

"嫂子长啥样?"

"你俩可有见过?"

"亲过嘴吗?"

"……"

诸如此类的问题,把魏州问得面红耳赤,无法回答,只能一人给一个刀柄:"回京吃喜酒,你们都来。"

"闹洞房不?"

"闹!"

"那成,好兄弟!"

赵胤断然不知，几本画册会让侍卫们引申出这么多的猜测。为了不让时雍白走一趟，他将书架上的书籍整理出几本交给她，同时叮嘱她要多学习，多识字，多练字。时雍万万没有想到，他都要出征走人了，还给自己安排了这么多的任务。大都督的侍卫不好当。时雍强忍恼意，把书抱回去，丢到榻上。也罢，营中寂寞，有几本书打发时间也好。就是可惜《锦衣春灯》，她看到哪里了？

春秀看不出时雍的心思，在房里收拾打扫。她是个闲不住的性子，自从跟了时雍，只要睁开眼，她就得给自个儿找活干，生怕闲下来遭主子嫌弃，不敢吃白饭。时雍看在眼里，知道小姑娘固执，便任由她去实现自身价值，懒洋洋地躺在床上思考案情，直到睡着。醒过来，时雍睁开眼，发现又一个夜幕降临了。她腾地坐起："春秀？"

大黑的脑袋抬起来看着她。时雍拍了拍狗头，这才看到春秀推开门进来："少爷，你醒了？饿了吗？我去给你端饭……"

时雍皱眉："几时了？"春秀怔了怔，摇头，时雍急忙下床套上靴子，"先不用端饭了。"

营里很安静，和往常没有什么区别，一队队手执刀戟的士兵举着火把在各处巡逻，身上的软甲在风中发出细微的摩擦声，平添肃穆。时雍离开的时候，赵胤在书房，但晚上要去打伏击，时雍猜他此刻在做准备，没有犹豫，径直去了他的房里。大黑跟在她身后，一点声响都没有。

"阿拾。"谢放站在门外，看到她来，招呼了一声。

时雍点点头："大人呢？"

谢放偏了偏头："里面。"

有谢放在的地方，一般就有赵胤。而谢放已经习惯了阿拾随意进出赵胤的居处，见她去推门，并没有阻止。

门吱呀一声开了。赵胤刚脱下外袍，准备去净房沐浴，见她心事重重地走进来，脚步一顿，又将氅衣披在身上，淡淡问她："怎么了？"

时雍站在屋中间，看着灯光里的赵胤，嘴巴张了张，突然意识到她只是凭着本能来找他，因为他要去打伏击了，可能会有危险，觉得应该来送别他，说几句祝福的话，期待他早点归来叫爹。可他一问，她哑了。在赵胤眼里，他们一个是主一个是仆，说什么合适呢？

屋子里短暂地安静了片刻，在赵胤凉凉的目光注视下，时雍淡定下来，朝他拱了拱手，突然转身，一个字都没有说就走了。

"站住！"赵胤的声音从背后传来。时雍停下脚步，回头看他，莞尔轻笑："刚做了个噩梦，脑子有点昏，没管住腿。"

赵胤拉了拉肩上的氅子，淡淡扫她一眼，缓慢地坐到房中的榻上，将垂下的帷帐挂了起来，一身雪白中衣，长发披肩，清俊得不像个人，像个仙："过来！"他拍了拍床边。

时雍一怔，看他专注地看着自己，耳朵突然爆红。是她理解的那个意思吗？时雍慢慢走近，停在他面前不远处，却不敢坐到他的身边。

"怕什么？"赵胤突然低笑，"睡傻了？"

时雍确实睡得有点蒙，闻言抚了抚束好的头发，又擦了擦嘴，确定自己没有衣冠不整，神态才轻松下来："我就是来看看大人，何时启程。"

赵胤见她笑吟吟地看着自己，与进来时的紧张截然不同，眉心微微一蹙，双脚放在脚踏板上，双手搭上膝盖，坐得端正肃然："怕我战死？"

"不会。"时雍淡淡道，"祸害遗千年。大人一定长命百岁。"

"阿拾夸人，别出心裁。"赵胤看她一动不动，站得离自己远远的，就像他是会吃人的野兽似的，唇角几不可察地往下牵了牵，又淡然道，"既来了，再为爷施针一次。"

"好。"时雍回答得很快。

赵胤看她一眼，慢慢站起身来："你去准备，等我沐浴出来。"他是个爱干净的人，行军在外虽有不便，也是要时常擦洗。今日出去伏击巴图，不知几日才回，临走洗个澡扎个针，恰是正好。

时雍没有多想，心神不定地给银针消了毒，又回到屋子里等他。

净房就在居所的左侧，中间只用木板简单地隔了起来。屋子太过安静，赵胤掬水沐浴的声音，时雍听得清清楚楚。大概是闲得太无聊了，她脑海里不受控制地浮出了许多画面和一些稀奇古怪的想法。

时雍想了很多，目光一扫，看到了那张木榻。她刚进来时，赵胤就坐在那里。他还对她拍了拍身侧。那个动作是示意她坐过去，还是随便一拍？时雍左右看了看，房门紧闭，谢放在外面不会进来，赵胤在净房洗澡，暂时也不会出来……她坦然地坐到榻上去，试了试……没弹性。坐在上面像块石板似的，铺的褥子很薄，被子却叠得很整齐。这是一个自律的男人，不懂得享受，位高权重却不知道对自己好点，怪不得把身子搞成那样子……

时雍随意地拍了拍被子。嗯，不对！她趴过去伸手一摸。一本画册压在里面，正是《锦衣春灯》……时雍原以为赵胤把画册发下去了，没有想到啊。好家伙，居然藏私，一个人躲起来看？呵！时雍淡定地将画册塞到怀里，四处看了看，将桌上一本兵书塞回了被子里，以其人之道还治其人之身，然后远远地坐到一旁，好像根本就没有光顾过他的床一样。

咚！隔壁传来木桶的声音。很快，赵胤从净房走了出来。他是一个高颀修长的男子，穿衣显瘦，脱衣有肉，刚沐浴完，更是神采清俊，气宇轩昂。大概为了让时雍针灸方便，他只穿了一身薄薄的玉白色寝衣，一头黑发没有来得及擦干，随意地披在身上，滴下的水滴将本就薄透的寝衣料子浸得愈发薄软。衣料一湿，就容易贴在身上。时雍抬头看去时，赵胤正拿巾子擦头发，这一扭胯的动作让他半湿的寝衣不争气地出卖了他，将他的身子清晰地勾勒出了凹凸的轮廓，十分扎眼地刺激到时雍的眼球……

"阿拾！"赵胤的声音把时雍放飞的思绪拉了回来。

她一本正经地坐着，微微带笑，神态端庄无比，任谁也看不出她刚才在想什么。听到赵胤呼唤，更是恭敬地起身朝他施礼："大人有何吩咐？"

"来帮我擦头发。"

"哦。"时雍没有忘记她的卖身契还在这位的手上。虽然如今二人的关系很是复杂，不像主仆、不像朋友，但她弄不懂赵胤心里怎么看她。在他不生气的时候，她可以作一作，闹一闹；听到他命令的时候，还是得假装示好。

赵胤披了个半厚的外袍，坐在椅子上，姿态慵懒，任由时雍帮他用干净的巾子来回地绞。好一会儿，房里只有绞头发的扑扑声。

"今夜，子时出发。"赵胤冷不丁的声音，让时雍停下了动作。她侧过头："带多少人？"

"不带人。"

"什么？"时雍惊住了。怪不得她出来的时候，没有看到营中有任何动静。为了保密，不惊动营里的人是对的，可是，不带人去打伏击？是准备送死吗？时雍放下巾子，走到赵胤的面前，上下打量他，似笑非笑地问，"大人是金刚不坏之身？"

赵胤黑眸深邃，看她片刻："阿拾指的是什么？"

什么？时雍怀疑自己耳朵出现了幻听，这话还能指的是什么？她脸颊微烫，涨得像快要滴出血了，却见赵胤神态淡然，一本正经地端坐着，并无半分邪念。分明就是她多想了。时雍轻咳一下，好不容易才憋住骂人的冲动："一人不带，大人如何伏击巴图？以德服人吗？"

"唔。"赵胤声音低低的，带出一丝笑，"不带人，不是没有人。"

时雍脑子里全是疑问。不带人，哪里来人？

赵胤看她一眼，见她不动手，亲自拿过巾子擦起了头发："骤然于大营调兵，定是不能再掩人耳目。那还如何打伏击？"

时雍道："那大人的伏兵何来？"

赵胤侧头望一眼书桌，眉头蹙了蹙："我的书呢？"书，什么书？话转得太快，时雍一副恍然不知的样子。赵胤深深看了她一眼，不再追问，而是继续道，"骁龙有消息来。他在青山口等我。等我出营，再去石山营调兵。"

时雍吸了一口气。好计呀！魏骁龙败退，不知去向，潜伏在青山口。赵胤偷偷离营，从石山营调兵，这样可以麻痹对手，在不惊动大军的情况下，悄无声息地组织一支伏兵，打巴图一个措手不及。即便动不了巴图的根基，也能打出第一波士气。"大人妙计！"时雍由衷地佩服。

赵胤淡淡看她一眼："所以，拿出来吧。"

"什么？"时雍的声音细如蚊蚋。

"书。"

"大人的书，问我做甚？"

见她装傻，赵胤飞快地看她一眼，视线落在她鼓鼓的身前："要本座亲自动手？"

时雍怔了怔，有些好笑："女子的身子岂能随便动手？大人动了，可是要负责任的。"她不甘不愿地从怀里掏出书来，再看赵胤时，脸上的笑容不免又扩大了几分，"大

069

人怎知我拿了书？"

赵胤看她一眼，神色略微怪异："桌上兵书里有魏将军的信函，突然不见。除了你，哪个敢拿？"

时雍差点咬了舌头。失策！她以为赵胤知道她拿了《锦衣春灯》，却不料是指的那本兵书……自投罗网！可是书掏出来了，也没办法再塞回去。时雍无奈把书递过去，表情倒是淡定，不见半分被发现的羞涩。

赵胤没有去接书，而是淡淡地看着她。许久，他自她手上接过书来，在手心卷成一个纸筒的样子，握起敲了敲她的脑门："不学好，该罚。"

时雍摸额头，见他没有生气，一双乌黑的眼睛更是毫无惧意："我不是为了帮大人破案吗？这哪里就是不学好了？"

赵胤哼声，打量她片刻，眸色微微一闪，突然道："阿拾，你想爷收了你吗？"

收？她是妖怪吗？时雍看着他淡漠的双眼，很快反应过来他指的"收"是什么意思，脸颊突然滚烫。不不不不，误会了。她可不想做一个被男人随意收用的通房丫头，更不想做像婧衣、妩衣她们一样，天天盼着爷来宠幸的女子。时雍想都不想就摇头："大人文韬武略，人中龙凤，阿拾不配。"

赵胤黑眸微微眯了起来，面无表情地看着坚定的小脸，好半晌没有动，脸上也没有情绪。久到，时雍都快要误会他被她伤了心了，这才听他淡淡地唔了一声："你心里在怨我，对不对？"

这回他猜错了。没有怨，只是觉得这身份不配她。时雍摇摇头："我还是给大人针灸吧。"

赵胤默不做声。时雍转身去拿了银针，又端一个小杌子坐到赵胤的面前，仔细卷高他的裤腿，动作熟练得好像她已经做了千百遍一样。

房间安静得近乎诡谲。"你非寻常女子。"头顶上突然传来的声音，让时雍微微错愕，抬头看去。

赵胤眼皮微敛，安静地看着她："你我如此相处，本当收了你，免你再受他人冷眼。然我看你非池中物，不愿辱了你。"

时雍眉尖蹙一下，用力在他膝盖上搓揉着，搓得那一层皮肤红通通的发热发烫了，她也没有住手，而是随意道："若是都督夫人，不会辱没我。"

都督夫人？赵胤没料到她有此野心，言语也这般生猛直率，怔了怔，看着她许久没有说话。

时雍抬头，莞尔一笑，浑不在意的样子："大人是对的。若非你用八抬大轿迎娶我，这没名没分地收我，我自是不肯。我才不会跟人做小妾、通房呢。"

赵胤沉默了许久："有志气。"三个字淡淡的，凉凉的，听不出他心里所想。很显然，他也没有因为她的拒绝而受伤。

时雍以为他还会说点什么缓解一下彼此的尴尬，结果，人家慵懒地倚在那椅子上，狭长的双眸半阖不阖，没有了下文。时雍笑了声。相处时日太短，她本也没有多想嫁他，赵胤虽然流露出愿意收了她的意思，但这里面有多少是因为情分，又有多少是为了"负责任？"时雍看得出，赵胤是个有责任心的男子。两人一起扮过夫妻，关系又这么亲密。对赵胤这种男人来说，大概不收了她，根本不算个男人吧？所以他有此一问，是为负责。又因为他有点不情不愿，这才说什么她"非池中物，不愿辱没她"这一类听上去很有诚意，实际上就是不愿意的话。看来要他心甘情愿叫爹还早，不能操之过急。

两个人都不说话，屋里再次静了下来。时雍针灸的时候格外专注，只闻得浅浅的呼吸声。赵胤慢慢睁开眼，低下头看她。寂静中，时雍神态淡定自如，不喜不怒，而赵胤黑眸深沉，也不知在想什么。

"好了。"时雍扎完最后一针，直起腰，将银针收拾好，转头朝他笑，"祝大人顺利，凯旋！"

"嗯。"赵胤微微应声，看着时雍纤细的身子走出屋子。

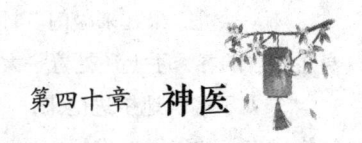

第四十章　神医

吃过饭时雍就回去睡了。不知是不是心里有事，睡到半夜里，她突然又醒过来一回，问春秀说是子时了。她怔怔望了一会帐顶，又合上眼，重新睡了过去。再次醒来，天已拂晓。

昨夜下了点小雨，空气很是清新。时雍在被子里舒展了一下身子，突然觉得身下不对劲儿。惊觉一声不好，她连忙爬起来，果然来事了。虽说自己早有准备，可是在营房里，女子遇上这个极为不便；春秀也是个懵懂的小丫头，完全不懂。时雍不能指望她，关上门自己收拾好后，这才走了出去。

今儿天冷，气温明显下降了。校场上，将士们照常在练兵，似乎没有人知道他们的统帅深夜离营的事情。时雍绕着营房走了一阵，刚准备回去看书，背后就传来喊声："阿拾。"听到声音，时雍猛地转头。

只见朱九骑了马飞快地奔了过来，走到她的面前，跃下马，将肩上的褡裢取下，左右看了看，没有人注意，这才递给她："爷给你的。"

时雍纳闷："什么？"

朱九那张被冷风刮得通红的脸，有微微的笑意："爷叮嘱，没有人的时候，你再打开看。"

这么神秘？时雍掂了掂，还挺沉："谢谢九哥！"

朱九摆手："举手之劳。"

时雍辞别了他往回走，却发现朱九没有离开，而是牵着马跟在她的后面。见时雍不解地回望，朱九嘻嘻笑道："我也是爷给你的赏赐，不过，随时可以拆开。"让他留下来监视就监视吧，还赏赐！

时雍没有吭声，回屋关好房门，打开褡裢，掏出里面的东西，怔了怔，忍俊不禁地笑出声来。

为避免"漏红"尴尬，女子都会使用卫生带。但女子又甚为爱美，这件私密物件也会被做成不同的样式和花型。可大都督托朱九带回来的这几条卫生带，一如他那张老气横秋的模样，一眼看去的冷淡风。

时雍先前也备了带子和一些草纸，可卢龙恰逢战事，买卖不便，那如厕使用的草纸质量堪忧，拿起来会掉灰、掉毛，时雍其实有点嫌弃。而赵胤带来的不一样，是洁白而柔软的纸，捏一捏每张纸都十分有韧性。这种纸不便宜，一般人家的女孩子用不上、买不到，也买不起。时雍不知赵胤是从哪里搞来的，又是好笑，又是惊讶。

除了月事带和纸，还有一大包红糖。地处卢龙边塞之地，可不如京中那等便利，红糖也是一件稀奇物，赵胤能全部搞来并叮嘱朱九带给她，对一个直男而言，时雍觉得比让他上战场杀敌一百更为艰难。

不一会儿，朱九来敲门。时雍把东西收拾好，拉开门，发现他手上抱了一个大熏笼，身边站着的春秀手上还拖着一大筐银炭："这是做甚？"

朱九不客气地挤进门来，将熏笼和炉子找个靠窗的位置放好，又从春秀手上把银炭筐拖进来："爷说他出门在外，这些都用不上，送到你这边来。阿拾啊，你这命吧那是真好，能得爷的宠幸，福气还在后头呢……"朱九说着又斜过来看时雍一眼，扬了扬眉梢，好奇地问，"爷让你没人时才看的东西，是什么？"

时雍有点意外："你没看？"

朱九一副理所当然的样子："爷不准我看，我怎能偷看？"

时雍嘴角往下弯："那你就不要知道了吧。"

朱九喊一声，有点不满，一边生炉子摆熏笼，一边埋怨般叨叨："以前见你老老实实的，不多言语，明明长了一副好样貌，哥哥们逗你也不理会，还以为是生性木讷呢。不承想，你心眼子这么野，看上的是咱们的主子。"

时雍老远就闻到了酸味，懒洋洋地躺在椅子上，笑着看他。

"九哥样貌也不错。"

"那是自然……"朱九骄傲了一瞬，忽地转过头看她，"这是何意？"

时雍扬了扬眉梢，似笑非笑："你也可以看上主子呀。说不准就成了呢？咱主子爱好可能和旁人不同。"

"我——"若阿拾是个男儿，依朱九的脾气得是挥拳头揍她的，可一个字刚出口，朱九突然意识到阿拾不是以前的阿拾了。这次出京，她从爷的婢女变成了爷的女人。哪怕目前没有名分，爷也没什么说道，那她也是和爷同床共枕过的女子，跟他们不一样了。朱九生生把啐她的话压下去，俊脸涨红起来："你这玩笑一点不好笑。哼！"

生好了火，朱九走了，春秀却兴奋起来。以前屋子里也有炉子，但炭少，她有点舍不得用，毕竟天气没到最冷的时候，谁也不知要在卢龙塞待多长日子呢。军中补给是个大问题，她们都能省则省："这下好了，将军赏了这么多炭，还有这个熏笼……"熏蒸

072

罩在炉子上，很是精致，春秀摸了摸，暖乎乎的，整张小脸都暖和起来，开心地道，"往后少爷就可以在这里看书了，不冻手。若是衣服没干透，还能烤一烤。烤暖的衣裳穿在身上，一点也不冰，热乎乎的，可暖和了。"

春秀一脸莫名："少爷，怎么笑了？春秀说错话了吗？"

时雍摸摸她的头："没有没有，你说得很对，往后咱们衣物可以烤一烤，穿在身上就再也不会凉了。"

春秀嗯了一声，重重点头。

今日天寒地冻，快响午时还飘了点细雨，时雍没出门，躺在房里看赵胤留给她的书。

大概就像书友推书一样，赵胤给她的都是他觉得好的书籍。他似乎忽略了以阿拾的水平能不能看懂的问题。这些书大多寓意较深，时雍看得不住打呵欠，正准备把书放一放，从中间看到一张书笺，似乎是赵胤的读书心得："君子寡欲，则不役于物，可以直道而行。"

时雍抬了抬眉梢，将茶盏搁下，再次耐心翻了起来。

赵胤此人是君子吗？人人说他心狠手辣，冷血无情，手上累累白骨，从来不会有人会认为他是君子。至少以前的时雍，也这么看他，不觉得他是好人。可与他相处日久，再细想他为人，严谨稳重，刻板严肃，毫不逾矩；生活细节上他也十分注意，任何时候见到他都衣着整齐，举止得当，哪怕是膝盖痛得红肿起来，走路也是疾步如风，从不跛脚。他分明是一个很正直的人，说品行高洁可能有点过，但确无一丝邪气，可以称得上清心寡欲了。

时雍笑着摇了摇头，再看窗外绵绵阴雨，叹口气，觉得自己再这么困下去，要成深闺妇人了。她将书放到桌上，净了净手，走出营房。

秋色伴雨，营中雾气很浓，时雍特地多加了一件衣裳，走在檐下也避免不了冷风吹来时的刺骨寒意。她有些怀念赵胤那件皮毛的氅子，披在身上是真的暖和。赵胤的身子也暖，像藏了一个大火炉似的。

"姑姑。"白马扶舟站在廊下喊她，身侧跟了一个小公公，还有两个高大的侍卫。

白马扶舟是个极爱华丽的人，在营中走动也是蟒袍玉带，革靴缘环，骄姿艳色，极是尊贵。大晏对内官衣着有明文要求，侍者须得极为显贵才能得赐蟒衣。白马扶舟得长公主宠信，收为义子，虽非正统的皇子皇孙，可这身蟒衣他穿得起，上身也确实好看，整个人在雨雾里，明艳逼人。

时雍远远朝他行了个礼："厂督大人。"

白马扶舟微微眯眼，看不出眼底情绪，扬起的嘴却带了一分笑："行礼为何不近前来？你这人，着实无礼。"

时雍与他相对而立："下着雨呢。"

白马扶舟侧过头示意一眼，他旁边的小太监赶紧撑了伞过去。见状，时雍无奈跟着小公公走到他的面前，再次拱手行礼："不知厂督有何吩咐？"

白马扶舟看她头也不抬，眉梢一扬："我长得很可怕吗？"

时雍抬了抬眼："厂督俊逸非凡。"

"那你何故怕我？"

怕吗？时雍不觉得。

不过若是承认便能满足他的虚荣心，那就怕吧："小人位卑胆怯，不敢直视厂督尊容。"

呵！白马扶舟声音很小很小，带一点幽幽的叹笑："姑姑还是这么会哄人开心。你我之间不必生分。旁人怕我，你不必怕我。"

时雍抿唇，不吭声。她可不敢真把这个人当成大侄子："厂督若是没有旁的吩咐，我回去了。外面冷。"

看她衣着，白马扶舟冷哼一声："赵胤也舍得。"时雍皱皱眉，不知他这话是什么意思，就没有回答。不料，白马扶舟板着脸说完赵胤，转而又换上一张艳色的笑脸，"姑姑来得正好，陪我去伙房看看吧。"

伙房？又出什么事了？时雍抬头看他，疑惑不解。

白马扶舟唇角微抬："晌午的饭食有毒，本督刚叫了医官过去查看。你既有识证断案之才，也跟过去看看吧。"

饭食有毒？时雍微微吃惊："是。"小太监撑伞，她脚下没停，默默跟在白马扶舟后面。

时雍不知道赵胤离营时有没有和白马扶舟交代过，只是从他的反应来看，他似是知晓赵胤此刻不在军中，这才出面处理事情，尽他监军之责。这一刻，她内心充满了莫名的惶惑。

大军在外，伙食是第一要务。就时雍所知，单就饭食安全的问题就有数道严苛条例来约束；且最近赵胤又颁布了"三人行"的军令，没有一个士兵能单独行动，营中不仅互相监视，还采取连坐，一人犯事，全体遭殃，整个大营都极为紧张。以她的判断，即使营中还潜伏了敌对势力，大概也不敢在这个时候贸然出手。哪料，赵胤前脚出门，对方后脚就送了份大礼。

大晏自永禄朝以来，对士兵医疗极为看重，每千户所以上配备医官、医士，士兵有兵，按队总、旗总、百总、千总，逐级上报。为防时疫发生，各部门处理要求迅速，更不能借故拖延，违者按军法惩治。这次出征，抚北军大营单是医官医士都有一百多人，还设有"药料官员""军药局"等，专门管理药材和医用设备，配置极为完善。

时雍陪同白马扶舟走到医料所，那些中毒的兵卒被安置在一排简单的大通铺上，一个挨着一个平躺着，医官们已然对他们进行了急救。院外的大锅上正熬着药剂，雾气腾腾，一群医士忙进忙出。不过站了片刻，进来问诊的人越来越多，可能是心理原因，甭管有没有症状，一个个都想讨要一碗汤药来喝，求个放心。

时雍默不做声地看了一阵，发现医官们做的主要处理还是催吐，使用的是伙房留下的淘米水，这对轻微中毒的人来说有用，对重症效果不大。

有白马扶舟在，时雍只是安静地站着，没有什么存在感，白马扶舟对她的反应却不太满意，看她一般老实状，唇角掀了掀："姑姑就没有什么想说的？"

时雍平淡地道："任凭厂督吩咐。"

白马扶舟哼声："我不吩咐你，便不准备主动救人了？"

时雍低头，拱手："小人不敢。"

不敢，吃雷的胆子都用到了赵胤面前吗？白马扶舟对她的谨慎似乎不悦，眉眼斜飞过去，见她不动声色，又叫了一个医官过来询问情况。结果与时雍猜测的差不多，目前查不出患者所中何毒，除了催吐和灌喂解毒的汤剂，没有旁的办法。轻症者可能就是体虚腹泻，重症者有十来人，恐怕再拖下去，会性命不保。

白马扶舟忽然转头看时雍，淡淡道："这位宋侍卫是大都督的近卫良医，可能会有些办法。你且问问她，能不能救人？"

近卫就近卫，还良医？时雍扫了白马扶舟一眼，面对医官不太信任的眼神，赶紧道："小人只是跟着师父学了点皮毛，算不得良医。"

对于这个宋侍卫，医官有所耳闻，但营地太大，他第一次得见本人。但看他只是纤纤弱弱的一个少年郎，除了脸蛋好看，能有几分真本事呢？他内心不屑，但对于他们这些医者而言，不论是赵胤还是白马扶舟，都是惹不起的人。既然白马扶舟说她行，他哪怕装装样子也得奉承几句："小郎谦逊，还望不吝赐教……"赐教二字他咬得重，分明是不太愿意。

时雍看着这医官花白的胡子，可不敢在关公面前耍大刀，只小声问道："医官大人，可否带小人进去观望一番？"

"当然。小郎这边请！"医官赶紧摊手，陪在时雍和白马扶舟身边，一边走一边介绍病情，"这毒症来得莫名，我带药局的诸位同仁和医士将伙房和食料都检查了一遍，未见毒源……"

白马扶舟问："是谁负责的膳食？"

医官望他一眼，指了指里间的几个重症士兵："几个伙夫都在这里了。其余准备食料的杂役和伙夫也都被魏千总抓起来审问了，没有头绪。"

几个重症士兵被安排在最里面，面部青黑，嘴唇暗紫，还在昏迷中，没有半分苏醒的迹象。症状稍微轻点儿的士兵躺在外面，身子弯曲起来像拱起的大虾，手揞小腹痛苦地呻吟着，在通铺上翻滚，声声喊痛不止。铺底下放了几个木桶，时雍眉尖一蹙，低头去看。

医官道："小郎，这是呕吐秽物——"

时雍面不改色："我知道。"

几个桶里的秽物都呈现出一种污秽的黄绿色，还伴有血丝和吐出来的胆汁黏液。医官道："我们在淘米水里加盐，用以催吐。士兵肚子里的东西是吐出来了，可毒素入体，伤了根本，怕是不好恢复……"

"郑医官，淘米水来了！"又有士兵拎了水进来。郑医官摆摆手，示意他拎下去，继续灌。

时雍调头，看向刚进来的几个轻症，正被人捏着鼻子往肚子里猛地灌淘米水，房间里飘散着一股子难闻的气味儿。白马扶舟掏出巾子按了按鼻子，脸色略为怪异："姑姑，我们去外面说。"

时雍看他这表情就知其是受不了里面的秽味，淡淡道："厂督先请。"说罢，她走向那几个正在催吐的士兵。

白马扶舟不知道她要做什么，没有出去，而是扬了扬眉，负手跟上去。

时雍拍了拍那士兵的后背，问他："你们晌午吃的什么？"

"稀饭！一个窝头，还有小菜，没有肉。呕……"

时雍对这个答案不满意："所有人的吃食，都是一样吗？"

那士兵摇头："不，不知道。"

时雍抬头，迎上白马扶舟一双探究的狭长眼眸，淡淡地道："当务之急，须得弄清楚是什么毒。劳驾厂督，派人将他们晌午的吃食，都一一记录下来，做个比较，方便筛查毒源。"

闻言，那医官道："吃食我用银针试过，无毒。"

时雍笑了笑，没有反驳他。银针试毒，主要是针对砒霜这类古人常用的毒药，而银针不能测出的毒药不知有多少。她低头走过，就要离开。白马扶舟见状道："你去哪里？"

"回去取针。"

白马扶舟挑唇一笑："不劳烦姑姑。"转头，他低呼，叫来一个高大的侍卫，"慕漓，你去宋侍卫屋子里取来银针。找那个叫春秀的小子就成。"

时雍皱皱眉，神色不悦地看他，"厂督是怕我跑了吗？"

对她语气里的不善，白马扶舟毫不在意地一笑，然后又若无其事地为她树敌，对几个医官和医士冷声道："你们好好向宋侍卫学着点。朝廷养着你们，不是让你们吃白饭的。"

这人嘴损，不给几个医官和医士留脸面，却把这一层最深的恶意扩散到时雍身上。几个医官嘴上不敢多说，对白马扶舟也不敢如何，但对时雍就有了戒备和不喜："厂督大人，恕下官直言，这几位中毒颇深，毒素已行入肺腑，气血衰败，回天乏术。郑某的医术或不敢称精，但在这抚北军中，我解不了的毒，恐怕旁人也无方可解。"

"是吗？"时雍淡淡问，皱起眉头，若有所思。

郑医官眼皮抬了抬，落在时雍脸上的审视眼神不太友好："医道一途，须得勤学苦练。便是有些天分，也得浸淫数年方有所成。宋侍卫年纪尚小，怕是不曾读过几个医案，诊治几个病例吧？殊不知，一旦医治不利或是用些虎狼之法，怕是会让人提前送命……"

时雍低头抚了下眉梢，神色淡淡。白马扶舟给她挖好了坑，她不跳也得跳了："多谢郑医官提点。"

几个医官还在身边游说白马扶舟，话说得委婉，大抵意思就一个：不能随便让人医治，尤其时雍这种黄毛小儿，这不是拿人命开玩笑又是什么？他们言词越发尖锐，就差说白马扶舟是在草菅人命了。白马扶舟笑而不答，不甚在意，直到慕漓带春秀过来。

春秀将银针用双手抱在怀里，紧紧的，亲手交到时雍手里。慕滴向白马扶舟禀报，春秀不肯让他拿走银针，只能把她带过来了。春秀挨着时雍站着，看着那些痛苦难当的士兵，纤细的眉头蹙了蹙，没有表现出什么异样。

时雍看她一眼，拿着银针走进去："春秀来帮我。"

看她如此，郑医官和几个医士脸都变了："厂督大人，此事也太过儿戏。宋侍卫年纪轻轻，自己还是个孩子呢，懂得多少医理？问过几个病例？怎可轻易让他医治重症者？"一群人眼里都现出慌乱和担心，就怕时雍当真把人治死。到时候，这个责任谁来承担？宋侍卫是大都督的人，白马扶舟更是一时兴起。当真出了人命，背锅的人，还不是他们吗？

郑医官见劝诫不成，袍子一撩，给白马扶舟跪下，双手抱拳请求："厂督大人，三思呀！此事关乎人命，草率不得。"

"无妨。让她试试。"白马扶舟还是那句话，末了，他语气还带了一丝笑，"死马当成活马医，不然，郑医官还有更好的办法？"

郑医官被堵得哑口无言。祖上世世代代行医，他又自认有几分造诣，对自己的诊断结果相当自信，根本就不相信时雍这个年轻的小儿能治得好那几个重症之人。一群人又惊又怒又无奈。白马扶舟轻飘飘地看着，一脸寻常。

时雍对旁边的议论声毫无察觉，双眼盯着手上的银针，额头有细微的汗。春秀也是个沉闷的小姑娘，帮她撩袖子，打下手，一张小脸没有表情。

房里光线不好，只有一扇小窗，暗淡的日光从窗户纸里透进来，落在时雍白皙的脸上，照得她和她手上的银针如同一个游动的光点，在众人眼里一晃一晃，心也跟着一颤一颤，仿佛下一秒，就会听到有人落气的声音。

"噗！"那个刚接受时雍针灸的士兵，突然间吐了起来。秽物顺着唇角流下，时雍皱眉走开，由医士过去处理。而这个人，双眼突然悠悠睁开。

"醒了？"

"郑医官，他醒了！"

此人刚才已然陷入了昏迷，脉息微弱，郑医官断言他活不过三日。不料，时雍就那么拿针在他身上扎了片刻，他居然就醒了，还把胃中秽物都吐了个干净。众人又惊又喜，长长松了一口气："太好了。"更有人高声赞叹："宋侍卫真乃神医也。"

莫名得了个神医的称号，时雍心底受之有愧，毕竟她所学所用来自宋阿拾，她只是捡了个现成，得了别人苦学的成果而已。可情况紧急，救人要紧，她来不及谦逊，接下去针灸下一个。

重症患者共有六个，在他们身上将要耗费大量的时间，而她自认为自己也不是真正的神医，针到毒除，几针下去就能把人救活。如今她所做的银针刺穴，只是护住心脉，暂时保住他们的性命罢了。归根结底，还得找到毒源，弄清到底是中了什么毒，对症下药，方能救命。

时雍再次沉浸在治病救人的针灸中，屋子里的气氛却尴尬起来。

以郑医官为首,一群医者亲眼看到那个被时雍针灸后醒过来的人,睁开了眼,吐干净后,竟在通铺上安安稳稳地躺了下来,不像那些轻症病人般捂腹呻吟,人也平静许多,没有再次昏迷过去。郑医官甚至还去号了他的脉。脉象平稳,分明就是有了好转,至少,小命暂时保住了。

看他额头浮汗,一脸无颜见人的样子,白马扶舟轻笑一声,话说得有几分畅快,就好像时雍厉害,是他自己得了体面一样:"本督就说宋侍卫医术无双吧,郑医官如今可信了?"

郑医官脸颊发热,低下头不敢看人,十分懊恼把话说得太满。可他这把岁数,头发胡子都花白一片了,让他对着一个小儿道歉,也是万万说不出口:"惭愧惭愧,是下官识人不清。"他冲白马扶舟拱手作揖,话落,又装作不经意地问时雍,"不知宋侍卫师从何人?"

他刚才听时雍说了,跟师父学了点皮毛。只是那时,他当真以为是"皮毛",就没有太在意这个师父是谁。如今见时雍竟有"银针续命"的本事,便开始好奇起来。

时雍专注在手上,没有抬头,却也不藏私,淡淡地道:"家师是良医堂的孙正业老先生。"

哐当!刚端药进门的医士闻言在门楣上撞到了脑袋。其余几个医士,也是怔怔而立,几乎不敢置信。而郑医官一张老脸灰败,呈现出浓浓的惭愧之意:"原来是孙老,原来是孙老的徒弟。果不其然,名师出高徒啊,怪不得宋侍卫小小年纪就有如此造诣,失敬,失敬呀……"

孙正业享誉京师,无人不知。在大晏历任的太医院院判里,唯孙正业最有能力。只是,传闻孙正业不授徒,谁也不会想到,他的小徒儿竟这么年轻。如此一来,营中许多不堪的传闻就成了谣言,这些人也在心里自发为赵胤宠幸时雍的行为做出了解释。把孙正业的徒儿带在身边做良医,不妥吗?赵胤对他比对旁人好些,不对吗?便是宠得他恃宠而骄,又有何错处?有才能的人,恃才傲物,方显男子本色。

这一次,郑医官脸上的笑意,更是真诚了几分。可是,看了时雍行针好一会儿,他眉头又皱了起来,捋着胡子说:"老夫有幸在一次太医院考核中见过孙老施针,似乎与宋侍卫的手法略有不同……且老人借阅过孙老的几本医案,老人家似乎不喜用针……"

果然,骗外行容易,内行不好骗。时雍见那郑医官是个实在人,心知他没有什么恶意,于是随便胡诌了一个理由:"师父医术绝伦。不喜用针,不是不会用针。我这套行针手法,是从师父给的几本医书上自学而来。"

自学而来?郑医官微讶:"天下技艺,多数苦练即成,唯有学医一途,若无师父引进门,实在难以自学成才。宋小郎天赋异禀,实非常人也。老夫佩服万分,佩服万分。"

时雍觉得行针的时候有一个人在耳边说话,很容易分神,笑了笑,就不再回答。而郑医官和几位医官医士们出于好奇,纷纷围拢过来看她行针,一边观看,一边讨论。时雍半吊子出山,被这么多双内行的眼睛盯着,压力陡增。

不料,那郑医官又开口了。只不过,这次不是对时雍说话,而是对旁边的几个同僚:"宋侍卫这行针手法,似曾相识。诸位可曾见过?"

几人频频摇头，专注看时雍行针。在这一群人里，郑医官年岁最大，见多识广。他皱起眉头，嘶了声，捋着胡子边看边摇头："不对，我定然是在哪里见过类似手法，就是一时想不起来。"

时雍有点头疼。这位医官太喜欢研究人了。她缓缓地闭了闭眼，抬起头来，双眼清亮地看向他："能安静片刻吗？"

郑医官尴尬地闭嘴，另几个议论的医士也不再吭声，专心看她。

没有耳边的嘈杂，时雍速度快了许多。等把六个人都从鬼门关上拉回来，她终于缓缓地吐出一口气，站起了身。腰背酸痛，她动了动胳膊，将银针递给春秀，让她收敛，转过头来问白马扶舟："大人，可查完了吗？"

白马扶舟朝身侧的小公公示意一下。那小公公捧上一本册子，呈到时雍面前："宋侍卫请过目。"

时雍正要翻看，想起自己的人设来，手停在页面，尴尬地看着白马扶舟："烦请厂督念念，我识不得这么多字。"

白马扶舟眼风微扫，似笑非笑地看着她，走近从她手上接过册子，将手下人统计的晌午饭菜念给她听。

时雍的眉头越皱越紧，听完回望一眼几个重症患者："我明白了。这几个人，都是偷吃了鳝鱼。"

几个轻症闻言，呻吟着道："可是我们没有吃鳝鱼……"

时雍道："你们没有吃鳝鱼，但你们的吃食，或许跟鳝鱼有关。"说罢，她朝白马扶舟道，"厂督不妨同我一起去伙房看看？"

白马扶舟闻言侧到一边，朝她摊手一笑："姑姑请！"

见白马扶舟尚且对她如此恭敬，其余人心里敲着小鼓，更是敬她。时雍有点无奈，瞥他一眼："厂督大人请。"

一行人来到伙房。炊烟未燃，空气里却有烟火的味道。

据伙房的伙夫长交代，晌午吃的鳝鱼是那六个人自己凑钱买回来的，偷偷打个牙祭，不算是营里的开销。只是他们借用了营里的柴火油盐，因此鳝鱼买回来后，六个人分了大半，剩下的全孝敬了伙房里的兄弟，熬了一大锅粥，分给其他人吃，又有一些闻到香味的小子凑过来打了点秋风。从统计的小册子来看，中毒的人要么吃了鳝鱼，要么吃了鳝鱼粥，没吃的那些人，什么事都没有。

"宋侍卫是怀疑鳝鱼有毒？"

时雍在没见到鳝鱼之前，不敢这么说："还有剩下的吗？"

伙夫长摇头："粥全都分吃没了。"

时雍道："一点不剩？"

伙夫长："一点不剩了。"

时雍想了想又问："鳝鱼呢？"

"鳝鱼也全都煮了。"

在伙夫长的指引下，时雍看到在伙房的一个水槽边上，有一摊剖洗鳝鱼时残留的血迹。时雍走过去，在院子角落捡了根小棍，在那些残血上拨弄，一群人跟着围过来。伙夫长道："这种鳝鱼是无毒的，乡下水田、池塘里都有，大家伙儿都抓过，吃过，想来不会是因为这个中毒……"

时雍抬头看他："你没吃吗？"

伙夫长摇头："我不吃鳝鱼，不吃蛇。"

时雍问："为什么？"

伙夫长一愣："不喜欢吃这些乱七八糟的东西。"

时雍点点头，丢掉小棍站起来："买鳝鱼的人是谁呢？劳烦把他请来一问。"

三个士兵很快被带到了时雍跟前。

伙房院子里气氛低压，厂督在此，三人余光瞄着大家的脸色，都很紧张。时雍清楚地看到，他们双腿都有细微的颤抖。三个人穿着一模一样的棉甲，其中两人体形微胖，二十五六的样子。时雍在心里按他们的体重分别取名为大胖、二胖。另外一个较为瘦小，年纪较长，约莫有四十，头都不敢抬起，一看就是老实人样子，时雍在心里称他为"老瘦"。

白马扶舟问："你们三位是负责采买的？"

"是。我们都是。"

三人令下达后，进出必须三人同行，这三个人几乎形影不离。据他们交代，在鳝鱼的购买过程中，三个人全程都在一起，互相监督。鳝鱼是一个农人提到卢龙县城来卖的，他们三人都没有发现那一桶鳝鱼有什么问题。

大胖说："我们是帮黑蛋买的，买回来，收了黑蛋两个大钱，就把鳝鱼交给他了。因为收了钱，鳝鱼粥都没好意思去蹭喝一口。"

"拿到鳝鱼后，剖、洗、下锅，都是黑蛋他们自己动手，我们没有参与。"

"是呀，厂督大人，黑蛋几个想打牙祭才托了我们买，我们只是帮个小忙而已。谁知道会出这事？"

时雍听着他们七嘴八舌的辩解，眼睛一直低头看自己的鞋，全程没吭声。等大家都说完了，她看了白马扶舟一眼："厂督，我可以问他们三个问题吗？"

白马扶舟目光淡淡扫过来，对她的客气十分不悦，眉头不知不觉皱了起来，可是扬起的唇却是带笑的，仔细看，还有几分讥诮："你是大都督的人，谁人敢不让你讲话？"

"那好。我自便了。"时雍点点头，目光带笑，用近乎冷漠的目光打量那三人，"你们三人始终都在一起？没有分开？"

三人同时点头。

时雍又问："你们三个都看过鳝鱼，没有问题？"三个人又齐齐点头。

小胖道："我打小在乡下长大，鳝鱼见多了。不可能认错！"

"最后一个问题，你们认为鳝鱼有毒吗？"说三个问题，就三个问题。

众人一愣，都摇头："不会有毒。"

时雍听完这三个人的话,扭头看向白马扶舟:"麻烦厂督,叫人把那些残留的鳝鱼血收集起来。"

白马扶舟不明就里:"做什么?"

时雍淡淡一笑,望向那三个人:"然后把这三个人,分别关起来审问。再每人赏一碗加了鳝鱼血的营养汤。"

三个人脸色一变,不可置信地看着时雍。其中大胖和二胖齐齐喊叫起来:"厂督饶命!厂督饶命!"

"不关我们的事呀……"

白马扶舟皱眉,沉下脸来:"来人啦,把嘴都给本督堵上。真吵!"

白马扶舟就像个天生的反派,懒洋洋地坐在木椅子上,一身华服闪着艳绝的光芒,与营中众将士朴素的着装相比,显得华丽而高贵。而他分明就不是那种会顾及旁人感受的人,看着人把地上残留的鳝鱼血取出,一双眼睛含了笑,容色更为俊逸了几分:"拿下去做点汤!一人赏一碗。"

时雍突然发现以前看走了眼。以前她认为赵胤此人坏得彻底,心肝肺都是黑色的,不是好人。而白马扶舟初识时一袭白衣如翩翩公子,时雍从不认为这样的男子会是心狠手辣之人。可此刻她发现,白马扶舟狠起来,真没她这个女魔头什么事。

那三个采买的士兵被押下去了。白马扶舟叫时雍近前,扬了扬眉梢:"说说你的想法。"

时雍看看左右没有外人,小声轻笑:"鳝鱼血倒不必真的给他们喝。"

白马扶舟有些意外,转头看她:"那你是何目的?"

时雍扬了扬眉:"讹诈呗。"

"讹诈谁?"

"凶手。"

白马扶舟半眯起眼:"你仍然怀疑鳝鱼有问题?"

时雍点头:"但那三个人肯定没有问题。"

她的回答再一次出乎白马扶舟的意料。这女子行事作风,让他看不透,脸色不由得露出了几分讶然。紧盯时雍片刻,白马扶舟突然笑了起来:"为何这么说?"

时雍道:"看起来不像坏人。"

白马扶舟轻笑一声:"你看我像坏人吗?"

时雍道:"像。"顿了顿,她才又笑道,"鳝鱼要是有问题,买鳝鱼的人一定最容易被查出来。除非找死,不然怎会冒此风险?因此,我推断,那人应该会藏得更深。"

白马扶舟抿唇轻笑:"那你在给谁下套?"

时雍道:"稍候便知。"

三个采买被单独关在了囚室里,很快,一碗看不出什么颜色也不知加了什么东西的汤就端到了他们面前。送汤的人就一句话:"厂督说,若你坚称鳝鱼无毒,那就喝下它。"

第一间囚室的大胖看到"鳝鱼汤",一把鼻涕一把泪,哭着喊着说鳝鱼确实无毒,可他就是不敢去碰那碗汤。第二个人与他一样。只有第三间囚室的"老瘦"，端着汤一口就喝了下去："我问心无愧，有何不敢？"

一碗鳝鱼汤喝下去，这个人闭目等待生死，什么都不肯再说，大有破罐子破摔的意思。而另外两个人被看押的时间越长，就越发不淡定了。他们开始抱怨、诉说，然后，互相指责。

他们说若不是伙夫长提及这个时节的鳝鱼肥美，黑蛋那几个家伙也不会想到托他们买鳝鱼打牙祭。若不是黑蛋托他们买鳝鱼，他们也不会遭受这无妄之灾。若不是同伴贪黑蛋的那几个钱，也不会帮这个忙，害自己身陷囚室。

在营房里等了足足两个时辰，时雍才从侍卫们嘴里得到每个囚室里传来的不同消息。笑了笑，她望向同在等待的白马扶舟："这个伙夫长，厂督好好审讯，定有所获。"最初时雍问他，他说从不吃鳝鱼，如今却知哪个时季的鳝鱼肥美，这不是前后矛盾么？

白马扶舟点点头，又有些纳闷："折腾这么长的时间，就为了问这个？何不直接拷问？"

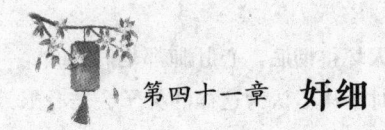

第四十一章　奸细

时雍嗯了一声，转过身看他。她小脸白皙，额头饱满，下巴微尖，两条纤细的眉轻蹙一起，眼神锐利又冷漠，这表情好像是对他的质疑表达不满，又好像对他会发出这样的询问十分不解，或者说不屑。

她看不起他，还是觉得他不如赵胤？这种被审视的感觉让白马扶舟很不舒服。

可是，时雍只是扫他一眼，就淡淡笑开了："县官不如现管，这些人长期在伙夫长手底下干活，关系匪浅。若不关押起来，不吓唬吓唬，怎会产生恐惧心理？又怎会说实话？不折腾，人到绝境，更容易看得清楚禀性。"

"哦？"白马扶舟笑吟吟地看她一眼，又问，"为何分别看管？"

时雍道："为了证实他们说的话，是真是假。每个人说的不同，可以比对，从他们的话里提炼出有用的信息。"

白马扶舟点点头："那喝了鳝鱼汤的人和没喝的人，又有何不同？"

时雍道："喝了的人耿直，敢于承担责任。以后采买可以放心让他负责了。没喝的人，胆小怕事，明明心里生疑也不敢说出真相，出了事还互相推诿，怕是不能委以重任。"

"那么……"白马扶舟目光一闪，修长的指头略略拨弄一下垂落的鸾带，然后慢慢拿起茶盏喝了一口，不疾不徐地问，"那姑姑以为，鳝鱼到底有没有毒？"

时雍道："有。"

白马扶舟微讶："你如何证实？"

时雍微微一笑，叫了声："九哥。"朱九从外面进来了，风尘仆仆，衣裳上沾满了泥土，手里拎了个竹笼子，里面装了三只活蹦乱跳的灰鼠。"真正的鳝鱼血派上用场了。"时雍笑着看向朱九不情不愿的脸，勾了勾唇，"还得麻烦九哥，拿这个喂灰鼠。"她指了指白马扶舟差人收集起来的鳝鱼血,"喂一只足够,剩余两只我还有用。"

朱九拉下脸来,大感不解地看着她,满脸写着不高兴:"我堂堂一等侍卫,去山上帮你挖老鼠洞抓老鼠也就忍了,你竟然叫我喂老鼠?"

时雍道:"别人我不放心。"

一听这话,朱九哼了声,脸上好看了点,给了时雍一个"算你有眼光"的表情,蹲下来把沾了鳝鱼血的木板放进老鼠笼子。鳝鱼血是用木板刮下来的,老鼠惊慌地从上面踩过去,吓得根本就不敢去碰。朱九抱双臂看了半响,皱起眉头,正要问时雍怎么办,就听到她说:"九哥,灌吧。"

朱九猝不及防,无言以对。时雍笑道:"灌老鼠不是件容易事,却一定难不倒九哥这样的高手。"

朱九恨得牙根痒。大都督啊,瞧你给我安排的好差事。算了,谁叫他是高手呢?朱九把鳝鱼血灌入一只老鼠的嘴里。那只老鼠慌乱地叽叽叫唤几声,突然走路不稳,偏偏倒倒几步,栽下去,两脚一蹬,不动弹了。

"死了?""好烈的毒!"围观在场看结果的众人,都大惊失色,"这是何毒,如此厉害?"

时雍道:"鳝鱼煮粥后,经过高温和稀释,毒性减弱,因此喝粥的那些人,中毒较轻;煎炒就吃的人,则较为严重。而这些鳝鱼血,未经处理,毒性更强,小灰鼠肯定受不住,自然入口即亡。"

朱九双手合十:"可怜!冤有头债有主,你们死后别来找我。下辈子投胎好好做个人,别再做人人喊打的老鼠了……"时雍笑着瞪了他一眼。

"宋侍卫这双眼,好生厉害!"众人纷纷称赞时雍,见多识广,睿智多思。可是,问题又来了:既然鳝鱼确实是有毒,但这些鳝鱼为什么会有毒?又为何这毒性经过高温蒸煮后还能祸害人?这个问题时雍暂时没有答案。

伙夫长被白马扶舟控制起来,关押到了囚室,可是,不论怎么逼问,他都只有一句话:他本人从不吃鳝鱼是真的,说这个季节的鳝鱼肥美也是真的。没吃过不代表不知道,他只是无心闲侃,并无害人之心,而且,他也根本不知鳝鱼会有毒。最后,他甚至把问题反抛给时雍:"我若是有心加害伙房的兄弟,为何不直接在饭菜里下毒,何苦大费周章?"

时雍笑道:"直接下毒,你就不能全身而退了;何况,如今营中严令'三人行',你腾不出手,也没有办法在不受人监视的情况下加害于人,不得不大费周章。"

伙夫长瞪视着她:"荒唐。你就是成心赖我!"

时雍道:"我与你无冤无仇,为何赖你?"

伙夫长切齿痛恨,愤而辱骂:"你就是心肠坏了,找人背锅。呸!不男不女的妖孽!祸害了大都督还不够,还来蛊惑厂督大人。厂督大人,你别信他的鬼话,此人心肠坏了……"

时雍冷笑:"你欺我没有证物是吧?"

"既有证物,你就呈上来给大家看。红口白牙指人有罪,是何居心?我不服!我不服……"看白马扶舟不为所动，他又号叫起来，"我要见大都督，求大都督出来主持公道。"他的声音越吼越大，穿透囚室。

伙房里的火头兵们和伙夫长关系都很亲厚，见他这样，也有些人为他愤愤不平，甚至求到营中将校那里，纷纷要求大都督出来主持公道。见状，白马扶舟笑了："本督身为监军，竟是做不得主了，是吧？"

众人不吭声，可是个个眼里分明都写着不服气。营里人多，又在战时，最怕士兵们生出不好的情绪。届时一传十，十传百，影响军心；然而，赵胤不在营中，如何出来主持公道？

"要公道，就给你们公道。"白马扶舟把那个喝了"鳝鱼汤"的伙夫放出来，让自己的几个亲卫带他去找那个卖鳝鱼的老农。黄昏时分，他们才回来。老农没有带回，却拎回了一桶鳝鱼。他们去了卢龙县城，辗转老远终于找到那个卖鳝鱼的老农家里。结果发现，人已经死在屋子里，水缸里还养了一些鳝鱼，他们就把鳝鱼给提回来了。

大家都围过来看。水桶里有十来条鳝鱼，全部绞缠在一块儿。有人拿棍子去拨弄开，拎出两条细细观察，确实就是普通的黄鳝无误。可是，时雍再次让朱九用小灰鼠做实验，小灰鼠再次在尝到鳝鱼血后死亡。鳝鱼确实有毒。众人不解。

时雍思考片刻，对朱九道："九哥，你陪我走一趟。"时雍在营中的身份既尴尬又敏感，如非这几起案子不知不觉中就把她牵扯进去，以她的性子未必会大力追查，毕竟这事儿吃力不讨好。她带上了朱九和大黑，将春秀留在了营里。

从这里到卢龙县城，有一段不远的距离。时雍身子不便，骑马有点折腾。朱九却丝毫不懂得女子的苦，骑着马儿飞快地超过她，又停下来不解地看着她，不停蹙眉埋怨："阿拾，你太磨叽了。……大小姐，能不能快一点，你这么走，到县城天该黑了。……姑奶奶，求求你了，咱们还得天黑前赶回去。"

时雍懒洋洋地看他："你怕什么？"

朱九道："你要是出了什么事，爷会扒了我的皮。"

时雍安慰他："你皮厚，经得住扒。"

为了带路，时雍还带上了那个买鳝鱼的"老瘦"。此人很是沉默，不快不慢地跟着时雍。人上了岁数，既无朱九那么多话，也不像他那么急躁。只看朱九在那里前后地奔波，他神情怏怏，好像不大提得起精神。亲眼目睹了同伴中毒，又是自己买回的鳝鱼，时雍猜他可能心里不好受。毕竟上点岁数的人，想法更多一些。"老瘦……"时雍喊出他的绰号，发现他没什么反应，清了清嗓子，"大叔，如何称呼？"

被她称为大叔，"老瘦"有点吃惊，略略侧过眼来："曾五。家里兄弟七个，行五。没有取名字，大家伙儿都叫我曾五，叫多了，就成了大名。"

"曾五叔。"时雍漫不经心地与他聊天，"伙夫长平常跟你们相处，可有什么异样？"

曾五想了想，摇头道："没有。"说罢，见时雍皱眉，他又急着解释道，"我是这次被统入抚北军才认识伙夫长的。以前我在忠义中卫军中效力，做了二十年火头兵，一直做采买之事，买回来的东西，从未吃坏过人。"怪不得他会这么郁闷。

时雍笑道："那也不是你的过错，有人成心加害，防不胜防。"

曾五望她一眼，不解道："宋侍卫为何怀疑是伙夫长要加害黑蛋他们？大家同在营中，抬头不见低头见。我与他们虽是不熟，却不曾见到他们有何矛盾，即使偶有几句嘴角，也不至于杀人……"

时雍理解他的想法，抿了抿唇道："他未必是为了杀人。"

曾五问："那为了什么？"

为什么呢？时雍半眯起眼，望向蜿蜒的官道。以往，赵胤每日里都会去校场看将士们练兵，今日却称病不出，或许是引起了他的注意，为了看赵胤在不在营中？又或者，命令向忠财杀人的就是他。可是，向忠财杀了一个马横后就自杀谢罪了，赵胤又迅速平息了风波，此事没在大营里闹起来。他任务失败，不好交差，这才想搞第二波？时雍怔怔想半晌，道："我们这就去寻找答案。"

曾五叹了口气。走到半道，他像是突然想到个什么事似的，猛地转头："有个事，我不知当讲不当讲？"

时雍笑道："没有外人，你但说无妨。"

曾五有点儿犹豫："我不想做背后煽风点火的那种人。"

时雍看他满脸纠结，劝慰道："那得看是为了什么事情。为行好事，做什么都是对的。不过，你若实在不想说，那就算了。"

曾五眉头紧皱了几下，突然叹息一声："你说得对，我只说事情，怎么判断不归我管。"

"嗯。"时雍看着他笑。

曾五恍神了一下，看着姣好的少年郎，不好意思地也跟着笑了下，这才敛住目光，认真道："那日我们出营采买。伙夫长说想买些东西，就随了我们出营，我们一起到了卢龙。"

"他全程都跟你们在一块儿吗？中途有没有离开过？"

曾五点点头："是在一块儿。可若说完全没有离开，也不是。他中途尿急，离开片刻就回来了。我寻思人有三急，又在营外无人看到，就没有放在心上。"

"糊涂呀你！"片刻工夫，可以做很多事情了，"回去赶紧禀报厂督知晓，好好审他！争取将功抵过吧，你！"

卖鳝鱼的老者居住的是一处单独的农房，四周没有邻里，望眼望去，荒凉一片。听曾五介绍，他们刚才打听过，这老农家里的人都往南边逃难去了，就他舍不得庄稼祖屋不肯走，这才留下来的。

在曾五几人发现老农的尸体后，已经通知了卢龙县衙。时雍还没有进门，就看到了官府的马车停在外面。

靠近民房，大黑的反应比他们都要敏感，凑到地上东嗅嗅，西嗅嗅，嘴里就发出一阵低低的呜呼声，似在警告。时雍跃下马，将马绳拴在门口的槐树上，带着朱九和大黑走了进去。

卢龙县衙的正在殓尸。时雍刚迈过院门，就撞见一张熟面孔——卢龙县衙的郑仵作。看到时雍，他也愣了下。在青山镇的裴宅和上次的卢龙殓房，时雍是女子打扮，都曾与郑仵作打过照面，有几面之缘。乍然看到一个长得和"裴夫人"相似的男子，郑仵作满脸困惑，看看时雍，再看看朱九和大黑，没有吱声。

曾五却不知个中内情。他前头刚来过，也是他陪着东厂侍卫去县衙报的案，赶紧上前介绍了一下："这位是县衙的郑仵作，那位是唐捕头！"后面这句话，他是指着檐下正弯腰查看水缸的一个男子说的，末了，他指着时雍和朱九，"这二位，是大都督的亲卫，宋侍卫、朱侍卫。"

唐捕头是在钱名贵出事以后，由新上任的县令任命的捕头。他不认识朱九，郑仵作却是熟人，闻言尴尬地笑了笑："见过了见过了。"他说着又瞄时雍一眼，眸中仍有疑惑。

时雍在将军府那晚，是看到尸体就害怕的娇弱妇人，现在是气宇轩昂的少年侍卫。面对郑仵作怀疑的目光，她没有表现出半点心虚，而是坦然自若地道："奉大都督之命，特来询问案情，麻烦二位配合一下。"说着，她从怀里掏出一个令牌"锦衣卫指挥使赵胤"。

朱九眸子里露出一抹讶异。他没有想到，大都督的令牌还在她手上，这当真是宠到没有规矩了啊？

而时雍却不这么认为。这令牌本是赵胤在青山事变时交给她，让她拿着逃命用的。事后，他似乎遗忘了这件事，没有索回，时雍也就没有提及，眼下拿出来狐假虎威，极是好使。

一看令牌，郑仵作变了脸色。唐捕头和另外几个捕快，也停下了手里的活儿，赶紧过来拜见。

时雍收回令牌，淡淡道："二位说说情况吧。"

唐捕头和郑仵作对视一眼，道："死者名叫蔡老实，卢龙县东鱼村人。户簿登载年五十六，妻早亡，留下一儿一女。女儿远嫁外县，儿子做了上门女婿，入赘到邻村。眼下，儿子孙子已跟随女家南下逃难去了，没有寻到人回来收殓老汉。据我了解，蔡老实常年以养鳝为业，县城很多摊档都收过他的鳝鱼，从未发生过鳝鱼中毒的事情；而且，大战在即，东鱼村十室九空，蔡老实也没有什么仇家……"

唐捕头说到这里，看了郑仵作一眼。郑仵作行个礼，介绍尸检情况："尸检发现，死者身上无明显抵抗伤痕，屋内无搏斗痕迹。尸体被人发现时，悬于房梁。我和唐捕头一致认为，死者系自尽身亡。"

悬梁自尽？时雍眯了眯眼。好熟悉的死亡现场：顺天府尹徐晋原、张捕快的徒弟于昌……不知道为什么，时雍这一刻突然感觉到一股恐惧。这是一种来自本能的提醒，好像是身体的细胞在唤醒她的记忆，又或许是她长期培养出来的敏感和警觉。这是一种极为微妙的感受，很难用言语去描述，只是在看到这个熟悉的场面时，会本能地感到害怕。

这种害怕还来自于大黑的狂躁不安。大黑的样子很像水洗巷那个夜晚。它紧紧跟在时雍的身边，寸步不离，就好像她周围有一个恶魔。时雍看不到，而它可以看见。在大黑眼里，这个恶魔已经杀死了很多人。大黑惧怕恶魔，又想保护她，这才会如此狂躁不安。

　　风吹过来，时雍被自己的想法惊出了一身冰冷的寒意。左右看看，她摸了摸大黑的头，示意它不要害怕，然后对唐捕头道："可否带我看看现场？"

　　郑仵作看了她一眼，目光微深："请！"

　　唐捕头和郑仵作将时雍带到蔡老实悬梁的地方——堂屋的大梁，绳子已经解了，地上还有一张歪歪倒倒的椅子。时雍看了曾五一眼。曾五指了指道："我先前来时，老汉就挂在这儿。"

　　时雍问："绳子多高？可否再挂回去，我看看？"

　　众人无语。人都殓了，仵作和捕头都有了结论，勘验文字都画好了押，她再来横插一脚算什么？看得出来，唐捕头和郑仵作都十分不满。可是时雍冷着一张脸，压根不看他们的脸色："挂回去，等我看过水缸再来。"

　　院子里有八九口大水缸，是用整块石头凿出来的，有圆形，有长方形，据说是蔡老实养鳝鱼使用。缸里最后的一桶黄鳝已经被曾五他们拎回营房，如今水缸里空荡荡的，积满了厚厚的、乌黑的淤泥，上面漂浮着一层恶臭发绿的浮萍。水缸四周是厚厚的苔藓，分明是许久不曾使用的样子。只有其中一口缸，里面的水较为清澈。曾五说，那些鳝鱼他们就是从这口缸里捞的。养鳝为生？时雍看了朱九一眼，微笑道："九哥，有劳了。"

　　朱九看到她的笑，脸就绿了："干吗？你不会又要我……"

　　"没错。"时雍一本正经地指着那几口缸，"每一口缸中的浮液，你都用竹筒帮我采样一份。"

　　采样？这词十分新鲜，听上去很是厉害，可仔细想想，不就是让他做苦力吗？朱九低低哼声，暗自咬牙，小声道："我是爷的一等侍卫。"

　　时雍点头："我有指挥使令牌。"

　　朱九脑仁疼痛："阿拾，你不能这么对我。爷只是让我保护你，不是让我陪你瞎胡闹、供你差遣的……"

　　时雍点头："我有指挥使令牌。"

　　朱九深吸一口气，闻到那股子恶臭又掩住鼻子："你狠！"

　　朱九出去采竹子、削竹筒，用来采样了。时雍又带着大黑起身回到屋子里。绳子又重新悬到了梁上，尸体当然不方便取出来再挂。唐捕快只是象征性地挂了一床棉被在上头，示意给时雍看："当时，差不多就是这样。"

　　"差不多是差多少？"时雍反问。

　　唐捕头微怔，还没有说话，时雍又转头望向郑仵作："蔡老实有多高？"

　　郑仵作怔了怔，期期艾艾地回答："约莫五尺五……不到吧？"

　　约莫？不到？

　　时雍不悦地蹙起眉头："郑仵作办差，很不仔细呀。"说罢她亲自走回院子，拉开尸袋，拿了郑仵作的软尺过来测量，查看一番尸体后重新走回屋子，让曾五帮她拉着绳子，测量了从绳子到椅子的距离，冷笑一声："蔡老实的身高，挂在绳子上怕就踩不到椅子了吧?"

郑仵作的脸微微变色,唐捕头脸上也有些尴尬。兵荒马乱的,一个孤寡老人,死了就死了。他怎么死的?谁杀的?不会有人在意,他们也不想多事,哪料到会遇上一个较真的人!唐捕头道:"宋侍卫,这个……人要自尽,总是能想到法子。"

时雍转过去看着唐捕头,一本正经道:"你给我想个法子试试,怎么把自己的脖子挂到超出身高这么多的地方,还能把椅子蹬翻?"

唐捕头闭上嘴,不吭声了。

时雍转头看郑仵作,冷笑一声:"唐捕头不懂,郑仵作不会看不出来吧!缢死者悬空时的体位不同,勒痕在脖子上体现出来的勒沟也就是绳印就大不相同。勒沟是鉴别缢死和勒死的重要证据。自缢而亡者,着力部位在颈前部,身子悬空,下垂的重量会使绳索深深嵌入舌骨与甲状软骨间,头颈会留下明显的八字痕,'八字不交',绳索痕迹在脑后没有交会,颈后几乎不可见勒痕。而蔡老实的脖子上,虽也可见八字,但勒痕不规则,极大可能是被人勒死后再挂上去的。"

郑仵作脸色灰白,额际浮上虚汗:"这个,这个……恕郑某眼花,再去复验一遍。"

"哼!你们好大的胆子,这般不作为。"时雍扫视他们一眼,"分明是他杀,却定为自尽。别以为要打仗了就没有人管束你们。好自为之吧。"说罢,她转身走了出来。朱九正好砍竹子回来,见她这么大的威风,愣了愣,脑袋好痛。一个主子就够难伺候了,怎么凭空多了个主子出来?

唐捕头和郑仵作被吓住了,赶紧重新勘验做文书。时雍却不再与他们多话,教朱九取了样,跨上马就走。该说的话,她说了:不该她多的事,她不多。

曾五看时雍耍威风,将唐捕头和郑仵作骂得嘴都张不了,一直没敢出声。可是等到回了卢龙塞营房,禀报了白马扶舟与伙夫长相关的事情,他却是对人好一番吹嘘了时雍的厉害。

朱九拿着散发着恶臭的竹筒,回到大营就交给了时雍:"我能看你要做什么吗?"

时雍什么都没做,只是又要他去抓灰鼠。朱九气惨了!幸好白日里他捅了个老鼠窝,找到了灰鼠的窝点,不然上哪里去找?

等他气呼呼地出去把灰鼠逮回来,时雍一字排开,让他一只只灌了从蔡老实家里水缸采回来的淤泥,不到片刻工夫,其中两只小灰鼠就一命呜呼了。时雍当场剖了几只小灰鼠,不仅发现其死状与鳝鱼中毒的灰鼠一样,还有一个惊人的发现:"我知道是什么毒了!"

朱九忙活一阵,比谁都想知道结果:"是什么?"

时雍看他一眼,眸色突然变暗。脑子里一闪而过的念头,让她做了个惊人的决定:"我得马上找到大人。"

朱九看她说着就去收拾东西,惊了惊,跟上去,不停地搓手:"阿拾,你这是作甚?你知道大人在哪里吗?你现在就要去找?你先告诉我不行吗?一定要第一个告诉大人?"

朱九跟在时雍后面转悠。

时雍不理会他，一直弓着身子在拿东西。突地，她不知想到什么，挺直身，转头看着朱九，目光凌厉地道："劳烦九哥先出去，我要换下衣服。再晚，我怕大人会有危险。"

朱九怔住："为什么？"

时雍很难解释，也来不及向他解释："你去不去？"

"去！"

时雍趁着天黑，带着朱九出了卢龙塞营地。大黑跟在后面奔跑了一段路，时雍又停下马来，将狗子装在一个布兜子里放到马背上，越去越远。夜风拂入塞口，白马扶舟悠闲而安静地站在囚室外面的石阶上看着远去的黑影，一动不动。黑暗掩藏了他的身影，也掩藏了他脸上的表情。

囚室里面，伙夫长痛苦而绝望的呻吟如魔鬼的呐喊，凄厉而恐怖。"督主。"慕漓从囚室出来，站在白马扶舟身后，低声道，"那个人快要不行了。"

"交代了吗？"白马扶舟声音幽幽凉凉，听不出情绪。

"不肯说。"慕漓声音带一丝叹息，"倒是个硬汉子。"

白马扶舟冷笑，没有回头，安静许久才道："留他一条性命。"

慕漓问："那还审不审？"

白马扶舟不耐烦地哼声："审，怎么不审？别把人弄死就成。"说罢，他顿了顿，微微一笑，转头道，"去找个医官，给他治治伤。"

慕漓明白他的意思，拱手退下："是。"

"慢着。"白马扶舟轻喝一声，可是等慕漓停下，他眉尖微挑，又摆了摆手，"罢了。本督亲自去审。"

"驾——"马儿上了官道，朱九速度比时雍快了许多。夜晚风大，两人一前一后狂奔。

时雍出发前已经对身子做了些处理，可到底是不方便的小日子，像男子一样在马背上颠簸，时间长了便有些不适。她紧蹙眉头忍着，冷风刮得脸颊冰冷麻木，身子凉透了，偏偏天公不作美，不知何时，又下起了小雨。又奔波了大半个时辰，时雍问朱九："九哥，还有多远？"

朱九调头观察着山势，道："翻过前面那座山，还有差不多十来里就到青山口了。"

时雍看了一眼："九哥，能否稍等我片刻？"

朱九离她两丈远，看不清她苍白的脸色："怎么了？"

时雍不好解释："小解。"

人有三急，尽管得知赵胤可能会有意外，朱九此时心急如焚，仍然不好在一个小姑娘面前太过失态。他勒住马绳，将马儿停下来，四周看看道："快去。"说罢，朱九指了指左侧的一处河岸，"那边背风，我看就可以。"

时雍看他一眼，有点想笑，轻轻嗯一声："九哥你帮我看着点儿。"

朱九："晓得，你快着些，有事吱声。"

时雍应了声，把大黑抱下来放好，从包袱里摸了些备用的卫生用品，又将马绳交给朱九，就往左侧而去。

河岸临山，深夜里空无一人，除了潺潺的流水声，就是山风刮过的呼啸。时雍没有去河岸"方便"，而是选择了靠山的地方。河岸没有遮挡物，一览无余，她没有安全感。靠着山的一边，小雨落下如雾般朦胧。大黑跟在她身后，无声无息。时雍找了个能避雨的地方，看大黑一眼，便蹲下身来。

这是一处树林下的草丛，再往上是一个高高的斜坡，她这么蹲身很难被人发现，可是斜坡上有人经过，她却能听得一清二楚。风猎猎地吹，时雍身着男装，行事倒是方便很多。她速度很快，处理好刚准备站起来，就听到一阵细微的马蹄声。

很轻的蹄声，仿佛马蹄上被包了一层棉布般，闷声轻响，但是因为离得近，她还是可以清楚地分辨出来这种与众不同的响动，间或还伴着一种士兵棉甲上的泡钉摩擦出来的声音。大晚上的，怎会有军队？难道是赵胤？时雍慢慢探出一个头。

黑漆漆的斜坡上，是一条通往山林的狭长小道，树林阴影，雨夜幽光，根本就看不清对方是谁。时雍摸了摸大黑的头，手指凑到唇边，朝大黑做了个噤声的手势，然后捡起地上的石块，"嗖"的一声投入远处的山林。

"尤阿乌乎比？"一道压抑的粗喝声传来。时雍一怔。不是大晏话？她听不懂。而会在永平府出现的只有与大晏交战的兀良汗人。时雍心里一紧，抱着大黑低下头。

安静片刻，斜坡上的人又叽里咕噜说了几句。听语气，是在训斥手下的人。寂静的夜色里，这些人的声音很低，却句句随山风传入了时雍的耳朵里。在训斥声后，马儿速度似乎更快了。时雍潜伏在原地等待了许久，等到那一群人全部通过缓坡，这才带着大黑回到原地。

"九哥。"

朱九早就等得不耐烦了，闻言不悦地道："女子真是麻烦，这么久！走吧。"

"九哥！"时雍没动，把刚才的事情说了，又把听来的那几句话，通过强行记忆后汉化给朱九听，"你可知是什么意思？"

朱九确实会一些简单的兀良汗话，时雍告诉他的这些，他一共听懂了三句："赵胤""将军有令，寅时到达""坏了计划，我们都得死。"

仔细琢磨片刻，朱九突然变了脸色："不好，他们要绕道去青山口，合围大都督。"

时雍蹙眉："大人在青山口的事，知道的人可不多。"

朱九倒抽一口气，狠狠捏拳："有叛徒。不行，我们得马上赶过去告诉爷早点防范，晚了就来不及了。"

"好。"时雍极其冷静，把马绳从朱九手上接过来，"你速去禀报！"

朱九一惊："你呢？"

时雍摇摇头："两个人哪有一个人快？我骑马速度不如你，跟着你是拖累。你一定要赶在他们前面到达青山口。听到没有？"

朱九点点头，翻身上马，猛地一抖马绳，还是不放心，从怀里掏出一支鸣镝交给她："有事发信号，你注意安全。等我禀报了爷，回来接你。"

"别啰唆了。"时雍猛地一巴掌拍在他的马屁股上,"快!"

马儿扬蹄远去,时雍静默片刻,望着黑漆漆的山峦,镇定地上了马,往前疾驰而去。绕过那座山,往前走了一段,她却没有与朱九同一个方向。

第四十二章 夜袭

青山口。

赵胤刚刚阖眼准备小睡片刻,魏骁龙就进来了。"大都督!"魏骁龙声如洪钟,脸上胡子拉碴,但精神尚好,两只眼睛炯炯有神,一入帅帐,就朝他咧出一个大大的笑脸,"巴图主力已到白台子附近,咱们不能与他硬碰硬,得想法子逗弄逗弄他,让他放出些虾兵蟹将出来,给咱们加加菜,暖暖身。"

大晏驻在青山口的军队不过几万,赵胤了解战场形势,不可能鸡蛋去碰石头。对魏骁龙的建议,他似乎不太在意:"魏将军只需静待,关门打狗便是。"

魏骁龙前阵子逗弄巴图,玩出兴趣了,有点手痒,这才有再去耍他一把的想法。

不过,既然赵胤有自己的打算,他也就不再多话了:"我听大都督的。您让我打哪儿,我就打哪儿。"

赵胤看他兴奋的样子,唇角微抿:"下去休憩。"

"是。"魏骁龙嘿嘿笑声,又搓手,"想着要搞巴图,就睡不着。"

战前将士都会兴奋,睡不着是正常。赵胤淡淡看他一眼:"那你便出去巡逻吧。"

"末将告退。"看赵胤合上了眼睛,魏骁龙拱手正要掀帐子出去,白执就带着一个人急匆匆地冲了进来:"爷!朱九来了。"

一听是朱九,赵胤双眼猛地睁开:"何事?"

白执看着朱九没有吭声,朱九急匆匆地奔进来,气都喘不匀,一句话说得上气不接下气。好不容易才把他和阿拾从卢龙大营出来,偷听到兀良汗派兵伏击的事情说清楚,可是说完却见赵胤脸上没有什么异样的反应,只是蹙着眉头问他:"阿拾呢?"

朱九微微一愣。不是应当马上备战吗?大都督为何都不紧张?朱九喘口气,做了个手势:"阿拾骑马慢,在后边。"

赵胤眉头紧锁,黑眸深深地扫了朱九一眼,没有说话。旁边的魏骁龙却紧张起来,一脸兴奋,摩拳擦掌:"来得好!打的就是他狗日的。"憋了几日,魏骁龙在孤山吃的亏正等着找人算账呢,一听就等不及了,"大都督,下令吧。末将愿领兵打头阵。"

赵胤沉默片刻,侧目望向身边的许煜:"你带一队人马,和朱九同去接应阿拾。"话落,他又叫魏骁龙,"拿舆图!"

白台子。

山风将营帐上的篷布吹得扑扑作响。漆黑的夜色里，兀良汗营中一点声音都没有，安静得有些可怕。此处是兀良汗的军械库和粮草库，两处毗邻，是兀良汗守卫最为森严的地方，由二皇子来桑亲自看守负责。营中挨着山边的一个角落里，摆着几个恭桶，士兵们方便都在这里。本是为了让大家方便，可是不守规矩的人多了，搞得四周一片狼藉，风里都带着五谷轮回物的污秽味儿。

时雍潜伏在熏天的臭味里，一动不动。

一个兀良汗兵挎着刀，吹着口哨走到恭桶前面，拨开裤子放水。他正舒坦着，耳边突然传来一声低低的娇笑，未及反应，眼前一道影子晃过。他张开嘴还没有喊出声音，身子咚的一声，重重倒下去。

时雍嫌弃地掩了掩鼻子，将他拖到最里面的角落，扒了他身上的衣服，取下头盔，飞快地穿在自己身上，然后将那人直接从山边推了下去。这是营里唯一的一个豁口，有两三丈高，时雍就是从那里用三角锚爪爬上来的。排兵布阵的事时雍不懂，可在她被人称为"女魔头"的那个时候，为了行侠仗义和替人打抱不平，她"只身闯匪窝""夜袭总兵府抢新娘"，没少干这种铲奸除恶、杀人放火的事情，轻车熟路。

她按了按头上的铁盔，环顾四周，离开了这个臭气熏天的地方。时雍的想法很简单：巴图既然从探子那里得到消息，派兵前往青山口夜袭赵胤，准备合围，那就定然知晓大晏军主力还在卢龙塞。既如此，那他们的注意力就全在赵胤身上，兵力都去青山口了，后方防御必定会松懈。那么她就来找点事，至少让巴图的伏击计划，不会那么痛快。

夜色深浓。营地安静而冷寂，四处都是巡逻的火把。时雍换上这身兀良汗的衣服，却不知道这身衣服是什么人穿的，更不知道那个冤大头在营里是什么职位。为了安全起见，她避开营里的巡逻，摸索着准备去找粮草库。

一路上，她试想过一旦被人发现该怎么办，却没有想到，偶遇的两队巡逻兵，都只是简单地朝她做了个行礼的动作，说了句她听不懂的话，直接就走了，根本就没有人盘查。难不成，这小子是个官？时雍看看身上的棉甲，松了口气。能在不惊动旁人的情况下干成大事，那自然最好。

军械库就在前面，看不到里面的东西，外面围放了许多的战车、弓弩和箭矢，刀枪更是堆成了小山。一群身背马刀的兀良汗兵丁排成几列在外围看守，一个个看上去凶悍无比。"干什么的？"一个士兵看到了时雍，喝道。

时雍站得较远，闻声手心沁出了一层冷汗，她含糊地说了一句自己也听不懂的话，然后不管对方听见没有，远远地朝他们点点头，转身就走。那人低哝两句，没有跟过来。

侥幸！没有人想到会有大晏人混进来，更没有人敢相信，一个女子敢单独一人闯进来偷袭。

夜下的大营，看上去守卫森严，可大多人的精神都处于放松的状态。时雍眼风四顾：军械库在这里，那粮草库又在哪里？看守这么严，她要如何才能纵火，再顺利逃脱呢？古代战争里动不动就"烧粮草"的做法，看来并不容易。

"戈顿将军带领的人马，此刻恐怕已到达了青山口。"

"我和兄弟们早已摩拳擦掌，就等着和赵胤大杀一场呢。"

"哼！早就想打赵胤了，父汗说什么也不肯让我领军出战，更不知他为何要多此一举。咱们人多势众，悍将烈马，直接推倒卢龙塞，一路杀到顺天府，还来得及在大晏京师过年呢。"

"哈哈哈哈哈。"一个毡帐里传出的低哑笑声，吸引了时雍的注意。她隐隐觉得这个声音有点熟悉，在心里默了默，又想不起来是谁。时雍眉尖一蹙，顺着声音的方向摸过去，发现这是一座比别的营帐更大更华丽的兀良汗毡帐。哪怕她不懂兀良汗军队的建制，也能一眼看出，住在里面的人不简单。

时雍顿时想到一个好主意。

毡帐里，二皇子来桑盘腿坐在中间的毡毯上，面前的茶几摆着羊腿、牛肉和几壶酒。他的面前，坐着一个身着棉甲、系着披风的高大男子。男子面对着来桑，背对着灯火。阴影下，只见他半边脸用铁制的面具掩了起来，而没有掩盖的那半边脸上，有好几条横七竖八的疤痕，看上去极是丑陋。在来桑的注视下，他泰然自若，一双黑黝黝的眼睛里，仿佛有火焰在跳动，话不多，却句句说得来桑满意："大汗既想对二殿下委以重任，又担心殿下安危，这才不舍得让二殿下出战，派殿下守军械粮草，那是多大的信任呀。"

来桑不满地灌了一口酒："无为你有所不知。"

来桑摇头，冷笑，"没有人能琢磨明白我父汗的心思。所有人都认为他弃子不顾，对我大哥无情无义，可只有我知道，放弃乌日苏，他心里比谁都痛。"来桑拍拍自己的胸脯，瞪大双眼，"我亲眼看他痛哭，你敢信？哪个敢信？巴图大汗会哭？哈哈哈！"

伤疤男子看他神色激动，想了想道："虎毒不食子，也是人之常情，这算不得什么。"

来桑仰头喝了一口马奶酒，狠狠摇头，绑好的发辫都垂落下来："错！"说罢，他发出一串诡谲的笑声，"他哪里是放弃？他是不得不放弃。你道赵胤送上信函当真是安了什么好心吗？错！此人狡诈多端，我父汗比谁都清楚。两国交战，皇子落入人手，不管父汗同不同意赵胤的提议，乌日苏都九死一生。即便父汗答应退兵，乌日苏也未必能活着回来，反倒给了大晏准备的时间……"来桑打个酒嗝，越说越激动，越说越觉得自己有理，"你看，反倒是父汗不管不顾，让赵胤低估了乌日苏的价值。如今，这乌日苏不是还活得好好的吗？赵胤也没把他脑袋割下来挂城楼上啊！"

砰！来桑似乎喝多了，气得摔了碗："赵胤老贼出尔反尔，说杀不杀，说挂不挂，岂有此理！岂有此理！"来桑的愤怒，好像更多来自于赵胤没有杀了乌日苏。

伤疤男看着他，哑声宽慰道："二殿下年轻有为，骁勇善战，不必急于一时……"

"谁？"来桑突然拔刀，打断了他的话。

伤疤男猛地调头，只见毡帐一角突然冒出了烟雾和火光。他眨了眨眼，还没有反应过来，那火被风一吹，"扑"的一声扬起，一下子将毡帐点着了，越燃越快。来桑见状，吓得大怒："谁在外面值守？着火了不知吗？还不提头来见！"

伤疤男脸上露出一丝惊讶，大步过去撩帐一看，门口值守的士兵倒在地上，一抹纤瘦的人影正飞快地远去。他回头扶住醉酒的来桑，大声呼救："快来人啦！救火。"

毡帐被人泼了火油，遇上明火烧起来极快，噼里啪啦，火光冲天，很快引起了营里的注意。二皇子的大帐着火，那还得了？一群人赶紧冲过来救火，时雍趁着混乱，再次靠近了军械库。没找到粮草，那就把兀良汗的军械库烧一烧，也是给这些好战分子一点教训吧？她想着，突然将二指探入口中："咀——"

军械库的守备名叫霍西顿，他忧心忡忡地看着远处二皇子毡帐燃起的大火，惶惶不安："巴尔，你去看看什么情况？带几个人去救火。"

"是。"一群人跟着巴尔走了。

其实他们都知道，二皇子跟前不缺人手救火，这毡帐烧起来也烧不死二皇子，只是，来桑性子自来骄矜霸道，若是他们不尽心去救火，不去他面前表演一番"英勇护主"，恐怕回头倒霉的就是他们了。直接将他们烧死，也是有可能的。

守备霍西顿把人调走一些，正准备转头去巡营，突然听到一声唿哨。他心生警惕，拔出马刀："谁在吹哨……"话音刚落下，一条黑影突然从营房中飞奔过来，像是受到了惊吓一般。它乱跑乱窜，飞快地靠近了军械库。霍西顿大惊，厉喝道，"哪里来的野狗？"

几个士兵也看到了大黑，纷纷吆喝："宰了它！"

"快，不能让它进军械库！"

一群兵丁得令，朝那条黑狗追了过去。可是那黑狗极为狡猾，等他们追近了，它却不往军械库来了，四处奔跑，速度又快，逮到人少的时候就咬一口，人一多就溜。军械库门外的几个守卫也被大黑吸引了注意力。有人觉得好玩，突然笑了起来。

时雍见状，拂了拂身上整齐的甲胄，突然怒气冲冲地走近他们，黑着脸，朝他们摆了摆手。几个人有点蒙，不解地看着她："育嘿了介咩？"

时雍听不懂，凭感觉是他们在询问自己。她重重哼声，皱起眉头不悦地逼视着他们，然后，直接从他们中间走了进去。几个侍卫面面相觑一眼，还没有搞清楚状态，时雍已经出来了。她朝他们严肃地点了点头，又赞赏地竖了竖大拇指，负着手转身走了。

侍卫看着她的背影："这是哪个营的百夫长？"

另一名侍卫："不知，面生得很……"

面生这两字入脑，几个兵丁突然大骇。既然是一个面生的人，为什么要让他在军械库来去自如，就因为他穿着百夫长的衣服吗？

一开始兵丁们看打狗去了，都没有把事情往奸细身上猜想。毕竟没有哪个奸细会气定神闲地闯入军械库重地，还是在众目睽睽之下。惊觉不对，众人当即变了脸色："去看看！"

一个人停下脚步。"什么味道？"吸吸鼻子，他面色突然一变，"不好！"

几个守卫吓得屁滚尿流，还没有来得及进入军械库，一股冲天的浓烟就从里面冲了出来，紧接着，只听得"轰"的一声巨响，军械库里刚刚从兀良汗运抵的火器和火药，就那么炸了！

这一切荒唐得让人措手不及。

有些人连反应的机会都没有，就被火器爆炸时带出的冲击波炸飞老远。几个兵丁全部倒在地上，军械库里的木制战车也燃了起来；火药被点燃，"滋滋"冒着火花，在爆炸声里，火花飞入了附近的粮草库，不过片刻工夫，就引燃了背后的粮草。马草都是干草，这么一燃就成片地燃烧。于是，震耳欲聋的爆炸声刚过，紧接着就是冲天的火光——

火光将半边天空点燃，时雍混在人群里，寻找着大黑的身影，也准备寻找之前那个豁口，趁乱逃离现场：

"是他！"

"他就在那里！"

"兄弟们，抓住他！"

那个叫霍西顿的守备带人抓狗，狗没抓住，回头就见军械库炸了，心知大事不妙。若是抓不到始作俑者，那么，死的人就是他。他指着时雍，冲上来挥舞马刀大喊大叫："奸细，营中混入了奸细。" "抓住他，抓住他！" 喊声划破暗夜……

自沉睡中醒来的士兵们，惊乱地四处蹿动。营房里的火把，如游走的火舌，将整个天地照得透亮。时雍眼看四面八方的兀良汗士兵，如潮水一般朝自己涌过来，把心一横，不仅不往外跑，反而调转头往营房里面冲过去。她得掩护大黑先逃走——时雍没有想到，转头就撞上了兀良汗的二皇子来桑。

来桑被她那把火一吓，酒醒了大半，这会儿正在伤疤男子的陪同下匆匆往军械库来查看情况。时雍看到他高大魁梧的身材，完全不是乌日苏那般柔弱书生的体形，心登时凉了一半。传闻来桑武艺高强，旁边还有这么多侍卫，她如何逃得？"你是何人？到我军械库捣乱？"来桑暴喝，咬牙切齿，"还不速速受死？"

时雍来不及多想，飞快地掏出怀里那只朱九给的鸣镝，射向天空，做出一副正在召集人马的举动，嘴里大喊："我大晏军队马上就到，速速受死的是你们。"

其实时雍心里清楚，此处离青山口很远，她的鸣镝朱九可能看不到；即便看到，赵胤此刻也分身乏术，没有办法来营救她。她这么做只是让来桑分心。鸣镝一响，时雍转身就朝火光处奔跑。身为女子，宁死不能做俘虏，这是必须要有的自觉。

来桑怒骂一句："拿下此贼，本王有重赏！"

伤疤男低头拱手："二殿下，我去看看。"

来桑愤而挥手："去！务必给本王抓回来。"

"是！"

时雍杀疯了。她许久没有这么活动筋骨了。打群架比单打独斗累得多，一路上全是围追堵截的兵丁，她跑得脚底板都擦出火来，一身汗流浃背。

"汪，汪汪汪！"一条黑影朝她奔了过来。"大黑！"时雍话音未落，大黑身姿矫健地扑倒她身边一个举刀砍她的士兵，然后死死咬住那人的脖子，发出愤怒的吼叫。时雍沉喝："大黑，快跑！"大黑抬起头，发出一声高亢的嚎叫，双眼倒映着火光，看上去格外可怕，时雍生怕它遭人暗算，挡在大黑面前，两刀砍翻一个，"别管我。我让你

095

快逃！"

话音刚落，大黑还没有走，时雍突然听到兀良汗兵丁发出一阵惊恐的大喊：
"巧那！""巧那！"

齐刷刷的"巧那"声，让时雍蒙了蒙，不知他们在叫什么，只是放眼望去，火光外面的营房处，好像有一片绿油油的光点在移动，如同萤火虫般闪闪烁烁："嗥——"
"狼！"狼来了！

"嗷呜！""嗥——"大黑与狼一唱一和地嗥叫。带着悲怆感的嗥叫声，悠长而冷戾，像是命令，又像是狼在召唤同伴作战，听上去极为瘆人。兀良汗军队怎么也想不明白，为何今夜会这么倒霉，军械库炸了，粮草被烧了，还招惹了山里的野狼。罪魁祸首就是这个小子。围向时雍的那些人，愈发愤怒。他们怒视着时雍，嘴里喊叫着她听不懂的语言，一个个凶猛地朝她扑上来，似乎要将她撕碎！

大黑"汪汪"大叫起来，声音很愤怒。时雍转头，发现大黑正冲一个身系披风、脸戴半边面具的男子叫唤。"大黑！走啊！"时雍再次愤怒地催促大黑，"你再不走，我就不要你了。"虽然狼来了，可兀良汗的军队有多少人？狼再多，还能多得过军队吗？若他们再不趁机离开，就没有机会了。

大黑听出时雍的怒气，委屈地嗷呜两声，瞪着那个伤疤男狂叫着，很快窜入人少的地方，逆着人群左奔右突，不一会儿就跑不见了。

伤疤男怒气冲冲地走过来："一群饭桶！一个人、一条狗就把你们搞得鸡飞狗跳。二殿下要你们何用？"众兵丁被训，不敢吭声。

伤疤男拔出腰刀，直指时雍，嘴里怒喝一声："小子，受死吧！"

看到他要冲上去搏斗，霍西顿提醒："无为先生，此子狡黠——"

伤疤男厉喝："你们还不快去杀狼，保护二殿下！"

"无为先生！"

"滚！"伤疤男似乎在二皇子麾下极有威信。他一声冷喝，那一群人都纷纷转头去杀狼，保护来桑去了。

还有少部分人没有走，留在原地虎视眈眈地看着时雍，可是时雍却不想奉陪了。她冷笑一声，往来时的路，边杀边退。伤疤男子追上来，对她步步紧逼，刀刀狠戾。

时雍却产生了一种很奇怪的错觉。这个人不想杀她。此人的武艺在她之上，比这群训练有素的兀良汗士兵更是不知高出多少倍。可是，他看上去是在对时雍不留余地地攻击，却只是将她逼向营房的后面，刀锋更是好几次险险避开了她的要害……

二人你来我往，边打边退，眼看，与那群兀良汗士兵离得越来越远。"你是谁？"时雍看着他狰狞的面孔，是半张陌生的脸，可是为何他的眼睛，有这般熟悉的感觉？伤疤男一言不发，招式更为凌厉，时雍举刀格挡，又问，"我是不是见过你？"

伤疤男突然一刀恶狠狠地朝她劈下来，时雍用力架住他。二人短兵相接，刀身发出铮铮的鸣叫，火花四溅。时雍提一口气，往后掠开数步。伤疤男子一脸厉色地追上来，直接将时雍逼到了有恭桶的那个山坡边。时雍回头看一眼，两眼放光，紧紧逼视着他："你想放我走？"

"去死吧！"伤疤男大喝一声，咬牙切齿，用低哑的嗓音怒骂着，紧紧逼视着时雍，刀刀不留情面，狰狞的脸上更是杀气一片。时雍疑惑地看着她，突然挥拳捣向他的脐下。那人闪身避开，双臂往前，似乎要将时雍从这里推下去。

时雍是从这里爬上来的，当然知晓这里的高度。"再会！"话落，她不待那人开口，突然一把拽住对方的胳膊，一刀掠过去，将他的胳膊划出一条长长的血口，鲜血溢出。在男子的痛呼声里，时雍纵身跃下。

"无为先生！"霍西顿带着两个守卫冲了上来，"无为先生，你怎么样？"

伤疤男捂住受伤的胳膊，蹙紧眉头道："被砍了一刀。"

霍西顿大惊："她人呢？"

"吃了我一刀，跳下去了。"

霍西顿看了看他，又看了看那个山崖："这里摔不死人吧？无为先生，不能让这个人跑了，我去追——"一柄马刀从他的胸口贯穿，让他没说完的话生生卡在了喉咙里，霍西顿低头看着身前带血的刀尖，吃痛地转头看着伤疤男，"你，你是……"旁边两个守卫看着伤疤男杀人，一脸蒙，完全没有反应过来。

伤疤男推开霍西顿，身姿乍然跃起，马刀一扫而过。两个人的脖子上一前一后飞出一抹猩红的血线。噗——倒在地上的霍西顿，瞪大双眼看着伤疤男子用刀抹人脖子的手法，在临死前的最后一刻，拼着力气说出三个字："锦、衣、卫……"

"呜——""呜——"冲锋号从远处传入耳朵。时雍爬起来，摸了摸微疼痛的臀，皱眉。号声是从青山口方向传来的，会是赵胤来了吗？时雍顺着山坡滑下去，找到她拴在小道边树上的马儿，翻身上去。

"驾。"马儿冲出树林，时雍吹了声唿哨，可是等了好一会儿，大黑没有出现，"大黑？"

暗夜的掩护下，一队晏军从青山口战场上突围出来，直奔兀良汗后方的军械库和粮草库。吼声、杀声、嘶叫声里，旌旗飘飘，战鼓阵阵，可只是气势充足而已，来的人数并不多，晏军的突击主力都留在青山口，魏骁龙正带着人与戈顿厮杀。他们是来救人的。赵胤骑着乌骓马冲在最前面，紧随他身侧的是朱九。

"爷，鸣镝就在这个位置，阿拾应当在营里。"朱九看着赵胤没有表情的脸，暗自懊丧。阿拾发出鸣镝，必然是遇到了危险。一个女子落入来桑的手里，能有什么好下场？

猎猎的冷风将赵胤身上的氅子吹得高高扬起，他双眼冰冷，没有回答朱九，而是看着远处的火光："未必！"

朱九扭头望去，见赵胤看着兀良汗大营冲天的火光，突地意识到什么，惊喜道："是阿拾放的火？"

赵胤沉吟，默认。

朱九大喜过望，激动的心情无法表述，拳头重重砸在马鞍上："此处是兀良汗的军械库和粮草库所在，若是起火，不等同把巴图的裤衩子扒了吗？哈哈，看巴图这厮露出个大屁股蛋子还怎么跟我们打。"说到此，见赵胤脸色凝重，朱九嘿嘿笑两声，"爷，那我们还打进去吗？"

"阵势摆好，怎能不打？"赵胤哼声，眼里悄然闪过一丝冷色，"传令下去！轻骑突进，活捉来桑！"

朱九一听精神大振："领命！"

被时雍祸害的军械库营地一片狼藉，正在救火的士兵们突然听到晏军的冲锋号，如何还能安下心来救火？他们不知晏军来了多少人，却都看到刚才那小子放了鸣镝，便猜测是晏军设计火烧军械粮仓，以鸣镝为号，如今恐怕是大军来犯了。

"饭桶，一群饭桶。"来桑气得暴跳如雷。后方有席卷的火焰，若不抢救，整个兀良汗大军的补给都要受到影响；可是晏军突然来犯，又不得不腾出手来应付，如此一来，怎么救火？

"报——"一道长声传来，探子骑马飞奔而至。到来桑面前，落下马，连跪带爬地大喊，"二殿下，是赵胤，赵胤亲自领兵。"

来桑大惊。早一日他们已得知赵胤的伏击计划，父汗特派戈顿将军领兵反伏击赵胤。即使不能把赵胤一举歼灭在青山口，也断断不可能让晏军主力突围，出现在白台子。来桑指着他喝问："多少人马？"

探子道："奴才不敢靠得太近，但见那火把漫山遍野，旗幡飞扬，人数当是不少。"

"赵胤老贼，如此狡诈！"来桑气得咬牙切齿，此时已确认他们被哄骗了，青山口伏击是假，偷袭他粮草军械大营才是真，"这是调虎离山啊！"

原本戒备森严的大营已是一片火海，军械库被炸成了废墟，粮草库余火未灭，借助山风的势头，又点燃了一些营帐，到处是火光，看情形是救不下来了。探子小心翼翼看他脸色，小声道："二殿下，奴才还听到他们在喊，喊……"

来桑暴喝："喊什么？"

探子道："喊'活捉来桑'。"

来桑气得跳起脚大骂："赵胤老贼竟敢如此欺我！来人，牵本王战马，我要与那老贼决一死战！"

他怒火滔天，骂得正凶。伤疤男子从后营匆匆而来，浑身是血，手捂着受伤的胳膊，走到来桑面前，扑通一声跪下："二殿下，属下无能！"

来桑瞪大双眼，气得眉头竖起，但对他还算客气："无为你起来说。人呢？抓到没有？"

伤疤男子没有起身，跪在那里，一脸凝重地摇了摇头："霍西顿是叛徒！"

来桑大惊失色："什么？"

伤疤男子道："霍西顿身为军械库守备，与赵胤里应外合，杀守兵，放奸细入军械库纵火，又掩护奸细逃脱……"

来桑啐了一口:"人呢?把这王八蛋给本王拎来,本王要亲自宰了他。"

伤疤男子看着自己受伤的胳膊:"霍西顿杀了随从,放走奸细,差点砍死属下。属下为求自保,不慎诛了他性命,望殿下恕罪!"

来桑吐口气:"你起来!杀了叛徒,何罪之有?这个霍西顿,死不足惜。"皱皱眉,他又盯着伤疤男子问,"无为,此刻赵胤率大军来犯,本王欲与他决一死战,你来助我。"

"殿下不可!"伤疤男子战战兢兢地起来,对来桑道,"赵胤既然买通了军械库守备,自然对营中之事了若指掌。如今大营被焚,再救已是来不及,赵胤要活捉二殿下,取得首功,二殿下却万万不能遂了他的意……"

来桑糊涂地看着他道:"大营虽是被焚,可我将士骁勇善战,是晏军数倍之众,岂会怕那老贼?"

伤疤男子沉声道:"大营混入奸细,烧了粮草,此刻已是闹得人心惶惶,将士们对赵胤已有惧意,还没开打,对方已然占了上风。"

来桑有些犹豫。伤疤男子道:"事到如今,二殿下安危要紧,不如留一小部分人守营,虚耗赵胤人马。二殿下则带上大军,前去与大汗会合。等大军整合完毕,再来杀他一个回马枪?"

无为先生是巴图为来桑请来的先生,智谋超群。来桑仔细琢磨,觉得他说得有道理。军械粮草库已经被毁了,不能再把大军折在自己手上:"吉恩将军留下,其余人等,跟我走!"

"杀啊!""兄弟们,冲!""活捉来桑!""杀他狗日的!"深浓的夜色里,鼓声、喊杀声震天动地。

一波袭击如排山倒海,吉恩被来桑留下守营,得知对方领军的是赵胤,当即集合将士,领兵出战。赵胤看着夜下的一个个蒙古包,看着潮水般涌出来的兀良汗士兵,扬高绣春刀:"杀!"

号角声声,两军将士在营门碰上、汇集,并杀到一处。背后的营地里,却突然传来一道悲怆的狼嗥:"嗥——"

袭营的狼群似乎得到某种指令,在叫声里突然撤退。像来时一样,不过转瞬它们就已然掩入山林,不知去向,只剩夜色下的树林里传出一阵阵狼群的吼叫,气浪冲天。

狼群退了,双方士兵撞上,呼天喝地,展开了激烈的厮杀。

晏军声势骇人,吉恩酣战片刻,打眼望去,粗略估计对方人数最多不过五千;再回望自己身边的将士,来桑留给他守营的兵马,尚不足五千。岂有此理!被耍了!吉恩怒气冲天,却回天乏术。明知中了赵胤的圈套,又不得不拼死抵抗。他高举腰刀:"速报二殿下,赵胤军队不足……"

嗖!一支利箭从敌军阵中射来,正中他的胸前。吉恩话没说完,捂着胸口,从马上栽了下去。周围将士一看不好,拖住他往后退。

将军一倒,兀良汗大军摆开的阵势便是一片大乱。晏军见状,迎头杀了上去。

兀良汗重骑面对突击的晏军轻骑，原本是略胜一筹的，但人心一散，就如同泄堤的水，再厚的铠甲都抵不住大水的冲击，反而显得笨重。晏军插入营地，势如利刃。赵胤一骑当先，给了后方将士们巨大的信心和力量。晏军声势浩大地冲入营房，将一群兀良汗人冲撞得四处奔散。

朱九大声吆喝："爷，好箭法！"

赵胤居于马上，凝视潮水般厮杀的大军，手臂用力一挥："杀！"

朱九见状，双腿一夹马腹，大喝一声冲了出去："杀啊——"众将士紧跟而上。

一时间，马嘶声、刀枪声、惨叫声、尸体倒地声，不绝于耳。大晏军锐不可当，兀良汗势败如山倒，本以人数、武力、骑兵占优的骑兵节节败退，火光连营、厮杀震天，军械库营地宛如一个人间炼狱。

赵胤骑马在前，扫一眼战场，冷声沉喝："众将士听令！缴械投降者不杀，俘虏不杀，缴获军械、粮草、敌军财物等，一律交由上官登记造册，统一处置。若有偷鸡摸狗、违抗军令者，严惩不贷！"赵胤治军素来严厉，战时尤其如此。人人都有一颗私心，若无规矩约束好部下，那军队就得乱套了。

"得令！"众将士齐声应和，"谨遵大将军令！"

赵胤带着朱九、许煜等人，满营里找时雍。大火未退，营里人仰马翻，场面十分混乱，到处都是衣冠不整、棉甲撕裂的士兵。钢刀入地，箭矢在寒风中瑟瑟，尸体更是随处可见，走在营里，宛如走在一摊摊鲜血上面。

"大都督！"一个骑兵纵马飞身过来，"后营发现一具女尸。"

赵胤霍然转头，看着后营冒出的青烟，瞳孔微缩。"驾！"他一夹马腹，策马而去。低压的空气似乎突然裂开一个豁口，朱九脑袋如同被重捶一般，嗡了一声，连忙快马跟上。

营房很大，赵胤策马狂奔，朱九在后面紧紧尾随，仿佛被什么巨大的力量牵引着一般。二人马速很快，像两支黑色的利箭，破空而去，宽敞的营房仿佛变成了一个赛马场。四周的嘈杂声神奇地消失了，没有了瘆人的尖叫，没有了哀声号哭。脑子里那一道裂缝越来越大，似乎要把头颅劈开，让人在这瞬间失去了思维和意识，什么都听不见了。地上腥膻的鲜血如同延伸到了心里，沉闷得让人无法呼吸。朱九跟随赵胤三年，从来没有见过他这个样子。

风停止了，呼吸停止了，一切声音都停止了。不知过了多久，似一刹那，又似千年万年，赵胤的乌骓马终于停了下来。

后营那个大毡帐已经烧成了焦黑。地上有数具尸体，钢刀弩箭从不同的角度插入他们的身体。还有一匹断肢的骏马倒在地上，无助地呻吟、哀嚎，女尸身着白色中衣，头发凌乱地倒在马边，身子趴伏，看不到脸，纤瘦的后背上插着一把马刀。马儿在痛苦地嘶鸣，女尸一动不动。

朱九喉头一紧。看赵胤僵在原地，他飞快跃下马。走过去的路不足两丈，他却走了许久："阿拾？"朱九听到了自己声音的颤抖，却看不到背后马背上赵胤紧紧揞住的拳心。

　　朱九翻过女尸，看到了那张化着浓艳妆容的脸，愣了愣，随即一喜，回头看去，与赵胤的目光在空中相撞，发现主子眼中有隐隐闪耀的暗光。不是阿拾。这个女尸是谁就不重要了。朱九松开手，正要翻身上马，突然听到一声嗳哨。哨声清脆地划破夜空，划过嘈杂的营房，如一剂灵丹妙药，让他心神随之振奋："爷！是不是阿拾？"

　　夜色黯淡，星光点点，时雍牵马站在营房后方山坡的一棵黑皮松树下，连吹了好几个嗳哨，没有吹来大黑，一声马嘶却传入耳中。

　　时雍站在树冠下的阴影里，有风吹过头顶，她看到一匹马驰骋而来。时雍眯起双眼，想要看清马上的男子，却只能看见他高高扬起的披风。营房里燃烧的火光被他甩在身后，火色却蔓延到她的眼里。明明很远的距离，他却似眨眼就到她面前，跳下马，将凤翅盔取下来夹在腋下，手握绣春刀，一步一步朝她走过来。近了，她终于能看清赵胤的脸，凌厉地、冷漠地甚至是咬牙切齿地看着她。

　　时雍展颜一笑："你来了？"

　　赵胤怔住。她一笑，仿佛就有阳光洒落下来。那一抹阳光冲散了原有的怒气和责怪，营房里燃烧的大火嵌入她的眼里，如同两簇炽焰，让他瞬间哑了，一个字都说不出来。

　　不是应该拥抱一下吗？时雍这么想着，看着赵胤："大人别动！"她丢下马缰绳，朝赵胤跑过去，猛一把扑入他的怀里，双手紧紧束住他的腰，头贴在他的胸腔，听到他有力的心跳，一夜奔波而来的担心，在这瞬间落下。

　　两人都没有说话。四周安静得只有风声。赵胤一动不动，由她抱着。远处跟随赵胤而来的朱九，默默调转马头，走到远处戒备……"没事吧？"赵胤慢慢抬起手，没有落在她腰上，而是在她头上拍了拍，然后低头去看她的脸。

　　时雍摇头，只是笑，并不说话。那微仰的脸庞荡漾着火光，眼里还有一抹意气风发的快活或者说是得意。

　　"你太胆大了。"赵胤冷沉的声音里，带着一丝后怕，"你可知，此事不成，会有什么后果？"

　　时雍眉开眼笑地摇头："不会不成。"赵胤皱眉看着她，眼里情绪有些复杂，时雍的笑容却越发地大了，"我不成，不是还有大人吗？"

　　赵胤严肃着脸："战场不是后花园，战事也不是儿戏。一步行错，白骨成堆。"

　　时雍道："我知道呀，所以我来帮你了。你没有看到吗？我烧了他们的军械库和粮草库。兀良汗若不能解决补给，必败无疑。"

　　赵胤望着她笑逐颜开的样子，眼中幽幽渐渐变凉。他没有说话，只是那么看着她。时雍抬起头，迎上赵胤异常的目光："大人，你这次准备给我什么奖励呀？"

　　二人目光相撞，时雍的笑脸不停在赵胤的眼前晃动，让他脑子里生出了无数的画面，无一不在提醒他，必须要坚定一些了："你该得的不是奖励，是教训。"

第四十三章　中计

青山口。

巴图率领的大军如一把利刃，顺利劈开了晏军设在青山口的防线，弩箭齐发，刀枪铮鸣，战马发出激烈的嘶鸣声，如入无人之境。弩箭和马蹄下，大晏溃不成军，一路败退。

"如此不堪一击。"

巴图身着重甲，骑在马上，感受着以强凌弱的快意。已然胜券在握，他便不疾不徐地一路推进，就等着与赵胤真刀真枪地杀上一回，可是很快他就发现，领兵的将领不是赵胤，仍然是那个兔子一般的魏骁龙。两人打了这么久，对彼此的打法都很清楚。当巴图意识到魏骁龙又一次想用孤山的打法跟他兜圈子的时候，突然发现不对劲儿："戈顿那边什么情况？"

"大汗，戈顿将军还没有消息传来。"

巴图紧紧蹙眉，心下发凉。戈顿深夜潜入敌后，准备包抄晏军。现下他这边已经发起了总攻，赵胤不见，魏骁龙也在节节败退，戈顿为何一点反应都没有？巴图怒喝："速探！"

不待他命令传出去，一个探子就飞奔来报："大汗！不，不好了。戈顿将军没到青山口就被晏军发现，被赵胤从中路截杀。戈顿将军被打了个措手不及，原路溃逃。而赵胤带人趁势突围，往我后方军械库而去……"

巴图脑子嗡了一下，很快镇静下来。青山口的晏军人数不多，即使赵胤带了一小股人马前去突袭军械库和粮草库也无妨。来桑带着数万人马驻扎在白台子，还能让赵胤翻了天不成？去了也好，各个击破，叫他有来无回。"来人！"巴图厉喝，声音洪亮威严，"向晏军喊话，就说赵胤已惨死白台子，让魏骁龙速速缴械投降。孤念他是个英雄好汉，饶他一命。"这种喊话一般是为攻心，真真假假不重要，能击垮敌方的心理防线最为重要。

传令兵得令，飞快地下去传话。

此时的魏骁龙，属实面临着巨大的压力。巴图本就擅长突击作战，如今率大军压境，攻击频繁。兀良兵骑兵密密麻麻，遮天蔽日地朝他推过来，整个青山口已然在兀良汗的掌控之中。晏军即使拼死抵抗，也并非攻不破的铁板一块："娘的！老子又要吃败战了。"

魏骁龙有点气。明明他打得很好，可自从开战以来，就是一场不胜。这一次，他领的又是"败退任务"，脸上挂不住，又不能不顾将士们的性命，跑到巴图跟前去逞强，耀武扬威地找死。

兀良汗喊话用大晏话，魏骁龙专门找来一个通兀良汗话的通译，黑着脸道："告诉巴图，老子在卢龙塞等他。还有，让他赶紧回去给他儿子收尸！"

说罢，他调转马头大喊："兄弟们，分散撤离。不以逃跑为耻，要以活着为荣。"

"不以逃跑为耻，要以活着为荣。"这话是赵胤临走前交代的，是为了保全他一战不胜的颜面，可此时，再没有比这句更激励人心的话了。魏骁龙败退时只有一个想法：

大都督，何时给安排一个胜局啊？再这么演下去，自己可能要青史留骂名了，一战不胜大将军魏骁龙是也。

"驾——"巴图准备了这么久，自然不会让魏骁龙轻易逃脱，得闻戈顿的伏兵被赵胤打散，他已是恼恨之极，誓要剥了魏骁龙的皮，当即挥鞭策马往前追去。不料，大晏军的喊话还没有落下，后方就有快马来报："大汗，二殿下领兵来会合了！"

领兵会合？巴图好半晌没有反应过来。好好的军械库和粮草库不守，他领什么兵，会什么合？巴图停下马步，令副将领兵去追，自己撤下来迎上来桑。

"父汗！"来桑策马走在前面，后面是浩浩荡荡的数万大军。巴图不可置信地看着他，不敢相信自己的眼睛。在听完来桑的禀报后，他更不敢相信的是自己的耳朵了。"你说什么？"巴图咬牙切齿地看着来桑，"军械库、粮草库被烧？赵胤夜袭大营，而你，领着数万人……撤离了？"

来桑心知犯下大错，不敢抬头看巴图的脸："父汗，赵胤老贼老奸巨猾，策反了霍西顿，里应外合打了儿子一个措手不及……"

"蠢货！"一个巴掌重重抽在来桑脸上，巴图又气又恨，斥骂道，"赵胤何来大军夜袭？军械和粮草何等重要，你不知道吗？"

来桑捂着迅速肿起来的半边脸，耳窝里嗡嗡作响，下意识闭了闭眼，身子感觉到一阵冰冷，却不敢争辩，爬起来跪直了身体："儿子一时失误，因小失大，请父汗责罚……"

"责罚？"巴图抖了抖马鞭，狠狠砸在来桑身上，恶狠狠道："你这条狗命都不够赎罪的。孤今日就要了你的狗命！"啪！一鞭下去，来桑纹丝不动。巴图握紧马鞭，瞪着一双血红的眼睛，"脱甲！"

来桑不可置信地仰头看着巴图："父汗，你是想打死我？"

巴图冷飕飕地道："你无才无德，监守不利，贻误战机，陷兀良汗几十万大军于水火，打死你又何妨？"

来桑心里一沉，突然咬牙发狠，赌气似的站起来，飞快脱下盔甲，于冷风中穿着中衣，笔直地跪在地上："那你打死我好了！"

现场死一般寂静。不管巴图是真的气恼到要鞭杀来桑，还是为了平息众怒，来桑这一顿鞭子都免不了。兀良汗大营被焚的损失，远远大于夜袭晏军这场胜仗带来的痛快。更为可怕的是，兀良汗自漠北草原而来，长途行军，粮草补给本就是最为薄弱的一环，接下来要是战事不顺，他们靠什么打仗？恐惧如同瘟疫，处置不当，必会引来军心动荡。

巴图狠狠地抽了下去。一鞭，又一鞭，再一鞭，鞭鞭入肉！马鞭击破空气传来的噼啪声，极是刺耳。每打一下，来桑身子都抖一下，却不吭声。无数双眼睛望着抽打来桑的巴图，表情各有不同。在众人的围观下，巴图下得狠心，打一下，骂一句，怒瞪的双眼里，不知是愤怒，还是悲壮。几十鞭下去，来桑身上已伤痕累累，中衣早已破损，露出一条条纵横交错的鞭痕，鲜血淋漓，染湿了衣襟……

来桑长得高大壮实，像极了他那个做兀良汗大妃的娘，毕竟现年也只有十七岁，巴图纵是恼他无脑，气他无用，也不能真就把他打死。不仅因为巴图只有乌日苏和来桑两个儿子，还因为来桑背后有大妃在草原上的势力，关系错综复杂。

伤疤男子见状，知道差不多了。他必须给巴图一个台阶，此刻的巴图，也需要一个台阶。"大汗！臣有话讲。"他重重跪在地上，挡在来桑面前，生生受了巴图一鞭，刚好打在他受了刀伤的胳膊上，痛得他脸都白了，可他还是仰起脸来，一脸正色地对巴图道，"此事不怪二殿下，都怪臣误判敌情，误导了二殿下。"

来桑浑身浴血，还讲义气。"不关你的事！"他说罢，怨恨地看了巴图一眼，"你只是错估了我在父汗心里的地位。你以为我的性命对父汗来说，比军械、比粮草更紧要……你错了，我更是大错特错，我就该死在赵胤手底下。我死了，父汗就满意了！"

巴图被他气得脸都绿了，又狠狠抽一鞭子："不争气的东西！"这下正中来桑后背，他咬牙切齿，还想争辩。伤疤男子偷偷拉了一下他的衣袖，来桑眼看巴图又扬起鞭子，头一歪，倒了下去。

"二殿下晕过去了！"四周众人惊叫起来。巴图就势收了手："抬下去！"众人手足无措地过来抬人，叫医士给二殿下治伤。

伤疤男子跪在原地没动，巴图挽起马鞭，突然冷冷看他一眼："你跟我来。"

巴图不是有勇无谋的蛮横之人，相反，他头脑十分清明睿智，在他鞭打来桑的时候，整件事情已经在他脑子里迅速地被梳理了一遍：从头到尾，事情并没有脱离他的掌控。赵胤会突围而去，甚至会潜入兀良汗后方，原本他也不是没有预计过这种可能，毕竟赵胤不是平庸鼠辈，岂会轻易入他的套；整件事，最大的变数就是被人莫名其妙烧了军械和粮草。若非如此，即使赵胤去偷袭大营，哪怕来桑没有对敌的经验，但营中有几员老将，以数万之众，还会对付不了赵胤区区几千人？可这件事情，偏偏在众目睽睽下发生了。一个人潜入大营，大摇大摆地炸了他的军械库，烧了粮草，还全身而退，不知去向。如果没有叛徒与他配合，一个人的能力绝对做不到。

巴图相信有叛徒，但是，巴图同样不相信霍西顿是叛徒。霍西顿是他亲点的军械库守备，土生土长的兀良汗勇士，一家老小都还在漠北草原，从来没有去过南晏，和晏人更是没有什么来往。他为何会甘愿冒着全家老小被杀头的风险，背叛兀良汗，帮助晏军火烧大营？巴图深知，叛徒另有其人。

玩鹰的被鹰啄了，巴图恼羞成怒，但他在打来桑的时候，火气已经泄了，此刻很是冷静，冷静地把伤疤男子从头到脚打量了一遍，又把事情分析了一遍，方才出声："伤得重不重？"

伤疤男子低着头，声音喑哑无力："这点伤不算什么。有负大汗所托，无为死不足惜。"

巴图负着手，自上而下看着他："无为，你师父把你托付给孤，孤又把你转送到二皇子跟前，你可知是为何？"

伤疤男子低声道："大汗是想让无为协助二皇子处理杂务，并在必要的时候，护卫二皇子安危。"

巴图哼声："错了。"伤疤男子抬头，却见巴图冷着脸看来，"孤两个儿子。乌日苏软弱无能，但内心坚韧，不会做什么出格的事情；而来桑刚硬有余，韧性不足，被他母妃惯坏了，性情偏激，暴躁狂妄，很容易闯祸。孤是要你看着他，管着他！"

"臣有罪！"伤疤男子深深跪拜下去，不再抬头。

"你不仅有罪。你罪该万死。"巴图突然发怒，可是吼完，却没有别的动作，过了许久，才听得他冷冷地道，"无为，把你面具取下，让孤看看。"

伤疤男子肩膀微微绷起，抬头望他："大汗怀疑我？"

巴图眼里锋芒锐利："取下。"

"是。"伤疤男子微微弓着身子，将右脸上那个铁制面具取下，露出一张比左脸更为坑洼不平的疤痕脸，平静地看着巴图，却不问他为何要自己取下面具。

巴图低下头："右手伸出来。"

伤疤男子双手都戴着一个皮制的黑色手套，在巴图的冷眼注视下，他慢慢取下右手的皮制手套，将手掌平伸出去。巴图低头，视线落在他的右手上。他的尾指断掉一截，露出了丑陋的疤痕，而手套里的尾指是一个固定的假体。伤疤男子任由巴图看着，一动不动，眸子低垂。片刻，巴图松了气，摆摆手："孤误会你了，下去治伤吧。"

兀良汗和大晏两支军队经此一夜，各有死亡。从明面上看，两场战事一胜一负，晏军偷袭了兀良汗大营，而兀良汗也如愿赢得了青山口战役的胜利，占据了要地，又往前推进一步，离卢龙塞仅数十里之遥。可是，巴图心里知道，这一战兀良汗吃了大亏。他们的损失比孤山跟魏骁龙耗时十天，损兵折将来得大。因此，他决不能放赵胤回卢龙塞。截住赵胤，扳回一局，他才能消心头恶气。再者，军械粮草被焚烧，留给兀良汗的时间不多了。巴图必须在最短的时间内拿下卢龙塞，补给大军。那么，就再没有什么比截杀赵胤更为有效的办法了。

在巴图的部署下，兀良汗士兵设下各种据点、卡哨，一路围追堵截，准备将赵胤截杀在半途。巴图粗略估算，赵胤从兀良汗大营撤离时的人马，不会超过五千人。五千人行动，目标不小，绝不可能从他的天罗地网底下溜出去。

天快亮了，薄雾浅浅笼罩着山峦，空气里仿佛飘散着淡淡的血腥味，还有焚营后的烧焦味和火药味。人行其间，如在烟雾中前进。厮杀后的沉寂，触目惊心，仿佛整个世界都已死去。

连夜的激战和行军，赵胤带领的这支突击军，不论是精神还是体力都消耗过大，急需休整补给。然而，巴图不给他们机会，正在四处搜索他们的行踪。要安全返回卢龙塞，就必须一举撕破巴图布下的防御圈。这不是一件容易的事情。对时雍来说，就更为艰难。男子翻山越岭累的是身子，可她一个女子，在特殊时期跟着他们长途跋涉，完全是受罪。更让时雍不安的是，大黑一直没有回来。她又不能拖着大军的行程，让众人跟她一样，原地等候。

"大人！"时雍想了许久，下定决心走到赵胤跟前，"你们先走，我留下。"

赵胤走在队伍的最前面，天已经快亮了，他们必须在天亮前翻过这个坡，再穿过山涧，躲开兀良汗的搜查。山路狭窄难行，赵胤的注意力必须高度集中，突然听到时雍的话，他转过头来，目光添了几分厉色："有人殿后，用不着你。"

时雍知道他误会了，往后看了一眼。谢放和朱九就在背后，见状转开头，假装听不到。时雍清清嗓子："一是我身子不舒服，跟着大部队影响行军；二是，我想留下来等大黑，我怕它回来找不到我，会走丢。"

赵胤皱眉："大黑不会丢。"只是这么久没有回来，确实让人担心，赵胤道，"我让朱九留下来。"他又望向背后浩浩荡荡的队伍，"等翻过这座山，我们休整片刻。"

"大人不必受我影响，你们按计划行军，我没事。"

赵胤沉着眉，将手伸向她。时雍一怔，没有反应过来，条件反射将手搭上去。不料，赵胤一把将她拎向马背，带着无与伦比的力量和气势。时雍收势不足，往前扑棱一下，抓住马鬃。赵胤稍稍用力就把她拎了上去，扣住她的腰身往上一抬，打横放在身前的马背上："坐好。"

往常两人偶尔有肢体接触，那都限于人后或是迫不得已。人前，赵胤简直是个礼仪标兵，行事刻板守旧，绝不会对她做出半分越矩的行为，如今当着这么多将士的面，将她搂在马上算怎么回事？四周鸦雀无声，一点声音都没有，大概全都被大都督的举动吓住了。毕竟时雍此时是个男子打扮，营中知晓她是女儿身的也仅限于几个近卫。在无数双眼睛热辣辣的盯视中，时雍这种自认脸皮厚的人，也有些受不住："大人，有人看着。你这是做什么，我自己可以走。"

赵胤看她一眼，不动声色："朱九留下。"

这是怕她不肯听话么？时雍无奈地看着朱九。

"属下领命。"朱九低下头拱手，勒住马缰绳站在旁边，等队伍通行，目送赵胤骑马带着时雍离开。队伍在短暂的震惊和停顿后，默默跟上。

时雍越过赵胤的胳膊瞄向后面长长的队伍，一声唏嘘。恐怕从此以后，大都督好男风的事情，再也洗不清了。流言的魔力就在于先入为主，时雍以前被世人骂成"女魔头"，深知这一点的厉害。

时雍偷偷打量赵胤。他面色平静，嘴角抿得很紧，隐隐有一个上翘的弧度，一只手握住缰绳，另一只手扶住她的腰，很规矩，只是不让她被马颠下去，并没有趁机占她便宜。当众将一个少年郎搂入怀里，做了这样出格的事，他却没有什么情绪，十分沉得住气，稳稳驭马，身姿端正，让时雍也不得不佩服他。"大人。"时雍对此人越发捉摸不透，"你带上我，会有麻烦的。"

这一点，赵胤似乎很赞同，他低头看来，眉心微锁："你是个麻烦的人。"

自己给自己挖了个坑，人家顺势就把她推了下去。时雍噎住，好半晌才道："我是说，你这么做，会给自己带来麻烦。"

她分析透彻，可赵胤压根就没有听到似的，突然勒住马绳，往后望了一眼，冷着脸镇定自若地吩咐："前方路段崎岖狭窄，让将士们集中精神，快速通行，不得说话、打闹。通过这段后，在前方山坳，休整一个时辰。"

　　"领命！"队伍中一个传一个，很快将命令传达了下去。

　　山涧小路狭窄崎岖，时雍坐在赵胤的马上，还不由自己控马，稍稍偏头就可见下方黑洞洞的悬崖峭壁，这感觉让她十分紧张。仿佛身家性命都交到了别人的手上，赵胤一个手滑，就可能断送她的性命。时雍将脑袋缩在他的胸前，双手死死抱住他的腰，屏气凝神。赵胤低头看她一眼，眼皮微抬，拉一下乌骓马。马儿速度更快了几分，敏捷地往前飞奔。

　　时雍紧紧闭眼，不敢再看外面，只觉得耳边的风吹得她耳膜都鼓噪起来，身子一颠一颠的，每每弹起又落回赵胤的怀里，除了将他抱得更紧，她又做不了别的。生命不由自己掌控的感觉真不好。时雍心脏怦怦乱跳："我要下来。"

　　赵胤稳稳钩住了她的腰，一声不吭。好一会儿，在她屏气屏得心窝都抽紧了，方才听到头顶传来那人冷漠的声音："摔不死你。"

　　时雍听得有点气："敢情你想摔死我？"

　　赵胤蹙眉。这分明就是胡搅蛮缠，不讲道理："哼！"低低的冷哼声，随山风拂入耳朵，时雍听出了男人的不满。她不再动，也不再吭声，双眼垂下，死死盯着从眼前晃过的树影。

　　不知过了多久，这一条狭窄的山涧小路终于走完，前面宽敞了许多。从这一段悬崖峭壁上通行，怀里还抱了个女子，赵胤并不轻松，后背上早已汗湿，直到乌骓跃入平坦树林那一刻，他才彻底松懈下来，连带圈住时雍那只胳膊也松开些许："好了。"

　　怀里的女子没有动静。赵胤低下头，脑仁隐隐疼痛。时雍紧紧抿着嘴，看上去有几分可怜。赵胤道："怎么了？"时雍飞他一眼："我要方便。"

　　这是山坳里的一处密林，背风，隐隐可以听到山间的鸟鸣和涧下的流水。天已亮开，可是队伍通行时声音很小，马蹄包了棉布，五千人的队伍，竟然听不出什么动静。"稍等。"赵胤将时雍放下马，叫来谢放，安排全军休整。再回来，见时雍在她的马儿上翻找，他原地站定，"你带了吗？"

　　时雍手僵硬，古怪地回头瞅他。赵胤的脸部有一闪而过的不自在，接下去又是冷漠的训斥："不听话，活该受罪。"

　　时雍嘴皮动了动，懒得跟他争论。

　　经过一个夜晚的奔波和厮杀后，她又淋了雨，身子一会儿冷，一会儿热，衣服润润地贴在身上，十分难受。这会儿她没有精神头，肚子里更是翻江倒海地疼痛。时雍其实不是个娇弱的人，一般情况下的娇弱都是装的，可唯有来事的时候，是真娇弱，还会有莫名的情绪，想着想着就悲从中来，然后想打人。她忍着，不理他。赵胤也不说话，跟在她的后面，寂静无声。

　　时雍在找地方处理生理问题，回头见他一直跟着自己，不由得瞪起眼睛："你跟着我干什么？"

赵胤看她一眼："将士们原地休整，说不定就会闯过来。"这是说他要帮她望风的意思？时雍默默看他一眼，转头走了。

这真是个荒凉的地方，晨间雾起，到处湿漉漉的，背后是高耸的崖壁，另一边是流水的深洞，有水流从山林穿过，直上而下，一条沿山的小径，窄得令人胆战心惊。而他们刚才就是从那里走过来了。巴图大概想不到赵胤会从山涧中间横穿吧！五千人横穿山涧，这太可怕了，稍一不慎就能要命。这些晏军居然全员通过，无一人一马伤亡。

"那里有个山洞。"赵胤的声音提醒了时雍，将她注意力拉了回来。其实那算不得是一个山洞，只是一个崖壁下方风化掉的凹陷角落，好在能挡住风雨和视线，里面也干爽。时雍看他一眼，走了过去。

赵胤道："我在外面等你。"时雍不回答。赵胤背转过身，望向外面的山林。

四下里静悄悄的。得到命令后，将士们行动很仔细，没有半分嘈杂声，分明是五千人的队伍，却仿佛没有一个人。寂静的山林里，只有风声和鸟鸣，以至于时雍在处理身子时，每一个动作都小心翼翼，生怕赵胤听到了尴尬。

时雍脱下来的软甲，放在一块光滑的岩石上。等她收拾好身子再去拿时，呼吸一滞，岩石下的石缝里盘踞着一条蛇，黝黑的身子，皱皱巴巴的蛇皮，如癞蛤蟆一样的疙瘩，血红色的瘤状花纹，安安静静地缩在那里，却叫时雍汗毛倒竖。"呀！"她脑子一片空白，条件反射地拿刀，发出短促的叫声。

几乎在她拔刀的同一时刻，一个身影已然飞奔而至，动作快得如同疾风一般，不给时雍出手的机会，一把抓住她的手腕，将她拉到身后。那蛇还没有来得及反应，已经被他一刀剁了七寸。毒蛇挣扎了几下，张大嘴巴发出哧哧的声音。时雍听得头皮麻了麻，似乎忘了自己是个可以单人杀人、拿刀剖尸的女子，手指紧紧扣住赵胤的腰带，躲在他高大的身后。

赵胤显然也忘了她上马能杀人下马能剖尸的事情，见她紧张，便握牢她的手："别怕！"

时雍探头看一眼，道："这里为何也有这种蛇？"

赵胤道："这里同处大青山山脉，可能是那次逃出来的漏网之鱼。"

时雍点点头："大青山的毒蛇那么大的量，肯定漏网的不止这一条。"

赵胤四处检查了一下，不见别的毒蛇，回头看她："好了吗？"

时雍突然想到自己进来是干什么的，尴尬地伸手拿过软甲套上："好了。"

"回去休息。"

说是原地休整，可是随同赵胤出征的五千轻骑在前往兀良汗军械库时，身上没有携带任何行军装备，既无营帐也无粮食，口袋里只有几块随身的干粮。除了派出去的哨位，其余人全部坐在崖壁下休息。这里背风背雨，地面没有被夜露浸湿，一群人去山涧取了水，就着干粮充饥。而更多的人早已累得乏了力，围成一团，背靠背地取暖，就地睡了过去。不能生火，虽是在山坳里，仍然免不得寒冷。

时雍看到一片片躺在地上的将士，内心叹了口气，找了一个避风的地方，也靠着崖壁，席地而坐。

"冷吗？"赵胤坐下，将一块干粮掰开，递给她。时雍摇摇头，皱眉接过，啃了一口，硬得下不去嘴。赵胤解下腰间的水囊，默不做声地递给她。

"你呢？"时雍问。

"我不饿。"赵胤默默将身上的轻氅取下，披在她的肩膀上，又皱眉看着她的手，"怎么弄的？"

时雍看了看手背上的擦伤，无所谓地笑了笑："不知道。没事。"昨夜那么混乱，受点伤再正常不过，她确实没有在意，甚至完全忽略了这点小伤。而赵胤昨夜显然也没有看清她受了伤，如今天亮了，借着天光，顿时觉得女子细白的手背上那伤疤极是刺眼。

"伸出来。"时雍正在和干粮较劲，闻言喔了一声，斜眼看他。赵胤抿着嘴，拉过她的手，放在自己腿上，又从怀里掏出一个小金疮药瓶，拔下塞子，倒在她的手背上。药粉渗入伤口，一阵刺痛。时雍嘶一声，皱起眉头瞅他。赵胤低头，在她手背上轻轻吹了吹，"忍忍。"

时雍咬着干粮，见鬼般看着他，石化了。在她的印象里，这种害怕疼痛就用嘴吹吹的动作是哄小朋友的，而赵胤居然……也在她的伤口吹？

赵胤没有注意到她古怪的视线，严肃地皱着眉头，轻轻地吹。一种酥麻的感觉从手背蔓延到头皮，痒痒的，时雍心里仿佛爬进了一只毛毛虫，下意识地抽回手。赵胤以为是她疼了，皱眉道："这点疼都不能忍？"

男人嗓子沙沙的，带点疲惫带点小性感，可是碾过时雍的耳膜时，却让她听出了十分的嫌弃，将她刚刚培养起来的那点儿涟漪全都冲散了。手不痒了，心也不痒了，她拉下脸抱着双臂紧靠崖石，懒洋洋地睨赵胤一眼，不吭声，表情也不太友善。

"那你睡一会儿。"赵胤哪知女子心思复杂，他只当阿拾是困了，拉高那件薄氅盖住她的肩膀，收起金疮药就起身巡营去了。时雍看着他挺拔的背影，无语。此人思路当真清奇！

时雍轻轻哼了声，将带着他气息的氅子拉高遮住脸，闭上眼静静休息。本以为是很困的，可想到大黑，身子又不太舒服，时雍根本就无法入睡。一片树叶从崖上飘落下来，扫过时雍的眉梢，又落在肩膀上。时雍眼皮有点痒，睁开眼要看个究竟，却发现一只男子的手。赵胤抬起手，想帮她拿走树叶。见状，便放下了手。

"你什么时候回来的？"坐在她身边，一点声息都没有，时雍对上他略带疲惫的双眼，慢慢拍掉那片树叶，打了个呵欠，"没事戳人家眼睛，幼稚。"

赵胤看了一眼掉落地上的树叶，没吱声。

"你没有睡吗？"

时雍揉着眼睛，侧着头，雾气将她的头发染得半湿，又在崖石上蹭过，微微凌乱。初升的阳光从树叶间落下来，将她的脸颊照得晶莹亮透，细白如釉，纤眉弯弯带三分凌厉，睫毛长长掩住了心机，有疲惫的倦态，衬得她更为慵懒娇气。任谁看，这就是个不谙世事的小姑娘。谁能想到这张脸的主人，敢一个人夜闯兀良汗大营，火烧军械粮草？

时雍皱眉:"看我做什么?"

赵胤垂下眼皮:"要出发了。"

时雍哦了一声,解下肩膀上的氅子递还给他:"那走吧。"

"你用。我不冷。"赵胤阻止了她的动作,眉心紧蹙,似乎在纠结什么。

时雍确实也舍不得这氅子,假模假样地递了,人家不要,她又顺手拿回来将自己裹住,慢悠悠地问:"你想说什么?"

赵胤打量着她微微泛红的脸:"你行吗?"

时雍一愣:"我什么行不行?"

赵胤道:"骑马。"

只有一个时辰的小憩,还是在冰冷的荒野里,对体力的补充和身体的休憩都是不够的。时雍并没有比刚才舒服很多,但却听出了赵胤的弦外之音。他是在纠结,接下去的路是让她单独骑马,还是继续跟他共乘一骑。时雍盯着他看了半晌,轻轻哼一声:"说了我会拖累你,你偏不听。如今到半路了,又想丢掉我不成?"这完全就是耍赖的说法了,时雍自己也觉得这么说不厚道,对赵胤不公平,但是看他为了抱不抱她的事情愁得眉头都揪成了一团,她就是不太舒服,小日子里的脾气都上来了,"你不必管我,我不行也得行。"

赵胤皱眉,微微叹了口气:"我就问了一句。"只问了一句,她就不停地说了无数句,好像他是个无情无义的人一样,"你为救我而来,我怎能不知感恩?走吧。"说罢,他手臂撑地站起来,伸手去扶时雍。

时雍听着这句"感恩"总觉得怪别扭,但她是个懒散的人,不爱去刨根问底,这会子确实身子不舒服,也懒得矫情,由他扶到马边,将她托到马上。

赵胤沉默而小心,就好像她是个柔弱无骨连马鞍都跨不上的女子一般,动作看上去几近呵护:"注意不要蹭到手。"

时雍淡淡看他,"小伤……"她本想说这点小伤算不得什么,可话到嘴后,她嗓子低了些,清咳一下,又换成了,"大人不必为我担心,我受得住。"

嗯,脆弱,但坚强。时雍不知道自己演得好不好,但赵胤眼里流露出了一抹复杂的忧色:"下次再犯,把腿打断。"

还在怪她偷跑出来吗?都这时候了,她想听的是这句话吗?这人就不能说几句好听的?时雍幽幽怨怨,不吭声。

赵胤一眼没看她的表情,跨上马揽住她,像刚才横穿山涧那般将她横抱身前,踏着草木茂盛的密林,往卢龙塞方向出发。

第四十四章　口是心非

过了山涧，就离开了青山口，再走出这片密林，翻过这座山，就能看到滦水，离卢龙塞更近了。队伍短暂地休息后，没有昨夜的行军那么紧张，仿佛刚从疲惫中清醒过来，开始品尝昨夜那一场战事的胜利果实。一路下去，聊上几句，也热闹许多。时雍坐在赵胤马前，听着背后零星的议论，忍不住开口："大人，你以前经常打仗吗？"

赵胤神情淡淡，边走边道："不常。"

真是个话题终结者。时雍瞥他一眼，似笑非笑道："我家阿香说，以前她去看过大人胜利归朝。打马从正阳大街而过，好俊朗，好威风。好多大姑娘小媳妇都去看，好多人家都想把闺女许配给大人——"

赵胤低头，扫过她的眉眼："你没去看？"

此人的关注点怎么就这么意外呢？时雍的话题本意是想问他，二十好几的人了，为何没有娶妻纳妾，也没有女子在身旁伺候。她有些好奇这位大人内心真实的想法，哪料他一句话就把问题抛回给她了。

"没有。"时雍哼声，半真半假地道，"我去看有什么用？大人那时年轻英俊，我是一个小丫头……"

赵胤皱眉："我现在很老？"

果然，思维不同常人。时雍叹口气，斜眼扫他："我是想说，大人什么门第，我家又是什么门第，我去看了又如何，还能奢望大人不成？"

赵胤沉默片刻，突然道："那日你说想做都督夫人。"

她说都督夫人不至于辱没了她，可没有说她想做都督夫人，这两句话完全是不同概念。怎么被赵胤这么说出来，就好像她是一心想要嫁给他似的？她一心想嫁，人家还没同意。时雍不服，淡淡地道："我只是打个比方。宁为寒门妻，不做高门妾，大人没有听过吗？"

赵胤嗯声："有道理。"

时雍提起一口气，差点骂人。心道：这个人当真不知道她在说什么吗，还是有意装傻？有道理是什么道理？时雍意味不明地看他一眼："这次回去，大人的名声就算是毁了。有断袖之癖的大人，不知往后要遭受到多少流言蜚语，大人做好准备了吗？"

赵胤道："你看我会怕吗？"

时雍懒懒地仰头看他："不怕吗？"

赵胤道："大丈夫坦然于世，何惧流言？"

时雍嗤地一笑："那是大人你还没有真正见识过流言可惧——"

赵胤低头看她，黑眸幽幽："你见过？"

时雍犹豫怎么回答，就听赵胤道："这不会是你爹告诉你的吧？"

时雍哑然。这是堵她的嘴啊！真有他的。沉默半晌，时雍道："我有个朋友……世

111

人都称她作女魔头，说她手染鲜血，烧杀抢夺，无恶不作……得闻她惨死，还有人鸣炮谢天，仿佛当真是除掉了一个祸害似的。可是，又有几人了解她的为人呢？"

赵胤黑眸微微眯起："那你以为，她该死吗？"

时雍道："她是我朋友，我自然认为不该死。不过，正因为她是我的朋友，我说的话算不得数。这话我就想问大人，大人觉得她该不该死？"

两人都知道对方说的是谁，但两个人都没有吭声。

赵胤沉默许久，叹道："你因她之死，在责怪于我？"

时雍摇头："我不敢，只是疑惑，大人明明对她的死因存疑，为何不去彻查？难道是因为大人与世人的眼光一样，认为她该死吗？还是嫌麻烦，懒得追查？"说到诏狱的事情，时雍神情就不免添了嘲弄，"哪怕我已经告诉大人，我那个朋友死在一个携带着玉令的人手中，大人也不曾多问一句。"

赵胤冷下眉目："你当真要我多问一句？"

时雍嗯声："问呀。"

赵胤望着她："若我来彻查，首要问的就是你。阿拾，你如何知道，时雍死在执有玉令的人手上？无凭无据，你要本座如何相信你？"

时雍噎住。这便是让她为难的地方。

因为看到那个凶手的人，只有她自己。

时雍叹口气："我说是她托梦于我，大人可信？"

"我信，旁人却不会信。"

时雍抿了抿唇，沉默下来。赵胤放缓马步，脸上虽然没有什么表情，但是语气低了许多，似乎是在安抚她，又像是在训诫她："往后，不得在旁人面前提及此事。"

时雍侧过头看他："为何？"

赵胤平静地道："阿拾，做人要长教训。"

教训？时雍以前受的教训告诉她，就不该生了一颗侠义心肠，不该多管闲事，不该感情用事。原本想重新来过，好好做一条咸鱼的，不料，又卷入了这个是非旋涡。这真非她所愿，却也是本性难移。每当看到不公不平，她还是忍不住出手："大人是说那个玉令追查不得，对吗？"

"非也。"赵胤看她一眼，似是在斟酌措辞，好一会儿才皱眉道，"不是追查不得，而是兹事体大，没有确切证据，不可对旁人言语，免得引来祸端。"

时雍突然扭头看他："那大人就不是旁人了吗？"

赵胤静默好一会儿："自然不是。"

时雍眨眨眼："那大人是我什么人，我又是大人什么人？"

这次赵胤倒是没有犹豫："你是我的人。我自要护着你。"这句话的关系，听上去有些重，可是仔细想想，又十分轻。奴婢也是他的人，通房也是他的人，横竖都不是他的夫人。

时雍突然直起身子，深吸了几口林中的清新空气，认真地道："能得大人庇护是阿拾的福分，可是，阿拾也有想护着的人和狗。等此间事情了去，还望大人能看在我为救大人千里奔波的分儿上，归还我的卖身契，从此你我两不相欠。"

都说到两不相欠了，当是一剂重药了吧？时雍幽幽说完，巴巴看着赵胤的脸，期待大人的反应。不料，赵胤眉头紧蹙，突然敛住表情："你深夜从卢龙来青山口找我，到底所为何事？"

此人换话题换得可真快。是性子太直，还是在回避？赵胤看她不言不语，臂弯将她身子往里一束，勒紧马缰绳往前小跑一段路，冲过林间一条清澈的小溪，这才又问："你怎知我会有危险？"

时雍看他一眼，只能顺着往下说："营中发生的事情，朱九没有告诉大人吗？"

赵胤道："说了。因此，我让谢放彻查了伙房食物。"

时雍脸上严肃了几分："可有发现鳝鱼？"

赵胤眸色变暗："有。"

还真有？时雍讶异："大人没吃吧？"

赵胤注视着她，唇角微微抿紧，显得整个人有些严肃："战事紧，我走前，没来得及证实鳝鱼是否有毒，也没有惊动任何人，但已派了心腹之人去伙房，暗中查探。"

时雍松了口气："幸好幸好。我是这样想的，这种鳝鱼能生出毒蛇的毒性，要么就不是普通的鳝鱼，要么就是采取了特殊的培育方法，不论是哪一种，定然得来不易。总不能只是为了杀害几个伙夫吧？"

赵胤道："你认为对方的目标是我？"

时雍沉吟不决，摇头："目的倒不一定，不过九哥说营中可能有叛徒，那就大意不得。我怕大人不知情，中了别人的圈套，这才匆匆赶来……"

她说得极是自然，赵胤听了，眼里却掠过一抹异色，浑然不觉搂住她的胳膊已然紧得将时雍整个儿压在了怀里。冰冷的甲胄裹着火热的胸膛，让他的心跳得十分快。时雍贴得近，在山风中听他的心跳声，感受格外不同。她将掌心覆上冰凉的甲胄，掌心却被什么东西灼烫了一般，抬头望着赵胤冷冽的眉眼，唇角一弯，露出一抹若有似无的弧度："大人是不是很感动？"

这女子！赵胤没有推开她的手，眉目越发冷，心跳越发快："那你也不该私自离营，更不该一个人去兀良汗大营。你可知此事有多么凶险？"

凶险是凶险，可刺激也是真刺激。想到军械库爆炸那一声巨响，时雍整个人便亢奋。"我还发现一桩异事。"时雍道，"昨夜在兀良汗营中遇到一个男子，脸上有伤疤，戴了半张铁制面具。我看不准此人，不知他到底想杀我，还是想救我，总觉得他有些古怪……"

"阿拾。"赵胤打断她，低头，"手拿下去。"

时雍一听，察觉到他呼吸变重，目光也变厉了，这才发现自己的手缩到了他的小腹，本是无意，可他这么严肃，一种古怪的气息便在彼此中荡了开："此地无银三百两啊大人。"

时雍很喜欢看赵胤这样的表情，忍耐、克制，像一个老古董。她心跳也不知不觉快了起来，靠近他的那脸儿，逐渐滚烫。这是在大军之中，时雍胆大，但她从不知自己如

113

此胆大，还想更胆大。她低下眼，那只手沿着甲胄慢慢往下……又仰起头，凑到他的下巴，悄悄地问："拿下去？大人确定？"

"宋阿拾！"赵胤猛地拉开她的手，看到时雍淡笑的眼睛，正恶作剧一样看着他，心窝一阵气紧，"你是女子。"

赵胤低呵一声，冷眼看她，脸上保持着平静，可是，女子柔软的身体与冰冷的铁甲无意间的磨蹭十分要命，明明林中气温很低，他身体却滚烫如烈火烹煮，偏生她还好死不死地对他说这种话。一个女子怎会如此大胆？赵胤想破脑袋都想不明白。

时雍跟他之前见过的所有女子都不一样，她直率坦诚又有满腹心机，热烈大方有时又冷漠如冰。她从不拘着自己，也丝毫不会掩饰她的野心，一句"都督夫人"张口就出，没有丝毫犹豫，却又直白地拒绝了他收房。她就像一个燃烧的火球，随时会把她自己和火球笼罩下的人，一并焚燃殆尽；又如一杯烈酒，喝时浓烈甘醇，宁愿长醉不会醒，醒来却发现，一切俱是空无。

时雍能感觉到他唤自己那一声时胸膛里震荡而出的怒气，仿佛用足了力气，恨不得把她撕成碎片一般。"是女子又如何？"时雍抱住他精壮的腰身，微笑抬头，"大人吼得这样大声，是想所有人都听到吗？"

"不要乱动。"赵胤看着她，那双黑色的眼瞳，如同深不可测的深渊，飘出丝丝的寒意，仿佛她再不听话，下一刻就可能被掐死。

奈何时雍不怕他。纸老虎！说出的话冷硬又无情，可是呼吸却滚烫热烈。时雍软软的手慢慢抬起，覆在他的铁甲上，叹口气，声音带出一股温热的暖流："大人，我没有动，是你在动。你的心跳得好快。大人，你这是动情了吗？"

赵胤身子蓦地一僵。那双钳制着时雍的胳膊仿佛铁一般，素来从容淡定的脸，也僵硬得仿佛一块寒风中的石头，声音几乎咬牙切齿："宋阿拾，你在找死吗？"

时雍淡淡地道："大人慌了。"她说得笃定，眼皮还抬了抬，"其实，男子爱慕女子，女子爱慕男子，乃是人之常情，大人何苦这般压抑自己？我不瞒大人，我仰慕大人英姿，喜欢看大人扬鞭策马朝我奔来的样子，喜欢看大人挥动绣春刀时凌厉霸气的样子，喜欢大人颀长挺拔的身材和俊朗美艳的脸，喜欢大人……这一副看不惯我又干不掉我只能生闷气的样子。"说罢时雍飞瞄一眼，从赵胤脸颊看到泛起的红。不知是被气到了极点，还是感觉被一个女子亵渎了？时雍想，大都督可能从来没有遇见过如她一般敢于这么直白说爱慕的女子吧？不对！时雍想到了赵青菀。那是个比她更为大胆的女子，上来就玩坦诚相见那一套，可是赵胤这样的男子，并不会单单为迷恋女子的身体而放纵自己。他既然动情，就必然是对这个女子有感觉……这一点时雍十分自信，"大人不肯承认吗？你对我有感觉。"

"宋阿拾。"三个字甫一出口，赵胤仿佛是决定了什么似的，脸色冷了下来。为了不让时雍那只手胡乱作怪，他紧扎她的腰身，手臂添了几分力道，几近强势地将她压在怀里，"你再胡闹，我丢你下去！"

时雍讶然地看着他，故作害怕的样子，紧张地抱紧他的腰，双臂一勒，当即感觉到他胳膊收紧，整个人都僵硬了。时雍躲在他怀里偷笑："大人才舍不得。"

头上寂静无声，只有风和他的呼吸掠过。

一种奇异的感觉扫过时雍，她紧贴甲胄的脸渐渐爬上红晕。这件甲胄冰冷坚硬，并不是一种很好的触感，却给了时雍一种久违的温暖。在这一刻，她的灵魂突然变得鲜活。以前时雍压根不相信自己会有这般幼稚的时候，会为了逗一个男人反复说一些稚气无聊的话，甚至暗戳戳地喜欢看他生气又无奈的样子："大人，你现在是不是好气呀？"

赵胤气得胸腔震荡："松手。"

时雍道："松手我就掉下去了。"

赵胤咬牙切齿："宋阿拾！"

时雍道："心疼大人一刻钟。"

赵胤低头看她，好一会儿没有吭声。

四周突然安静下来。时雍知晓这人脾气古怪，不是那么容易跟人亲近的人，对女人更是如此。这一次她的举动不仅气到了他，对他的冲击肯定很大，他或许需要一些时间去消化。她便默默地闭了嘴，不再刺激他。原以为他自个儿想想，就能往前走一步。不料，头上突然传来凉凉的哼声。"想做我的女人？胆量不小。"赵胤突然俯身低头，逼视着她，一只手将她裹在身上的氅子往脖子上勒了勒，那虎口如同掐着她的脖子一般，面色冷漠，声音也幽幽凉凉，冷若冰霜，"宋阿拾，你想死的话，不妨一试！"

想死？时雍看着赵胤不说话。刚才惹得他狂怒生气，她还能有心情玩笑。可是听到这句话，她笑不出来了。赵胤的表情太过严肃，与刚才的样子判若两人。时雍试图找到一个让他突然改变的答案，可是他身子突然坐直，缠在她氅衣上的手指也收了回去，甚至连抱她腰身的手都松了几分："大人认真的？"赵胤不言语，时雍琢磨他的表情，"大人不怕我恨你吗？女子的心，可是伤不得的。"

赵胤微微眯眼，阳光从树叶间探出头来，明明暗暗地落在他的脸上。许是因了那一抹光晕，让他冷漠的俊脸少了几分凌厉，一身甲胄正气凛然，如那一日从正阳街上打马而过的少年将军，光芒万丈，高不可攀……"这天底下恨我的人，何其之多！"赵胤淡淡看着前方，目光幽凉，"终归都要恨的，我宁愿你早些恨。"

这叫什么话？时雍没有说话，一直看着他，又道："大人，你是在害怕什么吗？"赵胤冷冷看着前方，不去看时雍的脸，时雍继续道，"是害怕那个道常和尚为你批的命数，还是懊丧对一个门第卑下的婢女动了情？大人不会为了保全颜面，杀我灭口吧？"

赵胤看着时雍无辜的双眼，静默不言。平静了一会儿，他的声音恢复了淡然："方才的事，不必放在心上。"顿了顿，他又道，"回了京，你若当真想离去，我成全你。"

时雍许久没有说话。赵胤冷漠从容地打马，"驾"的一声，带着她奔行于崇山峻岭，身姿挺拔，甲胄冰寒，可是纵有满身风华亦抵挡不住他眸底流露的寂寥。时雍笑了："大人何苦。"赵胤面无表情，时雍看着他，"口是心非。为难我，也为难自己，作孽！"

赵胤平静地低头："坐好。"

马蹄声撞破了林中骄阳，他嘶哑的声音撞入了时雍的心里。她想：这孩子真是骄矜，要给他做爹，不容易。每个人的内心大抵会有一些埋藏很深的心事，赵胤如果也有，一定全是黑色的。他不愿跟她分享，时雍也无从得知真相。而他原本向她敞开的一扇窗户，仿佛又关了回去，甚至关得比往常更为严密。

马儿奔跑在这个寒冷的山峦密林里，时雍肩膀上的鬈子在寒风里飘荡而起。马儿太颠，她横坐不太稳当，一只手悄然托住她的腰，将她搂紧。时雍慢慢弯起唇，眼角含笑看着赵胤："说过了，大人何苦……"

"闭嘴！"

从赵胤抱了时雍上马，几个亲卫都离他们稍稍远了些。许煜看着前面两个人刚才还很亲密地在聊天，突然又陷入了沉默，赵胤的马儿都快了许久后，不由得奇怪地走到谢放身边："爷近来不对劲。"

谢放一直注意着赵胤，随时准备护卫。许煜能看出来的问题，他自然也能发现。闻言，他皱了下眉头："主子的私事，你我不要随便猜测。"

许煜叹了口气："无乩馆是不是要多个女主子了？"

谢放不吭声。良久，他又道："不好吗？爷孤单了这些年。"

许煜道："好是好，可若这人是阿拾，你不觉得奇怪吗？"

谢放问："有何奇怪？"

许煜皱着眉道："爷不可能娶她，那她是个什么身份呢？"

谢放斜目横他一眼："主子的事，你少操心。"

许煜无奈地摇了摇头："放哥，你这脾气也当改改，再这么下去，这性子越发像爷了。兄弟几个就随口说几句，何必这么严肃？要是杨斐在就好了，跟他什么都有得说，才没你这么小气……"

谢放侧头瞪他："我看是你想娶媳妇了吧？一天天的骚得慌。"

许煜一下子笑了起来："冤枉啊！咱几个肯定得放哥你先娶媳妇，我们才敢娶不是？唉，你说说呗，你喜欢什么样的女子？"

谢放没吭声，许煜又无聊了，与他并肩而行，一边纵马一边笑道："放哥，听说你攒着娶媳妇儿的银子，全被杨斐那小子给坑骗了，有这回事吗？"

谢放皱眉，平视前方："没有的事。"

许煜哼了一声道："那就是朱九那家伙胡说八道了。我就说嘛，杨斐混账是混账了一点儿，断然不会糊弄咱们自己兄弟……"

谢放嗯一声，没有说话。

这时，远处的树林里，一骑快马飞奔过来。"大都督！"那是去前面探路的先头兵，他骑马奔到赵胤面前，面露喜气道，"大都督，翻过这个山坳，前面就是盘锦峰了。过了盘锦峰，便到卢龙界。我等沿途查探，不见兀良汗人的影子。"

安全！这一路走走停停，已近午时，众人腹中饥饿，又累又疲，只盼到了卢龙塞，好好休整一番，闻言都有些兴奋："巴图怕不是还在营中睡大觉吧？哪知咱们已经过了青山口？"

116

"哈哈哈！"

时雍观察，这条小路仍然是顺着深涧在蜿蜒，走在林子里面，也能听到流水的声音。这条溪绕过盘锦峰，汇入滦水。巴图想要围堵赵胤，那么，盘锦峰就是最后的机会。如果她是巴图，找了一夜都没有找到赵胤大军的行迹，会在哪里围堵呢？时雍心里的不安还没有说出来，就听赵胤吩咐道："前方险要，小心兀良汗围堵。传令，全军备战。"

谢放点头："领命。"

得到命令，队伍里的气氛再次变得紧张起来。

这一支五千人的轻骑队伍，为了以最快速度奔赴兀良汗大营，队伍放弃了重装，更没有大型的战斗机器。赵胤将队伍散开警戒，按训练的阵形掩护前进，不消片刻，就出了山坳。盘锦峰高耸入云，已然在望。

今儿有太阳，许是时雍太紧张，又被赵胤搂在怀里，觉得有些热，出了山坳一阵冷风吹来，她觉得十分舒爽。拭了拭额头的汗，时雍正想转头问赵胤热不热，脸色突然一变："大人小心！"

惊叫声过，密林里突然飞出暴雨般的箭矢。那些弓箭手全部用树枝荒草做了掩护，在地下挖了深坑掩体，将身体埋入掩体中，头上也做了掩护，很难察觉，晏军几个前哨和探子来去几回都没有发现他们。

这些人如此憋得住，明显就是等着劫杀赵胤。

面对兀良汗的袭击，晏军立马还击，箭雨在林中不停地穿梭，你来我往，收割着人命。两方都是轻骑出战，又是在密林里面，短兵相接不必耍花枪，招招见血。

兀良汗占了突然袭击的先机，可是一旦掩体被发现，优势就没有了。接下来两军交战，比的还是人数多寡、对阵勇气和杀敌能力。谁输，谁死，如此而已。

一支响箭冲入天空。远处传来低沉的号角声。这是兀良汗人在召唤同伴！很显然，为了不让赵胤顺利返回卢龙塞，巴图布置的掩体和哨卡绝不只盘锦峰这一处。不论赵胤从哪个方向绕回卢龙，都有可能撞上他的陷阱。不得不说，此人极阴、极狠，又沉得住气。号角声一响，用不了多久，必然会有大批的兀良汗士兵奔赴过来。

古代战场的血腥，时雍昨夜已经见识到了，内心震荡不已。

手上无盾，赵胤只能举刀护着时雍。

时雍怕他应敌不便，冒着被箭矢射中的危险，挣脱赵胤的胳膊，跃下马去："大人，你自顾突围，不必管我。"

"阿拾！"赵胤大怒。

来不及多说什么，赵胤打马往前推进几步，生生将一个兀良汗士兵砍翻下马。在众人惊恐的目光里，冲到时雍身边，身子从马背滑下，一把抓住她的胳膊，几近粗鲁地拖过来，又抱着她翻到马上，疾冲而去。

这一瞬间的变化，时雍根本就来不及反应："大人这是做什么？不要命了？"赵胤就是靶子和目标，兀良汗人要杀的是他。他这般脱离护卫保护冲上来，完全是把自己暴露在人前，简直是不要命。

"坐稳！"赵胤搂住时雍的腰，将头上的凤翅盔取下系在她的头上，一夹马背，在马儿嘶鸣声中，沉声厉喝，"众将士，跟我突围！"

一群晏兵涌上来，将赵胤团团围住："保护大都督！"

谢放劈开一支利箭，打马冲上来："许煜，掩护大都督突围，我来断后！"

人群如同潮水一般涌了过来，箭矢在头顶飞落，喊杀声铺天盖地，许多濒死的人嘴里发出惨痛又绝望的叫声。远处的山峰上，兀良汗士兵的喊杀声，直入云霄，那阵势惊天动地。"大汗有令，杀赵胤，赏黄金万两。""杀赵胤，赏黄金万两。"响应声，此起彼伏。

在这个战局中，再没有什么比杀了赵胤更能加官晋爵、立功受赏的了。赵胤在人群里，俨然是一个活着的靶子，所有的刀、所有的枪、所有的目光，都往他身上使，他也成了双方争夺的目标。晏军将他团团围住，想要保护他；兀良汗人却个个冲过来，想杀他抢功。

时雍看这形势，头皮隐隐发麻："大人。"

赵胤专心迎敌，沉稳有度，脸上不见半分慌乱，五官轮廓更为凌厉了几分，闻言，他没有看时雍，只是抬高胳膊将她的头往怀里压了压。在他厚重的甲胄和怀抱里，时雍觉得此刻的她像一只被袋鼠妈妈保护得密不透风的小袋鼠。"别怕！"赵胤冷然而坚定，"我能带你出去。"

时雍嘴皮动了动，怔怔看着他笑："大人，你想保护我。可是阿拾也想保护你呀。"

冷风呼呼刮过，伴着两军交战的呐喊和惨叫，赵胤沉默片刻，锐利的眉梢微沉，终于低下头来看她："你说什么？"

"我说我要保护大人。"时雍紧紧搂住他精壮的腰，低低说了一句，"我爱慕大人，是真的。"

说罢，她突然用力，毅然决然地将赵胤从马背掀推下去，然后一把勒住慌乱嘶鸣的乌骓，弯腰从一个阵亡士兵的身上抽出一把红缨长枪，再翻身上马，稳了稳头上的凤翅盔，系了系赵胤的髦子，"驾"的一声，纵马冲入晏军人群，朝着冲锋的兀良汗士兵迎头冲上去，一枪洞穿一人胸脯："赵胤在此！谁敢来送死？"

晏军士兵互相对视，马上反应过来。他们自动组成人墙，朝时雍围过去，爆发出一阵阵山呼海啸的呐喊："保护大都督！""兄弟们，保护大都督！"

兀良汗人被时雍的嚣张惹得暴怒，上万人齐声喊着"杀赵胤""赏黄金万两"，愤怒的呐喊冲入云霄，雪亮的马刀将双方士兵卷入残酷战争的汪洋大海……人不辨人，敌我之间，只看战甲。混乱的人群是极容易被带动的。

时雍骑着赵胤的马，披着赵胤的披风，戴着赵胤的凤翅头盔。有人叫她大都督，她就是赵胤。这一身髦衣披在时雍身上有些大，她肩膀也不够宽，可是双军交战，战场上的士兵就是羊群，没有人面对面见过赵胤。有人一吼，时雍就像一个移动的"万两黄金"。在羊群效应下，一大群兀良汗人朝她追了上去。"杀！"时雍举高长枪，突然回头望向赵胤的方向，粲然一笑。目光穿越混乱的人群，她看不到赵胤，高呼一声后，战马飞奔而去，消失在了潮水般的大军中……

赵胤却看见了她。看着她被一群兀良汗士兵围得水泄不通，他掌心微微颤抖，喉头涌上来一口老血："阿拾！！"

赵胤看着她越去越远，周遭的声音在这一瞬间奇怪地停了下来，刀枪、杀戮就在近旁，他却仿佛失去了听力，眼里只有她一身黑氅在马上飞扬的样子。他看不见阿拾的脸，也看不到她狡黠的笑，喉头一阵腥甜，胸中涌起浓浓的杀意。一把扯过旁边的骏马，赵胤厉吼："跟我杀！"

夜凉如水。

汗水湿透了后背，在额头浮上了细密的一层。赵胤双眼紧闭，躺在床上，睫毛在轻微地颤抖。火光映着他英俊而苍白的脸，紧扎着纱布的胳膊下，他的手指突然伸出，握紧、张开又握紧，睡梦里的他，仿佛想要抓牢些什么。黑漆漆的梦里，是刺骨的寒冷，他两条腿仿佛泡在冰水里，一把尖利的刀子扎入他的膝盖，仿佛要把他的膝盖骨剜开，疼痛伴着无边无际的恐惧压在记忆深处，狞笑着在撕扯他的骨血。

"放开他！不然，我要你们的命。"少女手拎长剑，踏过满地鲜血朝他走过来，"不要怕，我是来保护你的。"

梦里的血铺天盖地，女子的眼睛亦是一片赤红。她冷冽地看着她，看了许久，渐渐有鲜红的液体自她眼中淌出。一行，两行……女子整张脸被鲜血覆盖，他看不清楚……慢慢地，又变成了一张笑脸。"阿拾也要保护大人呀！"女子骑在马上，眼睛亮晶晶地，回头望他，莞尔一笑，凤翅盔下的脸庞，鲜活美好。

"阿拾过来！"

"阿拾也要保护大人呀！"

"回来！"

赵胤以为他喊得很大声，拼尽了全力，可是声音却堵在喉咙怎么都发不出来。那个画面、那个声音，仿佛要把他拉入无边的地狱，一次次撕扯着他，在这个梦里越沉越深。

"爷！"

"爷！你醒醒！"

赵胤猛地睁开眼，目光渐渐有了焦点，看到谢放焦急的脸上。

"醒过来了。"谢放松了口气。

"这是被梦魇住了吧？"许煜也扬起一张笑脸，"郑医官说都是皮外伤，很快就能好起来。"

赵胤猛地坐起，只觉喉头一股腥甜，他咽下那口浊气，声音低哑无比："找到人了吗？"

谢放眼神一暗，摇头。

盘锦峰一战，血流成河。因为阿拾冒充赵胤带走一部分兀良汗兵力，大晏军得以顺利脱险，与前来接应的魏骁龙部众会合。可是阿拾和那一部分掩护她而去的晏军，却陷入了兀良汗的包围。等赵胤带兵杀入盘锦峰时，正好与巴图撞上。

仇人见面，分外眼红。晏兀两军在盘锦峰爆发了开战以来投入人数最多、阵亡人数最多的首次火拼。酣战一日，眼看赵胤疯了一样，根本就没有休战的意思，巴图不再恋战，退走青山口，留下满地的尸首。

　　赵胤把战场上每一具尸体都看遍了，又将双方阵亡将士就地掩埋，然后把方圆几里地翻了个遍，直到急火攻心倒在盘锦峰下的小溪里，还是没有找到阿拾。朱九也没有回来。大黑不知去向。春秀来了好几次，每次没敢张口，就又默默离开了。大战后的卢龙塞大营，气氛阴沉。

　　"爷，天还没亮，你再休息一会儿。"谢放双眼也熬得通红，但是他和许煜都没有睡，也不敢睡，始终守在赵胤的床前。

　　"我没事。"赵胤呼吸渐渐平稳，人也平静下来。谢放没有在他眼睛里看到昨日战场上那股子恨意和嗜血的光芒，稍稍缓口气，端来茶水让他喝下。

　　"刀呢？"赵胤放下茶盏，目光四顾，直到许煜呈上绣春刀，他握在手上，这才扶住膝盖，披上外袍，不声不响地走出营房。谢放和许煜对视一眼，默默跟上。

　　校场传来一阵嘈杂的声音，赵胤皱眉，刚想叫谢放去看看情况，就见秦洛欢天喜地地奔了过来："爷，回来了，乌骓回来了。"

　　谢放亲眼看到赵胤在秦洛说第一句话时亮起的双眼，又慢慢暗沉下去。谢放低低说了声："我去喂马。想来乌骓累坏了。"乌骓也是爷的宝贝。可今日，乌骓似是失宠了。

　　"喂饱来书房叫我。"赵胤抬了抬手，让他去，转身走了。

　　夜已经很深，激战后的卢龙塞大营已经沉睡。除了箭楼哨塔上值夜的人，只有山林间的寒鸦偶尔叫唤两声。赵胤坐在书案后的椅子上，面前摆的是地形舆图和沙盘。

　　他摆弄着两支小箭，似是在研究战场局势，可是许煜侍立在侧，却发现他许久没有动。好一会儿，谢放披着夜雾走进来，手里拎着一只鸽子在咕咕地叫，看了许煜一眼，他道："你先出去吧。"

　　许煜站在门口，看赵胤没有吭声，点头："是。"

　　门合上。赵胤抬起头，皱眉看向谢放："何事？"

　　谢放从鸽子的足环上取出一个信管，从中抽出一张纸条，不敢去看，径直递给了赵胤："爷。有信。"

　　赵胤淡淡看他，放下小箭，波澜不惊地道："去门外守着。"

　　"是。"

　　赵胤看着他身影离去，速度极快地展开纸条："卒无，满一，青是，山囚，营人。"看完，赵胤脸庞绷紧，许久才将纸条投入火中烧掉。

　　若非紧急情况，"鸿雁"不会用这种冒险的方式给他传来书信，因为信鸽在两军阵前十分敏感，不论是晏军还是兀良汗军队都有神箭手，他们时时注意着营中动向，便有飞鸽敢上天，立马就被射下来。别说传递情报了，分分钟会暴露行踪。因此，这只鸽子是绑在乌骓马鞍上驮回来的。字条上面的字，除了赵胤，旁人即使看到，也不知所云。可是，重新排列组合后，却拼成了一句话："卒满青山营，无一是囚人。"这句话传递给了赵胤一个消息——阿拾不在兀良汗大营，叫他不必冒险。

"谢放！"

谢放听到赵胤声音，开门进来："爷。"

赵胤已提笔写好字条，亲自将其卷入信筒绑好，然后将鸽子交给谢放："找个没人的地方，放了。"

谢放眉尖微抬，有些吃惊："爷，确定要放吗？"

赵胤嗯一声，头也不抬。谢放瓮声瓮气地答应一声，退下去了。

"鸿雁"是一个人。谢放只知有这个人潜入了兀良汗军中，却不知是谁。除了赵胤，也没有人知道他是谁，"鸿雁"和赵胤之间往来消息，往往十分隐蔽，哪怕是谢放这种亲信侍卫，也不得知。赵胤绝不会轻易让"鸿雁"暴露。可如今，他若将信鸽放回，"鸿雁"会不会有暴露风险？

谢放不知道赵胤传了什么消息，这么紧要，也不敢去偷看，骑马到距离卢龙塞五里外的山林，这才将信鸽放飞。

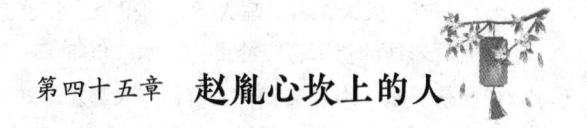

第四十五章　赵胤心坎上的人

这个夜晚出奇地冷，靴子落在门外的声音，让赵胤再次抬起了头。吱呀！门外是白马扶舟清俊的脸，还是一副似笑非笑的样子："不会打扰大都督吧？"

赵胤放下笔："厂督深夜不睡，有何贵干？"

白马扶舟手上抱了个暖手炉，把一双光洁修长的手保护得极好，他看了看门口守卫的许煜，浅浅一笑，踏着北风走了进去："听闻有了姑姑的消息，我来问问。"

赵胤不悦地皱眉："厂督消息这么灵通，也不知她在何处，我如何得知？"

白马扶舟轻轻咳嗽一声，视线落在赵胤按膝那只手上，眉梢扬了扬："传闻锦衣卫探子遍布天下，我不信大都督在卢龙塞就成了聋子，没有耳目了？"

赵胤面无表情，幽冷地看着他："厂督是以什么身份问我？监军，还是你姑姑的大侄子？"

白马扶舟眸子微转："这二者有何区别吗？"

赵胤淡淡看他："没有。本座都无可奉告。"

没有你说个屁啊？白马扶舟看他气定神闲的样子，胸中莫名有气："那么敢问大都督，何时出兵攻打青山口？"他似笑非笑地补充，"此话是以监军身份问的。"

赵胤淡淡摩挲膝盖，就像没有看到他的情绪那般，眼神落在闪烁的火光上："待时机成熟。"

"时机何时成熟？"

赵胤道："盘锦峰大战，厂督是瞎了眼不成？将士需要休整。"

白马扶舟冷笑:"所以,我姑姑的命,就不是命了吗?"看赵胤沉默,白马扶舟淡淡掀唇,"还以为大都督重情重义,不料却是如此寡恩之人。姑姑为救大都督性命,深夜远赴青山口,竟是换来这般下场,可惜,可惜了!"

白马扶舟越是为时雍不平,赵胤的脸色越是难看:"听阿拾说,伙夫长下毒一事交由厂督处置了。既然厂督睡不着,不如给本座说说审问结果?"

一个叫姑姑,一个叫阿拾,也不知哪个称呼更亲密。

白马扶舟抬了抬眉,不以为意地说:"死了。"

赵胤脸一沉:"谁死了?"

白马扶舟笑道:"那伙夫长是个硬骨头,什么都不肯交代。我原是准备留他一条小命,等大都督回来的,还叫了医官为他治伤。哪料,这家伙竟趁守卫不备,在石棱上划破了手腕……"看了赵胤一眼,他又遗憾地笑,"浪费姑姑一番苦心,我甚是遗憾,原想等她回来亲自致歉,可看这情形,她怕是已落入敌营……回不来了。"说"回不来了"时,为了配合情绪,白马扶舟还淡淡地摇了摇头,唏嘘一声,然后站起来,不冷不热地对赵胤道,"大都督不必像防贼一样防着我。审案我不擅长,杀人还可。大都督出兵前,让人来叫一声。天天在营里睡大觉,困得很,我也想去活动活动筋骨。"

赵胤看着他的背影,冷冷道:"本座也听了个传言,厂督可有兴趣?"

白马扶舟哦一声,笑着转头道:"大都督不妨说说看!"

赵胤道:"有人说厂督精于用毒,惯使各种暗器诡谲之物,不知是否当真?"白马扶舟目光幽暗,看着他久不做声,赵胤冷笑,"想是传闻当不得真。若厂督当真精于用毒,又怎会在大青山被邪君的毒烟所害?又怎会看不出鳝鱼有毒,是何种毒物?"

"哼!"白马扶舟不走了,慢慢坐到赵胤对面,懒洋洋地问,"赵胤,你是在怀疑我?"

赵胤眼皮微抬:"我纵使怀疑厂督,也不敢怀疑厂督与长公主的母子情分。我是提醒厂督,冷眼旁观,不一定能坐收渔利,说不定就被拉入水里,淹死了。"

白马扶舟深深看他许久,冷笑一声,起身拂袖而去。

赵胤眉头微敛,手指在舆图上轻抚片刻,突然起身披上外袍,又拿起绣春刀,走出营房:"来人,牵马。"

许煜见状跟上去,眉头缓缓皱起,硬着头皮问:"爷,这么晚了是要去哪儿?"

赵胤道:"找阿拾。"

许煜心里一跳,咬牙拦在面前:"爷,大敌当前,草率不得。"

赵胤抬起一双黑沉沉的眼,慢慢看着他,一动不动。许煜浑身鸡皮疙瘩都起来了,拳头紧紧攥着,头垂下去,不知过了多久,这才听得赵胤低低沉沉的声音:"我就在附近走走。"

许煜松口气,发现脊背都湿透了。

卢龙塞的大山绵延数百里,夜幕下峰峦重叠,如一只只潜伏山野的巨兽,在这样的茫茫大山里走失一个人,要想找到谈何容易?阿拾下落不明,没有消息,也是好消息。许煜是这么想的,可是大都督显然不这么想。他一个人拾阶而上,走到了卢龙塞山顶,站在那日他和阿拾一起看大黑在林间欢畅奔走的垛墙上，任冷风拂面，许久不动。

同一轮月色下，兀良汗位于大青山的营地里，时雍缓缓睁开了眼睛——毡帐里烛火未灭，帐外有鸟鸣传来，夜很深。时雍知道，自己活下来了，在又一次拼命后。

在她还是"女魔头时雍"的那个时候，常为女子的命运打抱不平，为被土匪抢走的姑娘拼过命，为被卖到花楼的女童拼过命，为被卖入官家做小妾的娘子拼过命，为很多很多人拼过命，然后成了很多很多人嘴里的"女魔头"。很多骂她的人，没有见过她；很多唾弃她的人，更不曾认识她。

时雍曾经想过，既然她现在是宋阿拾，便不要再多管闲事，从此好好做一个平平无奇的女差役。不再为任何人拼命，老老实实、庸庸碌碌，求个好死。可命运捉弄，似乎并不肯让她如愿。当兀良汗的千军万马压过来的那一刻，她又为别人去拼了命。时雍其实说不清那一刻是为了赵胤，还是形势所逼，又或是性格使然。本不想那么做，却那么做了，也不枉父母为她取"时雍"这个名字。

时雍者，天下太平也。

"醒了就睁开眼。"一个兀良汗人打扮的老人站在她的面前，他穿着便服，上了些岁数，目光却十分锐利，肩厚背厚，嘴唇上和下巴上留着长长的胡子，说话沉稳有度。

时雍抬了抬头，脖子极酸，身上像被马蹄碾过一遍，无力又疼痛，她索性不动了："你救了我？"

"不是救。"老人平静地看着她，用不太标准的大晏话与她交流，"老夫要拿你换人。"

换人？时雍眼珠微动："你是乌日苏的什么人？"

老人似乎没有想到她如此聪慧，捋了下胡子，道："老夫是阿伯里，兀良汗太师，乌日苏的堂叔父。"

对兀良汗政权的内部结构，时雍不太了解，也没有兴趣了解，她点点头："太师没有把我交给巴图，而是偷偷藏了起来，就是为了拿我去换乌日苏？是怕巴图不肯换回儿子吗？"

"哼！"阿伯里冷声，"怕不等赵胤换人，你就被人杀死了。"

时雍眨下眼，表示听懂了。兀良汗和大晏是政敌，而在兀良汗内部，乌日苏和来桑两个皇子各有支持者。这位阿伯里太师，想来就是乌日苏的支持者了。阿伯里希望能用她换回乌日苏，可是来桑的人，想必不会愿意乌日苏活着回来。

"太师好算计。我可以要杯水吗？"时雍前后两句话，完全没有必然联系。阿伯里愣了愣，看她如此从容淡定，拿了个水囊递给她。时雍吃力地拔开塞子喝了一口。噗的一声，喷了。这哪里是水，分明是马奶酒。时雍呛咳了几声，绝望地蹙着眉看他，叹口气："太师凭什么认为，我和乌日苏皇子有同等价值，赵胤一定会换？"

阿伯里冷笑几声，上下打量她："你是赵胤心坎上的人吧？"

心坎上的？时雍咳得更厉害了："我大概不是他心坎上的人，而是他想砍的人。你赌得有点大！"

阿伯里道："无本赌博，输赢无畏。"

时雍道:"不能这么讲。你这本下得可大了。我生我死虽是我的命,可你偷偷这么干,巴图要是晓得了,依他多疑的性格,太师必将失信于他,不划算。"

阿伯里听她这么说,心里短暂地划过一抹思考,觉得她说的有几分道理:"孤注一掷也罢。"

时雍摆摆手,坐起来,一本正经看他:"太师此言差矣。凡事当思虑周全,三思而后行,岂能轻易孤注一掷?"见他疑惑地看过来,时雍又道,"不瞒太师,我在晏军营地曾与乌日苏皇子有个几次照面。大皇子敦厚温和,待人诚信,有足够的度量。比之来桑,乌日苏分明更有可为。太师押的筹码是对的。"

阿伯里被她说得一愣一愣的:"何解?"

时雍笑道:"以我这等浅薄之资都能看出的问题,太师以为巴图大汗看不出来吗?知子莫如父,巴图大汗比谁都清楚,乌日苏比来桑更适合做他的继承人。"

阿伯里面上一喜,随即皱起眉头:"不对。乌日苏自幼不得宠爱,大汗不让他学骑射武艺,不让他过问政事,反倒在最危险的时候,派他出使大晏,将他置于晏军中,也不愿去救,分明不是爱子之举。"

"非也非也。"时雍摇头,"父母之爱子,则为之计深远。巴图大汗这么做,恰是为了保护乌日苏。太师试想,乌日苏这般聪慧,若自幼尚文习武,才貌兼备,他能活到如今吗?"

太师抽口气:"乌日苏没有母亲,是大妃的眼中钉、肉中刺,恨不得除之而后快,可……"

"可他一直活着,对不对?太师以为这中间当真没有巴图大汗的授意?大皇子虽不曾习武骑射,可他熟读经史,集智于心,岂是空有一身武艺、头脑简单的来桑可比的?"时雍觉得自己简直就是一个忽悠的天才,看阿伯里皱眉,似有所动,继续道,"巴图大汗刚到壮年,逐鹿之事自己可为,军中良将不知凡几,他不必要一个能帮他打天下的儿子,却需要一个在他大业得成时,为他治理盛世天下的继承人。太师以为,到那时,海内无战,四海皆平,是乌日苏合适,还是来桑合适?"

阿伯里憋在胸口那股子气突地舒展开来,一拍脑门,满脸大喜:"对啊,我怎么就没有想到?"时雍莞尔,但笑不语。

阿伯里再看她时,目光诚挚了几分,苍老的脸上还带了几分羞愧,"老夫实在是浅薄之极,本以为赵胤疯了一样找你,是为私情,把小郎想成了赵胤禁脔;不承想,小郎是有大智慧的人,当得起一声先生也。"他朝时雍行了个礼。

在巴图的父亲阿木古郎执兀良汗大印时,兀良汗身处漠北草原,纵是骁勇善战,但空有蛮勇,识字通理的人不多。阿木古郎为改变这一现状,除了在草原上办学,还从南晏请了不少当世大儒前往漠北。数十年来,兀良汗人深受影响,对有智有才的贤能之人,极为尊崇。阿伯里听了时雍一番分析,甚至向她虚心求教起来:"依先生所言,老夫该当如何?"

时雍淡淡地笑:"把我献给巴图大汗,并诚请巴图以为我人质,换乌日苏皇子性命。"

她的话，大出阿伯里意料。阿伯里重重抽了口气："此乃下策。先生是在试探于我？"
　　时雍闻言莞尔，笑道："当然，若是太师能护好我，我也许会有更好的办法，不仅能让乌日苏皇子平安归来，说不准还能助太师一臂之力。"

　　阿伯里离去前，让人给时雍送来了吃的、喝的、用的，还有一套兀良汗士兵的衣服。衣服是干净的，时雍凑到鼻端嗅了嗅，没有臭味，显然没有人穿过。她很满意。
　　兀良汗人吃食单调，行军在外更是如此。在时雍看来，这里的伙食比晏军还差。她却不知，因她那日烧了粮草，如今兀良汗存粮不足，巴图急得如热锅上的蚂蚁，急欲在短时间内打下卢龙塞，解决目前的军需问题。而赵胤之所以按兵不动，守而不攻，就是在等待兀良汗内耗。
　　时雍饱餐一顿，换了身衣服躺下，就再也睡不着了。毡帐太冷，她想念卢龙塞大营的火炉和熏笼。好日子果然是对比出来的，那几日觉得憋得慌，如今真想再回去憋一憋。阿伯里派了侍卫守着她。外面营中有火把，时雍睁开眼，就能看到从毡帐外面透进来的人影，整夜在外间走来走去。
　　天亮时，时雍还没来得及处理身上尴尬的状况，阿伯里就带来了一个消息：来桑伤重。阿伯里请求时雍去为来桑医治。时雍有些震惊："我以为你会为此庆贺？"
　　阿伯里道："我也是来桑的堂叔父。我受先汗王之托，看顾兀良汗，怎会看着来桑失去性命？"
　　时雍对这老头高看了一眼："兀良汗营地没有医官吗？太师怎知我会治伤？"
　　阿伯里目光有几分复杂："我自是知道。"
　　时雍了解地点点头："晏军中有你的探子？"
　　阿伯里没有反驳，催着她走。时雍趁机又要了点好处，把自己身上收拾干净了，这才跟着阿伯里去来桑的毡帐。
　　从阿伯里的嘴里知晓，来桑的伤是被巴图鞭打出来的。伤势重，又加之医治不力，估计伤口感染，如今更是高烧不退，命在旦夕。时雍作兀良汗士兵的打扮，从营中经过，没有引起注意，却发现有两名士兵，正在研究刚射下的信鸽。
　　"营中养鸽子呀？"时雍随意地说，阿伯里闻言，叫住士兵，"过来。你们手上拿的是什么？"
　　士兵走近行礼："太师，是信鸽，被我们捉住了，正准备呈给大汗。"
　　"有信？"
　　士兵看着鸽子足环，不识字，却知道有东西："有的。像是南晏飞来的。"
　　阿伯里点头："快去吧。"
　　南晏的信鸽飞到兀良汗大营？
　　时雍心情有点沉重，在阿伯里带她去来桑帐里时，看了一眼躺在被子里满脸通红，烧得迷迷糊糊的来桑，就下了定论："救不活了，赶紧禀报大汗，准备丧事吧。"
　　来桑激灵灵睁眼，看见是她，愣了愣，显然是认出她来了："是你……"时雍抬了抬眉，

125

来桑望着太师，下意识想去拿刀，却发现浑身虚弱无力，不由得怒视阿伯里道，"叔父……好狠的心，竟要置我于死地……"

阿伯里重重哼声："你无情，我却不能无义。这位宋先生是杏林圣手，是我请来为你治伤的。"

来桑哪里肯信？"让一个，纵火烧营的人，来为，本王治伤？"

阿伯里讶然。这时他才知道这位少年郎就是火烧大营的人。骑虎难下，他看着时雍一时无语："当真是你？"

来桑闭眼冷笑："叔父杀了我罢。"

时雍瘪了下嘴唇，心道，这人还蛮有骨气。她坐下，沉眉道："二皇子伸出手来。"

信鸽到巴图手上，已经死亡。那张由赵胤亲手书写的纸条，从信筒里抽出来，还完好无损："太师君子之行，慎以应物，不畏流俗，无乩幸与汝交……"

巴图见信大怒。阿伯里是乌日苏的支持者，也是兀良汗反战一党中的德高望重之人。阿伯里的祖父和巴图的祖父是亲兄弟，阿伯里与巴图同辈，却比他大了二十来岁，是他为数不多的血亲，也是深得先汗阿木古郎信任的长者。从巴图准备起兵开始，这个阿伯里就反对南下，千方百计阻止巴图，一直同他作对，甚至搬出了阿木古郎遗训，要他当庭发誓，决不兴兵。巴图早就想宰了他，然而阿伯里是个贤明的人，在兀良汗朝中、军中和兀良汗人的心目里，极有威信。巴图动不得他，如今看到这封信，巴图顺水推舟，接下了赵胤递来的刀子："烧粮草，教唆来桑，定是少不了这老匹夫。来人，把阿伯里给孤绑了来。"

时雍还在来桑帐里，她万万没有料到，刚找了个靠山，靠山就倒了；更没有想到，这靠山是赵胤亲手给她扳倒的。

看着兀良汗的士兵在阿伯里的怒骂声中，把人押下去，时雍一时没有反应过来。阿伯里走时，深深看了她一眼，倒是没有说旁的话，但时雍留在来桑帐里，进退两难。转头时，发现来桑也眉清目秀了："二皇子信我吗？"

来桑烧糊涂了，根本就没弄明白阿伯里怎么被抓了，也没有力气去理会，只是眼皮半睁半闭地看了一眼时雍模模糊糊的影子："不信。"

时雍叹息："换我，我也不信。可是如今，二皇子无异于一匹死马。不信是死，信了，或许还能赌一把……"

来桑喉头一腥，对时雍把他形容成"死马"极是恼恨，只可惜八尺男儿一旦倒下，只能任由一个纤弱小郎侮辱："来人……给本王……砍了他脑袋。"

两名侍卫微怔："是。"

时雍轻笑："二皇子当真不想活么？我是你唯一的救命稻草，下命令前，还是想清楚的好。"

她从容地站起来，一副任由宰割的样子。侍卫还没有把她拉下去，便听到两道异口同声的阻止：

"慢着！"

"慢着！"

一个是躺着的二皇子，一个是匆匆按刀进来的无为先生。

再一次看到这个刀疤男子，时雍内心震荡了一下。可是，此人却没有多看她一眼，仍是戴着一张铁制面具的麻木脸，倾身查看了来桑的伤情，皱眉道："二殿下，不妨一试。"

没有人不怕死，来桑尤其怕。他双眼紧紧盯着伤疤男子道："无为，你替本王……看，看着他，不许他使坏。"

伤疤男子垂下眼皮："属下省得。"时雍在伤疤男子的带领下去了兀良汗的军药库取药，发现这里的药材远不如晏军富足。普通士兵若是生病受伤，大多是自愈或等死，根本得不到有效的治疗。时雍开好了药，递给伤疤男子："检查一下吧。"

伤疤男子接过，没有看药，却是看她，一言不发。时雍笑笑："你叫什么名字？"

伤疤男子道："无为。"

时雍道："真名。"

伤疤男子道："无为。"

时雍哦声，淡淡道："又是一个凄凉的故事，没有大名是不是？"

伤疤男子不看她的眼睛，转身就走。时雍如今身处狼窝，能信任的人不多，见状赶紧跟上。伤疤男子走得很快，但每每发现她慢了，他会放缓脚步。时雍掀掀嘴角，走近他："你不是兀良汗人吧？"

伤疤男子并不理会她，面无表情地看着远处大大小小的蒙古包，声音里透着一股子狠意："你不该出现在这里。"

"我也不想。"时雍道，"这大抵就是造化吧！让我来拯救兀良汗的？"她当玩笑说的。

可伤疤男子显然不觉得好笑："你最好别使坏。"

时雍道："我在救人，怎会使坏？"

伤疤男子道："治好来桑，你或可活命。"

时雍似笑非笑："医者父母心，在战场上，他是我的敌人，我杀他是应当。现下他是我的患者，我救他也是应当。"

这说法让伤疤男子皱起了眉头。时雍看了他片刻，那种熟悉感又回来了。四下无人，她压着嗓子道："无为先生，我们可曾见过？"

伤疤男子面无表情："不曾。"

"是吗？"时雍表示怀疑，可是当真要她说出这个人是谁，她又想不出来，遂摇了摇头，笑着跟他一起进了二皇子毡帐。

时雍不敢全听无为先生的话。

来桑不能不治，也不能很快地治好。她准备吊着他的命，未来如何，看这小子造化了。

巴图揍儿子是真往死里揍，浑身上下全是伤。大冬天的，来桑也没法好好穿衣服，就腰上围了一条裤衩子，健硕的身上搭了一件毡子，毡帐里生了个暖炉，勉强冻不死。

这两日，来桑吃了不少时雍开的汤药，成天昏昏沉沉，时好时坏。

阿伯里那边情况也不好，巴图拿了他要去阵前问斩，果然引起军中反弹。一群人跪在巴图的大帐外面为阿伯里求情，巴图气得暴跳如雷，可战事就在眼前，他不能直接杀了他，寒了老将们的心。不过，这位刚上任的汗王，为了立威，给那些胆敢忤逆的老臣点儿颜色看，杀鸡儆猴，将阿伯里关到了一个单独的囚房，不让任何人探望。

阿伯里帮不了自己，时雍还真怕来桑一命呜呼，到时候没有了救治皇子的作用，自己说不准就要拉去祭天了。青山口的风吹得毡帐扑扑作响，时雍盘腿坐在来桑帐子里，看着被她从鬼门关抢救回来的男子那满身的伤，眉头蹙得有点紧。

"水……水！"来桑细微的声音，引起了时雍的注意，她挪了挪位置，将水囊凑到他唇边。来桑咽了两口水，睁开眼，看到面前这张清秀的脸，抿了抿嘴唇，没有说话。他虽神志不清，但并不是完全失去了知觉。"哼！"来桑恢复了点精神，那股子讨人厌的戾气就上来了，"南晏人真是没有骨头的东西，为了活命，什么事都做得出来。"

时雍懒洋洋地看他，淡淡道："我但凡有二两骨头，殿下刚喝的就是奈河的水了。"

来桑一噎，满脸怒容："来人，把他给本王……"

"你还没好透。"时雍提醒他，"我要死了，你也活不长。奉劝二殿下，节哀！"

"你——"来桑恨她恨到了极点。烧大营的是她，害他被父汗鞭打的也是她，难不成他还得感激她吗？来桑那一根筋的脑子怎么都转不过来了，他仇恨的人就在面前，又不能宰杀，这让他憋在心里的火气无处发泄，整张脸都涨红起来。

时雍眼皮颤了下，漫不经心地坐起来："二殿下该喝药了。"她叫一声，就有侍卫端了药进来，正要用勺子喂来桑，就见他憋红了脸："扶本王起来。"

侍卫扶他坐起，来桑疼得脸都变形了，却没有吭声，而是怒视时雍道："让他来喂。"

时雍抬了抬眉，从侍卫手里接过碗，撇开勺子，直接往来桑嘴里灌。她倒药的速度极快，来桑来不及吞咽，瞪大眼睛看着她，等把那碗药喝下去，来桑已是气得胸膛起伏，突地扼住时雍的手腕："本王要砍了你，砍了你！"

时雍目光低垂，轻轻推开他，将自己的手腕解放出来，然后搭在来桑的手腕上，默默探脉："怪不得……"

来桑微愣："怪不得什么？"

时雍古怪地看他片刻，收回水，拉过毯子将他盖上："怪不得二殿下又有力气骂人砍人了。脉象平和了许多，有好转。乖乖休息吧，养精蓄锐，别气死了赖我医术不好。"

来桑见鬼似的看她："你在教训本王？"

"是呀，教训了。"

来桑咬牙切齿："滚！"

时雍"哦"了一声："好，我滚了，二殿下死不死的就跟我没有关系了。"她说着就起身，又听到来桑在背后怒吼："你们是死人吗还不拦住他！"侍卫们面面相觑。

无为眉梢跳了跳。沉默片刻，他走到来桑跟前："二殿下勿动肝火，好好养伤。"又压低嗓子道，"等二殿下伤好了，怎么收拾他不成。"

来桑捂着胸口，只觉一阵绞痛，终是无奈地重重倒了下去。

这两日巴图忙于清理营中内务，而赵胤也按兵不动，两军都极为安静。可是，自从军械粮草被焚，尽管巴图已密令补给迅速支援青山口，可远水救不了近火，他还是得把卢龙塞这块硬骨头啃下来。

巴图调集了小股人马前往卢龙塞，佯攻叫阵。奈何，赵胤闭门不出，城中更有咿咿呀呀的丝竹歌舞之声传出，据说是白马厂督叫了人来唱曲。

无视巴图几十万大军，晏军如此悠闲自在，这把巴图给惹恼了。然而，卢龙塞易守难攻，巴图再生气，也不敢贸然行动。巴图召集部属，分析敌情，想听取众人意见，可议事时，好些人提及阿伯里，让他更为恼火："不用阿伯里做太师，孤就不能打仗了吗？"

当日，巴图叫来几个心腹将领，准备分兵三路行动，由他自己镇守青山口，拖住赵胤，其余派两路轻骑从卢龙往左右两个侧翼移动，以其人之道还治其人之身，用魏骁龙的办法反骚扰。如此一来，即使不能一举拿下赵胤，也能牵制卢龙塞的军力。而对于兀良汗军队来说，最艰难的是粮草补给。巴图索性放开了之前阿伯里下达的严令，对士兵的掠夺从睁一只眼闭一只眼到明里号召士兵吃不饱就去抢，所需给养，可沿途掠夺。

得闻此事，阿伯里在囚房大骂巴图，巴图不得已派人把他的嘴给堵上了。此事看上去是巴图占了上风，可实际上，阿伯里的好人缘给巴图带来了很大的灾难。将士们敢怒不敢言，对一支正在行军作战的队伍而言，不利于凝聚人心。赵胤针对阿伯里发出那封"结交信"的用意，有了收获。一旦兀良汗将士与巴图离心，这支队伍就不好带了。

时雍被困在来桑的毡帐，出不了营房，也不知外面的事情，直到巴图怒气冲冲地过来。

三天来，这是他首次踏入来桑的营帐，铁青着脸，没让任何人通传，径直拂开帐门，气势汹汹地闯了进来。来桑刚刚睡着，就被惊醒，而时雍正盘坐在毡子上打盹，冷不丁受这刺激，肩膀猛地绷起，脑袋迅速地低了下去。好在，巴图并未注意一个小兵。

"瞧瞧你干的好事！"巴图在大帐里发不出的火，冲来桑来了。

来桑脑袋半垂着，要死不活地道："儿子足不出帐，九死一生，又怎么惹父汗生气了？"

巴图哼声道："若非是你看守粮草军械不严，我兀良汗大军怎会陷入僵局，进退两难？又如何会中了赵胤的阴谋诡计？由着他挑拨离间、分化瓦解我军战力……"

来桑不吭声。侍卫们安静莫名。而时雍这个始作俑者，更是大气不敢出，静静地侍立在旁，想着巴图这句十分搞笑的话。明知赵胤挑拨离间、分化瓦解，为何又要入套？还不是被赵胤摸透了脾性，又不肯认输让步么！

"饭桶。全都是饭桶！"巴图脾气很大，看到来桑这副鬼样子就生气。他看也不看，挥袖就将来桑小几上的茶壶杯盏摔了出去。

砰！一个杯子飞到帐顶，碰到横杆，直直往时雍的头上掉落。时雍迟疑了片刻，没有躲，由着杯子砸到脑袋上，然后捂着头，没有吭声。以巴图的脾气，若是她躲开了，事情说不准更不好收场，默默等他发泄完，也许就好了。

时雍的想法没错，一看砸到了人，巴图心里舒服了很多，可来桑那暴脾气，是有几分像他亲爹的，见状，一下子就火大了："父汗若是当真不想留儿子性命，直接砍杀了便是，何必到我帐中动粗，打伤我的大夫？"

大夫？巴图的脸转向穿着士兵装的时雍。时雍被那两束凌厉的目光盯着，脑袋又被杯子砸了个包，心里不由得暗骂来桑是个蠢材。没本事还跟亲爹对着干，分明就是被宠坏了的破小孩。

巴图发完火，已然冷静下来。来桑的伤势每日有人汇报，他是知晓的。那两日来桑差点不治，他也曾为此焦心，所以，他是知晓阿伯里请了个大夫回来为来桑治伤，并把他救活了的事的："阿伯里请来的大夫就是你？"

时雍心里暗叹。这几日在营里和兀良汗人接触多了，一些简单的用语也算知道，可巴图这句她是真没有听懂，只是凭着他说话的语气和扫来的目光，猜到巴图是在说她。

来桑道："这是我的救命恩人。"

这蠢货似乎忘了是谁害得他差点儿没命了。时雍缩着肩膀，没有抬头，不想引起巴图的注意。哪料，巴图问完，没有离开，更没有让这件事情揭过去，而是负着手朝时雍走了两步。

巴图长得极为高大，比他的父汗阿木古郎魁梧，样貌也算英挺，上唇和下巴留着几撇威严的胡须。他挡住了帐外的光，像一座大山般压过来，毡帐突然变得窄仄，让人透不过气。

时雍没有吭声。一旁的伤疤男子手扶腰刀。

巴图看了时雍许久："你是南晏人。"不是疑问，而是肯定。巴图平淡的叙述，用的是大晏官话，而且还是顺天府的口音。

时雍微微诧异："回大汗，小人是南晏人。不过，医术不分国界。我是一名医者。"时雍声音很低，怎么看都是个胆小怕事的样子。

巴图许久没动声色。他个子魁梧高大，给了时雍很大的压力："抬起头来。"

威严的声音有着不容抗拒的力量，那是上位者的力量。时雍慢慢抬起下巴，眼皮却耷拉着，只拿余光瞄这个盘踞漠北草原的枭雄。出乎时雍意料的是，巴图并非她之前在脑子里刻画的兀良汗中年大叔的样子。他与很多兀良汗人的气质都不太相同：威武、严肃、阴冷，还有肉眼可见的悍勇，比想象中年轻，比想象中俊挺。若非嘴上的胡须和脸上的风霜，想必会更年轻几岁的。

时雍恍然想起，巴图也才三十多岁。

那以乌日苏的年纪，这位大汗初幸女子的年纪很小呀……

时雍还记起来了，兀良汗使者入京时，还向大晏皇帝讨要过时雍，说是大汗得闻晏朝有一奇女子，精灵俊秀、艳冠天下，明艳不可方物，要讨来予大汗为妃。

正因为时雍之死，兀良汗才退而求其次，求娶怀宁公主赵青菀的。只不过，朝野上下都认为兀良汗使者当时的说法，纯属是为了恶心大晏朝廷，故意将人人憎恨的"女魔头"说成一个有才情的女子，明知时雍已死还求纳，明知皇帝交不出这个人，然后就好顺水推舟求娶公主。毕竟，大晏不能一再拒绝推诿……

可如今时雍再想此事，突然觉得，这巴图大汗该不会有众多红颜知己吧？

在时雍琢磨他的时候，巴图也在打量她："为何来青山大营？"

时雍发现在巴图的目光逼视下，很难说出谎言："被阿伯里太师俘虏来的。太师见我懂些岐黄之术，便差我来为二殿下诊治。"

巴图身子动了动，一只手负在背后，瞥了自己不争气的儿子一眼，又道："你是赵胤的人。为何肯为敌军医治？"

"医者父母心。在我眼里，病人就是病人。"她说得云淡风轻，自认这样的回答是完美套话，没有实际意义，但也滴水不漏。

哪料，巴图不仅没有像她以为的那般被说服，怀疑的目光更为深邃了几分，那眼里的锐利如同刺骨的尖刀般，从她脸上寸寸刮过，声音还有些不同寻常的低沉："再说一次。"

时雍心里一怔。说什么？她有点没理解到巴图的意图，也就忘了再伪装那种紧张无神的死人脸，眼皮一抬，朝巴图看了过去。

她第一次正视巴图的脸。巴图也在看她。眼神对个正着，时雍骇于他眼底乍起的光芒，脑子嗡的一声。完了！这匹夫不会看上她了吧？

不怪时雍多想，巴图在与她眼神对上时，那眼底瞬间浮上的光芒，炽烈得让人害怕，连来桑也感觉到了。父汗为战事操劳，寻常情况下，不会对一个俘虏这般耐心询问："父汗，儿子很累，想要歇下了。"

巴图仿佛没有听到来桑的声音，看时雍的双眼幽幽沉沉，良久，摇了摇头，仿佛刚将自己从什么记忆里拉出来似的，那只手扶住了腰间的马刀，眼神又冷厉了几分。

"家住何处？"

时雍垂下眼帘："顺天府。"

"几岁从军？"

"十五……六吧。"

"师从何人？"

"顺天府的一个大夫。"

"姓甚名谁？"

这步步紧逼式的追问，在时雍心里仿佛敲起了鼓。这时，她已明显感觉到巴图的询问不同寻常，似在怀疑什么，可她并不确定，什么样的答案，是他想听的，只能含糊其词："家师姓孙，名讳小人不敢直呼，说来大汗恐也不识得。"

巴图眼波微动："可与孙正业有渊源？"

时雍心里咚的一声。当孙正业的名字从巴图嘴里出来的时候，她对这个大汗的防备，变成了更深的畏惧与紧张。对大晏做的功课也太足了，连孙正业都知晓。时雍头皮发麻："孙老名满京城，可我也只得耳闻。家师不是孙老。"

巴图点了点头，这绕着弯的问话终是结束了。深深看了来桑一眼，巴图又把他训了两句，离开营帐前，突然转身看时雍："可会针灸？"

131

时雍身子微僵:"会一点儿。"

巴图道:"孤近日常有头痛之疾,晚些时候,派人传你。"说完他转身,带着侍从大步离去。

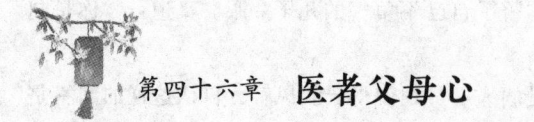

第四十六章　医者父母心

毡帐里安静了片刻,来桑猛地抬脚,踹翻了营中的小几:"我还是不是兀良汗的皇子了?抢人抢到我帐里来了!"来桑觉得自己受到了冒犯,可偏生那个人是兀良汗至高无上的王,是他不可冒犯的父亲,他除了拿椅子和自己帐中人发脾气外,就是踹完椅子后发现,身子更痛了。哆嗦着呻吟一声,来桑痛得栽倒下去,朝时雍低吼:"你是死人吗?还不快为本王想想办法。"

时雍淡淡看他:"二殿下,伤势未愈,疼痛在所难免。"

来桑看他若无其事的样子,脸上写满了问号:"你不怕?"

时雍问:"怕什么?"

来桑道:"你没听到吗?我父汗说晚些时候要传你去,你就不怕……不怕他砍了你的脑袋?"

时雍垂下眼皮:"身处狼窝,死生不由我。"又幽幽一叹,"我在二殿下帐里都保不得命的话,何人又能救我?怕也无用。"

这低低的无奈感慨,像刀子似的捅在来桑身上。他对这个火烧大营的小子的死活倒没有那么在意,就是心里头有一股子邪气,气巴图不顾父子亲情把他揍个半死,气巴图不顾他的颜面,直接在他帐中要人。就如同叛逆期的孩子,在父亲的严格管束下,越是不让他做什么,他就越想做什么,随时都想去捋一下虎须。来桑思量片刻,突然抬起眼,嫌弃地看了时雍一眼,拉着个脸道:"父汗若要强迫于你,你就说,你是我看上的人。"

时雍一脸不解地看着来桑,没有吭声,那疑惑的眼神把来桑看急了。他双眼一瞪:"你听不明白是不是?父汗再不讲究,总不能抢儿子的人吧?"时雍低头,再次确定自己身上是男儿装束,这才小声道:"二殿下之意,小人不明白。"

来桑面色一寒,像看傻子一样看他:"父汗说你是赵胤的人,你当他说的你是赵胤什么人?你跟我装傻,还能跟父汗装傻?哼!一身细皮嫩肉,也怪不得让人……"

来桑没有说下去,又或是说了,时雍没有听见。她脑子嗡的一声,像放鞭炮般炸开了。兀良汗人如此不分男女的吗?还是行军在外,久不见女子,但凡是个眉清目秀的也能分泌荷尔蒙?对于来桑的说法,时雍觉得不可思议。可是再看看旁边默不做声的伤疤男子,再想想巴图刚才看她的眼神,心里一沉,突然又觉得……不无可能。

整个下午时雍都心神不宁。毡帐外面很是嘈杂,来桑叫人来问了,说是大汗在派兵出营,具体做什么,这些侍卫也不知道。很明显,巴图在忙碌。那么,赵胤又在做什么呢?

两军阵前,他怕是没有空想起她吧!

夜幕渐渐降临,这夜的风,似乎更大、更冷。时雍想着即将到来的大汗召见,想到远在卢龙塞的赵胤,想到不知去向的狗儿子,心思略有几分浮躁。

毡帐里,来桑又睡着了。为了减轻他伤口的痛苦,时雍给他开的方子里,有安睡的药材……她看着来桑,许久没动。

扑!毡帐被打开,冷风灌进来。时雍侧目望去,见是伤疤男子,而不是巴图派来的人,松了口气。伤疤男子似乎知道她所想,走到她的旁边:"二殿下如何了?"

时雍蹙眉:"痊愈尚早。"

伤疤男子眼角余光瞥了一眼熟睡的来桑,手按在腰刀上,低低道:"你随我来。"说罢,他走了出去。时雍微惊,也撩开毡帐走了出去。

大营里四处是点燃的火把,来桑毡帐的周围却没有守卫,冷风拂面,有点反常的安静。时雍意识到什么,讶然出声:"你想放我走?"

伤疤男闻言一怔,侧头看她一眼没有说话。这目光里浓浓的嫌弃,再次给了时雍极为熟悉的既视感:"跟上!"

当真是没有见过的人吗?时雍心里想着,默默跟上他。

在陌生的环境里,时雍很是警惕,并不完全放心这个人。很快,她发现无为带她去的是营房的偏僻角落,这里临山又靠水。他站定,示意时雍往前走:"叫吧。"

叫什么?时雍走了两步,回头不解。

无为一动不动:"你不是会召唤野狼?"

时雍无语,一脸复杂地看着他。火烧大营那天来的野狼,时雍至今仍不知怎么回事,只是猜测与大黑有关,可如今不要说召唤野狼,连她的大黑都不知去向。"叫不来。"时雍瞪着他道,"你给我叫一个试试。"

两人在月光下大眼瞪大眼,时雍看他不吭声,又把目光挪开,看着周围的环境:"这里有几个岗哨?"

无为还没有回答,外面突然传来一阵骚动。来人不少,脚步声十分急促,由远而近,时雍身上没有武器,看了看无为脸上的伤疤,握紧拳头。"谁!?"无为厉声一喝,将时雍往背后带了带。他个子高,时雍跟他站在一起,便有些纤弱。她默默退到阴影里。

"无为先生。"两个士兵边走边问,"看到殿下帐里那个南晏大夫了吗?"

无为道:"没有。去别处找。"

脚步声停了下来。那队人似乎有些忌惮无为,应了一声好,脚步声远去了。时雍抬头,眼神复杂地看着他:"你为什么要帮我?"

无为不回答,冷着脸道:"这里有两个哨位,一个明,一个暗。等下我去引开他们,你从这里翻出去,往北跑。"顿了顿,他目光沉下,"能不能活着出去,就看你的造化了。"

时雍可不愿无缘无故欠别人的人情,她默默看着伤疤男:"理由。"

无为怒了:"你走不走?"

时雍看他一眼,往大营走。无为猛地攥住她手腕,把她拖回来:"我是大晏人。"

"这个我知道。"

无为冷着脸："不愿看你一个女子落入巴图手里。"

女子？时雍惊住。他看出她是女子了？

无为推她一把，不愿再多说："时机稍纵即逝，不要耽误。"说完，他不给时雍拒绝的机会，矫健的身姿突然掠了出去，手上不知握了什么东西，只听得"扑扑扑扑"几道闷响，他手上的东西飞了出去，打在营帐上，动静极大。

"谁，谁在那里？"

"站住！"

无为速度极快，身影过处，惊起无数的巡逻士兵，却几乎没有人看清他。时雍默默看着，等他去得远了，慢慢矮下身子，从一排守卫士兵的背后，小心翼翼地贴着山钻过去。

无为闹出的动静很大，营中四处传来"抓住他""有人跑了"的喊声。时雍从黑暗里往外望去。此时营中火光通明，人声鼎沸，抓人的声音引来了越来越多的注意，将校兵丁们都纷纷出营抓人，四下里被火把照得如同白昼。这情况，无为怕是难以脱身吧？况且，就算他得以脱身，又如何向巴图解释？时雍是从来桑的帐里跑掉的。到时候，不仅是他，怕是所有人都要跟着遭殃。

无为遛狗似的带着一群守卫绕着大营跑了好半响，刚准备从南边校场穿过去，前方突然火光冲天，一群打着火把的兀良汗士兵迎头过来。打头的人叫瓦杜，是太师阿伯里的亲信，与无为素来不对付。完了！

无为慢慢退后，准备倒回去。可是，后面脚步匆匆，叫声阵阵，围过来的人，越来越多。左右的环境很开阔，想要若其事地离开，不太可能。这态势，无论他从哪个地方出去，都洗脱不掉嫌疑了。静默片刻，他的手慢慢握住腰刀——

"无为！"一道极低的声音，从角落里传来。无为偏头，看到时雍蹲在阴影里，朝他招手。无为倒吸一口气："你为何没走？"

"我走了，你怎么办？"

时雍来不及多说，四面八方的脚步声越来越密集，躲无可躲。那急促的脚步声提醒他们，不仅她走不了，此事败露，两个人都要完蛋。

无为咬牙，拔出刀来。

"不可！"时雍见他扬刀，突然扑过去摁住他的胳膊，反身一拧，转了个圈，将自己后背靠在他的胸前，再将他的腰刀架在自己的脖子上。恰在此时，眼前的火把照亮了他们的脸。时雍冷笑一声："既然被你捉住，没什么可说的。要杀要剐，悉听尊便。"

无为万万没有料到她会有这一出。

略微怔愣后，他反剪住她的手，往前一推。

"走，老实点。"

追上来的兀良汗守卫越来越多，已然将他们团团围在中间。被营中抓人的叫喊声惊动的巴图，也在一群亲卫的簇拥下走了过来。人群中让开一条路。

巴图冷漠地看着被无为挟持的时雍，扫了一眼，厉色道："怎么回事？"

他到了，全场鸦雀无声。静默之中，那个叫瓦杜的头目上前，行礼道："禀大汗，适才营中有人试图逃跑，臣等追过来，就发现了他们。"这转头看了时雍和无为一眼，"无为先生速度倒是极快。"

这若有所指的话，让巴图皱起了眉头："无为，你怎么说？"

无为微微眯眼，低下头瞥了时雍一眼："这小子趁二殿下熟睡想偷溜，听到动静，我便追了上来，恰好逮住了他。"

巴图寒着脸看过来。这时，他的视线是落在时雍身上的，似在思考怎么处置她，又似在等她说话。巴图没有发出命令，场面一度沉寂下来。

时雍刚才回来，就没有想过能全身而退。事已至此，她倒没什么可怕的了。时雍迎向巴图阴凉的目光，面孔在暗光里苍白一片，下颌微仰，像一只无奈被困于笼中的鸟儿，眉头拧得紧紧的："没错。我想逃离这鬼地方。"

"为什么逃？"

时雍皱皱眉："谁愿意做俘虏？有机会离开，我自然要逃。"她挣扎着，手肘在无为的胸腹间狠狠一撞，似仍不解气一般，恶狠狠地瞪着他，"还不松开，这么多人，你们还怕我跑了不成？"

无为腰间吃痛，皱了皱眉，没有动作，直到巴图摆了摆手："松开她。"

时雍松口气，揉了揉胳膊，看着巴图道："既然落入大汗手里，那便任凭发落吧。"

巴图面无表情地看了她片刻，负手转身："带到孤的帐中。"

在场每人的表情，都各有不同，但无一不是惊讶和怀疑。巴图性情冷戾，残暴无情，对俘虏不会给太多耐心。当场斩杀，才是他一贯的做法，如今这意味不明的命令，让人猜不出他的想法。

两个侍卫走上来要押走时雍。"我自己会走。"时雍甩开胳膊，跟在巴图的后面。两个侍卫刚生起怒火，见大汗没有吭声，又默默咽下那口气，自后面跟上。

待他们去得远了，在场众人陆续散去。无为脸色苍白地站在那里，呼吸有些急促。那个叫瓦杜的头目走了过来，站在他的对面："我定会抓到你的小辫子，南晏人。"

无为面无表情地将腰刀收回鞘中，转身就走。瓦杜不服气，冲他背影喊："你为什么不说话？你还是不敢跟我单独比试一番吗？"

无为回头看他："你不是我对手，瓦杜。"

瓦杜极不服气，将腰上的刀鞘解下，丢在地上，朝他做了个抱拳的邀请动作："来。"无为不理他，越走越快，"没种的南晏人。"瓦杜在背后不服气地怒骂，"我才不信阿伯里会私通南晏。那只信鸽是你的，赵胤的信也是写给你的。是你和赵胤一起陷害了阿伯里。"

无为顿下脚步，冷冷看他："你去说给大汗听。"

瓦杜拳心紧攥，满脸怒火："我一定会抓住你的把柄，你等着好了。"

巴图大帐。

这是时雍见过的最大的毡帐。有书案，有议事的桌几，有摆放的水果。墙上挂着一个狰狞的牛角，中间是一个插着红蓝旗的巨大沙盘，沙盘上是晏兀两军的攻守布局，十来名亲卫分立两侧，让人大气也不敢出。

巴图在一张铺着厚厚褥子和兽皮的躺椅坐下来，摆了摆手："都出去。"亲兵们都后退着离开。几个侍卫看了看时雍，也不发一言地走了。

时雍站在帐中间，处境窘迫，却没发一言。巴图懒洋洋地盯住她，不知在看什么，也是许久没有说话。火光摇曳，烛火燃烧着，将巴图的脸衬得极为阴森可怕："你说说，孤当如何处置你？"

巴图终于开口，时雍揣摩他的表情，读不出他的意图，抿了抿唇，认真道："听天由命。"

这回答似乎出乎巴图意料。他拉下脸来端详时雍："你不怕死？"

"怕。"

"为何不求情？"

"求情有用吗？"

巴图微微眯眼，打量她。巴图见过了太多在他面前下跪求饶的人，那是弱者对强者天然和必然的臣服，是顺应，是应当。所以，巴图要做强者。做这天下的主，不必向任何人臣服。可时雍进帐这么久，始终一动不动，不吭声，不求饶，说她是听天由命，不如说是有几分看淡生死的坦然。这种饱经沧桑和世故方能练就的坦然，不该出现在一个十几岁的少年身上。

巴图打量她许久，突然沉声道："侧过身去。"

侧身？

时雍奇怪地看他一眼，顺着巴图的视线指示，将身子转向左边。

巴图冷冷道："回头，看我。"时雍又转过头，半个身子扭过来，盯住他，巴图挥手，"再来，别挑眉。你是在瞪我吗？"

时雍不知此人到底要做什么，不冷不热地瞟他一眼，依言再做一遍。这次，她发现巴图脸上的表情比刚才更冷了几分，好像对她的表现很是不满。她猜不透这个漠北枭雄的想法，只是淡淡看着他。

巴图又命令："眼抬高。"

时雍微微仰头，抬眼。

"没让你抬下巴。低头。"时雍低下头。

巴图看着她的脑门，却看不到她的眼睛了："抬头。"

时雍觉得这个人有病！她抬头直视巴图，微弯的眼角有疑惑的嘲意。巴图眉头皱紧，似乎有点不耐烦，也不知想在她身上看到什么，站起来绕着她走了两圈。许久，巴图摆摆手，坐回去："罢了，罢了。来为孤号脉吧。"

他把手腕放在椅子边的几上，时雍慢慢走过去，蹲在他的身边，敛着表情，沉默地将手指搭在他的手腕上。时雍垂着眼，能察觉到他的审视，却没有动弹，直到号完脉，她收回手，一言不发地走到巴图身后，双手搭在他的头上："大汗，是哪里痛？"

巴图微怔。诧异于她的大胆，更诧异于自己居然没有阻止，任由她将手放到他的头上。

巴图防备心很重，便是他身边的亲卫和侍寝的妃嫔，也动不得他的要害。亲卫会离他至少三尺距离，而侍寝的妃嫔就是泄欲的工具，侍寝时不会亲昵，睡完便离开，即使是兀良汗大妃也从不曾与他同床共枕、相拥而眠。这是个疑心病重到极度变态的人。

然而，时雍不知。她探完脉象，为了弄清楚巴图所谓的头痛到底是头顶痛、头皮痛、后脑勺痛、太阳穴痛、或是神经痛……"还是这里痛？"时雍双手在巴图头颅两侧摁了摁。

巴图突然惊醒："大胆！"

时雍站在巴图的背后，看不到他脸上的盛怒，只能从他抖动的几根鬓发和话里溢出的冷厉判断他的情绪。"大汗息怒。"时雍赶在巴图拽她前出口，"头为诸阳之会，又为髓海所在，五脏六腑清阳之气皆上于头。头痛之症最为复杂，若不确定病情，小人实难为大汗诊治。"

巴图没有说话，幽深的眼神落在时雍的脸上。她平静地站在那里，低垂着头，唇红脸白，比一般的少年郎更为俊秀，看着温顺，眉目却隐隐透着凌人之气。

时雍看他盯着自己，微微一笑，手指摁在他的脑后："此处头痛，属太阳头痛，又称枕骨头痛。《冷庐医话》说：头痛属太阳者，自脑后上至巅顶，其痛连项。这是膀胱功能失调发生病变的表症，那得用桂枝汤；若脉紧无汗，则用麻黄汤。"手往前，时雍又按巴图的前额，"此为阳明头痛。阳明病乃外感病程中，实火邪热炽盛。《伤寒论》阳明篇云：阳明之为病，胃家实是也。前额痛，眉棱骨痛，眼眶发胀等症，都是胃经头痛，可辅以葛根汤一类治胃病的药……"手按两侧，又云，"两侧头痛为少阳头痛，若是左侧偏头痛，乃是肝血不足；若是右侧偏头痛，则与肺气不降有关。大汗可有眼睛发花，早起口苦？此外还有太阴脾湿头痛、少阴心肾头痛、厥阴肝痛、血虚头痛、淤血头痛……"

巴图听着，许久未动。眼前是一个绡纱女子素手执银针，盈盈的笑脸。"此乃后溪穴，是统治一切颈、肩、腰椎病的神奇大穴……如此行针，可缓解大汗疲劳之症，补精益气。"女子在专心为巴图的父汗阿木古郎行针，嘴里说的话，巴图一知半解，极是有趣。十几岁的少年，眼瞳里满是好奇，像个狼崽子似的，盯着女子白皙纤细的手。草原女子是养不出这等纤手的吧？少年巴图喉咙发干，视线随着女子行针的手指跳跃、心脏也跟着跳跃，加速，不受控制。年少旧事，细思起来，最清晰的竟是那双手，女子窈窕的身影和清丽的面孔在多年后渐渐模糊不清，沉入记忆，与那团灰黑色的背景融为一体。

"大汗？大汗，这里可有疼痛？"时雍轻唤两声，看着面前这位草原枭雄，心里有那么一刹的想法：若她此刻直接抽刀，或者给这位大汗脑袋上开个瓢，能不能全须全尾地逃出兀良汗大营？答案是否定的。她会死得很惨。时雍觉得宋阿拾这个身份还行，实在不想再死。她双手在巴图肩膀上推了推，看着巴图皱眉摇头，盯着自己，双眼渐渐清明。

"这里。"巴图按了按自己的头颅两侧，"以前摔过马，撞到头了，后来就常会疼痛。你为孤针灸吧。"

时雍看他情绪平静，没再像刚才那样目光灼灼地看着自己，也不再如同炸毛的猛兽一般，充满了对入侵者的攻击，而是像寻常的患者，对大夫诉说自己的病情。摔马这种事，对巴图而言，想必是十分不愿让人知晓的吧？时雍寻思着，淡淡道："那还烦请大汗为小人备上银针一副。"

巴图没有看她，低喝一声："阿农。"

一个侍卫模样的男子进来，听了吩咐，转身出去，很快拿来银针和艾灸之物，放在一个小叶紫檀的托盘里，躬身呈上，又默默退了出去。时雍为巴图重新摆了摆椅子，示意他躺下："大汗闭上眼睛吧。"

巴图虎目微眯，冷冷看了她一眼，闭上眼睛。

时雍在他头上摁了摁："放松。"在一个陌生人面前放松，对巴图而言，肯定很难，时雍说完心里就暗叹，大概是不能按普通患者的要求去要求这位大汗的。可是，巴图眉心紧紧蹙起，片刻后，竟是按她的说法，放松了身体。还挺配合！时雍勾唇，缓缓行针。

"父汗！父汗！让我进去，滚！你们让我进去。"外面传来来桑大喊大叫的声音。巴图的侍卫试图拦他，可这家伙长得人高马大，威武壮实，又是兀良汗的皇子，脾气素来暴躁。侍卫们也怕来桑秋后算账，不敢真把他怎样。

巴图听到了，眉头皱得更紧："孽子！"他低低的声音，只有时雍听到。

而帐外的来桑听到的是巴图的怒斥："滚回去，面壁思过！"

"父汗，你把我的人怎么样了？他有没有告诉你，他是我的人？父汗，虎毒不食子，你怎可鞭责儿子后，又抢儿的人……"

这家伙声音太大了！巴图额头上的青筋都鼓了起来。

时雍手指微微一顿："大汗让二殿下进来吧，不然，这么吵嚷，实在难听，有损大汗威名……"

巴图没有回应她，却是对着帐外厉呵："让他滚进来。"

来桑不是滚进来的，但是身上的鞭伤未愈，走路一瘸一拐，不那么利索，看着滑稽。无为跟他一起进来，想搀扶一把，被这家伙甩胳膊甩开了："我能走。"

话落，他看到大帐中的样子，愣了愣，一脸不解："你们……这是在做什么？"

来桑十七岁的年纪，不仅没有针灸过，更是从来没有见过针灸。他愣了愣，看着时雍，又看着巴图，大感不解："父汗，你……"

他手指着，落不下去。

巴图却不理他，示意时雍继续，眼神越过来桑，看向他背后跪地的面具男子："无为，你太让孤失望了。孤让你陪伴二皇子，便是让你教他做人，好好教导，你却任他胡闹，丢人现眼。"

无为头低下去："请大汗责罚。"来桑闹事，影响不小。可来桑刚从死亡线上捡回一条命，巴图除了骂他几句，不能再暴打一顿，直接弄死他吧？无为清楚，这个责任得他来承担。纵着来桑来时，他就已经做好了准备。可这一趟，他得来。这打，他得受。

"来人。"巴图没跟他客气，直接叫来侍卫，"拖下去，五十军棍。"

听到这话，无为眉头揪紧，双手作揖："多谢大汗宽恕。"五十军棍有他好受的，但不致死，彼此都知道这只是巴图的警告，是统治者的怒气。

来桑回头，看到侍卫把无为拖下去，瞪大眼睛，忍着痛给巴图跪下了："父汗，不关他的事，是我执意过来要人的。"

"你还有理？"巴图重重拍在椅子上，"不知所谓的东西……"

时雍手顿了顿，看了来桑一眼，生怕巴图的怒火会烧到自己，无妄之灾不划算，可是来桑这种人，劝是劝不了的，只能劝巴图了："大汗，头疾最忌烦闷气盛，气逆则心脉不通。莫要动怒，莫要动怒。"

巴图气得胸膛起伏，闻言重重喘几口气，虎目灼灼地瞪着来桑，一副快被这孽子气死又不得不忍耐的样子："滚下去！"

"哼！"来桑撑地爬起来，听着外面的动静。无为没有喊叫，但杖打的声音一下下传入帐来，让他知道，求饶是没用了。他指着时雍，又重申刚才的话，"父汗，这是儿子的人，你不能为所欲为……"

巴图看他一脸认真的样子，像在看一个傻子，根本就不把他的话当真。年轻的儿子，十七的年纪，比他当年更是混账几分，整日就知道跟当爹的作对："再不滚，你是要吃军棍吗？"

来桑吓了一跳。可是看到时雍的眉眼，那种少年的意气之争又让他压不下那口气："那父汗干脆打死我好了。"

"阿农！"巴图的耐心到了极点，可是在阿农入帐时，看了混账儿子一眼，又闭上了眼睛，没让火气宣泄出来，"将二殿下送回去，没有孤的命令，不得出帐。"阿农拱手："领命。"

来桑试图挣扎，可他本就受了伤，碰到哪儿就哪儿痛，那折腾就极是可笑。最后，这场闹剧以来桑被几个侍卫抓住手脚抬回营帐而告终。

汗帐里恢复了平静，时雍也松了口气。不论巴图怎么想，来桑闹的这一出，已是尽人皆知，巴图再不要脸，也不好真对她做出什么有损天家颜面的事情来吧！

巴图眉头一皱："你在笑什么？"

时雍眉梢轻扬，敛住脸上的表情："回大汗的话，我没笑。"

巴图冷笑："你很聪明。"

时雍低下头："我不懂大汗的意思。"

巴图道："孤这儿子，虽头脑简单，鲁莽轻率，极易为人利用，但他自幼生长在他母亲身边，对人防备心重。你能讨得他喜欢，极为不易。"

讨他喜欢？时雍想到来桑那张恨不得把她碎尸万段的脸，不知该做什么表情。"大汗过奖了。"时雍说罢，看巴图轻轻摇头，手在太阳穴轻揿，似乎是舒服了些，觉得这是个好机会，立马走到他的跟前，拱手垂目道，"不知大汗打算如何处置我？"

针灸后，巴图确实头清目明不少，闻言皱了皱眉，一脸阴沉地看着她。时雍看不出来他的心理变化，等待宣判的时间慢得仿佛有一个世纪，方才听他道："回二皇子帐里去吧。待他伤愈，孤饶你一命。"

说的是饶她一命，没说会不会放她离开。时雍心里知道，巴图这是两口话，事后到底要如何处置，还是凭他一人之言。不过，只要巴图目前不想杀她，就有机会。在侍卫的带领下离开大帐时，时雍下定决心，还得勤学苦练针灸术，把保命技能发扬光大。

来桑的帐里，火光十分惨淡。这位二殿下本就不是个善茬儿，在巴图那里受了气，怎么能让旁人舒服？

时雍回去的时候，来桑气呼呼地趴在褥子上，他后背伤重，这几天都这么过来的，习惯了，只是用这样的角度看时雍，那张大脸显得愈发扭曲。"哼，很会讨好人嘛。"这句话听上去酸溜溜的，简直不像个大人说的话。时雍瞥一眼这位空长一副健硕躯壳的皇子殿下："二殿下吃药了吗？"

"气都吃饱了，吃什么药！"

来桑也不是真傻，去汗帐的时候看到时雍跟巴图相处和谐，并没有什么被强迫的迹象，搞得他自己像个大傻子似的；可是过去了，又骑虎难下，闹得那么一出，更是让兀良汗那些反对他的老臣厌烦。当然，来桑恶名累累，不差这一茬儿。在那些个以阿伯里为首的老臣心目中，他远不如大皇子乌日苏来得讨喜。对此，来桑从来不带怕的，就是很气。

乌日苏是个没娘的野孩子。他是大妃的儿子，大妃母家势力很大。兀良汗在习俗上对大晏多有借鉴，虽没有大晏那么严苛的嫡庶制度，但大妃长子，就是兀良汗最尊贵的皇子，这是谁也不能改变的事实。尊贵惯了，来桑就受不得气。拿巴图无奈，还不能给旁人脸色吗？"说吧，你都给我父汗灌什么迷魂汤了。从实招来！"来桑吼着，扭过身子想凶时雍，可这一扭，后腰的鞭伤上刚结的痂就扯得痛，他龇牙咧嘴，看时雍很是不愉，"滚过来！"

时雍正在给他倒汤药，帐里有一个炉子，上面放着个药罐。她慢条斯理地捣鼓着，欺负来桑身上有伤，一时半会儿起不来，懒得理他。

无为挨了打，不在帐中。另外两个侍卫看来桑气得快要吐血了，面面相觑，扑通一声跪下，不知怎么办，只能求饶："二殿下饶命！"

"二殿下饶命！"

来桑气得头发都快竖起来："要你们的命干什么？是能吃，还是能喝啊，还不滚下去。"

时雍看他胡乱发火，试了试药的温度，端过去，站在他的身边："殿下就这么喝，还是坐起来？"

来桑人是趴着的，就这么喝，那不和猪狗一样吗？他瞪大眼珠子，又扭头吼侍卫："扶本王起来！"

两个侍卫刚才已经问过他喝药的事了，只是无为先生不在，二皇子脾气十分大，他们劝不了，也管不了，如今二皇子突然又肯喝药了，他们赶紧过来扶人。"痛，痛痛，轻点，轻点！"身上怎么碰就怎么痛，来桑气得暴跳如雷，"他娘的你们成心报复，是不是？"

时雍看得好笑，示意那两个侍卫："抬。把二殿下抬起来，再翻过去……"

侍卫领悟到了，开始抬人。大帐里传来来桑杀猪般的惨叫。时雍把药递过去，来桑痛得额头都是汗，恨恨地看着她："你没长手吗？不会喂？"

你几岁呀？时雍看他一眼，想到这位暴脾气的皇子刚才曾去汗帐里"营救"过她，就懒得再跟他计较，拿着汤勺轻轻喂他。

来桑的气顺了些："苦。"

时雍道："良药苦口。"

来桑恨恨瞪她，把药喝完，粗鲁地拿袖子抹了嘴巴，又让侍卫抬着趴回去，双臂撑在枕头上，直着脖子问时雍："父汗跟你说了什么？"

时雍道："大汗什么都没有说。"

来桑瞪大眼睛，哪里肯信？"一个多时辰，什么都没说，你当本王三岁小儿？"

时雍挑挑眉："只是问诊和针灸，这些说给二殿下听，您也是不懂，何必要听？"

"你——"来桑皱了皱鼻子，习惯性地扭身想训她，可是，疼痛又一次阻止了他的狂野，"我说你行啊，小子，竟能把大汗哄得服服帖帖！我说，你是不是会什么妖术？"

时雍微笑："会。"见来桑瞪眼看来，时雍轻声说道，"火烧大营就是我作的妖法。你莫要惹我，上次只是烧大营，下次，说不准把你一并烧了。"

提到火烧大营，来桑清醒过来，想到自己受的这些苦是为了什么，再看时雍，就如同杀父仇人似的："等本王伤好了，拧了你的脑袋。"

来桑是个不好哄的人，脾气极大，一言不合就喊打喊杀。可是，时雍待在他帐里，比在巴图面前自在许多，因为这位皇子的喜怒都在脸上，好打发，远不如巴图心思深，喜怒无常，令人捉摸不透。她原以为逃过一劫，接下来可以静待时机，准备逃跑或者等赵胤来救。可是，一天一夜过去，兀良汗大营里没有半分变化和消息。晏兀两军交战的情况，以时雍的身份了解不到，而赵胤似乎也没有前来营救她的打算。是不知道她被俘了吗？还是赵胤不愿为她冒险？时雍的心，莫名有些凉。

曾经有过被人放弃的经历，她对此十分敏感。还记得雍人园被查抄的前一夜，楚王曾经见过她，深情款款与她叙了许久的话，言词里满是怜惜与疼爱。可次日忽生变故，赵焕就再不见踪影。到最后，她也没能盼到赵焕来诏狱看她一眼。而今，种种迹象表明，南晏那边对她的被俘，确实也没有做出任何的营救举措。这让时雍在猜测里度日，愈发心神不宁，偏偏大黑也消息全无，她整个人如坠冰窖，烦躁莫名。短短两日，如一生一世。

时雍等不下去了，她试图去无为嘴里打听情况。可此人口风很紧，根本不与她正面交流，是敌是友都很难说清。目前为止，时雍也搞不清楚他到底是谁的人。日子极是难熬，而巴图似乎也没有打算彻底放过她，次日下午，又派了贴身侍卫阿农过来，传时雍过去。

时雍能感觉到巴图对她有些不一样。这是直觉。巴图会长时间地看着她，目不转睛。是在看她，又仿佛是在透过她看别的什么人。时雍弄不懂，但去巴图汗帐，她十分小心，不敢出半分纰漏。也许巴图至今不知火烧大营的人就是她，他从来没有问过此事，叫时雍过去，也没有那些让女子害怕的侵犯举动。

巴图只是很喜欢看她，尤其喜欢看她针灸。为此，他还特地问时雍，能不能为来桑针灸缓解疼痛。在得到时雍肯定的答复后，巴图大汗下令把来桑抬到汗帐，让时雍在他面前，为来桑针灸。他一动不动，只是看时雍针灸的手法，目光近乎痴迷。那眼神看得时雍汗毛倒竖，肌肤发紧，也看得来桑隐隐害怕。

来桑觉得自己仿佛不是一个人，而是一个工具。父汗的视线根本就没有落在他的身上，也并不是真的关心他痛不痛，父汗仅仅只是在欣赏他被扎针的过程……猝不及防得到父爱的来桑，被抬过去扎了两天针之后，痛定思痛，对时雍道："你说我父汗，是不是看上你了？"

时雍吓了一跳。尽管她内心也有这种想法，可巴图什么都没有做，也没有说，这让她心里又有旁的疑惑。如今经来桑提及，时雍皱了皱眉道："二殿下伤还没好，又管不住嘴了。"

来桑像在思考着什么，没听到时雍的奚落，自言自语地道："不对，父汗从未临幸过男子。难道说是他……"看了时雍一眼，来桑闭上嘴阴阴一笑，似乎想明白了什么事情，眼里燃起了小火花。

时雍见状，试探道："二殿下若是可怜我，不如……偷偷放我离开？"

"做什么美梦？"来桑瞪他一眼，又捂着下巴道，"父汗出征未带侍女妃嫔，怕是看母羊都眉清目秀的了。"

当天晚上，来桑就派人将两个不知道从哪里抓来的女子押入了巴图的汗帐。不到一刻钟，来桑就收获了"父汗的恩典"，不仅被罚禁足，欠罚一百军棍，还被罚抄《金刚经》一百遍。与兄长乌日苏会舞文弄墨不同，来桑就好骑射武术，抄一遍《金刚经》不如让他跑大营一百圈。"我死了算了。无为，你说我做错了吗？父汗都喜好男子了，我做儿子的岂能坐视不管？哼！千辛万苦为他弄来美貌女子，他竟然狠心罚我？"

无为默默坐在几前，抄《金刚经》。时雍瞥了一眼，无为分明也不太擅长。虽说是故意模仿来桑歪歪扭扭的字迹，可他捉笔与行文的样子，不太像传说中的大儒高徒。来桑还在帐里发脾气，外面就又传来阿农的声音："大汗传小先生去汗帐。"

始于阿伯里的这个称呼，成了众侍卫对时雍的称呼。因为巴图的看重和来桑的当众抢人，她在众侍卫面前也成了一个特殊的存在，多少对她有几分敬畏。

"不许去！"来桑黑着脸，说完想到父汗的威仪，脸色一黯，来桑爬起来道，"父汗不就喜欢看我扎针吗？我跟你去。"

阿农道："大汗没有召见二皇子。"

来桑瞪大眼："不召见，我还不能去了？"

阿农为难地看着他，一言不发。来桑还在禁足，如何能去？时雍看了阿农一眼，淡淡道："我跟你去。"

看着她的背影消失在毡帐，来桑心中无端升起一股失落感和说不出的愤怒。他攥紧拳头，声音微微急促，"无为。"

无为抬头："二殿下。"

来桑问："你说这小子是不是当真会妖法？"

无为眼波不动，有种见怪不怪的木然感。来桑也不期望能在他的嘴里得到答案，皱着眉头思考片刻："父汗莫非真的看上他了？竟舍得在他身上花这么多心思。不过，这小子若是女子，倒也真是个好样貌……"说着说着，他拍拍脸，耳朵通红，"我也疯了不成，想什么呢？"

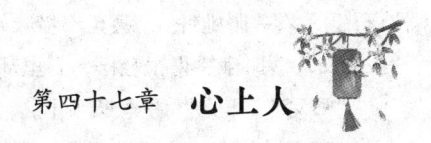

第四十七章　心上人

巴图今日的状态极是不对，那张威严的脸上有时雍看不懂的眷恋，还有浓浓的戾气。进入汗帐的时候，时雍就感觉到了。巴图看着她，目不转睛地看了许久，高大的身姿坐在椅子上，仿佛凝成了雕塑。好一会儿，他突然冷冷吩咐道："将头发放下来。"

时雍站在帐中，闻言心里一怔，试图从巴图的眼里读懂一些什么："大汗，何出此言？"

巴图落在扶手上的掌心微微一卷，仿佛用了很大的力气一般，眼里的波光如同能融化冰山的火焰，热得烫人："孤的话，你听不见吗？"这话比刚才那句语气更重，不容抗拒。

时雍穿着兀良汗士兵的棉甲，头发束起挽成了发髻，还戴了一顶草原人的毡帽，看着就是个清俊的少年郎。在巴图目光的逼视中，时雍笑了笑，伸手拿下帽子，抽掉束发的绦带，将一头"青丝"放了下来。几天没洗头，她头发都油了，又长又打结，凌乱得不成样子。

巴图不满地蹙起眉头，眼光里流露出无奈与疑惑，还有一种复杂的渴望。这个目光特别漫长，漫长得时雍心里一阵阵敲鼓，开始想应对之策了，巴图的手又无力地抬起，冲她招了招："来，为孤按头。"

时雍心里的大石头落了下去。这么说，就是危机解除了。她其实不明白巴图在想什么，若当真缺女人，来桑为他找来的美貌女子他却不要；若是为了占有或是单纯满足情欲，以他大汗的尊威，犯不着跟她玩这么多花样。时雍是真不懂。

她默默为巴图按着头。巴图的气息静静平稳下去，语气也远不如时雍刚刚进来时那么凶戾。因此时雍猜测，就是来桑那个蠢货办的事惹恼了他，把火撒在她身上。

汗帐里沉寂了许久。突然，传来巴图的声音："你叫什么名字？"

他是闭着眼睛的，声音也低，听上去如同呓语。时雍回神，明白他是在问自己，想了想道："阿拾。"

巴图皱了皱眉头，又问她的家事。时雍半真半假地道："我父亲是顺天府的小仵作。"

巴图手指轻轻缩了缩，声音有点沉："你娘呢？"

娘？时雍想到王氏。她轻轻笑了起来："我娘是个市井妇人，嘴坏，爱说人闲话，东家长西家短，就没她不知道的事情。她吝啬，小心眼，一毛不拔，会过日子会攒钱。她没什么本事，但烧的菜很好吃。家里穷，没什么吃的，她总能变出些花样。她洗衣服很干净，一人就两身换洗衣服，总是整整洁洁。她好面子，不愿意让人看笑话。她很是崇拜我爹，却总毒舌骂他……"

巴图眉头越听越紧。大晏民间小家庭的生活是他不曾涉足的领域，听着有些新鲜，他也就没有阻止时雍，直到她说完："针灸是谁教你的？"

冷不丁又回到了这个话题，时雍有些意外。当初，孙正业也因为她的行针手法大为惊讶，为了看一眼她针灸，甚至不惜收她为徒。如今巴图又为此再三询问，到底是为何故？"我师父。"时雍答得很轻松，心里却满是疑惑。

"师父。"巴图嘴里念叨了下，"等孤领兵入京，带你师父来见。"

时雍不防他有此一说，震愣好半晌没回答。还真是自信呢！卢龙塞还没打下来呢，就领兵入京了？

巴图对卢龙塞发起的进攻，是在当天晚上开始的。就在时雍从汗帐离开没有多久，巴图就亲自披甲上阵，领兵前往卢龙。

卢龙塞照常城门紧闭。前来监军的东厂厂督白马扶舟甚至上到箭楼，拿了好酒，摆上好菜，叫上优伶，边听曲子边看兀良汗攻城。

白马扶舟从未上过战场，但大晏以往的战事在各种话本和戏曲里被编了无数个版本，让他早早知道北狄和兀良汗人的粗犷和悍勇，可亲眼见巴图领兵攻城，却仍是有些惊讶。

十几门大炮一字排开，对着卢龙塞大门，巴图一身重甲、单手提刀居于阵前，身材高大健硕，神情凌厉。一把腰刀似黑铁铸成，看着就锋利沉重，恐怕有好几十斤的重量，他却拿在手上如稚子的玩具一般，随手一划，地上砖石便飞起火花和残屑，当真是孔武有力。

号角声中，巴图厉喝："赵胤小儿，可敢出城与孤一战？"

白马扶舟嘴角微微上扬，走到垛墙边，双手懒洋洋撑着垛口，对城楼下的巴图道："大都督昨儿夜里吃多了酒，醉了，还没醒呢。此刻怕是叫不醒他。大汗，不如我陪你较量较量？"

冷风将毡帐吹得呲呲作响，今夜似乎比往常更冷，厚实的帐顶仿佛要被大风掀翻，发出一阵尖锐的呼啸声。

在巴图那里吃了亏的来桑脾气更是不好，吃药的时候发了一回脾气，躺下的时候因为疼痛又发了一回脾气，吵着要让时雍帮他针灸止痛，娇气得真不像一个孔武有力的八尺男儿。反倒是挨了五十军棍的无为，像没事人一样，默默地帮来桑抄经，心如止水。

毡帐里的炉火发出赤红的光。时雍不知几时了，也不知这样的日子还要熬多久，心性渐渐浮躁。她打开毡帐的小窗，想看看外面的天色，不料，刚拉出一条缝，冷风便扑面而来，灌得她睁不开眼。她赶紧伸手去关窗，却不小心被支窗的木条钩住了指头。

木条有裂开的尖利细锥，像针扎入指头般泛起细微的疼痛。她嘶声抬手，发现指头破了，鲜血冒了出来。时雍回头拿药箱，找药棉。托来桑的福，毡帐不缺这些东西。她拿着药棉往指头一按，那猩红的颜色让来桑眼眸里的火光跳了一下。他放下撑着脑袋的手，朝时雍没好气地吼："怎么了？"

时雍淡淡说："手出血了。"

来桑嫌弃："你怎么这么笨？"

虽然时下十七岁男子已是大人，但在时雍意识里，还是不成熟的少年。所以，对来桑这种口是心非的行径，她很是想笑。

"过来我看看。"来桑看她不理会自己，十分不满，又扯着嗓子吼。

无为抄经的手微微一顿，没有抬头，继续抄，只是下笔的速度明显变快了。

时雍将药棉按在出血的指头上，走到来桑面前："二殿下有何吩咐？"

话音刚落，来不及反应，手腕就被来桑抓了过去。来桑对她从不客气，另一只胳膊从她侧腰掀过来，直接将她拉得跌坐下去。高度适合，来桑方便观察她的手指了，也不管她痛不痛，掀开药棉看了一眼，嗤了声，很放心地松开手："娇气。就这，也叫受伤？"

她哪有说受伤，只说出血了，是他自己的理解有问题。她懒得理会来桑，侧身想要坐起。

"说你一句还生气了？"来桑看她脸色冷淡，按自己的理解取笑了两句，见她仍不开口，睨着她突发奇想，"我说你怎么像个小娘们儿？这身子弱不禁风的，手指也是……"他想到了刚才抓住的那只白白净净的手，整齐的指甲壳是粉嫩的颜色，喉结突然咕地一滑，"男人长成这样，真丢人！"

找回惯常的嘲讽，来桑稳定了情绪，可看在时雍眼里，他分明就是一副窘急羞恼的样子。她抬了抬眉梢，一言不发。恰在这时，门帘掀动，有人进来了："二殿下，打听到了。"

来人是来桑的亲卫孟合，他看了时雍一眼，走到来桑身边，压着嗓子将巴图带人出征卢龙塞的事情禀报了。闻言来桑眼睛一亮，一拳砸在榻上："太好了。父汗打了胜仗回来，一高兴，不就解了我的禁足？"

时雍低着头看无为写字，听着来桑放肆的笑声，不动声色。眼看孟合要离去，她倚在门边，面不改色地道："孟合，我跟你去拿些药材。"

来桑不允许她单独行动，无论何时，都必须有人在身边监视。孟合不敢自作主张，拿眼去看来桑。来桑不耐烦地摆手："早些回来。"

巴图领兵打卢龙，那营里的侍卫相对平时肯定更少。在等待的这几日后，时雍心里如同住了一个"魔鬼"，对赵胤的营救不抱希望了。靠人不如靠己。她不可能永远在兀良汗大营里做巴图父子的俘虏医士，再不反抗，她怕往后没有更好的机会，这次出帐就是为了一探究竟。

来桑在兀良汗有一大批支持他的大臣，虽然他性子暴躁敏感，可他的下属对他一样忠心耿耿。时雍不敢挑战孟合对来桑的忠诚，一路小心翼翼，生怕露出破绽。

药局所在的毡帐有几位医士还在值夜，兀良汗有着与大晏完全不同的诊治方式，这些医士对时雍不是那么喜欢。看到时雍进去，他们没什么好眼神，但二殿下看重她，谁也不敢多说什么。

时雍随便挑了些药材包上，出门的时候，发现毡帐边上拴了一匹高大的骏马，转动着耳朵，喷鼻声很大。药局距离驻营地的大门不是很远，放眼望去，大门口的火把依稀映入眼帘。时雍心脏一麻，突然怦怦乱跳。抢马、夺刀、冲出大门……她脑子里反复演练着这几个动作需要的时间以及她能从乱军中冲出去的概率，脚步就慢慢往马匹走了过去："孟合，这是谁的马，好俊！"

孟合道："药局的。"

"哦。"时雍顺口应着，摸了摸马鬃。马儿受惊，耳朵动了动，发出呼呼声，此时夜色深沉，浓雾笼罩着营房，巡逻的火把弱得如同萤火。机不可失，不能犹疑，时雍暗自咬牙，转头对孟合一笑："我想骑骑它。"

不给孟合考虑的机会，她突然解开马绳，猛一个翻身就上了马，双腿一夹马腹，马儿撒开马蹄子就奔了出去。

前方巡营的士兵有十几个人。时雍冷冷看着，勒紧马缰绳，正准备疾冲出去，不料，斜刺里突然掠出一人，死死扣住马头，拉住绳子。马儿长嘶一声。那人眼眸暗沉地盯住她："谁让你轻举妄动的？不要命了！"

时雍冷冷盯住他不说话。无为一把将她从马背上拖下来，用低到只有她能听到的声音道："跟我回去！"

时雍不言不语地看着他，还没有说话，就见一片耀眼的火光从大门那边移了过来，连同巡夜士兵一起，将她和无为团团围住。瓦杜的脸出现在火光下，目光里是阴凉凉的笑："来人啦，给我把这个夺马逃离的南晏人拿下！"

瓦杜负责营中巡防和守卫，他是阿伯里的人，也是乌日苏的支持者。那天的事情后，他对来桑的毡帐看得很紧，对无为和时雍更是充满了怀疑，一直没有放弃过对他们的监视。好不容易逮到机会，他岂肯放弃？在他的指挥下，一群如狼似虎的守卫冲了上来，要拿下时雍。无为见状道："瓦杜，你无凭无据，胆敢抓二殿下的人？"

瓦杜冷笑："众目睽睽，这么多人看着她夺马出逃，还要何凭证？"

时雍对这个瓦杜有点印象，闻言冷冷一笑："无为先生，不必和一只疯狗论理，他就是成心找茬。"

这本不是讲理的地方，瓦杜也同样不想和他们理论。他要的就是抢在来桑到来之前，把人抓起来先办了。瓦杜是有备而来，人数众多，加上巡夜的兵丁，一群人冲上来缠住无为，时雍又手无寸铁，极受掣肘。而此番景况，不论是时雍还是无为，都不合适大开杀戒。

时雍放弃抵抗，扭头对无为道："无为先生，你去通知二殿下，不必管我。"不论无为是谁的人，目前来说，都不是想害她的人。时雍不愿意他在这时拼命来救她，因为，他们已然失去了全身而退的机会。无为闻言，看她一眼，收了刀，大步离去。

瓦杜占了上风，哈哈大笑着，亲自上前，一把将时雍扛在肩膀上，大步回营，猛地丢到地上："小子，落到老子手里，算你倒霉。说吧，你和无为到底是如何勾结，哄骗二殿下的？"时雍沉默，连眼神都懒得给他一个，"不说是吧？看你瘦得鸡仔似的，还想愣充硬骨头！哈哈哈！"

瓦杜是个心狠手辣的主儿，眼看从时雍嘴里问不出什么有用的东西来，他大笑着，双手叉腰，招呼左右："来人啊！把这小子衣服给老子扒了，丢到外面的囚笼去，冻他一夜，看他招是不招？"

几个士兵冲了上来，将时雍团团围住。时雍心头一震，拳头猛地攥紧。不扒衣服，怎么都好说，她有的是办法与他们周旋，可是碰上瓦杜这种不要脸的，什么计谋都不好使，还得上拳头。时雍一脚踹向最前的士兵，正要夺人腰刀，突然传来嗖嗖两声。营帐里的两盏油灯，一前一后熄灭了。四周顿时陷入了黑暗。

"怎么回事？"瓦杜厉喝，"点灯！"

士兵们嘈杂起来，时雍借机后退两步，黑暗里便传来士兵们"哎哟"的惊叫。时雍不知发生了什么事情，正待抓住时机夺门而逃，手臂突然被人抓住。"我——"时雍刚想出声，嘴巴就被人从后面捂住了，腰身也落入一个精壮的臂膀间。"别出声！"温热的声音传入耳朵，时雍瞪大眼睛，心神剧震。

漆黑的毡帐里，声音杂乱，可这声音清晰入耳，让时雍一时忘了动弹。嘴被堵住，她只能点点头，示意对方自己知道了。"不要怕，大都督……"谢放话没说完，突然松开她的胳膊。

这时，营外传来火光和怒吼。"瓦杜你是要造反吗？本王的人也敢抓？"来桑的火气和吼声隔着营帐传来，宛如洪钟般响亮，"围起来。给本王打！"来桑干的混账事儿多得很，瓦杜抓时雍虽然是占理的，可来桑不讲理，甚至也不跟瓦杜讲和，挥挥手就领兵打上来。

瓦杜也是一员悍将，可对来桑这个乳臭未干的二皇子看不惯，又不能把他怎样，只能借题发挥："二殿下受了无为迷惑，竟然是非不分，为了两个南晏人，要对末将大打出手？"

来桑道："你抢本王的人，本王打你又如何？"

瓦杜很生气："要人可以，二殿下从末将的尸体上踏过去。"

来桑确实是非不分，闻言就笑了："这可是你说的。踏过去就踏过去！有本事，你把尸体摆出来，让本王来踩踏！"

瓦杜差点吐出一口老血。

双方士兵各不相让打得死去活来。无为是第一个冲入营帐里的人。

灯火一亮，时雍下意识望向四周，却不见谢放的身影。她猜他是潜藏在这些兀良汗士兵中间，神经紧紧地绷了起来，想到他刚才那句没有说完的话。无论如何，赵胤已然知晓她在这里了。时雍心里踏实了很多，见无为冲上来，她淡淡道："来得挺快。"

无为道："没事吧？"

时雍摇摇头，发现在被瓦杜扛回来的过程中，帽子掉了，头发也散落下来，她连忙用手捋了捋："给把刀。"

147

无为看她一眼："不要动武，跟着我。"

"唔。"时雍轻声应了。被瓦杜那老小子一抖，她肚子刚好不舒服，不动武就不动武。她跟在无为身边，准备伺机而动。

无为并不伤人命，只是一边打一边将时雍往帐外带。一个士兵举刀冲上来，那刀锋差点砍到时雍。无为一脚踢向他的腰腹，有点恼了，薄薄的刀刃突地扬起，划向那名士兵的脖子。

叮！一柄马刀斜里探过，架在无为的刀柄上。那是一个身高足有八尺的精壮男子。

无为看他举刀迎敌的动作，目光一闪，收刀再刺。那人转身应对，起刀落刀间利索从容。无为微微吃惊，目光从刀身抬起落到他的脸上，眼睛微微眯起，那张满是刀疤的脸略有动容，铁制面具下的肌肤也在微微战栗。"滚！"无为将腰刀往前一推。

那男子一声不吭，退后半步，双眼却紧紧盯在他的脸上。那些刀疤仿佛是一道道刺目的光，让他的眼睛灼热得仿佛瞬间升起的火焰，震惊、不解、复杂难明、深沉阴晦。

无为别开脸不再看他，拖住时雍的手腕冲向门口，横刀身前，一把烟熏般的嗓子沙哑冷厉："都闪开，别逼我大开杀戒！"那个险些被他抹了脖子的士兵，吓得脸都白了，举起刀不断后退。其余人等也不敢再贸然冲上前。

时雍没有看清无为的眼神，却认出了那个人，他就是谢放。她心里一紧，亢奋又热血，很想夺一把刀，跟着他一起杀出去。但这念头一闪而过，很快恢复了冷静。

且不说瓦杜有多少人，便是前来"营救"她的来桑，也是决计不会让他们活着离开兀良汗大营的。"来桑的救"和"赵胤的救"是两个不同的概念。兀良汗大营守卫森严，四周围得铁桶一般，若单靠她和谢放两人，根本就不可能活着闯出去。而现在，她还真得靠着来桑。

帐外，瓦杜已经被来桑打得没脾气了。二皇子天生神力，打架有的是手段，也幸亏他伤势未愈，不然瓦杜今儿可能得活活被打死，而且有很大可能来桑真会打死他，再从他的尸体上踏过去。瓦杜见情况不对，嘶声吼叫："都停手！自己人打什么打？让二殿下把人带走。不过，待大汗归来，二殿下只怕得给个说法不可。"

来桑啐他一口，收刀："要何说法？本王拼着再挨一顿鞭子，也要先宰了你这鳖孙！"

瓦杜气得满脸通红。眼睁睁看着无为将时雍从帐里带出来，他不敢上前，只能咬牙切齿地吼："二殿下这是养虎为患。"

"我乐意。"

时雍看着气势汹汹把她扛来的瓦杜像个蔫掉的鹌鹑，冷哼一声，拍了拍衣袖，从人群中走过去，走到来桑的面前。来桑很高，嫌弃地看着她披头散发的样子："他们打你哪里了？"

时雍摇头："没有。"

来桑哼声，瞥向瓦杜："算他识相。走！跟我回去。"

来桑转身走在前面，时雍默默低头跟在他的背后，眼角的余光却扫着人群……无为面无表情跟在她后面。人群里，谢放目光死死盯住他，许久才慢慢垂下。

148

来桑将时雍带入毡帐，转头坐在椅子上，面无表情地看着她，两旁的亲兵个个持刀肃立，神情严肃。帐里好半晌没有声音。时雍心里敲着鼓。

来桑只是年纪尚小，行事莽撞，但他不是真正的傻子。她夺马离营的事，来桑在瓦杜面前虽然愿意为她遮掩，却不代表他当真不懂。"想走啊？"来桑拿起桌上的酒壶，仰天灌了一口，酒液顺着他脖子淌下去，湿了一片，他也不管，袖子一抹，黑着脸看时雍，"本王哪里待你不好？说说看。"

时雍这会儿头发散乱，衣服脏污，身子也不舒服，并不是很好受，但是面对这个暴躁的小王子，她不敢硬碰硬："二殿下伤还没好，不能喝酒。"

漠北苦寒，男儿大多好酒，十七岁的来桑也不例外。他酷爱饮酒，是时雍来后在他耳边天天念叨，他才不得不戒了的。一口酒下肚，来桑胸腹间如有一团火在烧。看着眼前瘦瘦小小的人儿，他双目赤红，哼声站起来，负着手走到时雍面前："说！为什么要逃？"

想岔开话也不行。暴躁小王子喝了酒，智商上线了？时雍垂着头，平静地道："我是晏人。"

"那又如何？"来桑很是生气，眼睛里仿佛有火苗在蹿，说完看她不做声，脸色淡淡的，也不见悔改和害怕，他更气了，一把撩开时雍的头发，逼她把脸抬起来，"准备逃去哪里？赵胤的身边？"

时雍盯着他，不说话。来桑极其讨厌她这副顽固不化的样子，气得怒火几乎要从眼睛里喷出来："赵胤有什么值得你惦记的？你看看你，被俘虏了这么多天，他可有来救你？你可知他在卢龙塞又是怎生逍遥快活的？"

时雍目光微动。来桑看见了她的表情，嗤笑一声："卢龙塞日日笙歌，夜夜燕舞，好生热闹。我看赵胤早就把你忘到九霄云外去了。"

时雍侧目看他："那我也是大晏人。"

来桑皇子的威严受到挑战，睨向时雍的目光，添了几分狼性："那本王就把你变成……兀良汗人。"

时雍不知他此话是什么意思，来桑却斜他一眼："你们晏人有句话叫嫁鸡随鸡，嫁狗随狗，是不是？"

时雍身子微僵，看着他蹙起眉："二殿下开什么玩笑？我是个男子。"

来桑脸色更黑了："那你还惦记赵胤什么？他能娶你吗？"

这分明是两回事。她是大晏人，自然是要想方设法回去的，这位暴躁小王子是理解不了的吗？

"我看你不像男子。"来桑突如其来的话，吓了时雍一跳，未及反应，来桑已顺开她垂落的长发，抬起她的下巴，上下审视着她，"这模样，这身段，这腰臀……哪里像男子了？"来桑说罢突然转身，不再看她，而是摆头命令左右，"都下去。"

时雍吃了一惊："你想做什么？"

来桑笑而不答，帐中亲兵都知道来桑的混蛋之处。莫说宠幸一个男子，就算宠幸一只小母羊,他们也能见怪不怪。众人陆续退下,只有无为没退:"二殿下,大汗在前方与敌交战,此时不可肆意妄为……"

来桑猛地转头,攥紧的拳头传来骨节的喀嚓声:"退下!你是听不到本王的吩咐吗?"

无为沉默,却固执地没有离开,身子绷得僵直。

时雍看他一眼,深知他的为难,更知道他此时定然不想暴露自己,不由得倏地一笑,抬手将长发理了理,似笑非笑地看着来桑:"没错,我是女子。二殿下好眼光,我这么费尽心机也骗不了你。"

她说得坦然,来桑却震惊得仿佛听了个笑话般,死死盯住她,忘了生气:"你在胡说什么?"

时雍平静地道:"正因为我是女子,我才要逃。我不是想要逃去谁的身边,我只是不想每日里担惊受怕。二殿下应当知晓,身为女子落入敌营是什么下场。你说我怎能安心留下来?"

"当真是女子?"来桑像是被人一锤子砸醒了似的,绕着她左右走了一圈,目光审视着,一把扯住她头发往上抬了抬,痛得时雍龇牙咧嘴,他反倒乐了,"早说嘛。"来桑回头看着无为,扬眉看他,"此事你知我知,不可外泄。听到没有?"

无为眉梢微动,低头道:"是。"

时雍看着来桑突然又开心起来,就像捡到了什么稀世珍宝一样,嘴都笑得合不拢,刚才那一副要打杀了她吃掉的凶狠也浑然不见。时雍一时没弄清楚这暴躁小王子的想法,不由得蹙紧了眉头:"二殿下英雄盖世,肯定不会欺负一个手无缚鸡之力的弱质女流吧?"

亏她能说出手无缚鸡之力来,也亏得来桑竟然没有反驳。

"我不欺负你。"来桑目光盯在她的脸上,仿佛是想到了什么好玩的事情,神态轻松,笑容很自在,一句话说得斩钉截铁,"我要娶你。"

咯噔!时雍差点石化。无为也是瞠目结舌,对来桑冷不丁就决定了自己的终身大事,始料不及。

"看着我做什么?"来桑掀开唇角,捏了一把时雍的脸,"高兴坏了吧?你以后就是兀良汗的二王妃了!"

时雍揉了揉脸,没有生气,居然笑出声来:"二殿下在说什么傻话?兀良汗的二王妃岂是一个大晏人可以做的?"暴躁小王子真是异想天开。莫说巴图和他那个做大妃的娘肯不肯,便是那些支持他的大臣,知道这事,估计也能吐三升老血。

"我说娶就娶。等父汗回营,我就去负荆请旨!"

负荆请旨?时雍眉头跳了跳,仿若被雷劈中,一时说不出话。背后的无为也是一脸凝重,半声都无。只有来桑一人沉浸在某种突然的心动和兴奋之中,宛若一个情窦初开的少年郎,搓着手在营里走来走去,躁动不安:"无为,你快帮我想想,要如何请旨,父汗才能同意?还有我母妃,我要不要马上修书一封,告诉她我有心上人了?"

"不对!"来桑突然定住骚动的脚步,慢慢退回来站到时雍的面前,凝神半响,仿佛刚想起来似的，"你和赵胤……"问出半句，他问不下去了，哼了一声，又若有所思，"为免你再逃跑，本王得先将你绑起来，关起来。待到父汗同意你与我大婚之后，再带你回兀良汗。"

从头到尾，来桑没有问过时雍同不同意，似乎他也根本就没有想过或者说不认为必须要她同意不可。在得知时雍是女子后，他俨然已经沉入了初恋的喜悦之中。他要的，就必然要归他所有。在他十七年的人生中，所有的事情，都是如此。一个女子当然也不会例外。

他亲自绑住时雍的双手，将她留在自己的毡帐里，十分慎重小心，好像真的怕她溜了一样，加强了守卫，寸步不离。

时雍完全不知自己是怎么吸引了暴躁小王子，只是，想到谢放已然潜入大营，心里多少有了几分安心，也就由着他闹腾。

……

来桑一遍遍派人去打探卢龙的战局，他热烈地盼望着巴图能打个胜仗，心里忖度：只要父汗拿下卢龙塞，必定会允许他之所求。时雍坐在营中，身上披着来桑给的毯子，看着来桑时而紧张，时而急切的情绪，内心对正在卢龙塞进行的两军激战也有担忧。

"你困了吗？"来桑没有睡觉的想法，看时雍坐在那里一动不动，想是无聊，又坐到她身边，想跟她说话。

时雍不理他。来桑反身拿酒，看她："要喝吗？"

时雍深深呼吸，压住火气："不喝。"

"那我喝了。"来桑今夜已经喝了很多，他酒量很大，已有微醺之态。

帐内炉火噼啪轻爆，干燥的空气混合了酒意，让他双眼浮上了一层躁动的气息，说话也更为大胆，终于借着酒意问出了之前没有问完的话："你和赵胤睡过没有？"

时雍侧头扫他一眼。来桑面孔微微发烫，将眼睛瞄向帐门。无为就在外面，他知道，于是压低了声音："没什么不好意思的。我们草原人没你们那么多讲究，睡了也没什么，往后你跟了我，老实些就好。"

时雍哭笑不得："二殿下怎就不问，我肯不肯嫁？"

"你怎会不肯？"嫁给皇子都有人不肯？来桑没有想过。在他看来，草原上所有的女儿家，都愿意让他睡，甚至不需要名分，都愿意到他毡帐里来侍候。时雍的话让他很是意外。思索片刻，他道："那你就是跟赵胤睡了。"

时雍不知道他在想什么，闭嘴不吭声。来桑不屑地嗤道："听闻晏人保守迂腐，女子信奉从一而终，果不其然。你是不是觉得和赵胤睡了，就是他的人，就不能再跟别的男人了？"

时雍淡淡看他一眼："二殿下早些睡吧。"等明早醒来，被他爹暴打一顿，这位皇子大概就清醒了。

时雍是这么想的，可来桑显然不明白她的想法。"你真是傻。"他试图说服时雍，将她的心从赵胤身上拉回来，"赵胤老贼岂有我好？我比他年轻，比他壮，连母狮都知

151

道选强壮有力的雄狮，你却愿跟着个老贼？"

老贼？时雍以前听来桑说赵胤老贼，以为只是一个发狠的称呼，没想到在来桑眼里，赵胤是真的"老"。她有点想笑："二殿下见过赵胤吗？"

"没有。"来桑翻个白眼，心里十分不痛快，损起赵胤来，口无遮拦，"年近三十的不惑之人，想来跟我父汗差不多吧。"

原来他是这么想的。时雍忍俊不禁。

来桑恼怒："你笑什么？"

时雍瞥他一眼："我在笑，二殿下这般少年英雄，为何看上我这样的女子？我不配。"

"你不配谁配？"来桑有点不好意思，那蒲扇般的大手抬起来，似乎是想抱一抱她，最后又落在了自己的脑袋上，顺便挠了挠头，"你比谁都好。"

"哪里好？"时雍疑惑。

这话难倒来桑了。他看着时雍，想了许久："你比千秋万代、四海八荒的所有女子都要好。我翻遍草原也再找不出一个你这样好的女子了。"

时雍微怔。暴躁小王子居然能说出这样的话？少年的情爱与成年男子不一样。来桑看她的眼是炽烈的，却没有多少情欲的成分。他皮肤黝黑，壮得像头小牛犊子，双眼发亮，闪烁着明亮的光。

时雍道："可我觉得你不好。"她说得很慢、很严肃、很冷漠，然后亲眼看着暴躁小王子眼里的光暗淡下去，"你比千秋万代、四海八荒的男子都要愚蠢。我找遍天下也再翻不出一个像你这样愚蠢的男子了。"

来桑仿佛被定住了一般。他看着时雍，一双眼里愤怒涌动。时雍有点不忍心。可是，莫伤少男心，就得要狠心。她知道，跟她表白的来桑只是年岁尚小，还未尝情爱。终有一天，他会成长为草原上的雄狮，会有无数追随他的母狮。他会像一个成年的雄狮那般，彪悍蛮勇，成为人人敬畏的王。那个时候，他不会再记得她这个"千秋万代、四海八荒都找不出来的好女子"。

"二殿下这么看我做什么？"时雍挑了挑眉梢，不解地看着来桑，慢声捅入最致命的一刀，"莫非殿下把我绑起来，又囚于此处，就是为了侵犯我？"说罢她垂下眼，"二殿下若是当真有这样的心思，我也抵抗不了。那你想如何就如何吧，总归，我该恨你还是恨你，谁也左右不了。"

淡淡的月光从窗户透过。外面有无为倚帐而立的剪影。来桑的脸一寸寸冷却，就像大冬天被人劈头盖脸泼了一瓢冷水，莫名窒息、狂躁，又不知该怎么办。小牛犊子终是攥紧了拳头："敬酒不吃吃罚酒，别怪本王狠心了。"

时雍不吭声，淡淡瞄他一眼。来桑站起来，居高临下地看着她："无为。"

帐帘摆动，无为悄无声息地进来："属下在。"

来桑冷哼一声，转过头去，不看时雍："把这个不识好歹的东西押下去，关入囚帐，清醒清醒。"

无为头也不抬："是。"

时雍没有说话，任由无为把她从地上提起来，看了来桑一眼，一时也不知道说什么，索性闭嘴转身。

"慢着！"来桑目光掠过她，落在无为身上，"看牢了。没本王命令，不许旁人接近她。"

无为抱拳称是。时雍微笑："谢二殿下。"

"滚！"来桑恶狠狠地瞪她。

时雍离开了，帐子里恢复了宁静。来桑一人站在那里，想想又觉得荒谬无比。想他十七载皇子生涯，要风得风，要雨得雨，便是乌日苏也不如他尊贵，如今他干了什么？为了她去父汗大帐要人，为了她和瓦杜大打出手……实在可笑。她到底为什么好，来桑说不清，就是觉得她看他的眼神，和任何人都不同。她为他伤口敷药，也比谁都要温柔。她的手很软，也很暖，这般想起她为他擦药时掠过肌肤的感觉，来桑身子便是一阵战栗……

他想起来了。按大晏的规矩，这女子把他身子都看了，不嫁他，能嫁谁呢？他又想，不对，她和赵胤说不准都睡过了，不是比跟他更近？

来桑越想越烦躁，终是打碎了酒坛，双目通红，满脸狰狞："不识好歹。"总有一天，要让她后悔，让她心甘情愿俯首。来桑不信自己没有这个本事，短暂的纠结后又恢复了自信，幻想着明日时雍来求他高抬贵手的样子，又好受了些。不料，再得到的消息，却是孟合来报："二殿下，不好了。赵胤领兵来犯，离我大营已不足十里……"

来桑猛地抬头，酒醒了大半。赵胤此刻，不是应当在卢龙塞吗？"来得好！"来桑正当怒火中烧，闻言拍桌子，"取本王战甲来！"

孟合一怔："二殿下，你的伤……"

"不妨事。"来桑想到身上的伤就想到阿拾，想到阿拾就对赵胤恨之入骨。上次他为了大局着想，被赵胤摆了一道，丢了大营，受父汗责罚。这次，他定要给赵胤一点颜色瞧瞧。

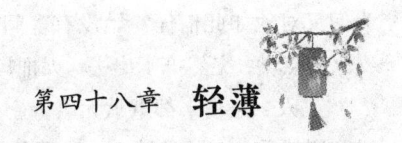

第四十八章　轻薄

赵胤举兵来犯，来桑吹响号角，点兵迎敌。整个兀良汗大营里仿若一锅沸腾的滚水，火把将天地照得通天亮，将校兵丁从各个营帐跑往校场，列队上马，气氛紧张而喧嚣。这一刻，囚帐里却出奇安静。

谢放小心地解开时雍腕上的绳子："大都督派我来接你。号角一响，我们便焚帐出营。"

赵胤来了？

时雍迅速将双手从绳子脱出："你怎么进来的？"

谢放低下眼："昨日兀良汗有一批物资从宽城运抵大营，我中途劫杀一人，混在其中。"

时雍道:"辛苦你了。"

这话很平淡,谢放却听出了一丝微妙的情绪,眉头微皱看向她:"这些日子,爷一直在找你。"

时雍微微一怔:"他不知我被俘?"

谢放嗯了一声:"这边没有消息传出,我们实在是找不到人了,这才决定入营寻找……"

所以,谢放其实是潜进来确定她在不在营里的?时雍有些讶然,与谢放对视片刻,没有在他眼里看到撒谎的痕迹,默了默,又道:"那个无为先生,就是你之前看到的那个戴了半边铁制面具的男子,他,不是你们的人?"

谢放扣住腰刀,掌心紧了紧,面色凝固般冷了下来:"不是。"

看他脸色这么难看,时雍怪异地点了点头,心中疑惑却更大。无为既然不是赵胤的人,为何要一再帮她呢?

"呜——""呜——""呜——"幽长低闷的号角声,突然自帐外传入。时雍深吸一口气,呼吸都凝固了。谢放低声道:"走。"

囚帐里的守卫刚才已被谢放放倒,二人借着暗淡的光线,钻出营帐,谢放在毡帐浇上桐油,划燃火折子,正要点火,背后突然传来一道疾风。不好!他身形一转,腰刀旋即出手。

铮!钢刀相撞,擦出刺目的火光。谢放刀刀紧逼,来人左突右闪,一身黑色披风在夜风中荡开,犹如黑鹤凌云,极是矫健,那张铁制面具在暗光中更是诡谲。谢放盯着他的眼睛,稍稍一缓,对方的刀刃便直取要害而来。谢放大骇,刚想避开,不料,那人又堪堪把刀划开,削下他一个袍角,便退了开来。

行家一出手,就知有没有。谢放抱拳:"承让。"

无为袍袂翻飞:"跟我来。"

谢放抿嘴不语,时雍看他一眼,发现他神色有些不对。刚才说无为不是他们的人,为何又对他如此信任?她没有多问,跟着他们离开。走得远了,只见无为在地上拾起一支火把点燃,突然掷了出去。火把掠过劲风,越燃越旺,扑的一声落在囚帐上,燃烧起来。

三人一路行来都默默无语,绕过几个岗哨后,无为突然停下来,从怀里掏出一个腰牌,递到谢放手上:"带她走。"那是二皇子来桑的腰牌。

谢放微愣:"你呢?"无为看他一眼,转身离去,头也不回。

火光中,依山而建的兀良汗大营亮如白昼。号角声声,战鼓雷鸣,令旗在风中猎猎扬起。还有一道关卡,就可以出营了。走出去,就能看到赵胤。在敌营中的日子,一日如隔三秋。这一刻,时雍心跳纷乱,突然有些激动。然而,这最后一道关卡,却是最难突破的关卡。

高高的木寨将营里营外分成了两个世界,营门的石台上,燃起熊熊的烽火,柴堆上的火架得很高,燃得很旺,老远都能看得分明。一行人举着火把走过来:"什么人!"

时雍屏住呼吸，心跳得很快，那人用的兀良汗话，她听不懂，也不知如何应答。谢放却很从容，走出去，用兀良汗话回复："二殿下帐前校尉，奉命巡营。"时雍没有料到谢放居然有这本事，看了他一眼，心中对赵胤手底下这些个侍卫更添了几分敬畏。

来人没有起疑，行个礼道："晏军来犯，不可大意。"

谢放低头："是。"擦肩而过时，时雍只觉得浑身的血液都凝固了。

号角阵阵，如催命的符咒。因帐来火时，来桑在校场的点将台上，正准备带兵出营。看了一眼着火的方向，他疯狂叫人去救火，却又不能丢下整兵待发的士兵，只得暗压下喉头的腥膻气息："兀良汗的勇士们，赵胤老贼欺我若此，一再相犯，今夜我等必叫他有来无回！"

"杀！""杀！"低沉的号角，响彻天际。战鼓擂动，一列列兵马在鼓声中奋勇前行。马下扬起的沙尘，弥漫在夜下的大营里，喊杀声震天动地。厚重的营门木栅被拉开了。兀良汗士兵如潮水般涌出去，谢放带着时雍混在人群，趁乱出营。

冷冽的风扑面而来。时雍一眼便看到了对面的晏军帅旗，那个熟悉的身影也冷不丁闯入眼帘。

乌骓上，赵胤手按缰绳，黑盔铁甲，一袭浓墨般的大氅在夜风中翻飞卷动，身后簇拥着数万大军。在震耳欲聋的高亢吼声里，他安静地俯视着战场，目光迎上闯出大营的来桑，面无表情。

兀良汗大军从大开的栅栏冲出去，最前面的是冲锋的重骑，旌旗招展，鼓声齐鸣，看上去骁勇又迅速。来桑一马当先，冲在最前。"赵胤老贼——"话刚喊出半句，来桑突然闭嘴，眼睛刺了刺。赵胤竟然不老。

不仅不老，还俊朗无匹，比来桑在草原上见过的任何一个男儿都要英挺俊美，却不是他的大皇兄乌日苏那种清瘦羸弱的美，而是大丈夫的阳刚，是大丈夫的俊美，是立于五军阵前威不可动的盛气凌人，是一眼可见的神颜和千万人不可撼动的冷傲。他就像草原上的夜鹰，傲视天地。来桑突然有点难受，像在大人面前舞刀弄枪的孩子，突然被人撕下了那一层遮羞布。他要打败赵胤。来桑一咬牙，高举马刀："兀良汗的勇士们，随我杀！"

真正的战场厮杀，血腥而残酷。身处其中，身边是震耳欲聋的喊声和阵阵蹄声，溅起的尘土扑面而来，数万人同时而动掀起的风浪仿佛要把人吹翻。

时雍混在人群中，左突右闪。谢放扣紧刀柄，紧紧跟随保护着她，可是要穿过人群走向晏军，并不是一件容易的事。混战、混乱，每一个动作都是在死亡边缘疯狂试探……

军阵中尘土飞扬，刀枪闪若寒光，如同沸水滚滚。人如同蝼蚁一般奔涌向前，却踏得天地狂沙翻动。一眼望去，谁是谁根本分不清楚，只能凭着两军不同的战甲判断敌我。

赵胤胯下乌骓极是神勇，扬蹄长嘶，绣春刀直指天际，一人一马纵身人群，迎上策马而来的来桑。铮！寒光迸发，二人战于一处。

时雍看得呼吸骤紧。来桑的骁勇名不虚传，他的特色便是一个"勇"，力大不怕死，冲在潮水般的兀良汗兵阵之前，他不杀旁人，就盯住赵胤厮杀。上来就是玩命，二人战圈周围的士兵纷纷避让，为他们留出一个圈子。时雍和谢放被堵在兀良汗大军中，看得心急如焚，却近不了他们，更不敢在此时暴露。乱军中，一旦他们的身份被发现，随时会死于非命。

来桑人壮马强，攻势很猛。看赵胤面色沉静，他冷笑一声，刀锋直指赵胤："你也不过如此！"赵胤冷冷看他。来桑的敌意喷薄而出，夹杂了太多的私人情绪。这不是战场上主将之间应有的情绪。赵胤一语不发地看着他，一边应付他的进攻，一边观察战局。

"赵胤老贼。"来桑忽然笑了一声，阴冷冷地道，"我看上你的女人了。今日定要让她好好看看，我跟你比谁更强，她到底该依附于谁，谁才配做她的男人！"

赵胤扫他一眼，面不改色，手按缰绳，酣战几个回合后突然掉转马头，奔向晏军阵中。旌旗摇动，一队轻骑迅速补充他的位置。

来桑见状大怒："想逃？"他拍马跟上，马速极快，完全忽略了身后的骑兵能不能跟上他的节奏，一心只想砍杀赵胤。等来桑身后那一群铁骑冲上来想要保护他的时候，已然被大晏骑兵拦住去路。

"二殿下！"孟合惊呼一声。在众人的呐喊中，无为转身时只看到来桑的一个马屁股。他扯下肩膀上的披风，卷向扑上前的几个晏军，高扬马蹄，朝来桑追了上去："回来！"

来桑被他吼声惊醒，再回头只见一片黑压压的人群全是晏军，两翼冲入的两排轻骑像撕开铁甲的利刃，将兀良汗阵形完全打乱。糟！中了赵胤老贼的诡计！来桑咬牙，杀红了眼，两刀劈开截路的晏军，索性不再回头了，纵马朝赵胤杀过去。赵胤左右两翼完全是自己人，而来桑已被团团围住，如同困兽。

赵胤勒马上前，冷声命令："要活的。"

一听这话，来桑气得头冒青烟，执缰扬蹄，举刀高喝："不怕死的就上来试试！"

来桑悍勇，身陷敌阵，此刻已是抱着必死的决心，刀刀致命，晏军兵阵竟被他杀得节节后退。赵胤见状，目光从兀良汗大军中收回，拍马迎上来桑。二人在乱军中杀得沙尘滚滚，马嘶阵阵，大氅翻卷，整个天地间人吼马惊、嘶声不停，完全被他们的战力所震撼。外围的骑兵手执重盾，竟也近不了他二人的身。

"报——"晏军中，一人手执传令旗策马而来，"大都督！巴图领兵回防，已过青山口。"

"知道了。"话落，乌骓突然扬蹄跃出，绣春刀脱手而去，快如闪电般划破来桑刀阵，薄薄的刀刃削向他的腿部——

"啊！"来桑中刀惨叫。

赵胤高居马上，一眼都没有看他，勒紧马绳如一道漆黑的利剑般，人马合一，再次闯入兀良汗大军。

时雍还在往前冲，前后左右全是兀良汗人。她不能穿着兀良汗的衣服杀兀良汗人引来大军反击，又不敢直接冲往晏军兵阵，怕被乱军误伤……"阿拾。"一道厉呼掠过，时雍只觉耳朵炸开，刚刚转头，身着黑甲的赵胤已自马背斜滑而下，一把捞起她的腰身，放在马背，单臂将她束在怀里，两腿一夹，"乌骓，走！"

赵胤突然闯入敌阵，如神兵天降。兀良汗人先是怔愣，接着就大喜暴喝，一声声"围住赵胤"的呐喊里，众人手执重盾，组成一道厚厚的铁墙，将赵胤围在中间，防他突围出去，而后方的兀良汗兵丁同时合围而上。谢放见状再顾不得暴露身份，转身砍杀两人："大都督，速走！"

"跟上！"赵胤冷声，动作快如闪电，只见刀枪剑阵中，乌骓马突然暴起，长嘶一声，高高跃过一排排盾墙，踩过兀良汗的铁盾，扬蹄狂奔而去。

太快了！

这一切都发生得太快了。

时雍脑中空白一片，余光里的世界是火光、刀枪、箭阵与惊马。这是个残酷的战场，硝烟扑面，她只是心惊却不会感觉到害怕，后背贴在赵胤的前胸，察觉到他心脏怦怦地跳动，汗水透衣，却十分踏实。

"撒！"一道刀光闪过眼帘，赵胤沉喝着，胸前传出一阵激荡的气流。

时雍后背发麻，手心微微攥起，突然有些不能自控。敌营里度过的几日，每天都胆战心惊，一个不慎就可能粉身碎骨。突然回到了赵胤的怀里，感觉所有的危险都解除了。这种信任感，让她既心喜，又不安。

"无为！"来桑被赵胤砍中右腿，又恨又怒，眼里燃起一片血光，大声咆哮道，"传令大军，截杀赵胤，不必管我死活。"无为没有说话，而是杀到他身边，沉默地护在他身前。

来桑见他不听自己的话，气到了极点，他肤色本就黝黑，此刻看去更是如若黑面阎王："我的腿坏了，别管我了。你快走！"无为没有离开。

因了赵胤的命令，也没有人要来桑的性命，在大军撤退的时候，拼死上前要俘走来桑。来桑受伤不便，战至力竭，看着黑压压的人群，再看一眼赵胤马前的女子，冷笑一声："士可杀，不可辱。"话未落，他马刀反转，抹向脖子。

"二殿下！"无为大惊。

叮！刀光闪过，来桑手腕吃痛发麻，马刀没有抹中脖子，而是铮的一声落地。来桑大怒，他看着赵胤冷然的脸，手腕颤抖着，瞪大眼睛，跌落马下。兵丁们一拥而上，枪戟齐齐叉住来桑，让他动弹不得。与来桑同时被俘虏的，还有无为。

硝烟散去，天大亮了。晨光将卢龙塞的上空刷上了一层金漆，谁也没有想到，大战后的次日，竟然是个好天气。整个卢龙塞晏军大营里喜气洋洋，伙房里杀猪宰羊，准备庆功。

这是白马扶舟吩咐的，因为他昨夜成功抵挡了巴图的三波进攻，让卢龙塞固若金汤。他认为有必要加餐庆贺胜利，不料，赵胤却派人告诉他，花费得由他自掏腰包。成功抵挡住巴图马蹄的是卢龙塞风雨不透的防御体系，不是听曲骂仗的白马厂督。

白马扶舟听完，哼笑一声："本督不与他计较。"他大方地沐浴更衣，把自己收拾好，领了人就去探望姑姑。在赵胤的营房外，白马扶舟碰到了脸色惨白的乌日苏。他也是来找赵胤的，在门外站了好一会儿了。谢放说，赵胤尚未起身，让他稍候。

这一"稍候",就是小半个时辰。

乌日苏寄人篱下,可以"稍",白马扶舟却不愿意"稍"。他扬唇一笑,上前对谢放道:"大都督向来辰时即起,这是伤了,还是累了?本督放心不下,得去看他一眼才好。谢侍卫,速去通传。"

谢放皱眉,拱手低头:"厂督见谅!大都督吩咐过了,未得命令,不得相扰。"

白马扶舟眉梢一扬,"哦"了一声,清清淡淡地笑:"那本督去姑姑房里坐坐,等大都督醒来便是。"

谢放慢慢抬头,眉头皱得更紧,目光有点古怪。他看看乌日苏,再看看白马扶舟,犹犹豫豫地道:"阿拾就在大都督房里。"

营房里的炉火正旺,时雍的外袍安静地放在罩火炉的熏笼上,屋子里暖烘烘的,静谧美好得不太真实。睁开眼,时雍怀疑自己是在做梦,拥被坐起看了半晌,发现自己躺在一张铺了软软褥子的床上,身上盖着厚厚的棉被,她有片刻脱离现实的怔忡。她回来了,卢龙塞,同时又惊觉,这间屋子不是她的。

时雍慢慢侧头,看到了坐在熏笼边那张长椅上的赵胤。他个子高,躺在椅子上有些勉强,便拿了一条长凳搭着脚,靴子未褪,身上随意地搭了一条狐裘氅子,手脚和膝盖都露在外面,睡得正沉。

时雍皱眉。

今日凌晨从青山口奔赴卢龙大营时,天已经快亮了。时雍原本想要回去休息,见赵胤腿疾发作,她便留了下来为他针灸按压了一会儿。然后两人说了会儿话,赵胤便传来热水,让她泡脚。时雍在兀良汗大营那几日,确实活得很苟且,有热腾腾的水泡脚再睡自然会更舒服。她没有拒绝,就躺在那张椅子上,一边泡脚,一边和赵胤说话,然后就睡过去了。

显然,是赵胤抱她到床上休息的,甚至把床也让给了她。

两人相处一室并非第一次,时雍倒不觉得别扭,只是有点过意不去。其实她也没有睡醒,只是看赵胤这么委屈地躺在椅子上,她于心不忍,打个呵欠就蹑手蹑脚地下床走到了熏笼边,蹲身看他。

"大人!"她轻声叫他,赵胤没有反应。时雍近距离观察他的脸,浑然不知自己一脸的笑容。赵胤睡得很沉,呼吸均匀,两排长长的睫毛覆盖了深邃的眼,眼圈下方有一层淡淡的憔悴,想是这几日他也不曾休息好。

要不,她也把他抱上床?时雍支着下巴打量他颀长的身子,估算着他的重量,思考着这种可能性,伸出手就准备试试。哪料,刚抱上去,赵胤就睁开了眼。他对别人的触碰极是敏感。睁着一双赤红的眼看着时雍,他眼里有短暂的不解和迷惑,就好像在做梦一样地看着她。

"大人,你醒了?"时雍尴尬地笑了笑,正想解释自己不是在趁机占他便宜,赵胤的双手就迅疾地环了过来,力量很大。就着她的肩膀拉过去,慢慢扶到她的腰,再将她整个人往上一拖,就把她完完整整地抱到了自己的身上。他叹息一声,满意了,轻轻将

158

她束在怀里，闭上眼睛，一动不动，又睡了过去。

闭着眼睛的赵胤，少了昨夜战场上策马扬刀斩敌于前的冷漠，也少了纵横睥睨的孤高，眉目间添了慵懒和性感，变得极易亲近。

"大人！"时雍碰了碰他的下巴，见他没有反应，挣扎着就想起身。赵胤皱了皱眉，扣住她的后脑勺，将她的头按到颈窝，呼吸浅浅地蹭了蹭她的鬓发，没有出声，也没有别的举动。他就只是这么抱着她，好像她是一团可以取暖的火源，又或是别的什么不会喘气的死物。

这个时节睡在椅子上并不舒服，赵胤身高体健更是如此。他靠着熏笼的半边身子是滚烫的，另外半边身子却是冰冷一片。时雍贴着他，此刻也是如此，半是火焰半是冰，纠结一团。此人这是做什么？只是紧紧地抱着她，他当她是个火炉吗？

温热的呼吸落在额际，均匀有节奏。时雍默默地趴了许久，确认他是真的睡着了，好气又好笑。这人怕不是半梦半醒看到一个女子，就随便搂入怀里了？知道她是谁吗？就抱！时雍试图掰开他的胳膊将自己解脱出来，配合动作，她的腿也不经意压了过去，不小心就触到了他……

赵胤鼻息重了几分，突然抬手按住她的后腰，把她贴在身上。

时雍突然面红耳赤。她没有想到赵胤会有如此孟浪的举动，对接下来的事情，她有点慌。可是，不待她从紧张和惊异中反应过来，赵胤已然没了动静。他仍然是睡着的，任她一个人心里小鹿活蹦乱跳，他却只是皱了皱眉便睡过去。怪她多想，他压根儿没醒！时雍抬头，目光落在他的下巴。青青的胡茬儿，下颌线轮廓分明，他瘦了。

"大人，是睡着了，还是醒着？"

赵胤含糊地应了一声，不知说的什么，眼睛没有睁开。时雍好笑地戳他肩窝，他还是没有反应。

睡得这么沉，累坏了吧？时雍微微抬头，身子往上挪了挪，冲他颈子里呵气。他好似忍不得痒，轻轻拉开她的手，圈紧她的腰："你老实点。"

时雍脸有点烧。可是，她在他怀里没法老实。她怀疑这只是赵胤在熟睡状态的下意识反应，并没有真正醒来。为了印证这一点，她探出爪子，慢慢伸入他的衣袍。

赵胤在椅子上躺了这么久，衣裳冰冷，但身子很热，如同炉火一般，贴上去极是暖和。时雍舒服地叹了口气，几日颠沛流离的辛苦和疲倦，都融化在他均匀的呼吸声里。动不了，她便索性不动，百无聊赖地靠着他取暖。回到卢龙塞，她统共只睡了不到两个时辰，本就有些犯困，渐渐地眼睛撑不住，也有些迷糊，趴在赵胤身上睡了过去。

这一次，她睡得特别久、特别沉，甚至意外地坠入了久违的噩梦之中。她梦到了年幼时居住的那个土司大寨，那个关在笼子里的小时雍；又梦到了诏狱里，那个黑衣人走近的脚步，还有他掐住她喉咙时那种窒息的感觉；还梦到了赵焕……

时雍以前从来没有梦到过赵焕。这个梦里，却格外清晰。赵焕斜倚西窗下，三月桃花如雨纷纷而落，暖风熏得人昏昏沉沉，赵焕的笑容里仿佛残留着桃花酿的残醉："雍儿，这些日子你去哪里了？"

159

一片桃花落在脸上，时雍觉得有点痒，可是身子绵软无力，她想拿掉却力不从心。

"知道吗？我在这里等了你好久。"赵焕笑望着她，一只手拿着青玉酒壶，一只手轻轻揭开盖在她眼睛上的花瓣，低头朝她看来，殷红的嘴唇离得极近："这些日子京师骤冷，天寒地冻，你不在，很是难熬。你可知，身处天子脚下的盛世繁华里，我有多冷？幸得开了春，我等到了你回来。"

时雍心跳很快。她很想告诉他，她没有回来，也不想回来，可声音仿佛卡在喉咙里，出不了声。

"雍儿，再也别离开我，永远别！"

赵焕身上的气息熟悉又陌生，让她很可耻地想到了另外一种味道，赵胤的味道。赵焕有皇子皇孙的矜贵，也有皇子皇孙们的爱好，喜好调香弄琴，身上终年散发着清冽的幽香，随身之物乃至头发丝上都带着香气。以前她觉得好闻，如今却有些厌烦。她好似眷恋上了另外一种气息。赵胤身上从来没有这种脂膏般馥郁的香味。他锐利、冷冽，疏离，却让人有安全感，想要靠近。

"你看，桃花酿快没了。"赵焕说，"雍儿，我喂你喝一口，好不好？"他的唇哺下来，带着慵懒的笑。

时雍瞪大眼，伸手推他："不要。"

"雍儿？"赵焕一脸吃惊，深暗的双眼满是受伤，"你变心了？你爱上了别人是不是？"

他的控诉很是伤心，梦里的时雍脑子里一片空白。她想不起来别的事情，甚至忘了是赵焕对不起自己，只是觉得心慌。在他的指控里，就好像她真是变了心的那个人。她十分心虚，令她说不出话，也找不到理由来解释……

"没有对不对？我知你，不会变心。"赵焕低下头，要来亲她。时雍心里生起了恐惧，那恐惧随着他的脸压下来渐渐放大，她拼命挣扎，想要逃离，却发现动弹不得，只能拼命地呐喊："不要，殿下，不……"

她不是变心，她只是……从来没弄懂什么是爱："大人，大人……救我……"

赵胤一身甲胄，风尘仆仆地骑马经过，看她一眼，姿态冷傲从容。马蹄踏出长街，在万千人的簇拥中扬鞭策马，绝尘而去。时雍浑身冷却，仿若置身刑台，难堪地看着他的背影，如同被一股强大的力量拉入了无边的空洞……

眼前浮光掠影。时雍呐喊着，发不出声音，身子不受控制地颤抖起来，指甲几乎掐进了掌心的肉里……

"阿拾？阿拾！"

时雍惊讶，耳边又传来赵胤的声音，是他回来了吗？时雍彻底醒了过来，一身冷汗。赵胤眉头紧蹙，怕惊醒了她，又怕叫不醒她。带着薄茧的手指在她的脸颊上，犹犹豫豫地为她擦去滑下的泪水，俊脸冷沉，黑瞳深邃。"别哭。"见时雍怔怔看他，赵胤停下动作，"是我不好！"

醒来就有人道歉，时雍有点蒙："大人这是说的什么话？"

"我……的错。"赵胤坐起来，时雍这才发现自己又回到了那张大床上，而他坐在床边。

160

他双眼深沉幽邃，似乎对刚才荒唐的举动有些歉意，微微垂着眸子，没有去看时雍的眼睛，"我睡着时，冒犯了你。"
　　这是什么意外？他难道以为她刚才落泪，是因为他把她抱到身上睡觉的举动？时雍吸了吸鼻子，好气又好笑。既然有这么美丽的误会，那就由他这么想吧……
　　"大人知道自己做了什么吗？"
　　赵胤抿嘴，没有说话。时雍看到他的耳朵尖竟然泛起了红晕："抱歉！"只有这两个字，说得艰涩。
　　时雍忍住想要爆笑的冲动，故作生气的样子，突然坐过去，一把拉过他的胳膊圈住自己的腰，然后将双手挂在他的脖子上，像个撒娇的孩子："抱歉就完了吗？大人分明是想赖账！"
　　此举果然引来赵胤浑身紧绷。他不再像刚才睡着了那般热情，面无表情地看着她，轻轻伸手想要解开时雍的胳膊，却被时雍紧紧地扼了回去，只得无奈地蹙起眉头："我睡得太沉，实在不知为何……"
　　为何会把她抱到自己身上，还那般亲密。他其实也做了个梦，梦里他霸道地拥抱阿拾，还亲吻了她，将她压在身下……这一切毫无预警，毫不设防。那孟浪的举止，根本不似他自己。
　　"阿拾，你想要什么补偿？"
　　"补偿？"时雍扬眉看他，"这就是大人的歉意吗？"
　　赵胤眉头微蹙。时雍看到他为此烦恼的样子，心里的笑意也没有了，红扑扑的脸拉了下来："我一个清白女子，便宜都让大人白占了。岂是不痛不痒两句话就能补偿的？"
　　赵胤冷面微沉，歉意地看着她："等回京，我向陛下请旨……"
　　时雍的心剧烈地跳动起来。她其实只是想逗逗他。毕竟赵大人身上那浓浓的禁欲气息，真的很有让人想要撕碎的冲动。她很想揭开他冷漠的面具，解锁他潜藏的欲望，就像他刚才睡着时那样……却没有想到，赵胤对于自己"不小心"的处理，竟然是请旨赐婚？
　　时雍刚这么想，就听到赵胤的叹息："你想做都督夫人，恕我无能为力。"
　　时雍心里的喜悦拐了个弯，差点没忍住抬脚踹他："那你请旨如何？"
　　"请旨为你加封。"
　　时雍扬了扬眉梢："你是觉得我门户低微，不能和你门当户对是吧？"
　　"不是。"赵胤黑眸凉了下来，"我不会娶妻，不是你，也不会是别人。我请旨为你加封，是为回报你的厚爱。来日，你若想许配良人，也能有个好的身份……"
　　时雍见他不似开玩笑，真是惊讶极了："大人愿意我再嫁旁人？"
　　赵胤别开眼睛："总不能耽误你。"
　　时雍笑了笑："那大人不娶妻，是为何故？"
　　赵胤不看她，站了起来走到窗边，分明想要回避这个话题："这是我的命。"
　　"命？"哪有人命中注定不能娶妻的？
　　时雍觉得有点好笑，倒不是为了自己对赵胤那点若有似无的情感，而是单纯觉得

161

他因为一个和尚算的命，就这么委屈自己，实属有病："没有想到，大人竟会信鬼神命理之说。"

赵胤摇头。半晌，他回过头来，时雍看到他俊目里微微闪动的光芒，转瞬暗淡下去："这并非鬼神之说。总之，你若想做我妻，此生怕是……"他双眸垂下，"要辜负你了。"

时雍不再做声。相处这么久，她对赵胤是有了解的，至少，她从来不曾见到赵胤开玩笑；更何况是这么严肃的事情，这么严肃的谈话？赵胤决定的事，没有人能够改变。

时雍脑子乱了，嘴里也有涩意，觉得氛围有些古怪。她对赵胤的感情，其实并没有完全厘清，而那个纷乱的噩梦，也加剧了她这种不确定。而赵胤呢？于他而言，恐怕对她的好，更多只是出于一个男人的担当和责任，而不是情感。时雍不是矫情的女子，只是觉得此事不可理喻。因为她既不是败给了别的妖艳女子，也不是没有办法俘获赵胤的心，而是输给了一个老和尚的预言，又或是，输给了赵胤更深层的某些顾虑——他不成婚，没有子嗣，是不是会令某些人更放心？

时雍有点想笑。"大人！"她掀了掀嘴唇，待赵胤看过来，又轻飘飘地撩他一眼，"我有一事不明。"

"你说。"

时雍道："大人先前说愿意收了我，这收房，包括陪你睡觉吗？"

赵胤微讶。他似乎没有想到时雍能把这种事情轻易地问出口，怔愣好半晌才反应过来，冷峻的面孔上，略微有些不自在："不。"

"你就这么看不上我？"时雍一个枕头朝他砸过去，正中赵胤的胸口，又落到地上，发出沉闷的响声。

赵胤低头看看枕头，弯腰捡起来，塞到时雍的腰后："是我的问题。"

时雍冷笑一声："你不行呀？"时雍斜他一眼，又懒洋洋道，"你想得可真是美呀，收房却不陪睡，想让我守活寡？我是找不着男人怎么的？谁稀罕你！"说罢，时雍弯腰套上革靴，拿起搭在熏炉上的外袍披在身上，整理好头发束带，就往外走。见赵胤站在原地没动，她又回过头来，斜眼问他："你把我的暴躁小王子关哪里了？"

赵胤的脸瞬间黯淡下来。他记得阿拾刚才在睡梦中，依稀在叫"殿下"，原来竟然是在叫来桑："他是俘虏。"

时雍偏偏头："我只是去看看他的伤，不会放他走的，大人放心。规矩我懂，来桑帮过我、救过我，我不能袖手旁观。"

赵胤道："我已差了郑医官为他看伤。"

时雍蹙紧眉头："还是我亲自看看比较放心。"

赵胤冷声："叫谢放带你去。"

时雍道："不必吧，我自己去就可以，说话也方便……"

"谢放！"她话音未落，赵胤已开了口。谢放在外面等了许久，他的面前还有久候的乌日苏，而白马扶舟早已气鼓鼓地离去。

听到大都督召唤，谢放朝乌日苏行了行礼，让他稍候，便走了进去，刚走到里间的门口，还没有推开门，谢放就停下了脚步。气氛不对！大概是跟随赵胤的时间久了，隔着一扇门，他也能感觉到大都督的怒气。"爷！"谢放没有直接开门，而是沉声道，"乌日苏王子在外恭候多时了。"

赵胤看着时雍道："让他在书房等候。"

"是。"谢放刚想要转身，又听到背后传来赵胤的吩咐，"领阿拾去瞧瞧来桑。"

不待谢放答应，门从里面被拉开了。时雍一脸笑意地走出来："放哥，麻烦了。"她的脸红扑扑的，双眼晶亮，俏眉飞扬，似是休息得不错，心情也不错。谢放不敢多看，赶紧收回眼，望了里间的赵胤一眼，却发现他双眼血丝，脸色很是晦暗。

谢放心里一沉。从青山口回来的时候两个人还好好的。大都督犯了腿疾，阿拾很上心地为他针灸、热敷、按摩。大都督怕她累着，吩咐他备了热水给阿拾泡脚，甚至见她睡熟后都不舍得吵醒她，让阿拾睡了他的床。怎么睡一觉起来就翻脸了？

谢放弄不清楚赵胤，时雍也不懂。这简直就是一个不可理喻的禁欲怪人。她征服欲高涨，但此刻却不想理会他。走出营房，碰到乌日苏，时雍微微一笑，行了个礼，没有多话，擦身而过。乌日苏却叫住她："阿拾姑娘。"在这个营里，乌日苏也是知晓时雍身份的为数不多的人之一，看到时雍，他眼神里流露出自然而然的亲切，"烦请留步！"

时雍回头与他对视片刻，不忍伤害这份简单的好意，慵懒地走回来："大皇子有何吩咐？"

乌日苏苦笑："阶下之囚，怎敢吩咐姑娘？"

时雍抬抬眉梢，眼里带了一丝笑："大皇子有事不妨直说。"

乌日苏的脸色暗沉下来，悲伤掩在那张俊朗苍白的脸孔下，让人有些不忍心："我听侍从说，来桑的脚……废了。"

"废了？"时雍吓了一跳，"废了是何意？"

乌日苏有些唏嘘："断了脚筋，医官说那条腿，没法再恢复原样了……"

昨夜激战时，时雍只看到来桑受伤，被俘后带回营房，赵胤便叫了医官去为他诊治。那会儿时雍看来桑又能吼又能骂，不像伤势很重的样子，就没有留意。得闻乌日苏的话，她眉头皱了起来："来桑处处针对你，你还关心他？"

乌日苏淡淡摇头，无奈地苦笑："他纵有千般不是，仍是我的弟弟呀。一父所出，我怎能弃他不顾？"顿了顿，乌日苏言词恳切地道，"我来找大都督，便是想厚着脸皮讨个人情，求他为来桑找个好的医官瞧瞧腿。"

时雍看他半晌，缓缓开口："我去看看。"

乌日苏松了口气，行礼道谢。时雍却没有受他的礼，转身大步离去。

第四十九章　大黑失踪

来桑被关押的囚室，就在马圈旁边。下边是高垒的石块，上边由青砖砌成，简陋的瓦片上长满了青苔。隔壁的马儿不时打个喷鼻，来几次五谷轮回，粪便的气味都能传过来。

做了十七年皇子，来桑自然没有受过这罪。即使是南下行军途中，他也比别的将士能享受到更多的资源，如今蜷缩在这狭小空间里，还受了伤，情绪可想而知。囚室外面有不少看守，很显然，赵胤把他看得很严。同样是皇子，相比于乌日苏，来桑受到的待遇确是囚犯无疑。

时雍到的时候，里头已经没有声息。守卫告诉她，来桑骂了好几个时辰，声音都哑了，这会子恐是睡了过去。时雍让守卫打开了牢门，走进去就闻到一股子臭味和药味混杂的熏人气息。她皱了皱眉。

小房间很暗，待适应了光线，她才看到蜷缩在石台上的来桑。

没有床，那就是个坚硬的台面，上面铺了些干草。来桑后背抵靠在石壁上，虽然腿脚受了伤，但他本人彪悍强健又有功夫在身，守卫仍然给他双手双脚都挂上了铁链和锁头。来桑的头垂得很低，脑袋上的辫子早已散乱耷拉下来，不知是不是睡过去了，毫无声息。他本就身材高大，这般蜷在一起，因为天冷，双臂环了起来像头大熊，看着竟让人不忍心。

时雍转头让守卫添了些灯油，将灯芯挑亮些，放到石台边上，低下头去看来桑的伤势。那条腿肉眼可见的肿胀，纱布扎着的地方看不见，纱布外面淤青了起来，让那肿胀处更显可怖。郑医官处理过了，无非是涂了些中药敷剂。若是跟腱被砍断，现下又无法手术，以后活动肯定是会受影响。

"滚！"头顶突然传来冷喝，时雍抬起了头，看到小牛犊子满是怒气的双眼："你没睡着？"

短短一日，二人身份颠倒，来桑看到她，眼圈通红："你他娘的来试试，这里能睡着？"

旧伤未愈又添新伤，火气大也能理解，时雍抬抬眉，不计较他言语的冲撞："我来瞧瞧你的腿。"

"不用你瞧。"来桑撇开脸，从皇子变成阶下囚，他脾气却没有变，"腿筋断了，这腿废了。"

时雍微微沉眉："那也得想法子处理，尽可能地恢复，至少不要影响你走路。"

她温和的声音听上去软绵绵的，有几分关切，却让来桑突然暴怒："我好不好与你何干？"

时雍懒洋洋地看他："我是个医者。"

来桑瞪眼："我不是你的病人。滚远点！"

时雍看他片刻，不说话，在来桑的身边找了个位置坐下。

来桑微怔,似乎没有想到她会如此,面色灰败,看着她怒火更盛。他羞愧、无助,无法接受自己以如此狼狈不堪的样子出现在她的面前,尤其想到自己昨日说过的豪言壮语,一张脸更是烧得刺痛。被打脸的羞辱和狼狈,让他暴躁不安,就想攻击人:"我说的话你听不明白?叫你滚,懂不懂?"

"还没发够脾气吗?"时雍淡淡看他,没有情绪。

来桑抬了抬胳膊,身上铁链叮当当地响,这让他更是狂躁:"你到底想干什么?看我落入囚牢,你乐坏了是不是?"

时雍抿了抿唇:"落入囚牢你也得先治伤。"

"治好有什么用?"来桑怒视着她,冷笑一声,"治好了我就能走出这里了吗?你以为赵胤会放过我?"

他目光闪了闪,别开视线。

他不好告诉时雍他昨夜在战场上挑衅赵胤的那些话,更不敢再提他看上了赵胤的女人,要凭本事抢过来。他像只斗败的公鸡,却不愿意认输,梗脖子犟着,羞恼、难堪,拒绝时雍的医治:"你走吧。告诉赵胤,要杀要剐随他的便,老子要是皱一下眉头,就是他孙子。"

"他怕是不敢要这么大的孙子。"时雍不急不躁,慢条斯理地说着,看桑气得黑脸涨红,又抬了抬眉梢,淡淡地道,"我若是二殿下,定会好好治疗,以图后计。只要人活着,就会有希望,即使是腿坏了,你不还有脑子吗?"

"你不是说我没脑子吗?"来桑厉声呛她,很是记仇,"你不是说过,千秋万代、四海八荒都找不到我这么愚蠢的男人吗?"他吼出来,又懊丧地道,"老子觉得你说得对。我就是愚蠢,不然也不会被赵胤囚在这里,猪狗不如……"

"堂堂兀良汗二皇子,怎会猪狗不如?我看了下这卢龙塞,就二殿下是住的单间,还有好些侍卫守着伺候着,别的俘虏可没有这么好的待遇……"

来桑瞪眼看她:"你是成心来气死我的是吗?"

"我要能气死你,也省得你要死要活地烦恼,你是不是得感激我?"

"老子——"来桑瞪着她,突然啊的一声暴喝,就着挂着铁链的双臂朝时雍扑了过去,那气势汹汹的样子,仿佛是要掐死她,"你这女人,你这女人!弄死你信不信?"

时雍没闪没避,听他拳头攥得咯咯作响,脸上没有流露出半丝表情。来桑情绪炸到了极点,将她推到墙壁上,双臂压住她的肩膀,可是原有的滔天怒火,在接触到她的眼神时,又突然地熄灭。

她在可怜他。来桑不要别人可怜,尤其是她。他宁愿去死,也不愿意她来可怜:"你滚,我不想看到你!"

来桑收回胳膊,想坐回原位,奈何因腿伤使不了力,身子一歪没能坐好,一只手慌忙地撑住墙壁,大半边身子朝时雍倒了下去。从门口看来,时雍靠着墙,而来桑却是一只手圈住她,低头亲热的样子。

"大都督……"乌日苏话音未落,变了脸色。他原是想同赵胤前来劝降来桑,让他同自己一道致书巴图，缓和两国关系，化解这一场生灵涂炭的战事。哪料刚走过来，就看到他侵犯赵胤的女人？

乌日苏还没有来得及反应，赵胤已一个箭步冲了进去。来桑身子还没稳住，就被人揪住了后领口，狠狠一扯，被赵胤摔在墙上，再重重落下。赵胤一个字都没有说，居高临下地看着他和时雍。

时雍倒是没他那么大的反应。刚才那是个意外，来桑就是没有坐稳，她心里很清楚。可是，看到赵胤冰冷的一张脸，她不仅不准备解释，还要帮来桑说说话："大人，二殿下的伤势很重，最好换个地方静养。这间囚室不透光不透气，不利于康复。"

赵胤心头腾地生起一股火气。

静养？康复？"你当他是来游玩的吗？"

他语气冷淡，甚至可以称得上平静，听不出太多的喜怒，也没有流露出半点对他们关系的质疑或是不悦。

时雍看他一眼，若有所思地笑道："我以为大人会为了化解两国战事，像优待大皇子那般优待二皇子。没想到，大人也会记私仇呀？"她一句话说得轻飘飘的，却字字砸在赵胤的脸上。

两国交战，敌国皇子就算被俘，一般也会得到普通士兵没有的优待，至少在衣食住行方面是有保障的。时雍刚走进来看到来桑的待遇，就知道赵胤心里不舒服，故意把他丢在此处。可是，这些隐秘的情绪被人翻出来，就很是尴尬。

赵胤面色微变，看她一眼，眸色里隐隐有一场风暴，却被他生生压了下去。他没有否认对来桑有私仇，而是淡淡道："大皇子投我以木桃，我自报之以琼瑶。二皇子好战喜功，杀我多少大晏将士，我为何要优待于他？"

时雍似笑非笑："只是如此吗？"

来桑吼道："赵胤老贼，你他娘的少说这些冠冕堂皇的话，你不就是记恨我看上了你的女人吗？我就是看上了，没什么不敢承认。我喜欢她，我就是要抢。我抢不过你，我认栽，可你如此小人，公报私仇……"

"啪！"来桑脸上挨了一个耳光。

这一巴掌乌日苏用尽了力气，响声惊人，不仅打得来桑怔愣当场，也让他自己苍白的脸上露出了刹那的惊讶。

"你打我？"来桑瞪住他，气得浑身发抖。

乌日苏看看自己发麻发颤的手掌，怒其不争地训斥："此时还敢胡言乱语。你还不向大都督道歉！"

来桑用肩膀搓了搓搓打的脸，看着他冷笑："你以为我像你吗？贪生怕死。我来桑今日把话撂在这儿，纵是死，我也绝对不降，不会向他求饶。还有——"他望一眼面色淡淡的时雍，咬牙切齿，"这女人，爷就是看上了！这辈子要不到，老子下辈子再来。赵胤，有种你宰了我啊！你现在宰了我，她会记我一辈子。我是为她而死的，我不冤！"

囚室里充斥着来桑的吼叫。

时雍懒懒地坐着，没有什么尴尬的表情，就像来桑表白的人不是她一样。

最难堪的人是乌日苏，兄弟俩都做了阶下囚，这个弟弟还如此不争气。他又气又急又为难，看着赵胤冷漠的面孔，脊背透汗："大都督，你别跟来桑一般见识，他……"他怎样？乌日苏看到来桑憋得脸红脖子粗、嗓子都喊劈了却没有要悔改的样子，实在找不到什么借口为他辩白。

"我不杀废物！"仿佛过了一个世纪，传来赵胤低低的声音，轻得时雍以为是幻听。

"谁是废物？"来桑气得暴躁如雷，"你阴险狡诈，不要脸。昨夜若非你耍花样，我怎会吃了你的亏？"

赵胤霍然转身，冷冷看着他。他的表情太过冷肃。来桑微窒，以为他要动手或者是羞辱自己，当即提高了戒备，哪料，赵胤只是淡淡看一眼他眼里的滔滔怒意，突然撩袍转身，疾步离去。乌日苏看着赵胤的背影，再看看来桑，一时间不知道怎么办。

时雍站起来，走到他的身边："你们聊聊吧。"

她知道乌日苏有话和来桑说，也希望他能劝劝这个暴躁儿童，吸取教训。所谓兵不厌诈，昨夜一战是赵胤给来桑上的最为生动的战争课。上了战场后，便不是在他的兀良汗了，没有人会对他一再宽容，刀枪箭矢更不会认他是尊贵的二殿下。若是不知悔悟，下次可能就不是做俘虏，而是要直接送命了。

"多谢阿拾姑娘，还望你能在大都督面前美言几句。"乌日苏作揖行礼，似有很多感激的话要说。

时雍摆了摆手，给他一个眼神，又笑："我去追他。"

她用了追这个字，乌日苏觉得不妥，皱了皱眉头。来桑却拉下脸，担心地道："我方才说的那些话，我自己负责，跟你没有关系。他要是因此而为难你，我瞧不上他。"

时雍淡淡瞥他一眼："好好养着吧你。"

天晴了，阳光将卢龙塞洒得金灿灿一片。守卫看到赵胤黑着脸走过，一个个耷拉下头，不敢出声。囚室里来桑吼得大声，有些机灵的已经听入耳，有了许多遐想，却不敢妄议。谢放安静地走在赵胤后面，给每人一个警告的眼神，示意他们不要出去多嘴。那冷飕飕的表情，吓得守卫们赶紧低头，装聋子。营房里安静得可怕。

时雍确实用追的速度才赶上了赵胤。他腿长，走得快，时雍追上时还得小跑："大人，等等，我有话说。"

赵胤头也不回："不得空。"

时雍唇角扬了起来："再不得空，听我说句话的时间也是有的吧？再说了，你走路用腿，又不用耳朵，不耽误你。"

"说。"赵胤平静地道，脚步没有放缓。

他腿长，时雍跟在身边很吃力，却不忘了提醒他："我刚才的提议，你怎么想的？"

"异想天开。"赵胤低低哼声，浓浓的不悦传入时雍的耳朵里，却有一种说不出的满意。

时雍道："大人别这么着急下结论，听我给你分析分析。"

赵胤不看她，却下意识放慢了脚步。

167

时雍轻松了很多，但不愿意这样说话。她小跑到赵胤的前面，然后转身看着他的脸，退着脚步往后走，边走边道："如今巴图两个儿子都落入了大人手上，这仗还怎么打？他就算是只猛虎，也只能是投鼠忌器了。我认为，现在巴图要的可能就是一个台阶。你对他儿子好些，到时候和谈，有两个皇子劝和，这仗是不是就打不起来了？不打仗是不是就不用劳民伤财，就不用流血牺牲了？"

赵胤冷眼看她："巴图野心非一朝一夕，休战哪有这么容易？"

时雍扬扬眉，说得笃定："那他总不能置两个儿子的性命于不顾吧！就算他不要儿子了，那他的臣工、他的大妃呢，他们也不要两个皇子的命吗？我虽不懂朝政，却知道个中复杂。巴图再狠，也不能独断专行。还有咱们大晏的皇帝，他老人家应该也不想打仗吧？若不然，当初也不会让怀宁公主和亲了。若是他知晓你亏待兀良汗皇子，会不会治你的罪？"

赵胤道："不要妄议政事。"

时雍眉梢儿一扬，故意酸他："怎么一提怀宁公主和亲，大人就这般不喜？是不是说到大人心尖尖上的人，生气啦？"

赵胤面无表情盯住她，甩甩袖子，加快了脚步。

卢龙塞里的风，呼啦啦地吹过来，虽然满目阳光还是泛着冷意。时雍打了个喷嚏："大人！"她轻唤一声，待赵胤看来，又眨眨眼，"你不觉得来桑挺可怜的吗？"

赵胤眉目暗沉，眼里的戾气几乎快要掩饰不住了。他半眯起眼，越过时雍，走得很快。

时雍见状，笑着跟在他的背后，边走边说："为了大晏，为了大人的名声，恳请大人为来桑换个住处，并给他最好的医治，这样才能彰显大人的仁厚宽和……"

赵胤突然停下脚步。

时雍不慎，整个人撞了上去。今儿赵胤不出营，没有穿甲胄，可是后背仍是坚硬如铁，撞得时雍差点流泪。她喔了一声，捂住鼻子，委屈地看着他："大人这是做什么？"

赵胤冷冷回头，看着她："我不仁厚，更不宽和。"

看着他眼底布满的血丝，时雍眉梢微微一扬："大人的话，我怎么听不懂？"

"你不必懂。"他语声低沉，脸上没有什么表情，目光里有一抹暗淡的情绪一闪而过。待时雍想要捕捉时，他却已走远。那背影硬邦邦的，脊背挺得笔直，明明走在阳光里，却满是阴霾。

时雍看不到他的脸，却能想象出他的情绪。她站在原地，谢放走了过来。两个人四目相对。时雍无奈地挑了挑眉。谢放叹息一声："那几日，爷为了寻你，衣不解带，没睡一个好觉。得知你在敌营，他想方设法来营救……你却这样伤他。"

谢放是成日里跟在赵胤身边的人，他能看到的是赵胤的情绪，能体会的也只是赵胤的心理。说罢，他按住腰刀跟上赵胤走远。

时雍独留在日光里，哭笑不得。谁伤谁啊？

时雍以为暴躁小王子这顿亏是吃定了，转头去军医局询问郑医官他的伤情，准备为他治腿。这样的伤势，医治宜早不宜迟。不论来桑如何，这条腿也得治。错过了时机，说不准就当真废了。

在军医局待了大半个时辰,等时雍和郑医官去为来桑换药时才知道,大都督下了命令,把来桑挪到了乌日苏的居所。虽说乌日苏那里也没有自由,同样也有无数的看守,但环境却是好上许多,对他的伤情有利。

兀良汗的反应比想象中迅速。晌午,巴图就派了使臣过来,要与赵胤谈判。

时雍正准备出门去找狗,就看到大门启开,兀良汗使臣一行五人,领头的人正是兀良汗的太师阿伯里。

一看到阿伯里,时雍心里便落下了块石头。为了两个儿子,巴图肯定是有了休战意图,至少短时间内他是愿意坐下来和谈的,因为阿伯里本身就是主和派。

阿伯里远远地看到了时雍,朝她行礼。时雍还他一礼,目送他在侍卫的带领下往赵胤的大营而去,然后领着春秀,走向大门。不料,她被拦住了。

"大都督有令,闲杂人等不得外出。"

时雍皱了皱眉头:"我是大都督的侍卫,我有急事出去。"

守卫认识她,正因为认识才不敢轻松放她出去:"宋侍卫,你别为难我了。"

行吧。时雍往怀里掏令牌,手突然僵住。糟糕!她的锦衣卫指挥使令呢?掉了?还是被赵胤拿回去了?

大黑失踪几天不见,时雍没有一日不把它挂在心头。

她对大黑有信心,昨夜也和赵胤聊过,知道赵胤也曾派人去找,虽说至今没有下落,但没有坏消息,那就是好消息。只是这高山巍峨,重峦叠嶂间,大黑能来去自如,可怜她这个老母亲,完全不知能去哪里找它。

时雍没有目标,只是不能坐着不动,原本是想就在周围走一走找一找,如今被守卫挡了回来,发现令牌不见了,心里突生异想。赵胤这是防着她呀?

……

两国交战之际,兀良汗军械粮草被焚,补给极慢,如今两个皇子又成了大晏的阶下囚。哪怕巴图再不情愿也得承认,兀良汗先机已失,处处受大晏掣肘,赢面已经小了很多。但是,兀良汗几十万大军还屯在青山口,巴图昨夜一战虽未拿下卢龙塞,也没有吃大的亏。若大晏不肯和谈,坚持打下去,结果也是未知。这一局,巴图完全是被亲生儿子来桑坑的,要不然也不会落到今天这步田地。阿伯里本就对来桑有怨言,这次带着命令来跟赵胤谈判,也只愿意见乌日苏,不见来桑。

议事房里,除了赵胤还有副将霍九剑、总兵魏骁龙等大晏军将领,而兀方除了阿伯里和几名来使,大皇子乌日苏也陪坐在侧。

自古战事打一打,谈一谈,再打一打,都是不可避免的。只是有敌方两位皇子在手,赵胤很是淡定,任由阿伯里晓之以情,动之以理,只是面不改色地喝茶。

"兀良汗和南晏两国素来友好,老夫还记得先汗王还在那会儿,每年都会将我们草原上最好的牛马毛皮千里迢迢送到顺天府……有一年,先汗王猎了头貂儿,那皮毛极是水滑，看着就喜人。大妃想要做个貂皮云肩，先汗王没舍得给她，却转眼派人送到了南晏，还一并送了数十匹战马。其中有匹小红马长得极好，我记得是给了宝音长公主。貂皮送入宫，懿初皇后做了云肩。永禄皇帝投桃报李，也差人送了上百匹丝绸和茶盐织物等到漠北……"忆起往事，阿伯里直抹眼泪，"眼看两国兴兵，劳民伤财，生灵涂炭，老夫就想，若是先汗王和永禄帝在天有灵，看着如今这番情景，得有多伤感啊！数十年的邦交之谊，兄弟情分，说散就散了。此战才打一月，死伤已有数千人之众……"

赵胤低头喝茶，不言语。霍九剑却是个暴脾气，哼了声："太师此话，可有说给巴图听听？"

阿伯里尴尬地拭了拭额头："此事说来，是兀良汗理亏。但如今，汗王已有和谈之意，休战于两国都是善举，还望大都督高抬贵手……"

"太师说的是什么话？"魏骁龙突然打断他，冷声哼道，"大都督早就高抬贵手过了，本要把大皇子送还，你们只需退出松亭关则可。是巴图不肯善罢甘休，不顾亲生儿子性命，执意兴兵来犯，怎么？如今小儿子也被抓了，他怕断子绝孙，就不敢打了？"

一席话说得阿伯里惭愧万分。几个使臣也不吭声，就连乌日苏脸色也有些难看。

魏骁龙看赵胤脸色平淡，不管那么多，继续奚落这老头："照我说，巴图还年轻，死两个儿子不算什么。别跟咱们客气，更别讲什么兄弟情分，卢龙塞就在这儿，回头给儿子烧完纸钱，接着打就是了！"

阿伯里是先汗王看中的能臣，在朝堂上，也是能舌战群儒的人，便是巴图也忌惮他几分，可如今被一个武将讥讽，他自知理亏，却喘不出大气。等几个武将激烈的反对声落下，他才望向赵胤："若大都督肯归还我国两位皇子，老夫必说服汗王退出松亭关，不再来犯。"

说服？赵胤淡淡抬了抬眼皮，不置可否地转头问谢放："去问问伙房，晌午准备好了没有。"

谢放应了声"是"，离去了。

阿伯里一愣："大都督这是何意？"

赵胤慢慢站起来，平静地道："太师远道而来，尝尝我大晏的美食。吃罢，就请回吧。"

阿伯里吃了一惊，说话再不像刚才那么端着，脸上也有了几分急切："我等诚心而来，是为求和，还望大都督多多思量，上书贵国皇帝，为天下苍生计，休战止戈。"

赵胤看他一眼："太师且告诉巴图。战，大晏不怕；休战，兀良汗要拿出诚意。"

闻言，魏骁龙冷呵："上来就要人，而不是退兵，这是哪里来的和谈？兀良汗数十万军队驻扎青山口，兵临城下，这分明就是要挟。"

和谈之事是阿伯里极力主导的，也是趁了来桑被俘虏的这个机会。事实上，巴图没有反对他前来和赵胤谈判，但退兵意愿也不如他强烈。在得知来桑被俘时，巴图气得都想亲自宰了这儿子，又哪会为他妥协？只不过，迫于朝中势力的复杂和多方权衡，巴图不得不走这一步棋。阿伯里左右不是人，哪还有心情吃这顿鸿门宴？

"叔父。"乌日苏不像来桑那么混账，对阿伯里极是尊重，看他为难，叹了口气，"可要去看看二弟？"

"不必。"阿伯里摇头，喃喃道，"我观赵胤心思，似不想和。若他和大汗一样非战不可，必会祸及你和来桑性命。这可如何是好？"

乌日苏想了想："不会。"见阿伯里看过来，乌日苏语气淡淡，"他若要杀我，早就杀了。之前没有杀，如今就更不会杀。"

"那来桑呢？"阿伯里憎恨来桑不争气，却也不想他真的死在异国他乡。

乌日苏想了想："难说。"

在囚房，赵胤对来桑的怒火显而易见，来桑还不怕死地挑衅他。在乌日苏看来，赵胤没有当场宰杀来桑，全是因了时雍或是来桑激他的那些话。

金色的阳光穿透云层落在卢龙塞的校场，从议事房去吃饭，刚好要穿过这里。于是，阿伯里有幸目睹大晏军步履整齐的练兵和就餐的情景。

训练有素，令行禁止，霞光下的大晏将士满头是汗，个个生龙活虎，膀大腰圆，这和兀良汗军中宣称的"晏人多萎"完全不同。这分明就是一支骁勇善战的军队。

赵胤走在最前面，领阿伯里等使臣前去用膳，以尽地主之谊。见阿伯里眼巴巴看着校场上的将士，他不动声色地瞄一眼，挪开了视线。这一眼，就看到了时雍。

她正沿着那日他们上山巡视的路，一个人沿着台阶往上爬，没有带春秀，穿得也有些单薄，冷风中小小的一团，越去越远，绕过一个垛口，就看不见了。

"大都督请。"阿伯里学着南晏礼仪，招呼赵胤先行，却见他神思不属，顺着他的视线看去，却只看到卢龙塞依山而建的坚固防体。

"太师请。"赵胤收回视线。刚刚迈步，只见春秀满头大汗地跑了过来。

"将军。"春秀还是习惯当初的称呼，看到赵胤，她极是开心，飞快地跑到他面前，塞给他一封信，"给你的。"

会让春秀来传的信，肯定出自阿拾。赵胤看了看身边的众位将军和使臣，脚步放慢，落在后面，慢慢拆开信。信不像信，更像是一幅画。大驴，黑狗。落款两个字：阿拾。赵胤蹙眉看着信纸，望了望时雍消失的那个垛口，匆忙对霍九剑和魏骁龙道："你二人陪太师用膳。"

霍九剑和魏骁龙齐齐行礼："是。"

时雍站在垛墙上，远眺山峦。她记得那日大黑就在那个林子里打滚撒欢，她和赵胤也在这里，安静地说话，可这短短几日，时移景迁……唉！她重重一叹，眼角的余光瞄到从台阶上疾步而来的男子，一句话说得幽幽叹叹："大黑，你到底还在不在人世？如果你在，为什么这么些天都不回来……"她低头捋了捋发丝，低低哽咽一下，"若是你不在了，我活着也没有什么意思。反正我如今也是无依无靠，还遭人嫌弃……你再不回来，这坚固的卢龙塞，怕就是我的葬身之地了。"

她悲从中来，说着双手撑住垛口就往上爬，双眼微眯着，迎风道："他们不要我出去，我只能赌一赌了。我跳下去，若还活着，就来找你。若活不成，那咱们就下辈子见吧……"

时雍说得动情，一副要往下跳的样子。可是，等了好一会儿，那人没来阻止，也没有动静。时雍犹豫了下，觉得不对，再回头，身后哪里有人？

赵胤！？人就这么走了？时雍拍了拍脑门，气得上火。猛地从垛口下来，气咻咻地往台阶下冲，决意找赵胤放行，然后离开卢龙塞，从此与他一刀两断，老死不相往来。

台阶的下方是一队正在巡逻的士兵。时雍看了他们一眼，走得很快，哪料斜刺里伸出一只胳膊，猛地攥住她就拖了过去。时雍惊叫。赵胤犹豫了下抱住她，不让她乱动："是我。"

简单两个字，低低浅浅却换来时雍一阵心跳加速，早已忘了刚才诅咒发誓要恨他到一万年后的事情。"你藏在这里做什么？"时雍看了看下方来来去去的巡逻士兵，脸颊红扑扑地扭头，看着赵胤那张波澜不惊的脸，满是不解。

赵胤看她："你都说是藏了。"

时雍是从那条石砌长阶上来的，也知道这个位置高，下方巡逻的士兵可以看得一清二楚。很明显，赵胤是怕落入别人的眼里，这才躲在这里来的。想到自己徒劳无功的表演，时雍斜眼看他："刚才为什么不过来？"

赵胤道："拉拉扯扯，成何体统？"

噗！时雍忍不住笑了，眉梢儿动动："你不怕我真的跳下去，摔死了？"

赵胤目光微深："你不会。"

时雍抬高下巴："为什么不会？你偷走我的令牌，不让我出营，对我又不好，我的大黑也不见了，活着本就没有意思。"

他皱了皱眉，没有说话。

他的胸膛坚硬，戳起来硌得慌。她收回手指头，微噘起唇："说啊！怎么不说了？"

"那是我的令牌。"赵胤安静地看着她，那张高贵俊美的面孔此时有几分落寞，冷风拂来扬起他的袍服，那表情和神态简直绝了。这让时雍突然怀疑，自己才是狠心的那个。

"我算看出来了，大人这心就是石头做的。跟了你这么久，你竟能眼睁睁看我去死。"

赵胤沉思了许久："大黑没有回来，你不会一声不吭就丢下它走的。"

"这跟大黑有什么关系？"时雍看他冷静的样子，就很想撕碎他这张无波无澜的脸，逗弄的话随口就来，"我是问你呢！你对我就不会担心？"

"我担心。"

这次很老实嘛。时雍在心里默默地夸奖了他，脸上也不由自主露出了笑容："那你对我，到底是怎么想的？一会儿说要我找个良人，一会儿又说会担心我……大人，你很矛盾，你不知道吗？"

赵胤的手颤了下："阿拾……"他声音很轻，时雍从来没有在他的脸上看到过这样的表情，落寞的神态在脸上凝成了坚冰，却又有几分难言的眷恋。

时雍心里一跳，脸颊突然热了起来，却听到赵胤道："有人来了。"

她微微仰头："有人来怕什么？我们又没做什么坏事。"

是没有做坏事，可是两个人偷偷摸摸躲在这里，本身就足够让人起疑了。时雍看到赵胤脸上浮起的迟疑，脑子一转，突然抓紧他的手腕，往垛口后方飞奔："快走！别让人发现我们。"

赵胤的为人，时雍早已摸透。这就是个食古不化的老顽固，人虽未老，那颗心起码已修炼了几千年几万年，要让他越雷池一步，恐怕比登天还难。他的自制力令时雍刮目相看，所以，她不想再看。她要看的，是他自制力濒临瓦解的样子。时雍说到做到，她不仅没有因为他的冷漠打退堂鼓，反而越战越勇。赵胤没有别的女人，那她不论做什么都不算犯规。对付这种迂腐的家伙，就不能循序渐进，不能走常规路。这么一想，时雍脚下生风，扼住赵胤的手腕跑得比风还快。

赵胤面色微沉，没有制止她的胡闹。在这个四处都有人巡守的卢龙塞大营，稍稍有点动静就容易被人看到、听到。他不知阿拾要做什么，便就由她去了。

时雍顺着那巨石垒成的防御高墙，一路跑得气喘吁吁，直到穿过一扇青砖砌成的大门，转入一个避风的草垛围场，这才停了下来："好了，这里不会被人瞧见了。"

这是个简陋的棚子，挨着高墙与青砖石门，里面堆放的全是喂马的干草，草垛子全部码得整整齐齐，有大有小，有高有低，像一座座小堡垒，人行走其间，突然便变得渺小。

赵胤眉头皱了起来："来此做甚？"

时雍看他严肃的样子，心里十分好笑。说来男子的思维真的与女子大不相同，难道跑了这一路，赵胤还以为她会有什么正经事要做吗？她就不是个正经人。女魔头转了生，不还是女魔头？时雍道："大人方才说有人来了，想来是有什么不方便在人前做的事情……我体恤大人，这才带大人来这里呀。"她一脸无辜，说罢故作惊讶，"难道这不是大人的心思？"

堂堂五军都督，抚北大将军，在自己的营房里东躲西藏，潜入粮草场，这简直荒谬！"胡闹！"赵胤看她一眼，转身就往外走。

"大人。"时雍拖住他的手腕，"你看我的手……"对这个男人，这种简单直接的法子，往往最为有效。她伸出手，撩开袖口，让赵胤看她的手腕。白皙的肌肤上有几个红红的指印，正是在墙垛处赵胤拉她的时候拽住的地方。

赵胤有些讶然。他怎会用了这么大的力？小姑娘的手腕都被捏出了指印，这让他一个大男人极是不自在。他并不觉得其中有诈，只是觉得自己太不知轻重。阿拾再有本事，也只是个十几岁的小姑娘，细皮嫩肉的，哪能经得住这么捏？

"抱歉……"

"大人给我揉揉。"时雍见他面露惭色，不等他收回视线，就把手腕往他眼前凑去。那揪紧的小脸，蹙紧的眉，让赵大人很难拒绝。

赵胤叹了口气，拉过时雍的手腕，用掌心在那红印上轻轻地推揉起来："下次你别再做傻事。"

时雍抬头瞄他："我做什么傻事了？"

赵胤抿了抿嘴角，半晌才淡淡道："垛墙的高度，摔不死你。但掉下去，说不得就摔残了。"

一股无名火卡在时雍的喉头，她看着他，竟半晌说不出话来。原来在她要死要活哭大黑的时候，此人脑子里却在计算高度，并且合理地推断出了她即使掉下去也不会摔死！赵胤，算你狠！等着，有你叫爹的一天。

时雍心里诅咒他单身一辈子，嘴上却甜甜地道："若是能换得大人垂怜，便是傻了、痴了、残了，阿拾也不冤。"

赵胤掌心微顿，低头看她，片刻，再次揉了起来："那不是你。"

时雍道："那大人说，哪样才是我？"

赵胤哼声："你冤得很呐。凡事就数你最冤。"

差一点儿，她就笑出了声。赵胤话少，除了说正事，两人很少这么闲聊。冷不丁听他说出对自己的观感，自己在他心里居然是一个又作又娇又装模作样的女子。时雍奇怪地发现，她居然不觉得生气，还觉得蛮好玩的。毕竟赵大人明知她如此，仍没有责怪她，她就当这是宠爱了。

"大人知道就好。我可冤了！好好一个女子，陪你行军在外，累受了，苦吃了，清白也快毁完了……连我的狗都不见了。"

说到最后一句，想到大黑，时雍真心有点难受，声音突然就低落下去。真情实感的情绪外露和装模作样是不一样的，赵胤眼波微动，收去对她那种淡淡的凝视，手底下动作放轻了，就连声音都柔和下来："朱九一定会把大黑带回来的。"

时雍抿了抿嘴："我信大人。"安抚他，也是安抚自己不安的心。

草垛场并不是一个好的相处地，可是在这个戒备森严的卢龙塞大营里，这也是为数不多的幽静所在。时雍感受着赵胤专注的揉搓，时不时瞄一眼他平静而俊朗的脸，唇角不由自主弯了起来。

此刻，四周没有声音，静谧得仿佛整个世界只剩下他二人。简陋的草垛场变成了天上瑶池，她面前这个衣袂微动的男子便是天上的仙人。就连风也轻和起来，寒冬不在，眼前是落英缤纷，春意盎然。她心口鼓胀跳动，恍然间，竟如同十几岁的少女，为见到英俊的少年郎怦然心动，不含杂念，仅仅只为他的俊颜而沉迷……

"大人。"时雍不自觉地伸出胳膊，揽在他的脖子上，踮起脚，盯住他，气息轻拂过他的下巴，"大人，其实我也不是非要做都督夫人不可。"

赵胤低头看着她，似在思考她的意思。时雍不给他恢复理智的时间，那只手自他的脖子慢慢滑下："这世间女子无不以夫婿为重，可薄情男儿不知凡几，便是做了都督夫人又如何？君心不在，也无非是独守空房。"她眼风微微撩起，看着赵胤阖下的眼，感受着她手指一路滑过时他比方才更为急促的气息，莞尔一笑，"假意夫妻，还不如做一对狗男女呢。"

这话来得突兀，赵胤明显接不上。也只有时雍才敢如此大胆了。狗男女这种骂人的话，在她齿间辗转，不仅不觉得粗俗难堪，反倒添了几分说不清道不明的缠绵味道，连干草的气息似乎都变成了销魂的味道。赵胤呼吸愈发急促。"别闹了。"他捉住时雍的手，"兀良汗使臣尚在营中等我。"

看着他一本正经的样子，时雍不知该笑还是该气。许是这个样子的他太容易激起女子的征服欲，时雍唇角微抿，不仅不打算放他走，还顺势将自己偎入他的怀里，紧紧环住他的腰。赵胤果然往后退，时雍就势将他推到草垛上，将他整个人压住，一双美眸似笑非笑：“那大人就许我个时间。待使臣走后，还是何时？”

他目光落在她脸上，如同被烫住了一般，迅速移开，似乎无处安放，用了点力，却没能将时雍推开。时雍看他如此，微微一笑，骤然倾身，轻轻道："大人，你亲我一下，我就让你走。"

赵胤睁大眼，扼住她的腰，喘息着将她推开些许："阿拾……"

"大人，我不做都督夫人了。只做你的女人。"时雍半真半假地说着，也不是真的去亲他，就是凑过去佯作要亲的样子，看他狼狈挣扎，想逃又使不出全力的样子……

高高的草垛有几丝霞光映入，将他们笼罩其间。时雍望着他，望入他的眼里，心里渐渐生出些古怪的想法，就好像她与这个男人已羁绊了生生世世那般，不是现在，而是很久很久以前……本意是逗弄人，恍惚间，她竟入了神。

耳边有笛声配合心境，悠悠扬扬，她一时没有反应过来。直到赵胤猛地攥住她的手腕，躲入草垛后面。时雍心里一跳，看着赵胤突然变得冷肃的面容，这才反应过来，那笛声不是她脑子里臆想出来的"配乐"，而是确实有人在吹奏。

那么，在卢龙塞大营里，有雅兴抚琴弄笛的人，除了白马公公还能有谁？

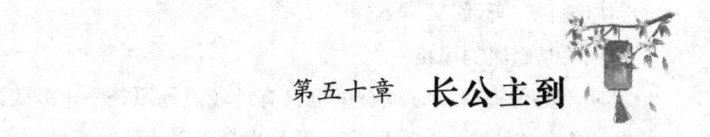

第五十章　长公主到

时雍与赵胤相对而视，谁也没有说话。笛声却越来越近。赵胤不藏了，走出草垛抬头看去："厂督好兴致。"

时雍顺着他的视线，看到一角白衣翩然从青砖围墙缓步行来，好整以暇地看着他们，慢慢坐下，一条腿轻缓弓起，颇有些江湖游侠的恣意："大都督这才叫好兴致！"

赵胤沉声："下来。"

笛声戛然而止。白马扶舟收笛回腕，笑吟吟地看着他。他坐在高处，环视这垒放整齐的草垛，一双眼缠缠绵绵颇有几分迷离的戏谑，嘴边勾起的弧度却略含嘲弄："云薄天青，草垛伴佳人，轻捻慢笑，妩媚足生春…………此番意境实在是妙。若无乐声，总是少了几分情致。扶舟一番好意，大都督不会怪我打扰吧？"

时雍一惊，竟不知白马扶舟是何时来的。这种事被人撞上，多少有些尴尬。可时雍认为，只要自己不尴尬，那尴尬的就是别人。她看赵胤一眼，语声淡淡地笑："厂督来得真是不巧。"

白马扶舟神色莫辨，望着她道："是你们来得不巧。"倏尔一笑，他笛子轻轻敲着手心，指着那不远处的垛墙道，"今日风和日丽，本督在那儿赏景，二位就闯了进来……"侧过眼，他又看着赵胤，"想是二位太过投入，竟然没有发现我。不得已，我只能出声给二位助

175

兴了。"

好一个助兴！时雍看到他白衣翩然的样子，不由得就想到了天寿山初见那日，这人坐在房顶上慵懒肆意的样子："白马公公很喜欢坐在房顶赏景呢？"

白马扶舟道："我喜欢坐在高处。"

时雍抬了抬眉梢，不做声。

赵胤淡淡道："厂督赏景吧。不打扰了。"

白马扶舟笑而不言："大都督慢走。不要责怪才是。"

出门的时候，时雍没明白他此话怎解，走出去，看到齐刷刷跪了一地的将士就明白了。这些人全是被白马扶舟的笛声引来的。

他们全然不知会在草垛场里逮住大都督和小侍卫……此情此景，众人不知该请罪，还是该恭喜，索性跪下了。

看着黑压压的人头，时雍刹那惊悚，望向赵胤，却见他面色不变，迟疑片刻，道："都不用当值吗？堵这里做什么？"

众人尴尬，陆续离去，都没人敢看看大都督是什么表情。时雍同他慢慢走回营房，回头看一眼，山风悠扬，却已不见白马扶舟的身影。她道："白马公公当真是个怪人。"

赵胤面色冰凉："你离他远些。"

时雍眉梢微微一跳："为何？"

赵胤道："听话。"

这回答是赵胤的风格。

其实不必他提醒，时雍心里也自有计较。她原是一个爱美之人，可是对生得十分好看的白马扶舟却始终保持着距离，便是来自于天生的警惕性。

以前她也曾怕过赵胤，对他也是敬而远之；可熟悉之后，她渐渐就不怕赵胤了，甚至偶尔会觉得他就是一只纸老虎。然而，白马扶舟不同，他温和有礼，是那种极容易接近的人，她却偏生不愿或说不敢。与他走得太近，如临深渊。

"可惜了！"时雍感慨一叹。

赵胤向她看来，目露询问。时雍道："可惜了白马厂督一副好皮囊。"她期待地看着赵胤，希望从他脸上看出哪怕一点点的不悦。

不料，赵胤抬抬眸，却道："是不错。"

时雍哑口无言。她怀疑赵胤也喜欢美男子，从他像搜集卡牌一样搜集貌美侍卫就可见一斑。这人不会也是个颜控吧？那往后，他俩是不是可以像好兄弟一样，共赏人间美色？

赵胤去陪阿伯里议事，时雍同郑医官一起去看来桑。

这位小王子的情绪平静了许多，看上去仍是有点狼狈，但可能确实太累，倚躺在靠墙的榻上，衣裳微敞，双手被铁链锁住，睡得很香。从他所处的环境、衣着、几上摆放的吃食上看，赵胤没有再有意为难他，但是来桑和乌日苏不同，乌日苏是个手无缚鸡之力的翩翩公子，来桑却是一个可以举起百斤大鼎的勇夫，大晏方面对他该有的戒备一样不少。

"郑医官，要不我们等会儿再来？"时雍不想把他吵醒，可是她话音未落，沉默的来桑就睁开了眼。看到时雍，他眼里的惊讶与狂喜几乎同时冒出。可是，只维持了一瞬，他又拉下脸，变成了那副死猪不怕开水烫的贱样："他没有为难你吧？"

时雍知道他问的是谁，摇摇头，瞥一眼懵然不知的郑医官，岔开话道："我和郑医官来给你换药。"

来桑态度好了些："他来就成，你何必来！"

真是个别扭的家伙！时雍道："那我走吧。"

来桑本就想要看见她，闻言一下子就慌了，动作比嘴还要诚实，立马站起来，手腕上的链条被抖得铮铮作响："不准！"吼完，他似乎又发现自己是个阶下囚的事实，脸色秒变，低头看了看自己肿胀的腿，"你走了我的腿怎么办？"

"不是不愿治吗？"时雍笑话他。

"治。我怎么不治？"来桑这不服输的性子，最怕别人激他，"等我伤好，还要找赵胤决斗呢！"

时雍摇头失笑。赵胤会为了一个女子和来桑决斗，那就有鬼了。

"阿拾。"来桑难得正经叫时雍的名字，见她看来，眼神凝重地道，"你可否替我打听打听无为的下落？"无为是和他一起被俘虏进来的，可是被囚后，来桑一次都没有见过无为，问乌日苏他又不愿意。因了时雍在兀良汗大营和无为有几分交情，他宁愿把这事托付给时雍。

"不消你说。我早问过了。"时雍刮开他腿上的敷料，看他分明吃痛却紧抿嘴唇、一声不吭的样子，扬了扬眉梢，"无为很好，活着。"关在囚室里的人，只要活着就是很好了。

时雍说罢，看来桑不放心的样子，又道："兀良汗派了使臣来和谈，说不准过些日子，晏兀两国就不打仗了。等着吧，你们都能平安回去。"

没想到，一听这话，来桑整个愣住，身子突然瘫软下来："这就不打了？"

时雍抬抬眉："你当真好战成瘾？"

来桑仿佛没有听到她的询问，喃喃道："那我父汗会如何处置我？"

这场战争会发生如此戏剧性的变化，除了时雍是一个变数，来桑也确实没少帮南晏的大忙，巴图此刻恐怕杀了儿子祭天的想法都有。时雍还真不敢想，来桑回去后，巴图会怎么收拾他。上次的鞭伤触目惊心，尚未痊愈。下次，怕是得被活活打死。

阿伯里是午后走的，赵胤没有相送，回书房写了一份军情奏报，快马加急送回京师。在南方闹瘟疫和匪患的时候，赵胤的奏报无异于雪中送炭。

光启帝和众臣在京中对永平战事多有商议，已预备了用一年或是更长的时间来打这场仗。宫中张皇后为彰显与百姓共克时艰之心，裁减宫中用度，带头捐献私房财物，连为腹中小皇子准备的衣帛花销也大大缩水。朝廷大员、皇亲国戚、内外命妇和女眷们也纷纷效仿张皇后，筹集军资，上上下下齐心协力……

冷不丁得到捷报，光启帝兴奋得自病榻而起，亲自手书赵胤：

"爱卿不负朕之所望，待凯旋时，朕定要好好嘉奖你和一众武将。兀良汗议和之事，朕准爱卿所言，是战，是和，且看兀良汗诚意。然，朕心想，民生多艰，能不战是大幸，但巴图野心勃勃，兀良汗近年蚕食漠北草原诸个部落，与北狄分庭抗礼，早已生出狼子野心。此番在卢龙折戟，巴图纵是为了两位皇子不得不和，内心恐生怨怒。晏兀两国若想再复旧日之好，怕已不能。故朕旨令爱卿，不论是战是和，定要给他些颜色……先帝有言，制于人方能免受制于人。敬告巴图知晓，和平方是坦途，为两国百姓谋福祉，方是为君之上策。望其念及两国先辈之谊，收敛野心，否则，朕必效先帝北伐……兹事体大，非危言耸听矣。"

送往卢龙的旨意尚在驿站，光启帝便收到天寿山传来的消息——宝音长公主于今日启程出游，北上卢龙。

宝音自陵前结庐为家，平常从不迈出天寿山一步。这个时节，天寒地冻的，她突然要出游，自然不是为了游玩。光启帝得到消息，又附上一道手谕急传赵胤："长公主对兀良汗多有眷顾，爱卿行事需仔细思量，勿伤长公主之心，但也不必事事听之。"

宝音长公主出生那时，其祖父洪泰皇帝尚且在位。彼时，朝中党羽众多，诸皇子皇孙为夺储位，手足相残。其母亲窖中产子，险象环生，幸得兀良汗先汗王阿木古郎相救，带她辗转漠北，客居数年，方才回到大晏。先汗王在兀良汗落马身故，长公主得闻消息，曾披麻戴孝亲赴漠北，据说把阿木古郎的骨灰都抱回来了，就葬在天寿山帝陵后的衣冠冢里。

这等隐秘情感，知之者，皆是唏嘘。可是，收到密函的赵胤，却只有为难。不要伤长公主的心，又不能事事听之，听上去好像很是合理，可是他到底要如何行事才好？

战局突然就僵持了下来。晏兀两军在卢龙与青山口各执一方，互不相攻，亦不相让。阿伯里回去后，也不知有没有说服巴图，几日里，兀良汗再无消息传来。

赵胤也不急，据守卢龙，静待观望。相比坐镇在此的他，远道而来的巴图自然更为心急。让赵胤在意的是长公主的到来，会引起怎样的风浪。

"大人，我要输了。"烛火下，时雍推了推棋枰，"总是输，我不想下了。"赵胤方才想着事情，便忘了让她，招招皆是杀着，满盘凌厉之势，闻言，抬了抬英挺的眉梢，他将棋盅摆正："我慢些。"

时雍满意了。她脑子不笨，但下棋之道，也就是个入门的级别，偏偏还想赢他。这两日，她同赵胤下了好几盘，不论赵胤怎么相让，时雍愣是没有赢过一次。她痛恨自己是个不服软的女人，也痛恨自己的堕落——不知道怎么回事，就在赵胤的引导下，从想要征服他的人，变成了想要先征服他的棋，死活要在棋枰上赢他一局。

"第一百六十三手，阿拾，你又要输了。"

"不算不算。这步棋不算。"时雍发现自己费尽心机布局的妙手，被他几下就屠掉了，很是郁闷，想也不想就开始悔棋。好在赵胤脾气不错，由着她撤回重来。

时雍拿着白子，在棋枰上晃来晃去，拿不定主意："大人，我该走哪里？"

赵胤道："哪有如此下棋的？"

时雍抬头："我就是这样下的呀。"

修长的手指点了点棋枰，时雍笑开了眼，马上落子，嚓的一声："直捣黄龙！妙啊！大人，别挣扎了，我要生吞了你。"

赵胤执黑，棋风很稳，根本不与她胶着，眼看时雍占了先机，竟是游刃有余地与她周旋了几十手，然后寻得机会，从步步回防到步步紧逼，直到将她中盘绞杀，再次把她推入绝望中。

时雍瞠目结舌："大人，你耍赖！"

赵胤将棋盅压在棋枰之上："技不如人，还反咬一口。"

时雍推开棋盅："那我不下了。我本就不喜下棋，若不是怕大人长夜寂寞，哪会舍命陪君子？你不肯让我，见我输了，还取笑我。"

赵胤无言看她片刻："下次我让你。"

"没下次了，每次都是我输。"

赵胤喟叹："你着实让我……让无可让。"

"赢了棋还打我脸。过分！"时雍哼声，拿起桌上的帽子和外袍套上，"我回去睡了，懒得理你。"

她总是如此直接地表达情绪，赵胤有时并不知她是真的生气还是在与他玩笑。下棋赢了一个女子，并不是什么光彩的事。他本意也没有嘲笑阿拾，如今看她这么走，赵胤张了张嘴，觉得有必要说清楚，可那话在舌尖，愣是变成了："叫谢放来扶我。"

扶？时雍回头，自上而下打量他："你怎么了？"

赵胤面色微微苍白，一只手搭在膝盖上捏了捏："坐得久了，膝盖受凉，痛。"

屋子里是生着炉子的，时雍坐得离炉火近，并不觉得有那么冷，可是看赵胤这副样子，不像是撒谎；且他腿疾一直未愈，这几日她忙着为来桑治伤，一次都没有为他针灸过，这时看到他那眼神，诡异地产生了歉疚感："我给你看看。"

医者父母心，这大儿子还是得管一管。时雍这么想着，赶紧叫了谢放备水为他泡脚。

谢放和白执抬了水来，离开时，谢放落后几步，偷瞄了一眼赵胤，见他不苟言笑，一脸平静，微叹口气，退出去默默关上门，四下里静悄悄的，呼吸可闻。

时雍数次因针灸保命，对针灸之事便添了敬畏心，给赵胤针灸时再不像从前那般敷衍，变得极有仪式感，必会净手净针，专注万分。

赵胤半躺在椅子上，时雍将火炉子拉近他，坐在一张小杌子上，低头为他揉捏片刻，这才开始针灸。

她很专心。赵胤的目光在她脸上定住许久。洁白的脸蛋如丝缎般光滑，昏暗的烛火打在她低垂的眼眸上，两排睫毛长长翘翘，随着银针开合几下，少了几分俏皮，添了几分柔美。

赵胤自小随父在宫中行走，见过的女子颜色乃天下之最，什么样的美人入得他的眼里，也如浮云一般，从不曾侧目多看一眼。如今，单是他盯着时雍看这么久，已极为罕见。更何况，如今的时雍若论美貌，不说比以前美貌逼人、妖娆绝美的时雍，便是比寻常那些养尊处优的娇娇美人也有不足。她脸上稚气未退，身材虽是修长纤瘦，凹凸有致，可身段还未完全长开，不至于让男人一看便疯狂忘性。

时雍浑然不觉赵胤在看她，随口问："最近有没有感觉好些？"

赵胤道："老样子。"

不对呀，看他患处的状态分明就是好些了的！时雍抬头看去，刚好迎上他的眼睛。她瘪了瘪嘴，低下头："你这个人，不老实。"

赵胤没有反驳。时雍本以为他会说几句病情，可等了许久，却等到他突然的叹气："阿拾。"

时雍没有抬头："嗯？"

赵胤凝视着她的脑门儿，声音低沉："你当真愿意，一直跟着我？"

冷不丁听到他说这个，时雍有点意外。她以为他是不爱提这件事的，突然主动开口，是因为她为他针灸，又突然被她感动了吗？时雍眉尖儿轻蹙："那得看是怎样个跟法。"

赵胤道："就这般。"

"聊天、下棋、论战，闲话家常吗？"时雍不冷不热地望他一眼，淡淡道，"恕我直言，大人的需求若只是这般，你府上任何一个婢女都可以。说不准她们比我做得更好。毕竟，我脾气可没她们那么好，是会骂人的呢。"

赵胤皱皱眉，目光暗淡下去。时雍没有抬头，可是沉寂的气氛却让她有种不真实的恍惚感。她不得不承认，在逗弄赵胤这件事情上，她是认真的，也认真得走得有点越来越远了。赵胤这个人身上，有一种撼动女子的力量，尤其是她这种要强的女人，不愿认输。半真半假间，她偶尔也会怀疑自己的初衷。

"大人不必把我那些话放在心上，我只是说说而已。"她看了赵胤一眼，迎上他的目光莞尔一笑，"不要你负责的。"

赵胤微微张了张嘴，想要说什么。最终，终是没有出口。

长公主的坐驾是凌晨时分到的。

那会儿时雍已经回去睡了，半夜被叫醒。她原有些起床气，可是听清了春秀的话，在大黑一头撞进来时，她整个人就清醒了，心里随即被一阵莫名的狂喜所占领。

朱九没能把大黑带回来。实际上，是大黑把受伤的朱九带回来的。不仅如此，大黑还蹭了长公主的坐驾……

这简直让时雍始料未及。她看着吐着舌头、摇头摆尾的狗儿子，感受着它一波波扑腿的热情，敲敲它那颗脑袋，穿上衣服，准备去向长公主道谢。临出门，看着大黑晶亮的双眼，她突然又蹲下身，将大黑重重搂在怀里，下巴贴在它的脑袋上，揉揉、拍拍、捏捏："下次再要乐不思蜀，清蒸还是红烧，你说了算。"

大黑出门这些日子经历了什么，它说不出来。朱九受伤昏迷过去了，还没有醒转，人瘦了一圈。为了找狗，他显然是费尽了全力。长公主的侍女素玉说，大黑被他们发现的时候，它牵了一匹马，出现在官道上，很是扎眼。朱九就被马儿驮在背上。

一条狗叼着马缰绳，慢慢悠悠往前走，任谁看了都忍不住侧目：更何况，马背上的朱九还身着大晏军侍卫的衣服？这事众人听来稀奇，时雍却只是唏嘘又欢喜，抱着大黑又揉又亲。

素玉笑着道："长公主殿下很喜欢大黑。让我来问问，姑娘可否割爱？"

时雍闻言，搂住大黑的手微微一顿，随即眉梢展开，嘴角露出笑容："好呀。"

没料到她会答应得如此爽快，素玉愣住："姑娘舍得？"

"舍不得，但长公主喜欢，是我的荣幸，自然要忍痛割爱。"

素玉欢喜起来："姑娘真是好性情。来，你随我来吧，长公主在上面和大人们说话。"

卢龙塞依山而建，每间住宅都有层层往上之感。宝音长公主居住的地方，正好在软禁乌日苏和来桑的小院旁边，是个独立的居所。得知宝音要来，白马扶舟早早派人收拾出来了。

大半夜前来，很明显长公主走得很急，路上都没有舍得歇息。这头赵胤和白马扶舟也是连夜起来接待。时雍过去的时候，一行人正在堂屋里说话。

素玉上前通传，宝音长公主闻言就笑了："快叫她进来。"

上次在天寿山相见，时雍对宝音印象不错，如今再见，宝音仍然是一副素衣素色、未施粉黛的样子，但雍容大气一丝未改，人也显得宽和，就是眉宇间隐隐有些忧色。时雍着男装，便行了男子礼仪："拜见长公主殿下，感谢公主为小人找回大黑。"

宝音看着她："不必客气，只是顺道。你这条大黑实在招人喜欢，聪慧得很呢。"

时雍笑着道："多谢公主厚爱。"

宝音微微一笑，没有提让她把大黑转赠的事情，而是掉头吩咐："何姑姑，赐座。"

何姑姑连忙搬了凳子过来，让时雍坐在屋中的下首位置，然后规规矩矩地回到宝音旁边站立。

刚才进门不敢多看，时雍坐下后这才开始打量屋子里的人。除了赵胤、白马扶舟和宝音外，赵胤的父亲甲一也默默陪坐在侧。

很显然，他是陪宝音同来的，又或许是想来看一眼儿子。总之，看到赵胤的父亲，于时雍而言，比见到长公主更为紧张。这心情很微妙。

她知道，以她的身份是不配坐在这里的，原本想要道了谢就走，可长公主却给她赐了座。她隐隐觉得，或许长公主和甲一的消息很是灵通，她和赵胤这点事儿，他们已经知晓？这才故意让她留下来，敲打她？

时雍头皮绷紧，坐得十分端正，神色平静，举止规矩。那模样让赵胤和白马扶舟几乎同时望了过来，目露审视。那天草垛场上那个热辣多情的女汉子与这个娴静优雅的女子，是同一个人吗？

宝音让时雍坐下，却没有跟她多话，而是闲话家常似的，询问起了白马扶舟和赵胤。

相较于赵胤，白马扶舟跟宝音分明更为亲近，也少些虚礼；而赵胤和甲一，对宝音则循规蹈矩，极有分寸，亲疏可见，但宝音对此似乎不是太满意："阿胤，你父亲是个老古板，倒是把你也教成了小古板。"宝音幽叹一口气，看了看众人，"这屋里也没有外人，就别在意那些繁文缛节了。咱们原本就是一家人，就像一家人那样随意说说话就好了！"

怎么就没有外人了？她不就是外人？时雍低下头去。

赵胤拱手："微臣不敢。"

宝音很坚持，笑道："叫大姑还是长姊，你随便挑一个吧。"

大姑和长姊？这辈分有点乱啊。时雍将自己的存在感缩到最小，耳朵却竖了起来。游走在皇家秘辛的边缘，谁不好奇呢？没有人对长公主的话深究，就好像他们原就知道这复杂的关系一般——

这事说起来，还得从他们家的长辈论起。甲一的亲生父亲是已故益德太子赵柘，宝音长公主的父亲是永禄爷赵樽。二人年纪差距有点大，却是同父兄弟。因此，甲一和宝音长公主，原是堂兄妹的关系。可是，在甲一有生之年，从未姓过赵。

甲一本名夏弈。他的母亲李氏是益德太子赵柘的旧相好。李氏与益德太子珠胎暗结后嫁给了魏国公夏廷赣，生下夏弈后，李氏又和夏廷赣生了个小女儿，名夏楚。此女便是永禄爷的懿初皇后，宝音长公主的亲娘。因此，论母家这边的亲缘关系，甲一又是宝音长公主的嫡亲舅舅。

当年赵胤出生，被永禄爷赐姓赵，没有随其父亲甲一姓夏。宝音还曾为外祖父抱不平，跑到永禄爷跟前去埋怨过。可是，一向疼爱女儿的永禄爷，对此十分坚持，连甲一也没有反对。宝音一个女儿家，就不好再多说什么了。

这关系剪不断，理还乱，但不论怎么讲起，他们都是极为亲厚的亲戚。不过这些年，甲一恪守本分，从未有出格之举。身为"十天干"之首，他从来不曾使用过本名，不以皇子皇孙自居，与魏国公府也保持距离。

宝音小时候不懂，长大后才知晓他的顾虑。从某种意义上来说，益德太子一脉是帝位争夺的失利者。成王败寇，即便永禄爷继位后，没有追究迫害，可夹在中间，甲一又手握重权，不得不小心翼翼，生怕惹来猜疑。赵胤也完全继承了甲一的行事做派。对宝音敬重也疏离。

"殿下此番前来，不会当真为了赏景游玩吧？"

宝音喝着茶，看着他笑着摇头："不能只是来看看你和扶舟吗？"

赵胤没有吭声，白马扶舟却莞尔轻笑："大都督是经不住玩笑的人，母亲有事就直说吧，你看他坐得多不自在。"

赵胤并没有不自在，闻言看了白马扶舟一眼，没有言语。而真正不自在的人是时雍，她脑子里闪回过好几次请辞的话，愣是没找到机会开口，只能继续装死。

"本宫打个趣儿，你也来催我。"宝音嗔怪地看一眼白马扶舟，视线掠过沉默的甲一，突然长叹一口气，"得闻巴图两个孩子都关押在卢龙，可有这回事？"

说到正事了。赵胤抬起眉梢："正是。"

182

宝音沉默片刻，不知想到什么，眉宇间有了疲惫和凄凉："巴图……当真是一点儿也没学到他爹。阿木古郎怎就生了这么个败家玩意儿。"

众人沉默。宝音脸上的忧色，却无法完全掩饰。"四十年了，阿木古郎在漠北草原苦心经营，无非想让草原人过上好日子，老有所养，幼有所依，不愁温饱，他哪曾有过一丝一毫侵吞大晏的野心……"宝音眼底浮上感伤，目光却静静挪向赵胤，"阿胤，我想见见巴图的儿子。"

长公主虽结庐帝陵之前，但她在大晏仍是极有威仪和权势，她要见谁，岂有不让之理？赵胤面色不变："今日已晚，明早为殿下安排。"

宝音点点头，微微一笑，又寒暄了几句家常和军中之事。赵胤都有问有答，不多说一句，也不少说一句。再有白马扶舟偶尔插上两句话调节气氛，倒也自在。

整个屋子里，只有甲一和时雍沉默。时雍是没机会和身份开口，而甲一是不愿意开口，那一副沉默的表情让人捉摸不透。时雍眼角不时瞄他，想到自己对人家儿子做的事，其实有点……她心虚。

不多会儿，大黑进来了，默默地走到时雍脚边，躺下，下巴搁在她的革靴上，睁着眼睛看众人。那懒洋洋的样子，仿佛它才是这屋中的老大，其余人皆为凡人。

时雍一动不动，由它躺，宝音却在看到大黑的时候就笑眯了眼，话题也顺势就带到了大黑身上。"本宫活了大半辈子，就没见过这么机灵的狗。"她朝大黑招手，"来，大黑，到本宫身边来。"

时雍斜了大黑一眼，见它躺着懒得动弹，总算有了说话的机会："多谢长公主垂爱，这狗子不懂规矩，回去我定要好好罚它。"

宝音怔了怔，笑起来："它哪里会懂什么规矩？"

时雍轻笑："是呀。长公主喜欢它，是它的福分。这狗却不知好歹……我本该将它赠给长公主，可是它未必懂事。万一冲撞了公主，那我就罪过了。"

听她说了这么多话，宝音似乎琢磨出了话里的意味，望了素玉一眼，沉下眼皮："素玉是不是跟你说什么了？"

时雍道："素玉没说什么，长公主愿意收养我家狗子是我的荣幸……"

宝音道："荒唐！狗是有灵之物，它视你为主，本宫岂能随意讨要，夺人所爱？素玉！"

素玉站在边上本没开口，闻言低头跪下，声音轻微："奴婢看殿下很喜欢大黑，几次念叨，若这是您的狗就好了……"

宝音沉下脸，模样儿极是吓人："本宫只是一说，你竟妄自猜度，乱嚼舌根。何姑姑，带素玉下去，掌嘴五十。好好管教，引以为戒。"

话说得这样重，已无回旋余地。素玉磕头谢恩不敢求情，也不敢分辩半句。何姑姑瞪素玉一眼，把她带了下去。

这本是个小插曲，掌嘴五十也不算重罚，却教时雍见识到了皇权下的人命之贱。她此刻虽是坐在这里，归根结底她同素玉没有什么不同，也只是奴婢之身，要打要杀，全凭主子心意。哪怕如素玉这般，本意是想讨好主子，为主子谋划，结果也是一样。

时雍望了一眼赵胤，心里忖道：在赵胤心里面，她同这些奴婢是不是也一样低贱？而她对他的那些玩笑和引诱，在他眼里，是否只是一个想飞上枝头做凤凰的女子耍弄的小心机？

赵胤低头喝茶，面色沉静，恍若未觉。

宝音处罚了素玉，看时雍不吭声，微笑道："你别紧张，本宫有自知之明。这狗子，便是你舍得给，本宫也是养不熟的。"说罢，她还看了大黑一眼，"是不是呀，小机灵鬼？"

大黑尾巴抬起，像扇蚊子一样摆了几下，脑袋没有动，只是眼睛斜过去，看着长公主。这漠视的小眼神对长公主之尊简直就是冒犯和大不敬，可谁让大黑是条狗呢？那一瞥竟把宝音逗乐了："你们看，它可瞧不上我喽。"

时雍看得出来，长公主对大黑是真心喜爱，欷然道："殿下勿怪，这狗十分懒，趴在这里，就不爱动了。其实啊，它心里可明白了，晓得殿下对它好，这才恃宠而骄呢。它若是不喜欢殿下，定是不肯坐殿下车驾回来的。"

宝音听了这话，脸上添了几分笑容，指着大黑道："真是个狗精！"再聊几句后，长公主便有些乏了，"深夜前来，倒是扰了你们休息。不早了，都回去睡吧，有什么话，咱们明儿再叙。"

时雍第一个站起来："是。小人告退。"

赵胤和白马扶舟随着起身，也告辞离去。最后一个离开的是甲一。

宝音叫住了他，眼里有笑："你可瞧明白了？阿胤当真对这女子有情？"

甲一刚才不吭声，看了半天也没有瞧出什么名堂，闻言摇了摇头："这孩子心思深，瞧不出什么异样。但依我看，那不是个安分的女子。"

宝音道："你也别想太多。天命、天数、天道……一切皆有定律。我父皇母后如此有能力之人，最终也掌握不了命数，何况你我？且行且看吧。"说到此，她无声地笑了笑，"此情此景倒是让我有些唏嘘。这日子过得可真是快啊。想当年，我也曾被人称作不安分的小魔女呢。"那个为了嫁给阿木古郎，趴在父皇母后殿前痛哭一夜的女子，那个用尽万般手段最终却只能把他越推越远的女子，那个让他临死都不肯再踏足大晏的女子，又何曾安分过呢？

甲一欲言又止："阿胤与旁人不同……"

宝音轻笑："你是说道常那秃驴……咳！那大法师的话吗？"见甲一不语，宝音又慢慢地笑，"道常都死去多少年了，他连自己怎么死的都算不到，怎么算得到别人的命数？佛法之道，道在问心，万般皆是红尘呀！为人父母，若是无能为力，不如不为。能悟是他的命，不能悟也是他的命。来也空空，去也空空，数十载光阴，不过一瞬，若能轰轰烈烈爱上一场，便是应了因果又如何？虚无罢了。"

甲一道："殿下有所不知……"

"我不知，那你可告诉我呀。"宝音本就有些愁绪，借了这话题，便有点儿不悦了，"阿胤出生那年，我就觉得你和父皇遮遮掩掩，是有什么不可告人的秘密么？"

甲一被问住，当即低头："并无隐瞒。"

宝音笑道："谅你们也不敢。便是父皇有意骗我，也不敢骗母后的。"

甲一头也没抬："是。殿下早些歇着，微臣先行告退。"

宝音闻言拉下脸，不高兴地扫了他一眼。平常在天寿山毗邻而居，她就很不愿意见甲一，因为他永远是这一副面无表情的样子，从不交心，从不多说一句，没有人知道他心里到底在想什么。

"下去吧。"

甲一拱手退下。走出小院，他望了望夜下的卢龙塞，径直走向赵胤的营房。

第五十一章　万般皆是红尘

卢龙塞里的暗流和机锋，时雍并不知情。大黑回来了，长公主也没有强求索取她的狗，于时雍而言已是圆满，旁的事情，想一想也就过去了，她并不在意。晚上回去，她让春秀做了个狗窝放在床下，看了狗子许久才闭上眼睡过去。第二天起来，大黑却躺在她的脚边。

天太冷了，这家伙机灵着呢！时雍的脚指头在它身上踩了又踩："看把你脏得，脸皮可真厚啊！"大黑抬头看她，不满地打个呵欠，又趴下去，看样子是累坏了。

时雍让春秀去灶上给大黑要了些吃的，便去看朱九。朱九已经醒过来了。在侍卫房里，一群人围在他身边，听他讲大青山历险记。

得了赵胤吩咐，朱九每天都在找狗。那地方离兀良汗扎营地不远，简直就是在阎王殿前跳舞，凶险万分。朱九找了几日，没有找着大黑，倒让他摸掉了几个兀良汗的暗桩子，为赵胤领兵救时雍提供了便利。

除此之外，他还找到了一个山洞，与之前他们捣毁的邪君山洞有些类似，朱九怀疑那是邪君的另一个窝点。不过山洞已然废弃，他进去没有发现人，也没有找到狗，而是中了里头残留的毒瘴。待他发现不对，仓皇逃出来准备骑马离开时，很快就晕过去了。

接下来发生的事情，他就不知道了。醒过来发现自己在侍卫房里，他以为是死而投生，再三问自己死了没有。

得知是大黑把他带回来的，朱九又羞又愧，当场表示要从自己的伙食里抠出一半喂养大黑。毕竟在深山老林里晕过去，马儿都不一定能把他带回来；若是遇上狼等野兽或者兀良汗士兵，那他此刻就真的死透了。

侍卫们都在恭喜朱九大难不死，必有后福。时雍听了却在想，那个邪君弃在大青山的山洞，不会只有一个吧？最关键的是，邪君到底死了没有；若是没死，他又去了哪里？

宝音长公主起床用过早膳，便宣了乌日苏来见。屋子里备了炉火和吃食，长公主屏退左右，只留何姑姑在旁伺候："大皇子请坐。"

乌日苏出使大晏时，曾一心想要求见宝音长公主，可是他下了两次拜帖，都被宝音以身子不适为由拒绝了。他万万没有想到，长公主会来卢龙见他："殿下安好！"乌日苏先以兀良汗皇子的名义朝宝音行了个礼，却没有依言坐下，而是端端正正走到宝音面前，撩袍跪下，又朝她行了个全礼，"小侄乌日苏拜见姑母。"

没想到他会这般称呼，宝音面色微变，放在腿上的手指微微收起："谁让你这么叫本宫的？"

乌日苏头也不抬："我的祖父，阿木古郎。"

宝音看着乌日苏，脸色晦暗，情绪不明。她不动声色的样子让房里的气氛突然就低沉了下来，乌日苏微微有些错愕。原本是为了拉近关系，可是长公主对这个称呼，分明不喜呀！"殿下恕罪，小侄逾越了。"乌日苏又道，"只是祖父生前，曾说过跟殿下的渊源，小侄以为……"

宝音问："他怎么说的？"

乌日苏想了想说："祖父房里有一幅长公主殿下的画像。画上，祖父亲笔题字——疏帘隔两面，常在佛魔间。吾之爱女。"

吾之爱女！阿木古郎画这幅画、题这句词的想法，已无人能知晓。于宝音而言，四十载光阴里，他看她长大，她盼他归来。她将世俗偏见抛弃一边，亲赴兀良汗抱回他的骨灰，盖棺后等来这样一句话，无异于被诛心。

宝音坐了许久没动，直到听见何姑姑的轻咳声，这才叫乌日苏起来，招呼他坐下吃茶，收敛起刚才的失态来。

事情揭过去，乌日苏便不好再提了。实际上，昨年宝音长公主能从兀良汗带走阿木古郎的骨灰，不是因为巴图好说话，而是因为有阿木古郎的遗愿。他早就说过死后想葬到大晏帝陵后那个衣冠冢。即使是对巴图，阿木古郎也从未称一声"爱子"，更没有亲自为他作画，因此乌日苏认为，宝音是阿木古郎最疼爱的孩子；而且，宝音既然披麻戴孝、亲赴兀良汗，肯定是拿他的祖父当亲爹一样敬重的，这才叫了声"姑母"。哪会知道，马屁拍到了马腿上。

幸好，宝音没再多言，只问他对晏兀两国战事的看法。

乌日苏本不主战，在看法上与宝音一致，只是对于能不能说服巴图这一点，乌日苏只是苦笑："父汗连我的性命都不肯顾及，如何会听我的劝说？若非来桑被俘虏，父汗是决计不肯休战的。殿下此番前来，恐怕亦是不能见到这番和平景象。"说到此，乌日苏的眼圈红了，"自祖父去世，我日日如履薄冰，身为皇子，却不若普通人那般自在。反是出使南晏这些日子，闲适了不少。有时想想，都舍不得回去了呢。"最后那句，他半开玩笑半认真，说完又道，"没来南晏前，我不理解父汗为何一心南下。来了南晏，我才知父汗的野心里，想来是有不少对南晏的倾慕吧。"

宝音沉眉，目光幽幽："你娘，还是没有消息吧？"

乌日苏摇头："我父汗什么都不肯告诉我。我能得来的零碎消息，全来自阿伯里。

可当年我娘失踪时，阿伯里陪祖父远征沃恩部落，他又能知晓多少呢？父汗不愿我提及，更不愿意我寻找母亲，我只能私下里寻找……"

宝音问："阿伯里还好吗？"

乌日苏点头："身子骨也渐渐不成了。但他脾气倔，不肯顺着父汗……若非祖父的余威还在，怕是……"他说话吞吞吐吐，一些兀良汗的朝政内幕，说给敌国长公主听，本是不合适，但他又想一吐为快，语气间就有了几分别扭。

宝音听在耳朵里，沉默许久，突然道："本宫要见见你父汗，好好骂骂这狗东西。"

……

赵胤巡营回房，发现甲一已经起来，正坐在那里喝茶。他放下头盔，解下大氅交给谢放："吃了？"

甲一嗯声，满脸郁气。昨夜他过来准备找赵胤谈谈，结果这小子给了他一个冷漠的后背，让白执安排他入住休憩，半个字都没有。早上等他起来，人家早就出门巡营去了，他没办法，只能等在这里："你没吃？"

赵胤嗯声："吃了。"

甲一道："营中可还好？"

"好。"

甲一道："长公主的膳食护卫，安排妥了？"

"妥了。"

甲一嗯了一声，房里陷入沉默。两个人各坐在一边，许久都不吭声。他们自己没有觉得尴尬，只是让侍候在旁边的几个侍卫浑身僵硬，满是对冷冽气氛的不适。好一会儿，甲一道："你们都出去吧。"

谢放等人一听，都看着赵胤。甲一就知道这群人，他命令不动了，鼻翼里哼了一声，表情倒是没有变化，也不知该为儿子能独当一面感到欣喜，还是为渐渐放权后的空虚而感到失落。赵胤递了个眼色，谢放等人低头行礼："是。"

房里安静下来。甲一道："我见过庚一了。"

赵胤唔声："如何？"

甲一重重哼声，眼里有责备的光芒："青山镇那么大的事情，你都不曾告诉我只言片语，还得我亲自来查。"

赵胤道："我信你有这本事。"

甲一胸膛起伏，差点没有被气死，幸好他脸黑，看不出什么表情。而赵胤根本就不在意他什么表情，也就不会尴尬了。对赵胤屡次置自己性命于不顾，将生存的希望留给一个小婢女，甲一是既生气又无奈："我有没有跟你说过，这世间，没有人比你的性命更重要？"

赵胤道："人命都一样。你这么认为，只因你是我父亲。"

甲一拉着脸看他："你是不是看上她了？"

赵胤不承认，也没有否认，只是沉默地抬头看他，似乎在静待他的下文。甲一瞪着他，眉眼染满了忧色，却被他平静的目光看得那些训斥的话说不出来。最后，只能重重一叹："七情六欲，人之常情。我不能苛求你无欲无求，只是……无乩，你可还记得道常法师说的话？"

赵胤眼皮垂了下来，平静地反问他："若违此戒，天道会如何惩罚？"

若赵胤抗拒、辩解或是对道常的话不屑一顾，甲一心里还能好受点，他万万没有想到，赵胤会如此问他。这分明就是表明，他内心已经有过这样的想法，愿意接受天罚。甲一心里突然透凉。难道该来的，始终还是会来？而此女，就是那个劫数？

"无乩！"甲一一脸严肃，言词恳切，"不要挑战天道，不要挑战道常法师的预言。没有人能逃过。你即使不信我，还能不信先帝吗？你道先帝为何如此信他？那是因为道常可见古今，可测未来，口中从无虚言。上至大晏命数，下至先帝和先皇后的命理，从无一事偏差。"

赵胤还没有说话，门突然开了。没有他的命令，谢放等人是不敢随便进来的。二人诧异地抬头，不见人，但见一只黑狗从门缝里挤进来，抖抖背毛，直接闯进来，坐到赵胤的面前，抬起脑袋看着他："汪！"

甲一蹙眉。赵胤沉下眼皮，问大黑："怎么了？"

"汪汪汪！"

狗语难懂，可是赵胤从大黑的眼睛里却看出了不满。他不知自己如何得罪了这只狗祖宗，但是大黑这么严肃地来找他，定有要事。他起身，朝甲一看了一眼："我去去就来。"

甲一看着他大步出去，端着茶盏的表情极是精彩，欲说还休。不肯承认对人家小姑娘动了心思，看看，人家的一条狗都比他爹更重要。

大黑领着赵胤出了营房，就往依山那个垛墙下的石阶走去。赵胤一路上遇到巡逻的侍卫，纷纷向他行礼，然后朝耀耀武扬威的大黑投去深深的一瞥。这条狗救了朱九回来，如今可威风了，可以说在卢龙塞大营，唯一能横着走的就是它，不用接受盘问，也不需要任何令牌和口令，想去哪里就去哪里，让人好生羡慕……

卢龙塞的后山坡背阴。时雍就站在那里，微笑看着赵胤："你怎么来了？"

赵胤看一眼大黑："找我有事？"

时雍道："我？何时找你了？"

赵胤看她一眼，负手走近，望了望地势险峻的山坡："走吧。"

"去哪里？"

赵胤没有说话，时雍走在他身边："心情不好？"

"不曾。"此坡斜缓，赵胤派了不少守卫，他们二人这般走上去，引来无数人的注目。不过，虱子多了不愁，赵胤似乎并不在意旁人怎么看他和阿拾的关系，而时雍对他今天的反常，却有好奇。

她落后几步，揉了揉大黑的脑袋，小声问："让你偷令牌，你怎么给我偷了个人来？"

赵胤听力极好，闻言脚步微顿，嘴唇微抿没有吭声，拾阶而上。

石阶两侧是整石凿成的粮仓，就凿在依山的那大石壁上，防火防鼠还防偷袭。时雍跟着赵胤上去，再看两侧的巡守，对卢龙塞的防御体系风雨不透这个说法，有了重新的认知。

"就算巴图两个儿子没有被俘，军械粮草没有被烧，他要想短时间内攻入卢龙只怕也是做梦。"时雍感慨着设计者的伟大，赵胤却在前方一言不发。只有大黑冲她摇摇尾巴，赏了个脸。时雍摸摸大黑的头，加快步伐，跟在赵胤背后道："大人有心事何不说出来呢？"

赵胤安静沉寂，只有山风翻起他衣袂。时雍挑了挑眉："是因为长公主，还是因为你父亲？"

赵胤不知道在想什么，好像想得出了神，只顾着脚下，根本就没有听见她说话。时雍望他一眼，突然哎呀一声，弯腰捏着脚踝，委屈地看着大黑道："你差点绊我一跤知不知道？摔下去，我就没了！"大黑脑袋往右偏了偏，歪头看着她，一脸迷惑。

赵胤回头，很快走到她身边，蹙眉蹲身："这么大的人，不会走路，还怨狗。"

大黑脑袋又往左偏了偏，歪头看着他们。时雍道："它突然蹿过来，我哪里收得住嘛？又怕踩到它……大人也只顾着往前走，不管我。我差一点就摔到山下去了。"

赵胤瞥她一眼，没有辩解："能走吗？"

时雍本想点头，可是看了看无辜的大黑，愣是咬牙苦了脸："怕是不能。大人别管我了，我坐会儿就行。"

她就势坐在石头上，寻思赵胤这么问，是不是准备背她。哪料，赵胤看她一眼，也坐了下来，一只腿屈起，慵懒平静地望着远山，不言不语。两人所在之处，是半山腰上，可以俯瞰卢龙营房，地势绝佳，但冷风吹过来也属实绝冷。时雍并不想在这里谈情说爱："大人，你不下山？"

赵胤看着她："你不是崴了脚？"

时雍真想翻个白眼，还是忍住了，慢条斯理地换了个舒服的姿势："大人想说什么？"

赵胤看她片刻，又换到了她另一边，为她挡住风。良久，见他不言语，时雍找了个话题："大人觉得这场战，还要打多久？"

赵胤淡淡道："结束了。"

对此，时雍始料未及。

她愣了片刻道："我虽未上过战场，可是我爹没少给我讲古今的战事，就没这么轻易结束的。巴图筹谋这么久，还未过卢龙塞，就这么灰溜溜地回去，他能甘心吗？"

赵胤道："不甘心。"

时雍看他说得平静，笑了下："那不就是了？这战啊，还有得打。"

说完，她随手扯过脚边半枯的狗尾巴草，叼在嘴里，双眼半眯着望向远方。四周静悄悄的，她不说话，赵胤也是沉默。好一会儿，时雍丢掉嘴里的草："凭我对巴图的了解，他是当真能狠下心放弃两个儿子性命的人。"

赵胤侧过脸，目光突然幽暗："你为他针灸时，他可有胁迫过你？"

在兀良汗大营里发生的事情，赵胤没有问过时雍，时雍也不曾主动说起，冷不丁听他发问，时雍微惊："你如何知道的？"见他不答，时雍又追问，"无为是你的人，对

189

不对？"

赵胤道："他是我的俘虏。"

时雍目光沉下："你对他用刑了吗？"

赵胤道："也算不得用刑，本座自有让人招供的法子。"

"哦。"时雍见他不看自己，唇角微微掀了掀，回答他道，"巴图没有胁迫过我。他这个人绝非君子，但也算不得小人。我看他重声誉，讲规则，怕是干不出胁迫女子的事情……"

赵胤突然冷笑了声："恰好相反。"

"怎么？"时雍蹙了蹙眉，"难不成我说错了？"

赵胤冷冷看她："你道乌日苏是怎么来的？"

当然是他娘亲生的。时雍脑子里刚冒出这句话，突然就想到乌日苏没有母亲，受大妃欺辱这档子事来，讶异地道："你是说，乌日苏的母亲是受巴图胁迫，这才有了乌日苏？哦天，那当年的巴图和来桑有得一拼吧，那会儿才多大点年纪，小牛犊子啊！"

听她提到来桑，赵胤眼神变厉了。但是他显然不是那种愿意在背后说人私德的男子，眉头蹙了蹙，终归把想说的话咽了下去："总归你没事就好。"

时雍懒洋洋地又扯了根枯草咬着，悠闲地任由它在嘴里弹跳，眼神也活泼泼脱，出口就是戏谑："大人很在意嘛。我若当真在兀良汗大营里被人胁迫、侮辱，大人此刻是不是会离我八丈远，觉得我是个不干净的女子？"

赵胤看着她懒懒的眼神，没有作答。时雍膝盖歪过去，碰了碰他："说话呀。"

赵胤道："你是高才之人，何须受世俗流言所累？"

时雍的眼角慢慢弯了起来。这个人吧，话少，大多也不太中听，可偶尔那么一两句的宽心话，总能说到她的心坎里，让人听了怪舒服的。时雍承认自己是个俗人，喜欢听好话，尤其喜欢听赵胤说的好话。于是出于回报，她决定谈谈自己的看法，不负"高才"之赞。

"依我所见，这仗大晏占尽优势，即便巴图要求和，大人也不必相让。兀良汗号称五十万大军，我看满打满算顶多算他三十万。大人背靠卢龙要塞，身后是百万大晏雄师，就应当靠实力把巴图生生打出去……落水狗不痛打一次，它不长教训的，下次还敢……"说罢，她摸了摸大黑的脑袋。大黑就趴在她和赵胤的脚边，脑袋刚抬起来，又被时雍压了回去，"虽说打仗劳民伤财，陛下不想打，臣公们不想打，大人可能也不想打，但是对待巴图这种雄心勃勃的野心家，以战止戈才是上策。退让换不来和平，战争才可以。"

赵胤深深看她一眼。这话早在京师的时候，他就对皇帝和甲一说过。不料，今日会从一个女子嘴里听到。

"不是我的决定。"赵胤眉心微蹙，目光中似有难色，"长公主到卢龙后，战争就已宣告结束。"

对宝音和兀良汗的渊源，时雍一知半解，闻言嗤了声，"长公主再怎么说也是大晏的长公主，不是兀良汗的长公主。我就不信，她不为大晏着想，不想给兀良汗一点教训。"

赵胤道："在她看来，教训已足够。"

两个皇子都俘虏了，双方各有损失，大晏已完全占据主动。长公主是决计不愿再打下去的了。只是，她会怎么谈判，犹未可知。

时雍细细思索下，觉得他说得有道理，突然笑出了声："当初大人说，三个月内结束这场战争。这么说来，比预计的提前了呢，可以庆祝一下胜利了。"

赵胤没吭声。

时雍瘪了瘪嘴，重新叼了根枯草在嘴里，用草尖儿去撩他的腮帮，赵胤没有表情，斜目看来，目有冷色。见状，时雍做个鬼脸，收回草："生气啦？大人今天不对劲，不会是挨你爹教训了吧？"

赵胤沉默。

闷驴子！时雍感慨一声，又用膝盖轻轻碰向他的膝盖："你娘呢？怎么从来没见过大人的娘？是陪你爹守皇陵去了吗？"

赵胤冷目微眯，突然拔下她手上的野草，丢出去："你话真多。"

时雍抬了抬眉梢，想了想，跟这头闷驴没什么可聊的了，"哦"了一声，站起来就走。赵胤看着她脚步轻盈又平稳，再看看她的脚踝，一时无言。大黑爬起来抖了抖毛，给他个眼神，甩甩尾巴跟着时雍跑了。赵胤轻哼声，待她走远，才慢慢回到营房。

赵胤所料不差，长公主果然要求面见巴图，亲自参与谈判。这天晌午后，她就派了人快马到青山口传信。

青山口。

巴图最近火气很大。对和谈之事，他内心极为排斥，却又不能真的不顾两个儿子的性命，矛盾之下，他狂躁又焦虑，头痛越发厉害了。

阿伯里整日在他耳边劝谏，气得他好几次想拔刀把人给宰了。当然，巴图知晓阿伯里所言所行，是为兀良汗考虑，可他就是不愿遂了他的愿，更不愿意承认，他发动南下之战是错误的，是劳民伤财的举动。这对刚刚继承汗位的新汗王来说，影响甚大。他不能轻易认输。

宝音的到来，是恰到好处的一个台阶，巴图甚至连拒绝和选择的机会都没有。而宝音很明显清楚这一点，给巴图的信里，压根不是商议，完全就是训斥与痛骂。

在兀良汗的都城，巴图见过宝音。这是个外柔内刚行事果决的强悍女子，睿智、机敏，洞察世事。若宝音不是女儿身，那这大晏天下可能就没有赵炔什么事了。

宝音没有选在巴图南下的时候来信，因为那时，她劝不了，来信反而示人以弱。而这封信时机刚好，不仅是当头棒喝，还有高高在上的藐视。她痛陈巴图的错误，毫不留情，可字里行间又满是痛惜，为兀良汗、为他惋叹，情真意切。斟词酌句，恰到好处。

巴图接下这个台阶，同意面谈；但是在面谈地点的选择上，又与大晏发生了争执。

宝音要求巴图单枪匹马，一个人亲自前往卢龙塞。巴图以及兀良汗一干将领却不敢同意。两个皇子已经成了阶下囚，让大汗单枪匹马去卢龙塞，那不是找死吗？谁敢保证大晏不会使诈？而且，若是巴图去卢龙塞会面，那不等于低头认错？

阿伯里第一个跳出来拒绝，并带着巴图的意思，再赴卢龙塞面见宝音，要求选一个卢龙塞和青山口之间的地方，双方同时派使者前往和谈。

阿伯里是先汗王阿木古郎身边的老人，认识宝音已经四十几个年头。当年，在宝音还是阿木古郎带在身边的一个小姑娘时，阿伯里就是阿木古郎身边的谋臣之一。他自认有几分颜面，宝音既然想谈，必然也是诚意满满。这个折中方案，他以为宝音会接受。

不料，宝音断然拒绝，只让阿伯里给巴图带回一段话。

"要你儿子的命，就按我说的做；不然，三日内，你就能收到两个儿子的尸体。十日内，大晏军必将踏平青山口，收复宽城，北出松亭关，征伐兀良汗。我宝音，言出必行——明日太阳升起时，若见不到你的人，我将亲自挂帅，远征漠北。额尔古的河流、毡包、牧民的歌声，我也很喜欢，打下来狩猎放牧，再好不过。"

阿伯里是晌午后回去的，算上路程，巴图根本就没有准备和考虑的时间。

时雍得知此事，满是惊愕。宝音长公主完全颠覆了她心里的印象。那个雍容和蔼，朴素简约的长公主，平静安详的外表下原来有这等滔天的魄力。佩服！

时雍看着西沉的落日，掌心在大黑的脑袋上轻撸着："大人，你说巴图会来吗？"

赵胤在书案前写东西，闻言看一眼窗边闲散的一人一狗，慢慢收回目光，继续写："会。"

时雍回头："你怎么确定的？"

"巴图别无他途。"

时雍道："就算巴图不怕死，兀良汗的臣子们也不敢同意他轻易上门送死吧？"

赵胤笔尖停顿一下："长公主不会杀他。"

唔？为什么？时雍轻轻瞄他一眼，她总感觉这些人之间有种理不清说不明的东西。看赵胤不理她，拍了拍袍角，站起来："那我去看看暴躁小王子。若是明日他就回去了，往后说不定就见不着了呢。"她走得飞快，没去看赵胤是什么表情。

谢放看着她出去，合上门，抬头就见赵胤丢下了笔。"爷，不写了？"谢放拿过砚台和墨条，正准备磨墨，就见赵胤拿起了衣架上的氅子，披在肩膀上，大步出去了。

来桑的腿伤离愈合尚早，只是他不再抗拒治疗后，经过吃药加外敷，如今已经消了肿。时雍和郑医官合计过，对他伤好后，那条腿能不能恢复如初，都不抱什么希望。郑医官更是断言，腿肯定无法复原，非残即跛。

时雍心知他说的是对的，在没有手术条件的当下，这已经是最好的结果了，想要完全康复的可能性极小。但是她不愿意放弃，每日都会前去看望一下治疗情况，并陪来桑说说话，让他保持好的心态。

今日从赵胤那里听了消息，她猜测巴图明日过来就会带走来桑，特地仔细地告诉他，等以后伤口好起来，要怎么做复健，帮助恢复。

来桑听着，懒洋洋地瘫在炕上，似乎提不起精神，只拿一双狼崽似的眼睛，直愣愣地盯住时雍。

时雍说完，看他还在出神，不由得剜了回去："你可有听见我的话？"

来桑道:"听见了。"

时雍点点头:"那你得记住了。复健对你的腿非常重要,但急不来,你得慢慢来,循序渐进地锻炼……"

来桑眼睛眯了起来:"你不帮我治了吗？"

时雍看这家伙呆呆的,有理由怀疑他根本就没有听清楚自己刚才说了些什么。她对病人是十分负责的,绝对不愿意中途放弃任何一个人,不管这个人是来桑还是来四。只是,目前的形势,她不方便说:"万一我走了呢？我也不可能每日都在这里。"

来桑问:"你要去哪里？"

"二殿下是忘了自己的身份吗？"时雍哭笑不得,淡淡道,"战争总会结束的,就算我不走,你也不可能被赵胤囚禁一辈子。我们总是会分开的呀。"

来桑目光微垂:"我不想跟你分开。"

这是想不想的问题吗？时雍听着他孩子气的话,再看他根本不拿自己的腿当回事的样子,有点窒息。果然是个没长大的孩子,根本不知道这条腿对他有多重要,而他面前的这个女子对他而言,有多么不重要。"你是个傻子吗？"时雍直起腰来,不悦地盯住他,"我又不是你什么人。好心救治你,你还想赖上我不成？"

来桑面色微微一变。被囚禁这么些日子,他的肤色好像比以前白净了些,人却变得沉默了很多,他盯住时雍看了许久:"如果我说是呢？你会让我赖着你吗？"

"不会。"时雍重重拍在他受伤的右腿上,"你啊,好好养伤吧。别整天想些有的没的,很快,你就能回去做草原上人见人爱的小王子了。"

来桑那条腿受伤后,有些麻木,痛感不强烈,即使时雍敲得有点重,他也没有什么感觉,只是不高兴地看着她:"我再问你一次,你当真不肯跟着我？"

时雍专心看他的伤,头也不抬:"跟着你干吗,去草原放牧吗？听说你们草原女子剽悍,我可打不过,不敢抢她们的小王子。"

来桑语气有些急,呼吸都紧了:"没有别人。你若跟我,就只有你。"

时雍扫他一眼,摇头失笑。十几岁的男子果然是最纯情的时候,海誓山盟张口就来,仿佛一眼就能看得见人生尽头似的,却不知未来漫长,这世上真正能永恒不变的正是变化。时雍默不做声将他伤口处理好,站起来:"好好歇着吧,我走了。"

她收拾东西,正要转头,来桑突然抓住她的手腕,喝了声:"阿拾。"

时雍回头望着他:"是我说得不明白吗？"

来桑抿着嘴巴,抬头看她,眼神巴巴的,那模样竟让时雍想到了大黑做了错事时看她的无辜样子,不由得软了语气:"别说傻话了。你还没长大呢。等你长大了,会遇到心仪的女子,那时再说喜欢也不迟。"

来桑幽怨地看着她:"谁说我没长大？我很清楚我在说什么。我喜欢你,你就是我心仪的女子。我很确定,宋阿拾！"

宋阿拾！？时雍自嘲般一笑。可惜,她不是宋阿拾呢。时雍推开来桑的手,淡淡道:"我相信你喜欢我,可我另有喜欢的人。"

193

来桑喉头哽急，眼圈倏地通红："是赵胤吗？"

时雍笑道："是呀，我喜欢他。"

"这个老贼，他有什么好？"来桑愤怒地吼了一声，张着嘴似乎还想说什么，就看到了门口的赵胤。他负着手，高挺俊拔，面色安静疏远，看他的眼神没有半丝情绪，却叫他心口鼓胀得厉害，也痛得厉害。

时雍转头看到赵胤，眼角弯起，笑出一脸的真情实感："二殿下年纪尚小，大人不必和他计较。"

赵胤看了看她稚气未褪的小脸，在高大的来桑面前，她才分明是一个小丫头，却说着这么老气横秋的话。"不会。"赵胤容色冷然，"二殿下身子可有好些？"

来桑冷哼，没好气地瞪着他，并不肯示弱，少年人的固执和倔强全在脸上："小爷死不了。老贼，你不必假惺惺地问候，刚才的话你都听见了吧？心里可是得意极了？如今是想装大度可怜我吗？"

赵胤平静地看着他："可怜你。"

来桑气得头发都快冒出青烟了。时雍有些同情地看着他，与赵胤这种人说话，言词犀利没用，耍勇斗狠更没用，他不吃这套。软刀子比硬刀子更毒，四两拨千斤，他能憨得你没脾气。

来桑没长教训，在心爱的女子面前被情敌可怜，那是何等丢人的事情？

他攥紧拳头，恶狠狠地咬牙看着赵胤："那你可敢应战？等我伤好，咱俩真刀真枪比一场。谁赢了，谁才有资格拥有她；输的人，有多远滚多远——"

"不比。"

来桑眼睛瞪大，冷笑道："你不敢？怕输是不是？"

赵胤凝神看着他："虎女安能嫁犬类？"

来桑的大晏话水平虽远不如乌日苏，这句话还是能听懂的。赵胤不肯跟他比试，是打心眼里看不起他。来桑顿时暴怒，这种羞恼远比时雍说不喜欢他来得更戳心。他拳头砸在炕上，铁链被抖得铮铮作响，一双眼虎虎地瞪着赵胤，咬牙切齿的样子似乎恨不得把他吞下肚腹："赵胤，你除了会耍阴谋玩诡计，真刀真枪未必是小爷对手。有种的，你现在就解开我身上的锁链，跟我来单打独斗。你若不敢，我便瞧不起你！"

这家伙就像个小炮仗，十分爱挑衅，还是在别人的地盘上挑衅，不找死不舒服，非得逼人宰了他似的。

时雍吸口气，看赵胤面色冷漠，不知他心里怎么想，赶紧打个圆场，对来桑道："你是不是傻？连我家大黑都知道示弱，你是不懂这是何处？"

来桑挑高眉梢："你也拿我跟狗比？"

时雍淡淡道："怎会？你可比不过我家大黑。它比你机灵多了，该服软就服软，该示弱就示弱，从未吃过亏。就你这轴性子，早晚丢了小命！"

她并非有意打击来桑，而是为了平息赵胤心里的火气。毕竟她骂得狠了，赵胤就不会再火上浇油。实际上，赵胤在她心里还是极有威严的，锦衣卫指挥使杀人如麻的传说，不会只是传说。她生怕赵胤对来桑的冒犯起了杀心，这才故意刺他。遗憾的是来桑没有听懂她的潜台词，赵胤却听懂了。

来桑红着眼，气得手抖：“我就算丢掉性命，也绝不会向这老贼屈服。”

一口一句老贼，此子当真不可教也。时雍叹息，却见赵胤朝她看了过来，目光阴阴凉凉，不辨喜怒："本座不杀废物。"那意思是，教她不必暗戳戳地维护来桑了。

时雍有些无语，该听懂的人没懂，不该懂的人懂了。她抱住双臂，袖手旁观："行，你要死要活，不关我的事。"

赵胤容色冷淡，看了看还在生气的来桑："二殿下要是身子无碍，今夜可打点行装，准备明朝返程。"说罢，他拂袖离去。

时雍眯起眼睛看了看他的背影，又斜目看着来桑："下次你再找死，别带上我。"

来桑还沉浸在赵胤那句话里，一知半解："老贼这是何意？他要放了我？不应该啊？他如此恨我，不是应该宰了我吗？"

时雍懒得跟他解释，调头出了门。毕竟暴躁小王子马上要回兀良汗了，此生能见着的机会不多。等他回了草原，这事告一段落，他很快就能忘却这段不愉快。而"老贼"不同，往后还要打很久的交道呢，关注"老贼"的心情才是一件刻不容缓的大事。

第五十二章　千秋功过，一点浮云

黄昏时分，赵胤给长公主请了安回来，时雍正在他的书房里写字。纸笔墨砚全摆在屋中的一张矮几上，砚台压着纸，大黑站在旁边为她磨墨。人家是红袖添香，她是黑狗添香，很是滑稽。

平常让她写字，无异于要命，今日这般自觉？赵胤默不做声地坐下，谢放看了看那一人一狗，一声不吭地为赵胤端来茶水，顺便为时雍续了一杯。时雍略略微笑："谢了，放哥。"谢放垂下眼皮没吭声。

时雍看赵胤端正地坐在椅子上，慵懒地吃着茶，垂着眼，并不准备搭理她的样子，放下毛笔，掏出帕子，为大黑擦了擦嘴巴："走吧，累了，回去休息。"大黑甩甩尾巴。

她俩正往外走，白执进来了，带了两个伙夫，托盘里端的是吃食，有时雍爱吃的驴肉火烧，还有驴打滚、酱驴肉，两碟小糕点和肉脯果子。时雍咽了口唾沫，错开身，等白执进去，准备出门。

她走得很犹豫，大黑却很直接，四条腿根本就迈不动，吐着的大舌头直接淌了口水，扭过身子，摇着尾巴就回去了。

不是只爱吃生肉吗？时雍跟着大黑走过去，看着端上小几的驴肉火烧和酱驴肉，唾沫都分泌出来，说话都酸："走啦大黑，人家又没请你吃，你别丢我的脸。"

大黑委屈地低头看着她，夹着尾巴，慢慢走向她。不是吧？这么没默契。时雍摸了摸大黑的头，一脸纠结。

赵胤接了白执呈上的温热湿帕，擦了擦手，"过来吃吧。"

时雍略略扭头："大人是在跟我说话？"

赵胤道："大黑。"

呵！时雍信他就有鬼了。她以百米冲刺的速度冲过去，盘腿坐在赵胤的对面，与他隔着一个小几，眼对眼地看了半晌："大人，可以吃了吗？"

赵胤低头看了看大黑，摸摸它的脑袋，夹起一片酱驴肉丢给它："吃吧。"

时雍撇了撇嘴，就见大黑衔起驴肉，叼在嘴上，朝她膝上蹭来。大黑不吃，只是讨好地看着她，仿佛在说："妈妈你看，我给你要到驴肉了。"

时雍脑壳痛："我不吃掉地上的，你吃。"

大黑低头，把那片肉放地上，委屈地坐着看她。

赵胤道："好歹是它心意。"

这叫什么话，是让她吃的意思吗？时雍笑着对大黑道："大黑，咱们要先孝敬大人。"

大黑听懂了，捡起那片驴肉，又去蹭赵胤的腿，要把肉给他吃。

赵胤微微皱眉："本座不吃同类。"

时雍正拿了筷子，准备偷吃，闻言手一抖，扭头看他，那一脸想笑又想憋笑的表情，一言难尽："这么说，这桌菜是大人为我准备的了？我最爱吃驴肉。"时雍笑着眨了眨眼，转头叫谢放，"放哥，麻烦把大人的酒来上一壶。这么好的菜，不能被辜负。"时下的粮食酿酒度数都不高，对时雍来说，与喝饮料的感觉差不了多少。

她话音刚落，就被赵胤否决了："不许喝酒。"

时雍道："仗打完了，大黑也回来了，咱们马上就可以凯旋回京了。不是很值庆祝的事情吗？没有酒，这些驴肉哪来的灵魂？"

赵胤将酱驴肉往她面前推了推，又将她喜欢吃的一盘糕点重新摆放到她的面前，可是对她喝酒的要求却是不应。时雍看他这般，心情好了不少，就开始撒娇："大人……"

她是最会使坏的，诚心要向人示好的时候，那叫一个娇软可怜！如赵胤这般的大男人哪里见得一个小姑娘在面前撒娇？时雍也不过就叫了两声，赵胤就别开了眼，不再看她眼里的星光和渴求，却对谢放道："拿瓶小的。"

谢放望一眼时雍："是。"

时雍乐得差点笑出声。她发现自己也是贱，就喜欢看赵胤别别扭扭地宠着她："我最喜欢大人没有原则的样子。"

赵胤冷冷看她一眼："不许喝多了胡闹。"

"我何时胡闹过？呵呵，少看不起人。就凭我千杯不醉的酒量，别说一瓶酒，就是十瓶，也绝不可能喝多。"

半个时辰后，时雍喝趴在小几上，直接躺了。谢放过来收拾桌子，看了赵胤一眼："爷，怎么办？"

"丢出去喂狼！"

谢放愣了愣，正不知如何是好，就见赵胤俯下身来将时雍抱起，轻轻放在书房的软榻上，并为她盖上了被子。

这两日长公主和甲一来卢龙塞，赵胤把他的房间让给了父亲，自己就搬到了书房来住。这里只有一张休息使用的软榻，时雍睡下去，赵胤就没得地方睡了。谢放看着大都督口是心非，心里暗叹了声："爷，把她送回去吧。"

赵胤道："让人看见不好。"

喝多了回去让人看到确实不好，可是喝多了没有回去，而是睡在大都督屋里不是更不好吗？谢放心里忖度，嘴上却不敢说，只问他："那你在哪里就寝？"

赵胤坐回了椅子上，拿过时雍还没有喝完的酒壶，为自己斟满一杯，慢慢啜了一口，淡淡道："我坐片刻，等她醒来。"

醒来？谢放怀疑时雍喝多了是否还能醒来。唉！刚硬冷峻的大都督，终是免不了儿女情长。谢放心里叹息，更焦虑的是，大都督这般纵容她，往后还如何在她面前立威？看了看趴在床边警惕地看着他们的大黑，谢放嘴巴张了张，最后还是什么都没有说，默默地退出去。

忙了一天，赵胤其实有些疲乏，但他没有叫醒时雍，而是一个人默默喝光了那壶里的酒，又看了一会儿书。眼看夜深了，时雍不仅没有醒来的迹象，还将整个脑袋都缩到了被子里。她屋里的被子厚，书房里的被子薄。她可能是怕冷，身子缩了起来，就露了个头顶在被子外面。

赵胤皱了皱眉头，怕她被闷死，慢慢走过去，将被子往下压了压，将她从被窝里拖出来，摆在枕头上。时雍不舒服，滚一圈换个姿势又缩了下去，将被子捞过来盖住自己，蜷得像一颗蚕蛹。

赵胤从未见过睡觉这么不规矩的人。他看了片刻，见时雍毫无动静，又去拉了拉她被子。时雍迷迷糊糊间一只脚搭过来，死死压住他的胳膊。

时雍睡觉没规矩，更不喜欢穿着袜子睡觉，虽然喝了酒，也不耽误她在迷迷糊糊间脱袜子。这从被子里伸出来的那只小脚，光洁白皙，五根指头如同玉石，指甲圆润精巧带着淡淡的粉，保养得极好，似一件精美的艺术品般，从赵胤手背划过，冰冷沁骨，那细腻丝软的触感几乎瞬间夺走他的呼吸。

女子的脚是禁区，赵胤从不曾这般近距离看过，更不知女子的小脚竟会美成这般。他喉头绷紧，神魂纷乱，原本探出去想将那只脚拿开，终是克制住，慢慢缩回胳膊。

时雍不满地转身，另一条腿压过来。赵胤眉头蹙起，两次没抽回来，试探地唤她："阿拾？"

时雍嗯了声。

"醒了？"

时雍含糊道："驴肉火烧好吃。"

赵胤挑了挑眉："是驴肉火烧好吃，还是酱驴肉好吃？"

时雍道："只要是驴肉都好吃。"

哼！赵胤看她迷迷瞪瞪的样子，屏住呼吸，拽住她光洁的脚踝，轻轻挪开塞回被子，终于松了口气。可是他刚要直起身，睡梦里感觉到被冒犯的时雍就不依了，脚弯一勾，拖住他的衣袖，人就水蛇般缠了上来，不满地道："大人——"

赵胤心头微跳，低头想看清她是不是在装睡。可脑袋刚往下压，面前就出现一张狗脸。大黑不知何时将双脚搭了上来，脑袋从他腋下钻过，隔在他和时雍之间，一脸不解地歪头看着他。赵胤看了看胸口的狗："你做什么？"

大黑没做什么，张开嘴叼住他的胳膊，就往外拖。

感觉到有东西拖拽，时雍迷迷瞪瞪地吸了口气，嘴巴咂了咂，似有醒转，伸出手来，在摸到一颗狗头后，她不悦地蹙起眉头，一只脚冷不丁踢过来，直接踹在赵胤的心窝上："下去！谁让你上床的？没规矩。"

心窝突然被踹中，赵胤深呼吸，固守丹田良久方才忍住这股子邪火，低头摸大黑的头："她以为是你。"

大黑斜他一眼，一跃而上，直接趴到时雍的身边。时雍撸了撸大黑的皮毛，叹息一声，像是拿狗子无奈，伸出胳膊将它抱住，呼呼大睡。安静片刻，大黑伸出一颗脑袋，趴在床边看着赵胤，晶亮的双眼一眨不眨。片刻，见他不动弹，脸色不太好看，大黑舔了舔嘴巴，又妥协般往里挪了挪，给他让出个位置来。

次日醒来，时雍发现自己睡在赵胤的书房，大吃一惊。再看看她的身边似乎有人睡过的痕迹，更是崩溃。仔细回想，有些片段便依稀闯入脑海。她记得，她好像抱了个什么东西……完蛋！她不会把赵胤睡了吧？时雍拍着脑门，头痛欲裂。可是她找遍了书房也没有见到有暧昧的痕迹，赵胤也不见人，倒是大黑蜷缩在案几后的椅子上，见到她，跳下来伸了个懒腰，对她摇头摆尾，很是亲热。

"瞧这干的什么事？你也不叫醒我。"时雍摸了摸大黑的脑袋，春秀就来了，叫她去用早饭。

从兀良汗大营回来，春秀对她比以往更亲近。今儿的早饭是她特地为时雍准备的，吃饭的时候，也乖乖侍立在旁。时雍吃饭了，她才小心翼翼地问，是不是她哪里做得不好。

时雍一头雾水："这话怎么说？"

春秀咬着下唇无辜地道："夫人都不回来睡觉了，是不是嫌弃春秀不懂事……"

时雍哭笑不得，给她碗里夹了菜："快吃吧。我不回来睡，不是嫌弃你，是有更好的陪睡的人。"

春秀讶然地看着她，"夫人是说将军？"

看破不说破啊，孩子。时雍笑吟吟地摇头正想反驳，余光就瞄到了赵胤的衣角。要死！他又听见了？

时雍回头果然看到赵胤进来，他背后还有两个侍卫。赵胤今儿一身戎装，身系佩刀，玉冠束发，外罩一件玄黑色的大氅，衬得他容色绝艳，眸子深邃，看上去很是精神。"吃好了？"他的声音平静无波，让时雍很难判断昨晚自己有没有做什么出格的事情。

"唔。"她应了声，眼角斜勾望向她，"大人有事吗？"

"巴图来了。"

这么早？时雍抿了抿嘴，还没出声，就听赵胤道："长公主召你前去。"

"我？"时雍微怔，很快想到在兀良汗大营为巴图针灸的事情，皱了皱眉头。

赵胤道："你若不想见，我帮你回拒。"

时雍无所谓地笑笑："没什么想不想的，长公主叫我去，那我就去见见吧。大人稍等，我换身衣裳。"

赵胤看他一眼："这身就很好。"

嗯？从昨天到现在，她都没有换衣服呢。时雍看了看身上的侍卫装，"好吧。"

她飞速地从桌上夹起一块香芋卷塞入嘴里，然后在赵胤看过来时，停止咀嚼，做了个请的手势，等赵胤转身，这才边走边吃，跟在他背后。谢放眼角斜她，暗叹口气。

宝音长公主没有在议事房会见巴图，而是在她自己小院的堂屋里；没有叫卢龙塞的其他将领前来，只有白马扶舟、赵胤、甲一，还有兀良汗的两个皇子陪坐在侧。

巴图是单枪匹马来的。卯时一刻，他快马赶到，没带一兵一卒，马背上却驮了些兀良汗的特产，像走亲戚一般，坦坦荡荡地打马进城，将东西呈给宝音。

宝音没要他的东西，劈头盖脸一顿教训："你可知错了？"

巴图天生勇武，一生自负，自从昨年登上大位，整个漠北草原就再没有人敢这样跟他说话，何曾受过这般冷眼与责骂？他气得脸红脖子粗，偏生不能骂回去："长姊教训得是。"

巴图的父汗阿木古郎曾经救过宝音，便把她当女儿一样养在膝下好多年，这称呼并不为过，宝音却拉下了脸："别这么叫我！你也不必在我面前认错。你应该向你的列祖列宗认错，向阿木古郎认错，向千千万万因你发动战争而受苦受难的黎民百姓认错。"

她沉着脸说完，突然转头："何姑姑。"

何姑姑应了声，将架子上一块帷布拉开，露出里面的一张阿木古郎真身画像来。白茫茫的雪地上，那人红衣似火，唇角微勾，似笑非笑，亦正亦邪，妖孽般的美貌里暗含几分凌厉的锋芒。

宝音看着巴图："跪下。"

巴图看着目光凌厉的宝音，恨恨地咬紧牙齿。这场仗本就打得屈，他心里从未服输，怎肯甘心下跪？可面前是阿木古郎的画像，人在屋檐下，又不得不低头。

宝音道："我没有叫外人在场，已给足了你脸面。难不成你膨胀至此，连阿木古郎都不用跪了吗？"

扑通！巴图跪在画像前面，梗着脖子，一言不发。乌日苏见状，赶紧跟在他身后跪下，就连腿伤不便的来桑，也乖乖地跪了下去。

宝音看着画像，冷声道："当年，你父同我父，歃血为盟，约定天下太平由此而始，兄弟之邦，永不互犯。几十年来，大晏兵强马壮，国富民强，却从不曾存有觊觎之心。而今日，眼看我朝受瘟疫灾荒之祸，你那狼子野心便按捺不住，年都不过了，迫不及待撕毁盟约，起兵南下。"宝音冷笑一声，"我父皇母后没了，我弟弟病了，我还没死。还是说，巴图你早就当我也死了？"

"不敢。"当年两国皇帝结盟时，巴图还没出生呢，不是先辈盟约的见证者，自然不如亲历此事的宝音看重。但此情此景，他无所选择，"弟弟也是一时鬼迷心窍，受了奸人挑拨。"

"说得好。"宝音冷眼看着他，将一份手书丢在桌上，又叫人为巴图父子三人看座，然后将文书递上去，"议和盟书，你看看，要是没问题，就签了吧。"

巴图拿过盟书，前面条约看着都很合理，既没有要兀良汗赔偿，也没有叫他们割地，只是让他领兵撤出大晏。看到最后，却有一个十分苛刻的条件："为免兀良汗再犯，留下巴图一子为质。"

"长公主这般是欺人太甚了吧？"巴图捧着文书，冷眼看着宝音，"既是议和，当顾全两国大局，互相各退一步，岂有强求人子为质之理？"他没再称长姊，而是叫长公主，显然是有了怒气。

对他的愤怒，宝音视而不见，只是淡淡地道："你两个儿子都在这里，选一个吧。"

巴图瞪大眼看着她，久久不语。乌日苏突然跪下，拱手道："父汗，为平息两国干戈，儿臣自愿留在大晏为质。"

房里突然寂静，所有人的视线都落在乌日苏身上。身为质子，虽说不会受到囚犯一样的待遇，但国不是国，家不是家，日子诸多不便，经年累月下去，很是消磨人志。

乌日苏向来不主战，他会站出来巴图不意外，只是看着他目不斜视、一脸固执的样子，牙槽咬紧，又是气，又是恨，一字一句似从牙缝里挤出来的一般："你既有意，那我只当没生你这个儿子。"说罢，他冷冷看着宝音，"如此就照长公主的意思办吧。"

巴图比想象中更为淡然，乌日苏听了他的话，肩膀微微绷紧，低低苦笑一下，慢慢地磕头起身："父汗何曾拿我当过儿子呢？"他这话很轻，旁人几乎听不见。

巴图看他一眼，浓眉微蹙，拿过何姑姑递上的笔，正要往和谈盟书上签字画押，不料，一旁的来桑突然大喝："且慢！"

巴图提笔抬头，众人视线也转到了小王子的脸上。

来桑是巴图与兀良汗大妃所生之子，也是大妃唯一的儿子。这孩子从小骄纵，今儿反常地沉默许久，谁也没料到，他竟会自荐为质："我留下。"

众人震惊，几乎都不敢相信。

其实大家都知道，即使乌日苏不主动站出来，由巴图来选择，他肯定也会留下乌日苏为质子，带走小皇子来桑。鉴于巴图曾不顾乌日苏的性命，执意起兵，先前商议时，甲一还曾表示反对，认为乌日苏留下为质，意义不大，并不能约束巴图。怎知，来桑自己就冒出来了？

巴图虎目如炬，瞪着他："你疯了？"

来桑镇定地看着他，样子比往常平静而严肃。"父汗你看看我的腿。"他毫不避讳地拍了拍受伤的右腿，"我是个废人了，跟你回去也只会遭你厌烦，不如你带走大皇兄吧。"说到此，他不敢再看巴图眼里的厉光，低下头道，"实在不行，你和母亲再生一个，我也没什么出息，就会给你丢脸……"

"不行！"巴图怔愣片刻，断然拒绝，然后看着宝音道，"你们要留，就留下乌日苏。别的，不用再谈。"

乌日苏拳心攥紧，指甲深深掐入肉中，不言不语，宝音却是笑了："你这心偏得我都看不下去了。不过，既然说了由你挑，那我就尊重你的意见。"她偏头看着乌日苏，"乌日苏留下吧。"

"父汗！"来桑大吼一声，谁也没有想到，他会飞快地扯过文书，高举过头顶，红着眼睛道，"父汗难道想眼睁睁看我这条腿废掉吗？"

巴图看着他，目光中全是恼意。而乌日苏则是满脸错愕。从小到大，来桑什么都跟他争，跟他抢，从不肯吃半点亏，没想到去敌国为质，他竟然也来抢！

来桑不看旁人，两只眼铜铃似的，盯着巴图道："父汗常说，大晏有最好的医者，最好的药材。此去大晏为质，也许是我这条腿最后的机会了……"他放下文书，双手慢慢趴伏在地，重重磕头，"恳请父汗成全。"

巴图是晌午时分回去的。他带走了乌日苏，而来桑留了下来。

临走前，长公主听说他头痛，特地派时雍去为他针灸。既然已经解决了争端，那两国当然要再续兄弟之谊，这也算是打了一棒子后，再给一颗甜枣，稍稍给巴图几分脸面。

时雍备了银针和艾灸之物，走到巴图的房里："大汗。"

巴图坐在椅子上，看到她端进来的东西，迟疑一瞬，没有说话，由着时雍为他针灸，默默闭上了眼。

久久无声，房内极是安静。

"阿拾。"巴图眉心突然皱起，从那道深深的川字，可以看出他内心的焦灼与疲惫，"孤有一言相问，你老实回答。"

时雍嗯了一声，很配合："大汗请讲。"

巴图慢慢叹口气："你看孤，是否无用之人？"

时雍低头看了看他，缓缓行针："不以成败论英雄。大汗有雄心壮志，只是用错了地方而已。"

巴图长叹一声："你没去过兀良汗，额尔古一入冬，人畜艰难，牧民们的日子实在是太苦了……"

时雍道："大汗以为领兵南下，牧民就能过得好了吗？"

巴图反问："难道不是？"

时雍道："我认为不是。大汗身为草原人的领袖，那就是草原人的太阳，本应为他们谋福祉，带来更好的生活，但这绝不是发动战争的理由。老百姓么，只想安安稳稳地过日子，谁愿意兴兵打仗？死的是他们的儿子，花的是他们的钱，傻子才愿意呢！大汗兴兵满足的分明是自己的野心和私欲，又何苦把罪过栽到百姓头上，找这么个冠冕堂皇的理由？"

她说得直白，巴图一时无言："你胆子很大。"

"是呀。"时雍道，"有人夸过了。"

巴图呵声，突然笑了，侧过头来看她："孤还有一言问你。"顿了顿，他仿佛很难启齿一般，慢慢地道，"你可否随我去兀良汗？"

时雍一怔，她看过去，没从巴图眼里看出什么不轨之心，却看出了他的诚意与恳切："自是不愿。"

"为何？"巴图凝眉。

"我是大晏人。"

"呵！什么大晏人？孤看你，是为了赵胤吧！也罢。孤原是怜你在赵胤帐下做侍女，实在屈才，这才想把你带走。你既不愿，孤也不便勉强。"巴图叹口气，眉头皱得更紧，想到时雍之才，不由得又想到来桑，"孽子来桑是个蠢物，此去大晏，还不知他会干出什么事来。你在赵胤面前有几分脸面，还望看在他当日真心护你的分儿上，多多看顾。"

"会的。"

门外，谢放静静地看着面前的赵胤，头皮都快炸开了。他没有想到，阿拾这样招人稀罕，一个来桑也就罢了，少年轻浮，说什么都不紧要，而这个巴图，几十岁的人了，也想把人家小姑娘拐走，这真是脸都不要了。

赵胤看他一眼，冷着脸上前敲门："阿拾。"

时雍听到他的声音，欸了声："马上就好了。"

赵胤道："车马已备好。"

时雍嗯声道："知道了。"

外面没了动静，巴图哼声，双眼眯了起来，不冷不热地道："他这是防着孤呢。"说罢他冷冷看时雍，"你却是不怕？"

时雍笑道："也怕的。"

巴图摇摇头："你从未怕过。"他似乎有些犹豫，一双眼凝视时雍许久，一句话迟疑好久才出口，"你很像孤的一个旧人。"

对这件事情时雍早有猜测，在兀良汗大营时，他总是召她过去，那些怪异的举止就很令时雍生疑。因此，对巴图的说法，她并不意外："大汗也是念旧的人。"

巴图沉下眉头，手指蜷缩起来，凝固成一个停滞的动作："天地之大，黄花几朵，早就不念了。"

说不念的人，往往是真的怀念吧！时雍看他一眼，好似没有听到一样，收针扶椅："好了大汗，请吧！"

这日天气很好，响午后正是阳光大炽之时，卢龙塞城门大开，巴图骑马在前，乌日苏马车在后，还有两辆架子车，上面堆放着长公主的赏赐。若拆开那些油纸包裹，就能看到，那是一摞摞的书籍。

赵胤和白马扶舟携卢龙塞将领几人，送至城外门二里。时雍也跟着去了。许久没出城门，空气清新，阳光温暖，心底仿佛开出大朵大朵的花来。随着晏兀两国盟书一签，战事宣告结束，连天空的鸟儿盘旋都自在许多。

"吁——"前方是个山口，层峦叠嶂几不见天。巴图停下马步，调头朝赵胤等人拱手示意："送君千里，终有一别。孤与诸位就此拜别吧。"

赵胤止马停步，众人纷纷停下。乌日苏也是打了帘子从马车跃下来，低头朝众人揖礼拜别："青山不改，绿水长流。诸位，后会有期。"

赵胤还礼道："后会有期！"

巴图看他仍是一副不苟言笑的模样，微微一笑："后会有期！"他扶住缰绳，掉头策马，"驾！"

乌日苏回头看一眼，朝众人道："大都督再会！"

"再会！"

乌日苏深深吸了口气，然后缓缓站直身子，上了车，扬起鞭子在空气里发出噼啪的一声脆响："驾！"

几匹马儿在官道上踏出蹄声阵阵，晌午阳光尚好，官道上的人、马、风，仿佛凝成了一幅静止的画面，渐渐模糊，被时光一点一点吞食，逐渐斑驳。

白马扶舟衣带飘飘，凝目许久笑道："走远了，还舍不得回吗？"

赵胤道："回吧。"

时雍轻轻抬头，看着站在人前的二人，再透过他们望向远处连绵不绝的大青山。

秋季已尽，快要入冬了，山峦翠色变黄，万物渐渐沉睡，连同那些埋藏的心事，悉数化在这片山峰里。

历史的车轮碾过这发黄的一页，重新翻开了崭新的篇章。

光启二十二年十月初三，寅时，兀良汗大军集结完毕，拔营起寨，浩浩荡荡离开青山大营，往北而去。途经的各个关隘要地，纷纷加强戒备，民间百姓则是悬挂经幡，燃放鞭炮，祭祖谢天。

当年兀良汗王阿木古郎与大晏皇帝赵樽于京师议盟，两国和平了三十九年。如今巴图匆匆南下又匆匆而返，民间各有揣测，无一不说这场战事打得匪夷所思，因不知退兵原委，就突发奇想地编造出了很多说法。

同一天，大晏京师举行了隆重的告天祭祀。僧录司禅教觉远大和尚主持法祭，皇帝身体欠佳没有出席，由九岁的皇太子赵云圳代皇帝登坛敬献祭礼，并昭告天下，嘉奖六军，晋升抚北军将领，同时对深受战争影响的几个州府减免赋税。

宝音长公主一行人在卢龙塞停留七日后，启程返回天寿山，东厂众番役和厂督白马扶舟随行护卫。

甲一带走了兀良汗二皇子来桑，直接解送京师。

三日后，圣旨到达卢龙塞，抚北军副将霍九剑领兵北上松亭关，沿途各军屯布政司重新整肃，该下狱的下狱，该提拔的提拔，各有命数。

光启二十二年十月十五，朝廷钦差到达卢龙塞，交接军务后，赵胤、魏骁龙等一干将领回京述职，锦衣卫众人随行。

启程那日，卢龙塞下了今冬以来的第一场雪。银装素裹的卢龙塞，白茫茫一片，垛墙、箭楼、哨塔、烽火台，在褪去硝烟后，这里俨然变成了一个素净的世界。校场上，将士们持戟列阵，相送远道而来的京军，有些相处得好的甚至抱头痛哭。

离别的雪花，终是染上了浓重的悲伤。

卢龙塞城门外的官道边，蠹旗在雪风中翻飞，一个刚刚修筑的碑亭，崭新地伫立着，亭子四角和柱身被红色的绸缎包裹，扎上了胜利的红花，但是碑石上还没有刻字。

"大都督，请您题字。"卢龙塞守将熊丰双手捧上笔墨。

树碑载事，一为歌功颂德，二为警示后人。赵胤看着雪白的纸和铺天盖地的雪花，没有动笔："千秋功过，一点浮云。是非成败皆出自书生笔墨，我何须写？"

守将捧着纸笔，仰着头，一脸雪花和尴尬。

时雍看了他一眼，笑道："大人写吧。千秋功过虽不值得提，但千百年后，说不准就是一个景点，可为百姓谋利呢。"

赵胤回头看她。她今日戴了顶毡帽，小脸团在围巾里，笑吟吟地满眸飞雪。大黑在她腿边绕来绕去，似乎在追逐着雪花，黑色的皮毛和雪花竟似融入成画。恰是美人美景！

赵胤抬头望着卢龙关塞，崇山峻岭城墙蜿蜒，他抚袖提笔，一行文字遒劲有力，洋洋洒洒：

一夜风来见马蹄，万千红翠碾做泥。四海追逐慕名利，入关须看卢龙低。千思虑，万思虑，百年巨变成追忆。年少常夸旌旗好，不若天地人心齐。可叹琼枝护飞雪，江山不夜草萋萋。风落帽，雪落帽，挥笔扫笺为谁题。

"好！"卢龙塞守卫熊将军不通诗文，但出口叫好的声音极大，震得时雍耳膜一荡，差点没聋。她怀疑地看了一眼："大人，你写好了？"

赵胤"嗯"一声，面无表情地交由熊丰。

大军整肃待发，他踏鞍上马，执缰扬刀："启程！"

大军如长龙般浩荡而行，三日后，碑亭上记载了晏兀两军战事以及卢龙议和之事，并抄录五军都督、锦衣卫指挥使、抚北大将军赵胤题诗。卢龙塞守将、永平府布政使等人纷纷具名于碑亭之上，以诫后人。

从卢龙塞出来，沿途可见南逃的百姓拖家带口地返归家园。战事结束的消息早已传遍三山五岳，为这个灾难之年画上了浓墨重彩的一笔。

大军行至青山镇时，赵胤下令休整。

青山朗朗，人事已非。今日的青山镇早已不是那日他们来时人来人往的热闹场景，镇外的大坟场在新任县令的主持下已经修筑完毕,衙门的官吏正在挨家挨户地清点人口,备案录卷。

长街上的鲜血随着时间被风雨洗涤得干干净净,只是门楣上那些刀枪箭矢留下的痕迹还忠实地记录着那一夜的疯狂和诡谲。而"邪君"这个官方记录"死亡"却留下诸多疑惑的人或组织,仍让人心有余悸。

符婆婆的小店生意好了起来。战事结束,十里八村的亲戚或是远嫁的女儿都回到青山,为家人祭奠送灵,大坟场的鞭炮声仿佛从来没有停歇,空气里都能闻出一股纸钱的味道。

时雍很想去裴宅看看。那是一种极为微妙的心理,她不好提,不料春秀率先开了口:"夫人,少爷……我想去看看。"

时雍看着赵胤:"那你得问将军。"

赵胤嘴皮动了动,没有说话。

裴府外的河水日复一日奔流向前,永不疲惫。三个人带着黑煞步行过桥,看着远处的裴府匾额已经重新挂好,刷了一层金漆。门外的石狮下方,插着没有燃尽的香烛。燃过的纸钱像黑色的蝴蝶在雪风中飞舞。

赵胤道:"裴赋回来了。"

前些日子他已收到裴赋传来的信函,出了这等事,他理所当然应返回家乡处理后事。只是,赵胤没有告诉时雍这件事情。裴府是裴赋的裴府,于他们而言,只是一场虚无的梦境。

时雍的视线穿过院门望向里面的院舍和屋顶,停下脚步,听着耳边的河水声音:"那咱们就不进去了吧?"

赵胤道:"随你。"

他们没有进去,可是赵胤领兵返京这么大的事情,裴赋又怎会没有得到消息?他刚去镇上相迎,没有找到大都督,不料却在自家门口看到了他和时雍。裴赋有些激动,上前行礼,热情相邀:"来都来了,进去坐坐吧。"

府里没几个下人,温度比他们上次来时更低,可是如今的裴府,没有了之前那种阴冷冷的感觉,同时,也少了那种他们共同经历过的那种熟悉感。

吃了三盏茶,夜幕吞噬掉天边最后的一丝光线后,二人起身告辞。

前方,是青山镇的寥寥残灯,后面,是裴府升起的袅袅烟火。时雍带着春秀走上马车,大黑一跃而上,她笑着放下帘子。青山镇沉入夜色,被抛在大军的身后。时雍隔着帘子望向长风里打马而行的赵胤,脑子里有片刻的空白,天地也俱是无声。

此去京师,当是繁华盈目,赵胤再不是裴将军,而是高高在上的锦衣卫亲军都指挥使。而她也再不是裴夫人,而是一个小小的仵作之女。一介庶民,又当如何是好?

番外　大都督和小侍卫

冬季的清晨，寒风刺骨，一层白茫茫的雾气笼罩着顺天府。太阳初升，雾未散尽，城门边的茶寮便坐满了人。

茶友们三五成群聚在一处，或窃窃私语，或高谈阔论，无不在说南晏与兀良汗这场刚刚结束的战争，还有大都督的卓绝战功……当然，最令人津津乐道的还是从南晏军中流传出来的大都督和小侍卫的香艳事。

"大都督至今不曾娶妻，听说府里连伺候枕席的姬妾都没有一个，那小侍卫该是何等绝色？"

"长相平平。我小舅子的堂兄便在营里做伙夫，他亲眼见过的，瘦瘦小小的一个，浑身上下也没几两肉，不知大都督看上了他哪一点……"

"此事会不会是谣传？空穴来风？"

"空穴不来风。"

"这次大都督立功归来，想必陛下就要赐婚了，啧，不知新晋的都督夫人，会如何看待此事？"

嗡嗡声此起彼伏。

时雍就坐在茶寮门口，一条腿懒洋洋耷拉着，脚下躺着大黑，头上毡笠儿遮了半边脸，竟没有一个人认出她便是那个被赵胤"宠在身边的小侍卫"。

小二肩膀上搭着汗巾，拎着长嘴的茶盏，走过来添水，被时雍拒绝："不用了。"

她将两个铜板放在桌上，带着大黑出门，一抬头便见谢放站在旭日下的茶寮边，身着常服，腰悬长剑，看着她，略略露出几分尴尬。

在谢放的背后，一辆黑帷马车安静地伫立着，影子被冬日的暖阳拉得老远，如同凝固。

"阿拾。"谢放侧过身子，低头拱手，"大都督有请。"

时雍不知道茶寮里那些人的话，赵胤听见没有，哂笑一下，走向马车。

车辘辘平静地驶过青砖石地面，发出低缓而均匀的声音，像涓涓细流淌过心底。

时雍笑道："大都督又来找小侍卫做什么？不怕人家说你好男风么？"

赵胤拉开曲几的抽屉，从中拿出一袋油纸包。时雍没想到他这么好，还给带零食，笑吟吟拿过来，拆开纸包一看是肉干，不知什么肉做的，香味浓郁，她拎一块儿就往嘴里塞："无事献殷勤。大人是不是腿疾又犯了？"

"肉，给大黑的。"

时雍愣了愣，拿下肉干看半晌，再看大黑流着哈喇子看自己，默默塞入狗嘴里，说得轻描淡写："我突然想起早上我娘交代要买几块豆腐回去，家里要做香豆腐……麻烦大人停下车，我得回去了。"

赵胤知她性子，微微眯了下眼睛：

"这是朱九他们猎来的鹿肉,你无须和大黑抢。我留了些上好的,你去府上拿一些回去。"

时雍啧声:"又不是给我准备的,我哪里好意思拿?"

赵胤撩动袍角,把腿往前伸直:"这两日腿疾又犯了。治了腿,你便好意思了。"

"我管你!"时雍唇边浮起一丝笑意。

无乩馆。

冬日的暖阳软酥酥的透过花窗照射进来,落在棋盘上。赵胤眯眼看着半残的棋局,谢放在旁边取水煮茶,时雍蹲在赵胤的身前,卷起他的裤腿:

"肿得这样厉害?"

赵胤低低嗯一声,没有多话。

"是不是上次在大青山被毒蛇咬中,余毒未清?"时雍自言自语,两只手指捏着赵胤的膝盖左右观察。许是有些疼痛,赵胤额际浮上冷汗,双手微攥,嘴唇绷得很紧。

"痛?"时雍抬头。

"有点儿。"

"是有一点儿,还是很痛?在大夫面前,大人不必隐忍,照实说便是。"时雍稍稍用力捏下去,只听得赵胤嘶的一声,腿条件反射地往回缩。

时雍用力一拉,制止了他:

"叫出来是不是舒服多了?忍什么?又不是呻吟声不好听。"

为了让他放松些,时雍笑吟吟地调侃着,将消毒好的银针取出来,慢慢摊开在赵胤旁边的桌几上:"我要开始了,可能会有点胀……"时雍看了看阖眼不语的男子,似笑非笑地将第一根银针刺入犊鼻,斜入一寸左右停下,"还好吧?"

赵胤这两日腿疾发作厉害,痛起来的时候,如同剜骨锉心,那样的疼痛都受得了,又怎会受不了这点疼痛?

"你尽情施展,本座无妨。"

时雍自是知道他的忍耐力,不再多话,银针在手如行云流水,已十分熟练,分别刺入内膝眼、三阴交、阳陵泉,进针半寸……如此这般,留针约莫两刻钟,又让谢放拿来艾条,为他艾灸一回。

赵胤疼痛稍缓。时雍已是一身热汗。谢放将茶水端到她的面前,时雍没去碰,老神在在地问赵胤:"一杯茶就把我打发了?"

赵胤闻声抬头,不假辞色地道:"自然有更好的。"

时雍扬起笑,期待地看着他,却听赵胤沉声吩咐:"谢放,备好笔墨。"

时雍惊道:"大人要做什么?"

赵胤没有说话,而是将手伸过来,示意她扶起自己去书房。

又要写字?时雍没有想到帮了赵胤会被"恩将仇报",赵胤报答她的方式,居然是教她写字。这简直就是时雍的噩梦。

书房里烧着地龙，暖烘烘的，案上的龙纹瓷瓶里插着几株正在开放的腊梅，散发着幽幽的淡香。赵胤往紫檀木太师椅上一坐，修长挺拔的身姿，正襟危坐，像个古板的教师先生，清俊的五官严肃端正。

"写吧。"

时雍迟疑着站在书案前，看着字帖，一个头两个大，好不容易捉笔蘸墨，运气聚神，做足了姿态，可那笔落到纸上就不听使唤，如同蚯蚓在爬，实在难看。她回头看一眼赵胤寡淡的脸，快哭了："大人，我累了，可不可以不写？"

"不行。"赵胤见她不动，起身走近，手臂温柔地绕过她的腰侧，伸手捉住她的笔。

"书不正，人如何能正？"

时雍打个哈欠，昏昏入睡。

赵胤沉声："每日临帖可收敛浮躁之心。再持之以恒，定有所成。"

时雍哭丧着脸："我又不考状元，学有所成，又有何用？"

赵胤叹息，低头看她："听话。"

"每次都用这招，美男计，当真是欺我太甚。"时雍小声咕哝，"上次教我写字，结果叫我去当了个便宜将军夫人，什么好处没得，九生一死，小命都差点没了。这次还来，你又在打什么算盘？"

她本就不想练，手无力，身子在赵胤身前动来动去，十分不老实。赵胤身上的是居家衣着，薄薄的两层布料，被她这么捣怪，气息渐渐不稳，变了脸色："你别动。"

时雍扭头，女子的脸几乎贴在他下颌，头发轻轻地在脖颈里移动，带着一丝丝的痒。赵胤收手制止她："气定神闲，静下心跟着我临摹便是……"

时雍觉得自己与书法这辈子是注定无缘的，可被赵大魔王抓来写字，逃也逃不掉，索性便靠着他，半眯着眼，由着他把控方向横平竖直地写："大人，你确定可以教会我么？"

"嗯。"

时雍看他严肃的模样，突然莞尔："我不想写这些，不如大人教我写我的名字吧。"

看她神秘兮兮的样子，眼神忽闪忽闪，分明在打什么坏主意，但赵胤迟疑片刻，还是端端正正地在纸上写下"宋阿拾"三个字。

时雍哇的一声，夸张地表白："好字好字。大人的字，笔锋雄奇，堪称一绝。待我把它带回家，少不得要临摹三五百遍才对得起这举世无双的书法……"说罢，时雍笑吟吟将纸揭起，推一张白纸到赵胤的面前："再帮我写两个字吧，大人。"

赵胤低头，看着她眼底的狡黠："写什么？"

时雍言笑浅浅："时、雍。"

气氛有霎时的凝滞。好一阵儿，时雍才看到赵胤用镇纸将纸张推平，提起狼毫，在纸上龙飞凤舞地写下两个字："时雍。"

暖黄的阳光落在书案上，将腊梅映得晶莹剔透，嫩黄多姿。赵胤的侧脸与花相衬，更显俊逸风流，不带感情的眼如有云雾笼罩，淡淡地看来，如同甜丝丝的雨浸润在心头。

"如何？"

笔下是她的名字,眼里是她的倒影。时雍不由得屏紧呼吸:"大人可知,这两个字的意思?"

赵胤转头,视线落在她的脸上,时雍注意到他眉宇间带着一抹掩饰不住的凉意,声音却难得地清悦温和:"时雍者,天下太平也。"

时雍微微一笑,转身面对他,双眼逼近他的脸:"那你可知我为何要写这两字?"

赵胤稍稍往后退开一步:"你曾得她恩惠。"

时雍眉心一拢,陡然清醒,却见赵胤已别开脸去,似是心中不忍,轻声道:"我知你重情重义,也知你对时雍之死,犹存疑虑,但眼下……"

"大人不想翻案吗?"

赵胤沉眉不语,时雍再逼近他一步,似笑非笑地问:"大人心里是否和那些人一样,认为时雍不是个好女人?"

赵胤沉默片刻,没有回答她这个问题:"写字吧。"

时雍一把夺下他手中的笔,仰起脸贴近他,逼他看自己,对视片刻,见他面不改色,又瘪瘪嘴:"你明明知道我要的是什么,你却来逼我写字。从青山镇到卢龙塞,我们同甘共苦那么久,大人就当真一点表示都没有?"

赵胤看着她,喉头微动。

"阿拾,我……"他视线垂下,声音低哑,"你我假扮夫妇,对女子闺誉确实有损,但眼下……你再给我些时间,我定能妥善安排。"

"不要以为我不知道你怎么想……"时雍眯起眼睛,哼声,"你就是不想给。帮你这么大的忙,封赏没有,钱也不给。我还要帮你治腿,这也就罢了,大人不仅不赏,居然还要罚我写字……不行,没有五千两银子,我这委屈是治不好的。"

钱?赵胤有片刻的惊讶。他以为阿拾要的是名分,却不想她要的只是这些俗物……

"大人在想什么?"时雍逗弄他十分有趣,明知道他想歪了,也不纠正,慢慢瞟过来一眼,说得义正词严,"打了胜仗回来,人人都论功行赏,难道大人不该对我有所表示么?"

赵胤心神一荡,略有尬态。时雍又靠近些,笑得像只偷腥的小狐狸,声音也低软了几分:"还是说,只要我把字练好了,大人就会……把你自己赏给我?"

这得多大胆的女儿家,才敢说出这般孟浪的话?赵胤没有听她提及名分,说不出内心是轻松还是不悦,莫名心里发虚,一席话卡在喉咙,怎么说都似乎不对……

他在沉默,时雍竟又靠近他几分,换成她把他逼压在书案上的姿态,样子桀骜,不像个正经女子,痞痞地笑:"放心,我会对大人负责的……"

赵胤总算明白了卡在心中那口郁气是什么,从头到尾,这女子都不曾认真去厘清他们之间的关系。从未。如此之近,呼吸可闻,赵胤胸口似有一团火在熊熊燃烧,后背几近汗湿,连忙拉下脸:"不早了,你带回去再练,我让谢放送你——鹿肉也带上。"

他不知道自己在说什么。时雍纹丝不动,唇角弯弯地看着大都督泛红的脸,俏皮眨眼:"大人再送我一幅字吧。"

赵胤看着她:"什么?"

时雍微微挑眉:"大人的名字。我拿回去照着临摹。"

兴许调戏赵胤已成习惯,时雍说得自然,心里却认定赵胤不会同意。毕竟他是一个如此守旧刻板的男人,名字如庚帖,都是不可随意赠予的。

赵胤没有说话,托起袖子执笔,在纸上写下"赵胤"二字,笔走龙蛇、酣畅有力。

时雍满脸欢喜地拿起字看了片刻,突然扭头,快活地揽住他的脖子:"谢谢!"

赵胤来不及反应,只觉得一阵香风拂面,少女娇软的身子便已落入怀里,霸道地箍住他,痞子偷香似的碾压,直到他呼吸吃紧,快要透不过气,她才笑着松手。

"我这样谢,才叫有诚意。大人学会了吗?"时雍笑吟吟说着,又扬眉调侃,"不过,大人实在生涩,往后也要勤加练习才好。只要持之以恒,气定神闲,总归不会落了下风……不然以后有了都督夫人,也是要遭她笑话的。"

美娇娘俏生生地笑着,说得云淡风轻,就像方才的事情没有发生一般,然后拿过桌上的字帖,吹吹未干的墨痕,又侧头在赵胤的脸颊吻了吻,大笑一声,转头离去。

赵胤安静而立,鼻间只有腊梅的馨香。谢放怎么送走时雍的,他似乎没有察觉,一个人立在原地许久,花窗有凉风拂来,他方才惊觉般醒神,摸了摸嘴唇,苦笑。他竟被一个女子调戏,半生自持的功力全毁在她一颦一笑间。

赵胤如梦初醒,只见桌面上,留了一幅字:"宋阿拾。"那女子带走的只有"时雍"和"赵胤"两个名字。

赵胤眼瞳微缩,好像有什么情绪在不停地冲击大脑,几乎就要迸裂开来,又被他的理智压制下去。不可能的。阿拾怎么可能是死去的时雍呢?